ASTRID PLÖTNER

Todesgruß

BLUTLISTE An einem frühen Novembermorgen entdeckt ein Spaziergänger im Stadtpark von Unna die Leiche der Zahnärztin Judith Heinemann-Schönfeld. Sie sitzt mit Würgemalen am Hals angelehnt ans Kriegerdenkmal und trägt ein Lebkuchenherz mit der Aufschrift »Ein letzter Gruß, G.« vor der Brust. Kommissarin Maike Graf und ihr Kollege Max Teubner recherchieren im Umfeld der in Unna gastierenden Altstadtkirmes. Aber auch der Ehemann der Toten macht sich verdächtig. Ebenso wie ein dubioser Immobilienmakler, der angeblich die Villa der Zahnärztin verkaufen sollte. Bald darauf geschieht ein zweiter Mord. Man findet einen Rentner tot auf den Stufen des Amtsgerichts. Auch um seinen Hals hängt ein Lebkuchenherz mit der Aufschrift »Ein letzter Gruß, G.«. Und für die Presse ist es nur eine Frage der Zeit, bis der »Kirmesmörder« erneut zuschlägt …

© Christian Baltrusch

Astrid Plötner wurde am Rande des Ruhrgebiets im westfälischen Unna geboren, wo sie bis heute lebt. Nach langjähriger Berufstätigkeit im Handel absolvierte sie ein Fernstudium in Schriftstellerei und arbeitet nun als freie Autorin. In den Jahren 2013 und 2014 wurde sie für den Agatha-Christie-Preis nominiert. Seither hat sie zahlreiche Kurzkrimis in Anthologien und mehrere Romane veröffentlicht.
www.astrid-ploetner.de

ASTRID PLÖTNER

Todesgruß

KRIMINALROMAN

GMEINER

Gefällt mir!

Facebook: @Gmeiner.Verlag
Instagram: @gmeinerverlag

Besuchen Sie uns im Internet:
www.gmeiner-verlag.de

© 2016 – Gmeiner-Verlag GmbH
Im Ehnried 5, 88605 Meßkirch
Telefon 07575 / 2095-0
info@gmeiner-verlag.de
Alle Rechte vorbehalten

Lektorat: Claudia Senghaas, Kirchardt
Herstellung: Mirjam Hecht
Umschlaggestaltung: U.O.R.G. Lutz Eberle, Stuttgart
unter Verwendung eines Fotos von: © don limpio / photocase.de,
© Frank / Fotolia.com
Druck: Libri Plureos GmbH, Friedensallee 273, 22763 Hamburg
Printed in Germany
ISBN 978-3-8392-1949-2

PROLOG

Sonntag, 10. Juni

Trotz des warmen Sommertages stand sie am geschlossenen Fenster. Als wolle sie das fröhliche Vogelgezwitscher fernhalten, das immer noch dumpf zu ihr drang. Frohsinn passte nicht in ihr Leben. Sie rieb sich die dünnen Arme, an denen sich feine blonde Härchen aufstellten. Durch blank geputzte Scheiben sah sie in einen azurblauen Himmel, an dem sich vereinzelt Schäfchenwolken zeigten. Eine davon hatte die Form eines Herzens. Ihre Gedanken schweiften wehmütig zu Benny. Tränen traten in ihre Augen, als ihr Blick zur Kinderschaukel und zum Sandkasten in ihrem verwilderten Garten wanderte. Einst geschaffen für eine Familie mit lachenden Kindern.

Und wieder traf sie mit einer Wucht die Gewissheit, dass in ihrem Garten keine Kinder mehr lachen würden. Die glückliche Familie von damals gab es nicht mehr. Sie war zerbrochen. Sie wurde von einem Tag auf den anderen zerstört. Heute dominierte Rost das Gestänge der Schaukel, die morsche Sandkiste diente nur noch streunenden Katzen als Toilette und am Gartenhaus blätterte Farbe ab.

Und sie selbst? Was war aus der hübschen, lebensfrohen Frau geworden? Wo war die engagierte Grundschullehrerin auf der Strecke geblieben? Einsamkeit und Depression bestimmten ihren Tagesablauf. Sie lebte in der Vergangenheit. Sie zehrte von der Vergangenheit. Sie klammerte ihre Gedanken an die Vergangenheit und funktionierte nur noch wie ein Roboter.

Das Lachen verging, als Benjamin starb. Ihr kleiner, süßer Benny. Ihr ein und alles. Mit seinen vier Jahren wurde er aus dem Leben gerissen. Sie stand daneben, zur Untätigkeit verdammt. Oder hätte sie das Unglück verhindern können? Da waren sie wieder: die quälenden Gedanken. Seit Jahren. Jeden Monat, jeden Tag, jede Stunde. Sie schloss die Augen und rieb sich die Stirn. Benny. Sie konnte seinen Tod nicht verwinden. Auch nicht nach so langer Zeit. Niemals. Heute wäre ihr Junge 18 Jahre alt geworden. Volljährig. Ein junger Mann. Vielleicht mitten im Abitur. Sicher gäbe es eine große Party mit vielen Freunden.

Lächelnd blickte sie auf die Schokoladentorte, die sie bereits in der Früh gebacken hatte. 18 Kerzen brannten langsam herunter, wobei das Wachs zerfloss und sich in die Schokoladenglasur senkte. Sie seufzte und wendete den Blick ab. Die Bodendielen unter dem blau gemusterten Teppichboden knarrten, als sie auf das Kinderbett zuging und sanft über den frischen Bezug mit den aufgedruckten Rennwagen strich. Sie hob den Kopf und lächelte Benny an, der ihr von einem gerahmten DIN-A3-Porträt zuwinkte, das sie gestern noch rechtzeitig zu seinem Geburtstag vom Rahmengeschäft abholte. Er war ihr so nah wie lange nicht mehr.

Eine Weile stand sie so, dann wendete sie fast widerwillig den Blick ab, pustete die Kerzen aus und trat aus dem Kinderzimmer. Sie schloss leise die Tür, als wolle sie vermeiden, ihr schlafendes Kind zu wecken. Dann ging sie über den Flur zum Schlafzimmer und öffnete den Kleiderschrank.

Sie zog ein ärmelloses Spitzennachthemd heraus und entkleidete sich, obwohl es erst drei Uhr am Nachmittag war. Das Nachtkleid umspielte sanft und kühl ihren mageren Körper. Sie spürte eine gewisse Vorfreude, als sie sich ins Bett legte, und die Decke bis zum Hals zog. Ihr Entschluss stand fest. Kein Aufschub mehr, kein Entkommen. Endlich Erlösung. Ihr schmales, blasses Gesicht hob sich kaum vom weißen Kissen ab.

»Sie werden es verstehen«, murmelte sie und meinte damit die wenigen Menschen, die ihr noch nahestanden, die sich verpflichtet fühlten, sich ab und zu kümmerten. Die freundlich lächelten, sich dennoch überwinden mussten, dieses Haus zu betreten. Ja. Natürlich hatte sie bemerkt, dass sie zu einer Last geworden war.

Langsam drehte sie sich zur Seite und griff nach dem Schälmesser, das sie bereits am frühen Morgen aus dem Messerblock genommen und auf den Nachttisch gelegt hatte. Eine Weile drehte sie es in der Hand, beobachtete, wie die Klinge das Sonnenlicht an die Wand warf. Dann legte sie das Messer noch einmal zurück und blickte auf den Block Briefpapier, der auf dem Nachttisch wartete. Sie richtete sich auf, griff nach dem gravierten Füllfederhalter und schraubte die Kappe ab. Sie zog die Beine an und nutzte die Oberschenkel als Schreibunterlage.

»Was soll ich schreiben?«, flüsterte sie. »Sie wissen es doch. Sie wissen, warum. Alle wissen, warum.«

Dennoch schrieb sie. Der Stift flog bald übers Papier und suchte nach Erklärung, bat um Verzeihung und Verständnis. Sie unterzeichnete mit dem Vornamen, riss das voll beschriebene Blatt heraus und faltete es. Sie schob den Block beiseite, verschloss den Füller und legte ihn zurück. Tränen rollten an ihren Wangen herab. Eine endlose Leere erfüllte sie. Endlich griff sie mit ihrer Rechten nach dem Messer und tat einen resoluten Schnitt. Den Schmerz spürte sie kaum. Es pochte am Handgelenk und sie beobachtete fasziniert, wie das Blut sprudelte und an den Fingern hinabfloss.

Einer plötzlichen Eingebung folgend, griff sie noch einmal nach dem Briefpapier. Ihre Bewegung war fahrig, der Füller fiel zu Boden, rollte über das glatte Laminat unter das Bett. Mit Mühe riss sie ein leeres Blatt aus dem Block. Sie lächelte, tunkte ihren Finger in ihr Blut und schrieb mit letzter Kraft. Schließlich ließ sie sich müde zurückfallen und schloss die Augen. Sie sah Benny. Er stand im Licht am Ende des Tunnels. Winkte er ihr nicht zu? Ein Lächeln ließ ihr Gesicht ein letztes Mal leuchten. Die eisige Kälte aus ihren Knochen verschwand. Eine wohlige Wärme umfing sie. Bevor die Müdigkeit sie übermannte, dachte sie noch, wann und von wem sie wohl gefunden werden würde.

FREITAG, 2. NOVEMBER

Achmeds Haltung strahlte selbstbewusste Arroganz aus. Breitbeinig hing er im Besucherstuhl, mit vor dem Bauch verschränkten Armen. Seine Mundwinkel zu einem siegessicheren Lächeln erhoben, das aussagen sollte: Du kriegst mich nicht, du Bullenschlampe! Der 17-jährige Albaner Achmed Tahiri saß neben seinem Vater und sah Kriminalhauptkommissarin Maike Graf mit hochgezogenen Augenbrauen unschuldig an.

»Was soll isch gemacht haben? Isch klau kleinen Jungs keine Handys!«

Maike lehnte sich im Stuhl zurück und fixierte die aufgerissenen Augen des Albaners, die ihm fast aus dem Gesicht zu springen drohten. Familie Tahiri war der Kriminalpolizei von Unna nicht unbekannt. Seine mehrfach vorbestraften Brüder hatten sich als Autoknacker und Geldeintreiber einen Namen gemacht. Vater Tahiri hielt die Hand über den Clan, ohne sich je selbst die Finger schmutzig zu machen. Maike dachte an den kleinen Björn König und seine Mutter, die am Nachmittag Anzeige erstattet hatten. Nach kurzer Zurückhaltung sprudelten die Informationen aus dem Jungen heraus. Dass Achmed ihm vor Wochen die Playstation abgenommen habe, und immer wieder Geld, heute schließlich Björns Handy. Maike konfrontierte Achmed mit den Anschuldigungen.

Da sprang er erregt auf und gestikulierte wild mit den Armen. Seine überzogenen Gesten wirkten wie die eines

Rappers. »Isch hab den Jungen nie gesehen! Ährlisch! Isch schwör! Den kenn isch gar nicht. Kommen Sie bei misch zu Hause! Da ist kein PlayStation.«

Vater Tahiri stand auf und legte Achmed die Hand auf die Schulter. »Sohn guter Junge. Nicht klauen.«

Maike hob beschwichtigend die Hände, um nach dem Alibi des guten Jungen zu fragen, als ihr Telefon klingelte. Die Zentrale hatte einen anonymen Anrufer in der Leitung, der nur mit Hauptkommissarin Graf verbunden werden wollte. Sie nahm das Gespräch entgegen, während die Tahiris sich setzten. Eine Männerstimme, fremd und dumpf, als spräche der Mann durch ein Tuch, drang an ihr Ohr.

»Ich komme gerade aus dem Café Extrablatt am Markt. Ich habe dort vom Nachbartisch etwas belauscht. Zwei Männer stritten sich. Es klang, als planten sie, eine Frau – eine Zahnärztin – zu beseitigen.«

Maike griff nach Block und Stift und machte sich Notizen.

»Und so, wie die sprachen, meinten sie ihr Vorhaben völlig ernst«, fuhr der Anrufer fort.

»Geht das noch etwas konkreter, Herr …?«

»Mein Name tut nichts zur Sache. Ich möchte da wirklich nicht mit reingezogen werden.« Er legte eine kurze Pause ein und fuhr zögernd fort: »Wie gesagt: Es waren zwei Männer, und eine Frau saß auch mit am Tisch, hielt sich aber aus dem Gespräch heraus. Zunächst lief es bei denen feucht-fröhlich ab. Champagner floss, als hätten sie etwas zu feiern. Dann bekam der eine Mann einen Anruf von seiner Ehefrau und die Stimmung kippte. Ich hörte, wie er sagte, seine Frau müsse von der Bildfläche verschwinden. Noch heute. Es fiel der Name Schönfeld.«

»Können Sie die drei Personen beschreiben?«

Der Anrufer zog hörbar die Luft ein. »Also einer war so Mitte 30, der andere älter, Mitte bis Ende 40. Der Jüngere war schlank, etwa eins achtzig groß, hatte dunkles, mit Gel nach hinten gekämmtes Haar und trug einen billigen Anzug. Der andere war nur wenig größer, sportliche Figur, die Haare waren unter einer Mütze verborgen. Teure Klamotten. Die Frau war um die 30 und modisch elegant gekleidet mit blondem Kurzhaarschnitt.«

Maike kritzelte Stichpunkte auf den Block und beobachtete dabei Achmed Tahiri, der wieder breitbeinig auf seinem Stuhl saß und gelangweilt auf seinem Smartphone herumtippte. Sein Vater blickte dauernd auf seine Armbanduhr.

»Hören Sie … Es wäre sinnvoller, Sie würden aufs Polizeirevier kommen, damit ich Ihre Aussage aufnehmen kann.«

Der Anrufer hüstelte. »Mehr kann ich Ihnen nicht sagen. Das Trio verließ das Café Extrablatt etwa vor zehn Minuten. Der ältere Mann und die Frau gingen die Bahnhofstraße hinunter, der andere Mann eilte über den Markt Richtung Hertinger Straße. Aus dem Streit konnte ich ableiten, dass der ältere Mann Schönfeld hieß.«

»Wir sollten uns dringend persönlich unterhalten. Ich könnte auch zu Ihnen kommen, Herr …«

»Ich habe Ihnen alles gesagt. Unternehmen Sie lieber etwas!«

Maike hörte ein Knacken, dann das Freizeichen. Was sollte sie davon halten? Konnte man dem Anrufer Glauben schenken? Einen Mordplan zu schmieden in einem gut besuchten Café unter Zeugen? Das klang sehr unwahrscheinlich. Vielleicht hatte der Mann aus dem belauschten Gespräch einfach die falschen Schlüsse gezogen. Noch etwas irritierte Maike: Warum hatte der Anrufer sich ausgerechnet mit ihr verbinden lassen? Kannte sie ihn? Warum wollte er unbedingt anonym bleiben? Maike seufzte, bat die Tahiris um etwas Geduld und gab die Information, die sie auf ihren Block gekritzelt hatte, an ihre Kollegen weiter. Sie bat um eine Kopie des aufgezeichneten Gesprächs und darum, den Anruf zurückzuverfolgen. Vielleicht gelang es ihr, noch einmal mit dem Mann zu reden. Dann widmete sie ihre Aufmerksamkeit wieder den Tahiris. Sie sah Achmed eindringlich an.

»Wo warst du heute zwischen 16 und 17 Uhr?«

Der Alte mischte sich ein. »Sohn zu Hause. Ich kann bezeugen, Frau und Brüder auch.«

Natürlich konnte und würde er das. Plötzlich weckte das Bimmeln eines Handys in Achmeds Rucksack ihre Aufmerksamkeit. Achmed sah alarmiert auf und schob die Tasche mit dem Fuß unter seinen Stuhl. Maike schob resolut ihren Stuhl zurück, eilte um den Schreibtisch und bückte sich nach dem Rucksack. Dann kippte sie den gesamten Inhalt auf den Tisch. Das Handy bimmelte weiter. Ein Gerät der Marke Sony, wie das, welches Björn König abgenommen wurde.

»Ja, bitte?«, meldete sie sich.

Die aufgebrachte Stimme von Vater König tönte aus der Leitung. Er kam von einer Tagung und vermisste seine Familie, die immer noch auf dem Flur des Kommissariats ausharrte. Maike beruhigte den Mann, erklärte ihm die Sachlage und beendete das Gespräch. Mit einer gewissen Genugtuung wandte sie sich an den jungen Albaner.

»Diesmal kommst du um eine Anzeige nicht herum, Achmed.«

Maike konfiszierte das Handy, kontrollierte den weiteren Inhalt der Tasche, die jedoch nur noch einen abgegriffenen Block und Schreibutensilien enthielt. Sie verabschiedete die Tahiris, informierte die Königs im Nebenraum und gab Björn sein Handy zurück. Das Strahlen in den Augen des Jungen entschädigte den Aufwand. Er war überglücklich. Kurz darauf wurden Mutter und Sohn von Vater König abgeholt. Maike begann mit dem Schreibkram und bereitete die Strafanzeige gegen Achmed Tahiri vor. Der pünktliche Feierabend war dahin. Als sich nach einer Weile die Zentrale meldete, hatte sie den anonymen Anruf schon fast vergessen. Das Telefongespräch konnte tatsächlich zurückverfolgt werden. Der Mann hatte ein Prepaid-Handy benutzt und die Nummer nicht unterdrückt. Maike wählte. Gleich nach dem zweiten Rufton wurde das Gespräch entgegengenommen, als hätte der Mann ihren Anruf erwartet.

»Gut, dass Sie mich ernst nehmen, Frau Kriminalhauptkommissarin Graf«, sagte er sogleich mit derselben dumpfen Stimme. »Die Zahnärztin ist in Gefahr. Glauben Sie mir.«

Ehe Maike auch nur einen Ton sagen konnte, legte er auf. Danach war das Handy ausgeschaltet. Jetzt bekam Maike arge Bedenken an der Glaubwürdigkeit des Anrufers. Dennoch machte sich ein mulmiges Gefühl in ihr breit. Vielleicht hatte der Anrufer es selbst auf die Zahnärztin abgesehen? Sie ließ sich mit den Kollegen verbinden, an die sie die Information weitergeleitet hatte, und erfuhr, dass es in Unna eine Praxis Dr. Judith Heinemann-Schönfeld gab. Eine Streife war bereits dort. Beruhigt widmete Maike sich ihrem Schreibkram.

*

Frau Doktor Judith Heinemann-Schönfeld saß in ihrem Büro und starrte auf die Bürotür, die sich gerade hinter zwei Polizeibeamten schloss. Sie hatte keine Ahnung, ob sie lachen oder weinen sollte. Vielleicht hatte sie die Polizisten etwas zu burschikos zurückgewiesen. Aber deren Geschichte klang nun wirklich überaus lächerlich. Ein anonymer Anruf war bei der Kriminalpolizei eingegangen. Demnach planten zwei Männer, eine Zahnärztin »von der Bildfläche verschwinden zu lassen«. Bei einem von ihnen könnte es sich um ihren Ehemann handeln. Der Name Schönfeld sei gefallen. Und dies wäre die einzige Zahnarztpraxis mit diesem Namen. Frau Doktor Heinemann-Schönfeld lehnte sich zurück und verschränkte die Arme vor der Brust. Das würde Guido doch nicht wagen! Sie traute ihrem Ehemann einiges zu, aber einen Mord?

Obwohl … Nachdem, was sie heute in Erfahrung gebracht hatte, passte einiges mit dem zusammen, was die Beamten ihr zu sagen hatten. War es ein Fehler gewesen, die Polizei fortzuschicken und die Warnung als dummen Humbug abzutun? Die Zahnärztin versuchte die Wut, die in ihr brodelte, niederzukämpfen. Für heute reichte es. Der Tag war mies gelaufen, schlimmer konnte es kaum werden. Sie wollte nur noch raus aus der Praxis. Schnell nach Hause und ein heißes Bad nehmen. Dass sie in ihrer Villa auf Ehemann Guido treffen könnte, hielt sie für unwahrscheinlich. Immerhin hatte sie ihm am Nachmittag per Telefonat Hausverbot erteilt. Der Streit mit ihm am Telefon war hässlich gewesen, aber deshalb würde er sie kaum umbringen.

Judith stand auf und griff nach ihrem Mantel. Gut, dass ihr Angestellter Stefan Stracke für die Spätschicht bis um 20 Uhr eingeteilt war. Ihm konnte sie die Verantwortung für den Abend getrost allein überlassen. Sie knöpfte den Mantel zu, dabei fiel ihr Blick auf den schwarzen Terminplaner ihres Mannes, der noch auf ihrem Schreibtisch lag.

Das Büchlein war der Grund ihres Streits gewesen. Alberne Schnüffeleien waren eigentlich nicht ihr Ding. Wäre da am Mittag nicht der Patient Schuhmann gewesen, der sich am liebsten von Guido behandeln ließ und nur Dienstagvormittag Zeit hatte. Judith hatte in seinem Planer nachsehen wollen, ob er für den Dienstag etwas eingetragen hatte, weil seine Schicht da erst um 13 Uhr begann. Sie lachte verbittert auf. Und was sah sie beim Blättern? Am Mittwoch, den er angeblich mit seinem Freund Frank in der Sauna verbrachte, stand regelmäßig der Name Claudia! Er hatte sich nicht einmal um ein Kürzel bemüht.

Vor drei Wochen war er mit ihr bei Notar von Freising gewesen. Was hatte ihr Ehemann mit dieser Frau dort gemacht? Seine Affären waren eine Sache. Aber der Notartermin in seinem Notizbuch machte sie stutzig. Was plante Guido? Auch heute hatte er sich laut eines umkringelten Eintrags mit ihr getroffen. Am Nachmittag im Café Extrablatt. Und genau dort sollte er das angebliche Mordkomplott mit einem jüngeren Mann geschmiedet haben. Lächerlich! Er könnte unter Alkoholeinfluss gestanden haben, hatten die Beamten gesagt. Wer weiß, was er im Suff alles für einen Stuss geredet hatte. Wenn sie den Planer rechtzeitig in die Finger bekommen hätte, wäre sie persönlich ins Café Extrablatt gegangen, um ihn zur Rede zu stellen. Sie würde schon herausfinden, was da lief. Inzwischen ärgerte sie sich, dass sie ihren Mann in ihrer Aufregung am Spätnachmittag angerufen hatte, um ihn zur Rede zu stellen. Nun war er gewarnt. Oder hatte ihr Anruf ihn so sehr unter Druck gesetzt, dass er tatsächlich Mordpläne schmiedete? Das würde er doch nicht ernsthaft wagen! Er war geldgeil und im Falle ihres Todes würde er keinen Cent bekommen. Ihr gesamtes Vermögen ginge an die Kinder.

Judith seufzte. Das Gespräch mit den Polizeibeamten hatte sie völlig aufgewühlt. Sie warf den Terminplaner in ihre Handtasche, dann verließ sie ihr kleines Büro und betrat den Eingangsraum der Praxis. Ihre Sprechstundenhilfe Isabella Arndt saß am Empfang.

»Ich mache jetzt Feierabend. Für heute bin ich für niemanden mehr zu sprechen.« Sie wandte sich zum Ausgang, drehte sich aber noch einmal um und wies ihre Mitarbeiterin an, für den Patienten Schuhmann einen Termin mit Dr. Stracke zu vereinbaren. Sie brannte förmlich darauf, Guido ins Gesicht zu schleudern, dass seine Dienste hier in der Praxis nicht länger erwünscht wären. Dass sie gleich am Montag die Scheidung bei Rechtsanwalt und Notar von Freising einreichen wollte, hatte sie ihm bereits am Telefon mitgeteilt und völlig ernst gemeint. Beim alten Freund ihres Vaters würde sie gleichzeitig in Erfahrung bringen, was Guido mit dieser Claudia dort zu suchen hatte. Mit einem zufriedenen Lächeln verließ sie das Gebäude.

Draußen zerrte ein böiger Wind an ihren kurzen Haaren. Sie schlug den Mantelkragen hoch und kramte im Schutze des Vordachs in ihrer Handtasche nach dem Autoschlüssel. Mit einem Knopfdruck öffnete sie das Garagentor und wartete, bis es hochgefahren war. Ihre Schritte klackerten über das Pflaster des schmalen Gehwegs, als sie zu ihrem schwarzen BMW lief. Die Beleuchtung in der Garage war seit einer Woche defekt. Guido wollte sich darum kümmern. Bisher war nichts passiert. Wieder ein Beweis dafür, dass kein Verlass mehr auf ihn war. Gleich morgen würde Judith selbst beim Elektriker anrufen. Sie betätigte die Fernbedienung des BMW. Für den Bruchteil einer Sekunde meinte sie, im Licht der Blinklichter einen dunklen Schatten an der hinteren Garagenwand zu sehen. Ihr Herz pochte wild.

Sie stierte mühsam in die Dunkelheit, konnte jedoch nichts erkennen. Alarmiert und das Gespräch mit der Polizei im Hinterkopf, betätigte sie noch einmal die Zentralverriegelung. Nichts zu sehen. Vermutlich ging ihre Fantasie mit ihr durch und sie sah Gespenster. Judith Heinemann-Schönfeld straffte genervt die Schultern. Energisch betätigte sie abermals die Zentralverriegelung, zog die Fahrertür auf und warf ihre Handtasche auf den Rücksitz.

Plötzlich meinte sie, unter dem Rauschen des Windes ein fremdes Geräusch zu vernehmen. Sie blickte zur Seite und sah wieder einen dunklen Schatten. Diesmal sehr deutlich und ganz nah. Im nächsten Moment wurde sie gepackt und zurückgerissen. Sie taumelte, ihr Körper prallte gegen die Garagenwand. Ein stechender Schmerz schoss durch ihre Schulter. Ihr Herz raste. Sie wollte schreien. Doch eine kräftige Hand presste ihr mit Kraft einen Lappen auf Mund und Nase und drückte ihren Kopf dabei gegen die Wand. Sie trat um sich, mühte sich mit aller Macht, dem festen Griff zu entkommen. Das Tuch stank furchtbar. Irgendein betäubendes Mittel, das ihre Reaktionen schwächte. Es dauerte nicht lange, bis ihr die Sinne schwanden.

*

Feierabend. Wochenende. Ab morgen konnte sie Putzkelle und Malerrolle schwingen. Hauptkommissarin Maike Graf fuhr den kürzesten Weg in die Lortzingstraße und hievte zwei Zwanzigkiloeimer Reibeputz aus dem Kofferraum. Sie stellte sie im nassen Laub ab, das ihre Nachbarn zum Straßenrand gefegt hatten, und knallte den Kofferraum zu. Ihren Plan, die Wände ihres Wohnzimmers zu verputzen, konnte sie für heute begraben. Sie packte die schweren Verputzeimer. Ihre Stiefeletten versanken im Laub, als sie den Haufen bis zum Bürgersteig überquerte. Eine der Straßenlaternen flackerte.

Endlich erreichte sie den Hauseingang des roten Backsteinhauses in der Lortzingstraße, in dem sie vor zwei Monaten eine der sechs Eigentumswohnungen erworben hatte. Sie stellte die Eimer ab und keuchte. Die Metallhenkel hatten tiefe Rillen in die Innenflächen ihrer Finger gedrückt. Sie sperrte die Eichentür auf und schob die Eimer mit dem Fuß in den Flur. Die Haustür flog mit lautem Knall zu. Das war der alten Frau Döring, rechtes Parterre, bestimmt nicht entgangen.

Richtig. Gerade als sie nach den Eimern griff, öffnete sich die Wohnungstür der Dörings und Volksmusik schallte ins Treppenhaus.

»Gut, dass Sie da sind! Seit Stunden dieser Lärm. Immer bum, bum, bum. Die Frau macht mich wahnsinnig!« Sie legte den Kopf etwas zurück und schielte nach oben. »Sie haben doch einen Schlüssel von dem Grabowski bekommen? Seien Sie so lieb und sagen Sie der Alten, sie soll mit dem Klopfen aufhören. Ihr Sohn ist nicht da. Mein Ludwig ist extra ums Haus gelaufen. Von draußen ist kein Licht zu sehen.«

»Sie hören seit Stunden ein Klopfen aus der Wohnung oben und haben nichts unternommen? Auch nicht geschellt oder angerufen?«

Frau Döring machte eine abwertende Handbewegung. »Die macht doch eh nicht auf. Und am Telefon versteht man sie nicht. Wahrscheinlich haut sie den Krückstock im Takt ihrer Klassikmusik auf den Boden.« Die Döring hielt ihre füllige Gestalt gestreckt und stützte entrüstet ihre Hände auf den Hüften ab. Ihre Wangen glühten. »Wie kann der

Grabowski seine Mutter nur so lange allein lassen? In ihrem Zustand! Das sollte man dem Amt melden.«

Maike griff nach den Eimern. Sie verkniff sich eine bissige Bemerkung. Blöde Ziege, dachte sie und hievte wortlos ihre schwere Last Stufe für Stufe die Treppe hoch.

»Was haben Sie eigentlich vor? Sie wissen schon, dass Sie sich an die Ruhezeiten halten müssen, nicht wahr?«

Maike hatte die Hälfte der Treppe bezwungen und legte eine Pause ein. Sie drehte sich langsam um und schaute ihre Nachbarin mit aufgesetzter Freundlichkeit an.

»Aber natürlich, Frau Döring. Und wenn Frau Grabowski auf den Badezimmerfliesen liegt und mit ihrem Stock um Hilfe klopft, werde ich ihr sagen, sie soll um 22 Uhr damit aufhören.« Mit Wut im Bauch schaffte sie die letzten Stufen in Rekordzeit. Hoffentlich ging es Frau Grabowski gut! Als Maike ihre Wohnungstür aufschloss, fiel die Tür der Dörings mit lautem Knall ins Schloss und die Blasmusik verstummte.

Sie hievte die Eimer mit letzter Kraft in ihren Flur. Ihre 70 Quadratmeter große Wohnung glich einer einzigen Baustelle. Überall stapelten sich Pakete mit Fliesen und Laminat, Säcke mit Spachtelmaterial und Farbeimer. Maike lief in die Küche und griff nach dem Wohnungsschlüssel, den David Grabowski ihr vor etwa vier Wochen überlassen hatte. Einer Kriminalkommissarin müsse man vertrauen können, sagte er mit einem schüchternen Lächeln. Er erzählte, er wohne mit seiner Mutter seit knapp einem halben Jahr in Haus Nummer 94. Brigitte Grabowski litt an den Folgen eines Schlaganfalls, der viele Jahre zurücklag. Seitdem saß sie im Rollstuhl. Eine schwerwiegende Aphasie konnte in langjähriger Behandlung durch einen Logopäden nur bedingt geheilt werden. Zu den anderen Mitbewohnern habe er bisher keinen »Draht« gefunden und deshalb niemandem den Schlüssel anvertrauen wollen.

Wem auch? Den Dörings wohl kaum. Für die glich Brigitte Grabowski einer Aussätzigen und war reif für die geschlossene Anstalt. Und der ruhige Mats-Hummels-Verschnitt im Parterre links kam auch nicht infrage. Der bewohnte die von Mama und Papa finanzierte Wohnung nur an den Wochenenden. Wäre noch die junge Familie in der Mansarde: Er arbeitsloser Taugenichts, sie Verkäuferin bei C&A, die in den frühen Morgenstunden Zeitung austrug, um dem achtjährigen Töchterchen immer die angesagtesten Klamotten kaufen zu können. Ja, und den Namen »Jürgen Schlegel« – linke Mansarde – den kannte Maike nur von der Türklingel.

Maike hatte den Schlüssel der Nachbarwohnung gerne angenommen, sie mochte Brigitte Grabowski. Obwohl die Dame sich nur schwer verständlich machen konnte, gab es zwischen ihnen vom ersten Kennenlernen an ein herzliches Verhältnis. Zwei- oder dreimal hatten sie schon gemeinsam Rommé gespielt und einen netten Abend verbracht, während David Grabowski mit Taxifahren Geld dazuverdiente, um seiner Mutter die Pflege zu finanzieren. Normalerweise sorgte der freiberufliche Fotograf immer für die Anwesenheit einer Pflegerin, während er Dienst tat. Heute Abend schien er dies versäumt zu haben. Das war nicht seine Art. Irgendetwas musste schiefgelaufen sein!

Maike öffnete mit ihrem Schlüssel die Tür der Nachbarwohnung und tastete nach dem Lichtschalter. Obwohl sie helfen wollte, fühlte sie sich wie eine Einbrecherin. Auf ihr Rufen antwortete niemand. Die stickige Luft roch nach einer Mischung aus medizinischen Salben und Bübchen-Seife, die das Pflegepersonal zum Waschen nutzte. Maike vernahm die leisen Klänge klassischer Musik. Sie erkannte den »Bolero« von Maurice Ravel, ein Orchesterstück im Dreivierteltakt mit ständigem Crescendo.

Wo mochte Frau Grabowski sein? Im Bad? Wenn die Wohnung so geschnitten war wie ihre eigene, musste die Tür zu ihrer Rechten liegen. Das Licht der Eingangsdiele fiel auf kalte, weiße Fliesen. Das Badezimmer war leer. Hinter der nächsten Tür befand sich eine verwaiste Küche. Das Wohnzimmer kannte Maike von ihren Besuchen. Große Teppiche auf Stäbchenparkett. Vor Kopf eine Wohnwand mit Flachbildschirm, davor eine mit Cord bezogene Sitzgruppe. Man blickte durch einen Durchbruch zum Nebenraum, der als Esszimmer diente. Der »Bolero« dominierte den Raum, schwoll zu voller Lautstärke an. Die Balkontür stand einen Spalt offen. Ob Frau Grabowski frische Luft schnappen wollte und im Freien gestürzt war? Ein antiker Ohrensessel nahm ihr die Sicht. Maike hetzte durchs Zimmer.

Da saß sie! Auf dem Fußboden, angelehnt an die Rückwand des Sessels. Sie mochte vor Erschöpfung eingeschlafen sein, ihr Kopf hing auf der Brust. Die knochigen Finger umkrampften einen schwarzen Gehstock. Mit dem musste sie auf den Boden gepocht haben, in der Hoffnung, ein Nachbar käme zu Hilfe. Maike hockte sich neben die alte Dame und löste vorsichtig deren Hand vom Gehstock. Die Handgelenke waren kalt, aber man konnte deutlich ihren Puls fühlen. Zunächst brauchte sie den Rollstuhl. Auf dem Weg in die Diele schaltete sie die Musikanlage aus, die den »Bolero« unaufhörlich wiederholte. Hinter der letzten verschlossenen Tür verbarg sich das Schlafzimmer. Ein modernes Krankenbett mit bunt karierter Bettwäsche dominierte den Raum, daneben stand der Rollstuhl. Maike lenkte ihn ins Wohnzimmer. Dann beugte sie sich zu Frau Grabowski hinab und fasste ihr sanft an den Oberarm.

»Frau Grabowski? Kommen Sie, ich helfe Ihnen!«

Die Lider der Dame flatterten. Als sie die Augen öffnete, ging ein Lächeln über ihr Gesicht. Maike griff ihr unter die Arme. Mit Schwung hievte sie die Frau hoch und setzte sie in den Rollstuhl. Sie griff nach einer flauschigen Decke mit Tigerdekor, die auf der Sitzgruppe lag, und legte sie ihr über die Beine. Dann setzte sie sich ihr gegenüber in den Ohrensessel und nahm ihre Hände, um sie zu wärmen. Frau Grabowski drückte nervös die Finger gegen ihre Handflächen. Endlich holte sie tief Luft. Sie sprach langsam und unartikuliert. Dabei zog sie die Vokale sehr lang.

»David nicht da. Sehn, wo David ist.«

»Er fährt gewiss noch Taxi. Machen Sie sich keine Sorgen.«

Maike tätschelte Frau Grabowski freundschaftlich die Hände. Sie machte ihr einen heißen Tee, dazu belegte Brote. Dann half sie ihr ins Nachthemd. Eine halbe Stunde später war die alte Dame eingeschlafen. Maike deckte sie fürsorglich zu und klappte das Gitter des Krankenbettes hoch. Die Nachttischlampe ließ sie brennen. Es war kurz vor zehn, als sie die Tür ihrer Wohnung hinter sich schloss und sich mit Blick auf das Chaos erschöpft dagegenlehnte. Sekunden später hörte sie Schritte im Treppenhaus. Sie blickte durch den Spion und erkannte David Grabowski. Er sah müde aus – abgespannt, als trüge er alle Last der Welt auf seinen Schultern. Die Standpauke für ihn konnte bis morgen warten.

SAMSTAG, 3.NOVEMBER

Die Kollegen von der Streife hatten Unnas Stadtpark groß-
räumig abgeriegelt. Rot-weißes Flatterband kämpfte an
sämtlichen Zugängen gegen den böigen Wind an. Die Frei-
treppe, die zur Burgstraße führte, war ebenso dicht wie die
Treppe aus Bruchstein zum Museumsplatz. Ein quer gestellter Polizeiwagen mit blinkendem Blaulicht versperrte die
Zufahrt zur Kirche St. Katharina. Für die nach und nach
eintreffenden Einsatzfahrzeuge der Mordkommission und
Spurensicherung war die linke Spur des Ostrings bis zur
Kreuzung Morgenstraße gesperrt worden. Inzwischen war
es halb neun und im Stadtpark wimmelte es von Beamten.

Max Teubner, Kriminalhauptkommissar des KK 1/2 Unna
hatte gewusst, dass während seiner Bereitschaft etwas passieren musste. So war er nach den Kollegen der Schutz-
polizei und dem Notarzt als erster Kripobeamter am Tatort erschienen. Der Arzt konnte ihm den Tod der Frau vor
dem Kriegerdenkmal bestätigen. Todesursache vermutlich
durch Fremdeinwirkung. Also wurde der gesamte Polizei-
apparat eingeschaltet: Die Kriminalhauptstelle Dortmund
bildete eine Mordkommission, die unter der Leitung von
Kriminalhauptkommissar Jochen Hübner in weniger als
40 Minuten am Tatort erschien. Es würde ein langer Tag
werden. Und wenn Max Teubner Pech hatte, nahm der Leiter der MK ihn mit ins Ermittlungsteam, was bedeutete: in
den kommenden Tagen zig Überstunden und kaum Schlaf.
Aber das war sein Job. Er hatte jahrelang im Kriminalkom-

missariat 11 von Köln gearbeitet und dabei oft mit Kapitaldelikten zu tun gehabt. Seit er sich nach Unna hatte versetzen lassen, war es in dieser Hinsicht ruhiger geworden. Zwei Jahre arbeitete er nun schon im KK1/2 von Unna und hatte überwiegend mit Kleinkriminellen zu tun. Teubner sah Jochen Hübner nun mit großen Schritten auf sich zukommen.

»Ich habe mit dem Notarzt gesprochen. Wir warten auf die Rechtsmedizin. Wissen wir, wer die Frau ist?«

Teubner zog ein Notizbuch aus seiner Tasche und blätterte.

»Die Frau trug weder Handtasche noch Papiere bei sich. In dem schwarzen BMW, der neben dem Denkmal abgestellt wurde, fanden wir Führerschein und Fahrzeugpapiere im Handschuhfach. Demnach handelt es sich um eine Frau Doktor Judith Heinemann-Schönfeld, wohnhaft in Unna-Uelzen.«

Hübner zog seinen grauen Wollschal fester um den Hals.

»Schäbiger Wind heute. Ist der BMW auf die Tote zugelassen?«

Max Teubner nickte. »Ja, ihr Name steht im Fahrzeugschein.«

»Gut. Drüben wartet der Zeuge Gröning. Der Mann friert und möchte nach Hause.«

Teubner nickte und dachte: Das möchte ich auch. Er schlug den Kragen seiner blauen Steppjacke hoch und zog den Rand seiner schwarzen Wollmütze tiefer ins Gesicht. Dann vergrub er die Hände in den Jackentaschen und ging mit schnellen Schritten auf Gröning zu, der mit Mühe versuchte seinen bellenden Langhaardackel unter Kontrolle zu bringen. Teubner schätzte den Zeugen auf Mitte 70. Karierte Schiebermütze, hellbrauner Lodenmantel, gewienerte

Lederschuhe und scharfkantige Bügelfalte in der schwarzen Hose. Er reichte dem Mann die Hand.

»Kriminalhauptkommissar Teubner. Es tut mir leid, dass Sie warten mussten.«

Gröning ergriff die Hand, ohne seine dunklen Lederhandschuhe abzustreifen. »Mein Name ist Professor Ewald Gröning. Muss ich Ihnen die Geschichte jetzt noch einmal erzählen? Ihre Kollegen in Uniform wissen doch Bescheid.«

»Nur zwei Fragen, Herr Professor: Wann genau haben Sie die Leiche entdeckt? Ist Ihnen dabei etwas Besonderes aufgefallen?«

Gröning seufzte. »Ich verlasse jeden Morgen um Punkt 7 Uhr das Haus. Länger hält die Blase von Theodor das nicht aus.«

»Wie spät war es, als Sie die Leiche entdeckten?«

»Ich bin durch Theos Knurren aufmerksam geworden. Er zog mit aller Macht zum Kriegerdenkmal hin. Es wird so zwanzig nach sieben gewesen sein. Da sah ich sie. Ich erkannte sofort, dass die Frau tot ist. Ich habe viele Jahre als Herzchirurg gearbeitet.«

»Sie riefen dann gleich die 110?«

»Ja. Mit dem Handy, das mein Sohn mir aus Sorge zum Geburtstag schenkte. Eigentlich bin ich nicht für diesen elektronischen Schnickschnack. Aber mein Junge hat darauf bestanden.« Er stockte. »Meine Frau starb im Mai an einem Herzinfarkt.«

Das musste frustrierend sein für einen Herzchirurgen. »Mein Beileid.« Teubner legte anstandshalber eine Pause ein. »Ist Ihnen noch irgendetwas aufgefallen? War jemand in der Nähe?«

Gröning schnaubte empört. »Was glauben Sie, was hier um Viertel nach sieben in der Früh los ist? An einem Samstag! Im November! Bei dem Wetter!« Er zog mit einem kurzen Ruck an der Hundeleine, um Theodor zur Raison zu bringen, der unablässig Richtung Heimat zog. »Heute Morgen war hier keine Menschenseele. Ob mir etwas aufgefallen ist? Na, das Lebkuchenherz, welches die Frau um den Hals trägt. Ich dachte von Weitem erst, die hat zu viel Glühwein auf der Kirmes getrunken. Na ja, und der BMW hinter dem Denkmal ist mir aufgefallen. Hier gehört nun mal kein Auto hin.«

Max Teubner trat von einem Bein aufs andere, um das Frieren in seinem Körper abzuschütteln. Er reichte Herrn Gröning die Hand.

»Vielen Dank, Professor Gröning. Sie können jetzt gehen.« Er sah dem alten Herrn nach, der sich mit strammen Schritten entfernte. Sein Köter trabte treu neben ihm her. Teubner blickte über die große Wiese des Stadtparks. Durch die dichte Laubschicht war sie kaum noch zu sehen. Es schien, als hätten die Bäume über Nacht einen Großteil ihrer Blätter abgeworfen. Eine Menge Arbeit für die Männer und Frauen der Spurensicherung. Teubner sah, wie sich vom Verkehrsring das Auto der Rechtsmedizin näherte. Doktor Werner Severin stieg aus und wechselte einige Worte mit dem Notarzt, der kurz darauf seine Koffer nahm und abfuhr. Severin grüßte Teubner freundlich, streifte Einweghandschuhe über und ging neben der Leiche in die Hocke. Er bewegte mehrere Gelenke. Mit behutsamer Routine drehte der Rechtsmediziner dann den Kopf der Leiche. »Würgemale am Hals.« Die wachen grünen Augen des Arztes blickten konzentriert durch eine silbergefasste Nickelbrille.

»Die Totenstarre ist noch im Anfangsstadium. Auf Anhieb würde ich sagen, die Frau ist höchstens drei bis vier Stunden tot.«

Während Severin mit der Untersuchung fortfuhr, zählte Teubner die Schläge der Kirchturmuhr, die vom Kirchplatz zu ihm herüberhallten. 9 Uhr. Demnach war die Frau zwischen 5 und 6 Uhr in der Früh ums Leben gekommen.

»Fundort gleich Tatort? Was meint der Fachmann?«

»Nun mal langsam, Herr Kommissar.«

Severin besah sich die Hände der Leiche. »Leichte Hautrötung an den Gelenken. Ich wette, da finde ich Rückstände von Klebeband.« Er schaute auf die Innenflächen der Gelenke. Man konnte an beiden Armen einen kleinen Schnitt in Höhe der Pulsschlagadern erkennen. Der Rechtsmediziner pfiff leise durch die Zähne und inspizierte die Finger. »So, wie es aussieht, keine Hautreste unter den Fingernägeln. Die Nägel sind auch nicht brüchig.« Severin machte einige Fotos, dann drehte er die Tote auf den Bauch, maß rektal ihre Temperatur und diagnostizierte die Totenflecke. Endlich stand er auf. Er streifte sich die Latexhandschuhe von den Händen und stopfte sie achtlos in seine Manteltasche.

»Ich gehe davon aus, dass der Fundort *nicht* der Tatort ist. Am Boden finden sich keine Blutspuren. Die Kleidung der Frau ist weitgehend trocken. So nass, wie es hier im Park aussieht, hat es gewiss noch bis vor zwei, drei Stunden geregnet. Außerdem wurde die Dame regelrecht in Szene gesetzt.« Er zeigte Teubner ein Foto in seiner Kamera, das er von der Leiche gemacht hatte. »Sehen Sie? Gestreckte Beine, eng beieinanderliegend, wobei sogar die Pumps ordentlich an den Füßen sitzen. Genaueres wie immer nach der Obduktion.« Er warf einen letzten Blick auf die Tote. »Eine hübsche Frau. Schade drum.«

Teubner nahm den letzten Satz Severins kommentarlos hin. Über Geschmack ließ sich bekanntlich nicht streiten.

Auf ihn machte die Tote selbst jetzt noch einen arroganten Eindruck. Das mochte an den hoch liegenden Augenbrauen liegen oder an den feinen Linien, die die Stirn durchzogen. Das kurze blondierte Haar war mit Gel in Form gebracht. Blaue Augen starrten, umrahmt von schwarzer Wimperntusche, auf ein Lebkuchenherz mit dem Schriftzug »Ein letzter Gruß, G.«, welches um ihren Hals hing. Dezenter roter Lippenstift. Schlanke Statur, Stöckelschuhe, edler Hosenanzug, teurer Kamelhaarmantel. Sie mochte hübsch sein, da gab er Severin recht.

»Können Sie etwas zur Todesursache sagen?«

Werner Severin zog mit strengem Blick die Luft ein. »Immer dasselbe: Mein lieber Kommissar Teubner, ich bin kein Hellseher. Sie werden die Obduktion abwarten müssen. Wer wird mich gleich begleiten? Sie?«

Teubner zog die Schultern hoch. Er war ewig nicht bei einer Obduktion dabei gewesen. Drum reißen würde er sich gewiss nicht.

»Das entscheidet Hauptkommissar Hübner. Er leitet die MK«, sagte er.

Severin blickte auf und grinste verhalten. »Sagen Sie, Sie arbeiten doch jetzt mit der Maike Graf zusammen?«

Teubner nickte nur. Seine Füße waren eiskalt. Hoffentlich fing er sich heute keine Erkältung ein. Ein heißes Bad wäre eine Wohltat, ein Kaffee würde es für den Anfang auch tun.

»Früher hatte ich oft mit Ihrer Kollegin zu tun«, fuhr Severin fort. »Als sie noch in Dortmund bei der Kripo war. Nettes Mädel. Immer für ein Pläuschchen zu haben. Ich bin mir sicher, dass der Hübner ihr nachjammert. Waren ein schönes Paar, die zwei.«

Teubner zog erstaunt die Augenbrauen hoch. »Maike hatte was mit dem Hübner?«

»Das wissen Sie nicht? Die waren privat und in Ermittlungssachen das perfekte Duo. Kurz vor Ostern hat er ihr im Präsidium einen Heiratsantrag gemacht. Einen Brillantring hat er ihr an den Finger gesteckt. Vor allen Kollegen.«

Teubner kannte Maike Graf, seit sie im Juli nach Unna gewechselt war. Mittlerweile gaben sie ein gutes Team ab. Auch die Gemeinsamkeit, dass sie beide einmal in einer Mordkommission tätig waren – er in Köln, sie in Dortmund – brachte sie auf eine Wellenlänge. Über Privates hatte er allerdings bisher kaum mit ihr gesprochen.

»Erst hat sie Ja gesagt. Er hatte sie wohl völlig überrumpelt. Aber am nächsten Tag hat sie dem Hübner den Ring zurückgegeben. Das hat zwar nur seine Sekretärin mitgekriegt, aber so was macht schnell die Runde. Mensch, muss dem Hübner das peinlich gewesen sein.« Er lachte in sich hinein.

»Und dann hat Hübner ihr geraten, sich versetzen zu lassen, richtig?«, mutmaßte Teubner.

Severin schüttelte langsam den Kopf. »Die Maike ist von sich aus nach Unna gegangen. Ich glaube, das hat der Hübner mehr bedauert als die Tatsache, dass sie ihm einen Korb gab.«

Max Teubner fror erbärmlich. Er sah aus den Augenwinkeln, dass Jochen Hübner auf sie zusteuerte. Ob er ahnte, dass sie über ihn sprachen? Teubner hatte erst ein- oder zweimal mit dem Leiter der Mordkommission zu tun gehabt. Ein Typ mit Krawatte, dunklem Wolljackett und Jeans, der den einen Meter achtzig von Teubner vielleicht mit fünf Zentimetern toppte. Der mit seinem gepflegten Oberlippen- und Kinnbart sowie Geheimratsecken ein wenig wie ein Gelehrter wirkte. Der Leiter der Mordkommission begrüßte den Rechtsmediziner freundschaftlich, indem er ihm auf die Schulter klopfte, und ließ sich erste

Erkenntnisse vermitteln. Teubner hörte schweigend zu. Hübners Gesicht war ernst, er erwartete schnelle Ergebnisse, sodass Werner Severin eilig zusammenpackte. Dann wandte Hübner sich an Teubner.

»Ich möchte, dass Hauptkommissarin Maike Graf informiert wird. Das Amtsgericht hat dem Antrag der Staatsanwaltschaft auf Leichenöffnung bereits stattgegeben. Maike soll sich auf den Weg nach Dortmund machen und Doktor Severin und seinem Team bei der Obduktion Gesellschaft leisten.«

*

Der Anruf von Max Teubner erreichte Maike Graf, als sie gerade die erste Wand ihres Wohnzimmers zu Ende verputzt hatte und lächelnd auf das respektable Ergebnis starrte. Ihr erster Gedanke, als sie von der ermordeten Frau hörte, galt dem anonymen Anrufer vom Vortag. Teubner hatte bereits bestätigt, dass es sich bei der Leiche um die Zahnärztin Judith Heinemann-Schönfeld handelte. Hätte man den Anrufer ernster nehmen sollen? Die Kollegen hatten die Frau gewarnt, und diese hatte die Warnung als Humbug abgetan. Wenn Maike ehrlich zu sich selbst war, dachte sie auch, einen Spinner in der Leitung gehabt zu haben, der sich wichtigmachen wollte. Hätte man den Tod der Zahnärztin verhindern können? Vielleicht konnte man aus dem aufgezeichneten Band des anonymen Anrufers noch etwas herausholen. Maike würde dafür sorgen, dass es der Kriminaltechnik zugeführt wurde. Aber jetzt musste sie sich erst einmal beeilen. Sie schrubbte sich, so gut es ging, die Putzreste von der Haut und war bereits abgehetzt und wieder verschwitzt, als sie nach der Dusche in Jeans und Pulli schlüpfte. Keine Zeit mehr für einen aufmunternden Kaffee und ein zweites Frühstück.

Auf dem Weg zur Rechtsmedizin begann ihr Gehirn, zu rotieren. Plötzlich hörte sie den Sarkasmus in der Stimme ihres Kollegen. »Dein *Exfreund,* Hauptkommissar Jochen Hübner, will, dass *du* zur Obduktion nach Dortmund fährst.« Sie sah Max Teubner bei seinen ironischen Worten förmlich vor sich. Wie er sich grinsend durch die kurzen dunkelblonden Haare strich, die immer etwas verwuschelt aussahen. Sein Äußeres erinnerte Maike an den Fußballstar Marco Reus von Borussia Dortmund. Seine durchtrainierte Figur, seine Größe von eins achtzig und sein selbstbewusstes Auftreten. Er war ihr sympathisch, sie teilte sich das Büro gern mit ihm.

Gerade deshalb war die Situation peinlich. Maike spürte, wie ihr das Blut ins Gesicht schoss. Vermutlich hatte Rechtsmediziner Werner Severin Teubner haarklein erzählt, wie es mit ihr und Jochen auseinandergegangen war. Sie seufzte. Dann stand einem internen Klatsch im KK1/2 in Unna ja nichts mehr im Weg.

Sie konzentrierte sich auf den Verkehr. Die B1 Richtung Dortmund war samstags um diese Zeit immer stark befahren. Die Scheibenwischer ihres Clio wischten das Spritzwasser von der Windschutzscheibe, als sie LKW um LKW überholte. Das trübe Nieselwetter dieses Tages passte zu ihrer Laune. Sie hupte erbost, als ein Vectra-Fahrer mit Stuttgarter Kennzeichen, aus dessen Seitenfenstern rotweiße Schals flatterten, knapp vor ihr einscherte. Der Fahrer zeigte ihr den Mittelfinger. Automatisch merkte Maike sich das Kennzeichen und wünschte dem Fahrer, dass der VFB Stuttgart am Nachmittag im Signal-Iduna-Park haushoch gegen die Borussia verlieren würde.

Endlich erreichte Maike die Bünnehelfstraße, in der sich das Institut für Rechtsmedizin befand. Kurz darauf stand sie mit knurrendem Magen hinter Rechtsmediziner Werner Severin und seinem Assistenten und lauschte der sonoren Stimme, die jede Handlung in ein Diktiergerät sprach. Severin begann seine Arbeit, indem er den Schädel der Leiche öffnete und das Gehirn entnahm. Maike kannte den Ablauf. Sie wusste, dass es einige Kollegen gab, die stets ein Würgen unterdrücken mussten und leichenblass den Sektionssaal verließen. Sie selbst war um einiges hartgesottener. Auch bei ihrer ersten Leichenöffnung war sie gelassen geblieben. Vielleicht hatte Jochen sie deshalb geschickt. Brauchte er ihre fachliche Kompetenz als ehemalige Mitarbeiterin des Kriminalkommissariats 11? Vermisste er sie?

Wie sah es bei ihr aus? Sie lauschte in sich hinein. Gab es da noch Gefühle für ihn? Das fragte Maike sich nicht zum ersten Mal. Manchmal bereute sie, sich so überstürzt von ihm getrennt zu haben. Unter Kollegen galten sie damals als das perfekte Paar. Beruflich sowie privat. Für eine Heirat war Maike jedoch nicht bereit gewesen. Sie dachte an seinen Antrag. Wie ein Unwetter waren Visionen über sie hereingebrochen, die sie nicht beiseiteschieben konnte. Sie sah sich plötzlich als Hausfrau und Mutter, während Jochen weiter seinem Job nachgehen konnte. Maike liebte ihre Arbeit und war nicht bereit, für eine Familie darauf zu verzichten. Ob sie überhaupt Kinder wollte, wusste sie nicht. Außerdem fühlte sie sich mit 36 fast zu alt zum Kinderkriegen. Jochen war immerhin schon 45 und sprach an jenem Abend von zwei Kindern. Sollten die Zwerge später einmal zu ihnen Oma und Opa sagen? Maike fühlte sich der Situation nicht gewachsen. Sie hatte in der Nacht kein Auge zugetan, sich nur von einer Seite auf die andere gewälzt und gegrübelt.

Schließlich stand ihr Entschluss fest und sie zog die Konsequenzen.

Maike seufzte und lauschte weiterhin der Stimme Werner Severins, ohne den fachlichen Inhalt zu erfassen. Der Rechtsmediziner hatte die Leiche durch einen T-Schnitt vom Schambein bis zum Hals geöffnet und war dabei, die inneren Organe zu entnehmen, zu vermessen und zu wiegen. Er nahm Proben und legte diese für eventuelle spätere Untersuchungen jeweils in ein Glas, welches sein Kollege verschloss und wegstellte. Die Organe selbst legte er in eine Plastiktüte. Maike bewunderte die Ruhe, mit der Severin seine Arbeit verrichtete. Sie kannte ihn schon seit Jahren. Sie mochte seine lockere Art, seine manchmal dummen Sprüche. Während sie ihn beobachtete, fiel ihr wieder seine Ähnlichkeit mit dem Fernsehkoch Horst Lichter auf. Maike liebte es, die Menschen in ihrer Umgebung mit bekannten Persönlichkeiten zu vergleichen. Sie stellte sich unwillkürlich vor, wie Severin jeden Morgen vor dem Spiegel stand, stirnrunzelnd den fast kahlen Kopf betrachtete und dabei an seinem ergrauten Kaiser-Wilhelm-Schnauzbart zwirbelte.

Maike bemerkte, dass der Rechtsmediziner zum Ende kam. Er legte nun die Tüte mit den entnommenen Organen in den Bauchraum der Leiche. Dann nähte er den Leib der Leiche mit großen Stichen zu.

»Das war es mal wieder.« Severin streifte die Latexhandschuhe ab und legte seinen Mundschutz beiseite. Er sprach einige Sätze mit seinem Kollegen und bat ihn, das aufgenommene Tonband der Sekretärin zu bringen. Dann wandte er sich an Maike.

»Die Todesursache ist eindeutig. Die Frau ist erstickt. Ihr wurde so lange die Kehle zugedrückt, bis sie starb. Ob ihr Mörder sie zuvor betäubt hat, kann ich erst nach Untersuchung der Gewebeproben sagen, die ich aus Luftröhre und Lunge entnommen habe.« Severin wusch sich die Hände, rieb sie dann mit Desinfektionsmittel ein.

»Merkwürdig sind die kleinen Schnitte an der Innenseite der Handgelenke der Leiche. Als hätte man ihr die Pulsadern aufschneiden wollen. Dazu waren die Schnitte jedoch nicht tief genug. Die Haut ist im Grunde nur leicht angeritzt. Vielleicht hat den Täter der Mut verlassen.«

Maike dachte an eine andere Möglichkeit. »Könnte es sich vielleicht um einen vorangegangenen Suizidversuch handeln?«

Severin schüttelte entschieden den Kopf. »Das würde ich ausschließen. Ich habe schon einige Selbstmörder auf meinem Tisch gehabt. Wenn die sich die Pulsadern aufschneiden, finden sich oft sogenannte parallel verlaufende Probierschnitte an der Innenseite der Gelenke, die bereits vernarbt sind. Die sind meist viel länger, so drei, vier Zentimeter.«

»Sie meinen also, die Schnitte wurden vom Mörder ausgeführt?«

Severin zog die Stirn kraus und hob die Schultern. »Ich kann Ihnen nur sagen, die Schnittverletzungen befinden sich genau unterhalb der Stellen, an denen ich Rückstände von Klebeband gefunden habe. Auf Grund der Muskelbildung gehe ich davon aus, dass die Frau Rechtshänderin war. Sie hätte also bei einem Suizidversuch wahrscheinlich an ihrem linken Handgelenk geritzt. Zwei Ritze befinden sich jedoch an ihrem rechten Handgelenk. Einer davon wurde ihr zugefügt, als sie noch lebte. Die anderen wurden postmortal ausgeführt. Steht aber nachher alles genau im Bericht.«

Maike nickte. »Vielen Dank, Doktor.«

Severin band sich die Schleife seines Kittels auf. »Während meine Sekretärin den Bericht tippt, darf ich Sie gewiss zu einer Tasse Kaffee einladen, Maike. Meine Frau hat mir in der Eile heute Morgen noch eine Dose mit Broten mitgegeben. Die können wir uns teilen und uns dabei über alte Zeiten unterhalten.«

Ob Severin ihren Magen hatte knurren hören? »Da sage ich nicht nein, Herr Doktor.«

*

Irgendetwas vibrierte und riss ihn aus dem Tiefschlaf. Sein Kopf brummte. Nein. Hinter seiner Stirn stand ein Bauarbeiter mit gelbem Helm, fiesem Gesicht und einem ratternden Presslufthammer. Langsam richtete er den Oberkörper ein Stück auf. Ihm wurde speiübel. Hat keinen Zweck, dachte er und ließ sich zurückfallen. In seinem Magen rumorte es. Er würgte, hielt sich die Hand vor den Mund und schluckte. Erneut vibrierte es. Das Geräusch kam von unten, kein durchgängiger Ton, sondern ein stetig unterbrochener. Www … www. Das konnte nur sein Handy sein. Er drehte sich auf die Seite, fiel auf den Boden. Fast leere Bierflaschen klirrten aneinander, kippten um. Der Geruch von auslaufendem Bier brachte ihn erneut zum Würgen. Diesmal schluckte er nicht, sondern erbrach sich auf den Teppich. Voller Ekel drehte er den Kopf zur Seite. Was für eine verdammte Sauerei.

Www … www. Wo war das dämliche Telefon? Und wer in Gottes Namen rief ihn mitten in der Nacht an? Er versuchte, sich zu konzentrieren. Erst jetzt fiel ihm auf, dass er nicht in seinem Bett gelegen hatte, sondern auf der Couch im Wohnzimmer. Endlich gab das Handy Ruhe. Er rieb sich mit dem Hemdsärmel den Schweiß von der Stirn. Der beißende Gestank seines Erbrochenen stieg ihm in die Nase. Sein Magen rebellierte.

Nein. Nicht noch mal. Mühsam drückte er sich auf die Knie. Ihm war schwindelig. Er stützte sich an der Couch ab und stemmte sich in den Stand. Alles drehte sich. Schnell krampfte er die Finger in die Rückenlehne der Couch. Ihm wurde schwarz vor Augen.

Welcher Tag ist heute? Was habe ich gestern bloß getrieben?

Mit Mühe taumelte er zum Bad, schaffte es gerade noch bis zur Kloschüssel. Danach fühlte er sich etwas besser. Er spülte sich den Mund aus und spritzte sich kaltes Wasser ins Gesicht. Dann hob er den Kopf und sah im Spiegel einen Mann mit tiefen schwarzen Rändern unter den dunkelgrünen Augen. Die schmalen Lippen zusammengepresst, das halblange Haar in schmierigen Wellen. Dichte Brauen, faltige Stirn, stoppeliges Kinn. Er sah aus wie mindestens 40, dabei war er erst 31.

Allmählich begann sein Gehirn wieder zu arbeiten. Sein Name war Gero Krüger, er arbeitete als selbstständiger Immobilienmakler. Ein Blick auf die nachgemachte Rolex gab Aufschluss: Heute war Samstag, der 3. November. Nicht mehr mitten in der Nacht, sondern schon später Vormittag.

»Verdammt«, murmelte er. »Warum hab ich gestern bloß so viel gesoffen?«

Das leise Surren des Handys schallte aus dem Wohnzimmer herüber. Gero hielt den Kopf an den Wasserhahn und schlürfte gierig kaltes Wasser. Dann schleppte er sich zurück ins Wohnzimmer. Er fand das Handy unter der Couch. »Ja?«

»Na, endlich! Ich versuche über eine Stunde, dich zu erreichen.«

»Tut mir leid«, krächzte er. Der Hals brannte, als habe er reinen Spiritus getrunken. Dann schoss auch noch Magensäure hoch. Er konnte das erneute Würgegefühl nur mühsam unterdrücken.

»Und? Nun rede schon! Hast du dir was einfallen lassen? Konntest du Guidos Alte davon abbringen, zu diesem Anwalt zu rennen?«

Krüger verstand nur Bahnhof. Ihm dämmerte immerhin, dass seine Exfreundin Claudia Lorenz am Telefon war. Aber was sie von ihm wollte, war ihm völlig schleierhaft. »Ähm, … was …«

»Hast du gekifft? Oder 'n Röhrchen gezogen?«

Ihre schnippische Art regte ihn auf. Er gab sein sauer verdientes Geld bestimmt nicht für Koks aus. Wenn ein Rausch, dann reichte ihm der Fusel vom Aldi. »Hilf mir auf die Sprünge«, bat er, da er keine Ahnung hatte, was Claudia von ihm wollte.

»Das glaub ich nicht! Also gut. Wir hatten gestern den Termin der Geldübergabe mit dem schwedischen Immobilienmakler. Du, Guido Schönfeld und ich im Café Extrablatt am Markt. Als wir uns verabschiedeten, warst du noch völlig klar im Kopf.«

Ihm dämmerte etwas. Krüger konnte kaum fassen, dass alles geklappt hatte. Doch dass er deshalb so viel gesoffen hatte!

»Bist du noch dran? Erinnerst du dich endlich?«

»Ja, der schwedische Makler. Wir haben 400.000 Euro für Schönfelds Villa abkassiert. Und 100.000 gehen bald auf mein Konto. Wir drei haben angestoßen auf den Erfolg. Und dass unser kleiner Schwindel geklappt hat.«

»Kleiner Schwindel nenn ich mal eine nette Untertreibung. Ja. War alles wunderbar, bis Guido seine Frau Judith an der Strippe hatte. Jetzt sag nicht, du weißt das nicht mehr. Sollte dir dein Anteil auf einmal egal sein? Mensch, wach auf, Gero! Die Alte ist kurz davor, uns auffliegen zu lassen. Dann war's das! Aus der Traum für mich und Guido vom Neustart in Südamerika. Und für dich gibt es auch kein neues Büro! Womöglich landen wir sogar im Knast!«

Allmählich öffneten sich einige Gehirnkammern und die Ereignisse des gestrigen Nachmittags wurden deutlicher. Der Schwede Johansson hatte die 400.000 Euro für die Villa Schönfeld in einem Koffer gebracht und war ziemlich schnell wieder verschwunden. Dann bekam Guido Schönfeld einen Anruf von seiner Frau. Sie hatte den Notartermin in Schönfelds Terminplaner entdeckt und wollte wissen, was da hinter ihrem Rücken lief. Sie keifte so laut, dass Krüger sogar Satzfetzen mitbekam. Als Schönfeld das Gespräch beendete, war er blass. Er erklärte das Dilemma und wollte, dass Krüger etwas unternahm. Es kam zum Streit zwischen den Männern.

»Wollte Guido Schönfeld nicht mit seiner Frau reden? Vielleicht konnte er sie beruhigen«, mutmaßte Krüger.

»Mensch, Gero! Werd endlich wach! Guido hat seine Alte noch einmal auf dem Handy angerufen. Sie hat ihn gar nicht ausreden lassen und einfach aufgelegt. Er solle seine Sachen packen und verschwinden. Du hast das Gespräch doch mitbekommen. Letzten Endes wolltest du dir etwas einfallen lassen, damit die Sache nicht in letzter Minute auffliegt. Du wolltest Guidos Alte irgendwie von der Bildfläche verschwinden lassen. Zumindest so lange, bis Guido und ich im Süden sind. Was ist also?«

Gero Krüger zermarterte sich das Gehirn. Er erinnerte sich nur, dass er nach dem Treffen zu seinem Büro geeilt war. »Hör zu, Claudia. Ich hab den totalen Filmriss. Ist eigentlich nicht meine Art, mich so zu betrinken.« In seinem Kopf hämmerte es immer noch schmerzhaft. Das machte es nicht leichter, sich zu konzentrieren. »Lass mich erst mal wach werden. Ich melde mich später bei dir.«

Krüger drückte das Gespräch weg, ohne auf ihre Antwort zu warten. Dann ging er ins Bad und kramte in dem kleinen Arzneischrank neben dem Spiegel nach Kopfschmerztabletten. Er stopfte gleich zwei davon in den Mund. Das verschmierte Zahnputzglas spülte er flüchtig aus, dann würgte er die Tabletten hinunter und trank das Glas in einem Zug aus. Danach ging er zurück ins Wohnzimmer. Es stank schrecklich. Er zog die Vorhänge beiseite und riss ein Fenster auf. Die einströmende Luft war kalt. Er atmete sie tief ein. Erst jetzt sah er das Chaos auf dem Boden. Leere Bierflaschen, eine leere Schnapsflasche. Brotkrumen auf dem Tisch. Ein leerer Pizzakarton. Da hatte er ja ordentlich Party gemacht! Krüger holte einen Eimer aus dem Kabuff neben der Küche und füllte ihn mit Wasser. Als er sein Erbrochenes wegschrubbte, musste er erneut würgen. Während er die Flaschen in einen Kasten stellte, drehten sich seine Gedanken unablässig um den gestrigen Abend.

Was war geschehen, nachdem er das Büro erreicht hatte? Das Dunkel wollte sich nicht lichten. Endlich war er fertig mit Aufräumen und setzte sich in einen Sessel. Er seufzte. Auch jetzt machte sein Wohnzimmer nicht viel her: Billige Möbel aus dem Discounter, verblichener Laminatboden, schmutzige Fenster, von deren Rahmen die Farbe abblätterte. Wie er diese Wohnung hasste! Wie er dieses Haus hasste! Sein einziges Bestreben war endlich raus aus Hellweg Nr. 30. Eine Adresse, bei der jeder Einwohner Unnas sogleich die Nase rümpfte, wenn er sie hörte. Er wollte weg aus dem 9. Stock dieses schäbigen gelben Betonklotzes mit den beschmierten Fahrstuhlkabinen und den hässlichen Balkongängen. Sein Blick streifte durchs Wohnzimmer. High-tech-Flachbildschirm an der Wand mit Einsfünfziger-Bildschirmdiagonale und Apple-Computer für fast 3.000 Euro, die er beide über drei Jahre finanziert hatte, erinnerten Krüger stets daran, worin sein Bestreben lag: Er wollte einmal hoch hinaus. Und er würde es schaffen! Die ersten 100.000 Euro waren zum Greifen nah.

Sein Atem dampfte in der kalten Luft. Krüger fröstelte und schloss das Fenster, drehte die Heizung voll auf und ließ sich unter einer warmen Wolldecke wieder in den Sessel fallen. Er schloss die Augen, versuchte sich zu konzentrieren. Er erinnerte sich, den Weg zum Büro sehr schnell gelaufen zu sein. Es war nicht seine Art, durch die Innenstadt zu rennen. Geregnet hatte es nicht. Warum war er so gerannt? Vielleicht von einem Gedankenblitz getrieben? Krüger schlug sich mit der Hand mehrfach gegen die Stirn, als könne er dadurch weitere Gehirnkammern öffnen.

Plötzlich fiel ihm wieder etwas ein. Er hatte noch telefoniert. Er blickte auf sein Handy. Mit Guido Schönfeld und mit Vladimir Dombrowski. Warum? Und danach? Krüger lehnte sich zurück. War er zu Frau Doktor Judith Heinemann-Schönfeld gefahren? Hatte er versucht, die Kuh vom Eis zu holen? Oder hatte er versagt? Konnte er das Geld jetzt abschreiben? Er erinnerte sich einfach nicht.

*

Maike Graf betrat gegen 12.30 Uhr als eine der letzten Beamten den Konferenzraum des KK1/2, den die Kreispolizeibehörde Unna der Mordkommission als Besprechungsraum zur Verfügung gestellt hatte. Mehrere Stuhlreihen waren von Mitarbeitern des KK11 Dortmund belegt. Nur in der hinteren Reihe waren noch einige Stühle frei.

Sie kannte die etwa 20 Anwesenden fast alle mit Namen. Da war der grauhaarige Kriminalhauptkommissar Andreas Wilms, der die 15 Jahre bis zur Pensionierung kaum noch aushielt. Neben ihm saß sein persönlicher Zögling Kriminaloberkommissar Mika Steller, dem vor einem Jahr die Frau fortgelaufen war. Gleich in der ersten Reihe erkannte Maike die Kollegin Jasmin Sauber. Immer bestrebt, alles richtig zu machen – sauber und ordentlich, wie es schon ihr Name aussagte. Sie konnte mit ihrer Aufdringlichkeit ziemlich nerven. Auch einige Kollegen aus Unna waren anwesend. Der Kollege Max Teubner und Oberkommissar Sören Reinders saßen in der letzten Reihe. Teubner deutete auf einen freien Stuhl neben ihm und Maike nickte ihm erleichtert zu. Doch zuerst musste sie den Obduktionsbericht loswerden. Ihr Blick ging nach vorn. Dort stand Jochen Hübner als Leiter der Mordkommission im Gespräch mit dem leitenden Staatsanwalt Roman Eichhorn. Ihr erstes Aufeinandertreffen nach der Trennung mit Jochen lag vor ihr.

Sie holte tief Luft, dann ging sie mit forschen Schritten auf das Duo zu und räusperte sich. »Guten Morgen, die Herren ...«

Das Gespräch der Männer erstarb. Sie wandten sich zu ihr und erwiderten den Gruß. Maike reichte den Obduktionsbericht bewusst an Jochen Hübner. Sie lächelte und sagte: »Mit schönem Gruß von Doktor Severin.«

Er nahm den Bericht entgegen und warf einen Blick darauf, dann blickte er Maike an. »Vielleicht erklärst du uns in kurzen Worten, womit wir es zu tun haben.«

Maike nickte und stellte sich vor das Kollegium. »Das Opfer wurde zwischen 5 und 6 Uhr in der Früh erdrosselt. Der Täter trug bei der Tat vermutlich Lederhandschuhe. Es wurden Faserspuren eines Veloursleders an ihrem Hals sichergestellt, die noch ausgewertet werden. Doktor Severin hat den Verdacht, dass die Frau vor ihrer Ermordung betäubt wurde. Er muss die entnommenen Proben von Luftröhre und Lunge allerdings dahingehend untersuchen. Die Ergebnisse sollen uns Montag vorliegen.«

»Was sagt er zu den Schnitten an den Handgelenken?«

»Zwei wurden postmortal ausgeführt, einer, während sie lebte. Einen Suizidversuch der Toten schließt Severin aus. Die Frau war oberhalb der Schnitte mit Klebeband gefesselt. Vielleicht wollte der Mörder der Frau die Pulsadern aufschneiden und es war ihm dann doch zu blutig.«

Staatsanwalt Eichhorn schob sich vor. »Wir sollten den Fokus der Ermittlungen auch auf das Lebkuchenherz mit der Aufschrift ›Ein letzter Gruß, G.‹ lenken. Was bedeutet die Inschrift? Wer ist G.? Der Täter scheint uns eine Botschaft zu übermitteln. Es liegt auf der Hand, dass er das Herz auf der Kirmes gekauft hat, die seit gestern in der Stadt gastiert. An diese ungewöhnliche Botschaft muss sich der Verkäufer doch erinnern. Fragen Sie die Budenbesitzer!«

Jochen Hübner nickte Maike zu und bedankte sich, worauf sie sich auf den freien Stuhl neben Teubner setzte. Sie atmete auf. Sie hatte sich das Aufeinandertreffen mit ihrem Exfreund schlimmer vorgestellt. Während der gesamten Heimfahrt von Dortmund hatte sie gegrübelt, wie sie der Begegnung mit ihm aus dem Weg gehen konnte. Doch plötzlich war ihr etwas bewusst geworden. Es gab nur eine Möglichkeit, die Situation souverän zu meistern. Und das war die Flucht nach vorn. Jochen war schließlich Leiter dieser Mordkommission. Sie konnte sich nicht verdrücken, bis der Fall abgeschlossen war. Außerdem kannte sie ihn als tüchtigen und erfahrenen Chef. Maike würde sich ihm gegenüber so verhalten, wie sie es jahrelang im KK 11 getan hatte: freundschaftlich und kollegial.

Sie konzentrierte sich auf das Geschehen um sie herum. Staatsanwalt Roman Eichhorn referierte weiter. Ganz in seinem Element wirbelte er während seines Vortrags mit den Armen. Sein enges Sakko aus dunkelbraunem Cord kniff dabei über dem Bauch und Maike wunderte sich, dass keiner der Knöpfe absprang. Sie empfand Eichhorn als einen blasierten Typ, der Auftritte liebte, bei denen er sich besonders in Szene setzen konnte.

»Wir haben es mit einem äußerst skrupellosen Mörder zu tun. Er hat sich nicht gescheut, die Leiche in den frühen Morgenstunden vor dem Kriegerdenkmal abzulegen. Immerhin musste er damit rechnen, entdeckt zu werden. Es ist um diese Zeit jetzt im Herbst zwar noch dunkel, aber das Denkmal wird von einer Laterne bestrahlt. Der Täter stand also eine Weile regelrecht auf dem Präsentierteller. Dazu kommt seine Dreistigkeit, mit dem BMW der Toten bis neben das Ehrenmal zu fahren. Autos sind im Stadtpark tabu. Der Mörder musste jederzeit damit rechnen, dass er bei seinem auffälligen Handeln beobachtet und gestört wird. Das schien ihm jedoch egal zu sein.« Eichhorn strich sein lichtes, graues Haar nach hinten, bat Jochen Hübner um den Obduktionsbericht und blätterte darin.

»Das Zeitfenster zwischen dem Eintreten des Todes und dem Auffinden der Leiche beträgt nicht einmal zwei Stunden. Vielleicht lässt sich dieser Zeitraum durch Zeugenbefragungen noch eingrenzen. Ich denke, wir können davon ausgehen, dass der Tatort in Unna liegt.« Er warf einen weiteren Blick in den Obduktionsbericht und fuhr fort: »Laut Doktor Severin wurde die Tote im Liegen erdrosselt. Das wird dem Täter im Auto nicht gelungen sein. Er musste die

Tote also ins Auto schaffen und zum Park bringen, wo er sie in Seelenruhe in Szene setzte. Fakten, die ihn Zeit kosteten. Finden Sie heraus, ob es Zeugen gibt.« Eichhorn sah zu Jochen Hübner.

»Verteilen Sie nun die Aufgaben an Ihre Mitarbeiter. Ich erwarte schnelle Ergebnisse und möchte stetig über die Ermittlungen auf dem Laufenden gehalten werden.« Er reichte Jochen den Obduktionsbericht zurück. Dann griff er nach Aktenkoffer und Hut, warf sich einen hellbraunen Wollmantel über den Arm und verließ mit großen Schritten den Besprechungsraum.

Jochen Hübner wandte sich an das Kollegium.

»Wir wissen leider noch nicht viel über das Opfer. Judith Heinemann-Schönfeld. Zahnärztin. Verheiratet. Bei der Adresse, die im Führerschein der Toten angegeben ist, haben die Kollegen von der Streife heute Morgen niemanden angetroffen. Als Erstes müssen also die Angehörigen informiert werden.« Hübner machte eine Pause und sah Maike an. »Vielleicht erledigst du das mit dem Kollegen Teubner. Ihr kennt euch hier in Unna und auf den Dörfern besser aus.«

Maike und Teubner nickten.

»Staatsanwalt Eichhorn erwartet, dass Zeugen aufgetrieben werden. Schauen wir mal, ob es welche gibt. Ich möchte, dass nicht nur die Anwohner des Parks befragt werden, sondern auch die Stadtstreicher, Junkies und Russen, die tagsüber den Stadtpark als Treffpunkt nutzen. Vielleicht erledigt das der Kollege Reinders aus Unna mit einem weiteren Kollegen.«

Jasmin Sauber riss wie ein I-Männchen den Arm in die Luft und schmachtete Jochen an. Maike grinste in sich hinein, als Jochen ihr wohlwollend zunickte und sie den Arm wieder einfuhr. Sie stieß Teubner leicht den Ellbogen in die Seite.

»Der arme Sören. Der wird's nicht leicht haben mit der Jasmin. Kann einem echt leidtun.« Maike sah aus den Augenwinkeln, dass Sören Reinders die Augen in gespielter Verzweiflung verdrehte. Er schien seine neue Partnerin sofort liebgewonnen zu haben.

Jochen verteilte die weiteren Aufgaben in gewohnter Professionalität und bereits fünf Minuten später wusste jeder Mitarbeiter der Mordkommission, was er zu tun hatte. Als die Versammlung sich auflöste, beeilte Maike sich, als eine der Ersten den Besprechungsraum zu verlassen. Einer privaten Konfrontation mit ihrem Exfreund wollte sie noch möglichst lange aus dem Weg gehen.

＊

Sören Reinders hatte den Jackpot gezogen. Ausgerechnet diese blasierte Tussi vom Kriminalkommissariat 11 aus Dortmund musste es als Partnerin sein. Sie redete ohne Unterlass und wusste alles besser. Na, wenigstens war sie keine Hauptkommissarin, sonst hätte sie ihm womöglich noch Vorschriften gemacht. Unna war sein Revier. Und er würde als ortskundiger Beamter die Rollen verteilen. Jasmin Sauber sollte die Anwohner der Burgstraße abklappern, während er die Häuser am Ostring übernahm. Sie fügte sich.

Reinders beeilte sich, über die Grünphase der Fußgängerampel am Verkehrsring zu gelangen. Dann sondierte er zunächst die Lage. Die Augenarztpraxis hatte in den frühen Morgenstunden noch geschlossen, ebenso die Einrichtung für Schülernachhilfe. Alle weiteren Häuser ringaufwärts kamen nicht mehr infrage. Die Begrünung zur Abgrenzung des Rings verwehrte den Bewohnern den Blick in den Stadtpark. Blieben also nur ein rotes Backsteinhaus und die

Bewohner über dem verwinkelten Eckhaus zur Bergischen Straße. Hier wollte er beginnen. Reinders inspizierte die Schellen neben dem zurückliegenden Eingang des Hauses. Es kamen nur die Wohnungen im ersten Stock infrage, da sich im Parterre eine Versicherungsgesellschaft befand. In krakeliger, kaum lesbarer Schrift konnte er mühsam den Namen »Müller« entziffern. Er betätigte die Schelle ausdauernd. Die Sprechanlage knackte und rauschte.

Schließlich schrie jemand: »Hallo?«

Reinders zuckte zurück. »Guten Morgen, Frau Müller. Oberkommissar Sören Reinders. Ich hätte einige Fragen. Würden Sie bitte die Tür aufmachen?«

Der Türöffner schnarrte. Er betrat ein kaltes Treppenhaus, in das kaum Tageslicht eindrang, betätigte einen Lichtschalter und stieg in schummriger Beleuchtung ins erste Obergeschoss. Bereits am Treppenpodest erwartete ihn eine Frau, etwa Mitte 50, mit Fellpantoffeln und einem verwaschenen rosa Bademantel, den sie nur lose zugebunden hatte. Darunter schimmerten Beine mit Krampfadern und Cellulite, die ihr schmuddeliges kurzes T-Shirt nicht verdecken mochten.

»Frau Müller?« Der Kommissar streckte ihr die Hand entgegen. »Oberkommissar Reinders, Kriminalpolizei.«

Die Frau zog ihre Stirn kraus, sodass ihre Falten noch deutlicher sichtbar wurden, und starrte ihn mürrisch an. »Was wollen Sie?«

Sören Reinders steckte seine Hand in die Jackentasche, nachdem Frau Müller diese geflissentlich übersehen hatte. »Im Stadtpark vor dem Kriegerdenkmal wurde heute Morgen zwischen 6 und 7 Uhr eine Tote ...«

»Was interessiert mich, was mit dem Gesindel im Stadtpark passiert? Reicht doch, dass Ihre Meute mich in aller

Herrgottsfrüh mit wildem Tatütata aus dem Bett gerissen hat. Bevor der Lärm losbrach, hab ich nichts gehört und nichts gesehen. Also verschwinden Sie!« Sie schlurfte zu ihrer Wohnung.

»Die Frau gehörte nicht zu den Leuten, die sich sonst im Stadtpark aufhalten. Es handelt sich um eine Zahnärztin aus Unna. Es würde uns helfen, wenn jemand den oder die Täter beschreiben könnte. Ihr Balkon führt doch zum Ring?«

Frau Müller fixierte ihn einen Moment mit undefinierbarem Blick, dann sah sie sich um und brüllte in die Wohnung: »Erich? Hast du heute früh aus dem Fenster zum Ring geglotzt?«

»Lass mich in Ruhe«, antwortete eine rauchige Stimme.

Die Frau ignorierte die Abfuhr und brüllte erneut in seine Richtung: »So zwischen 6 und 7 Uhr?«

»Du sollst mich in Frieden lassen, verdammt! Du weißt genau, dass ich um die Zeit noch penne.«

Frau Müller wandte sich zu Reinders. »Seh'n Se? Wir haben nichts gehört und gesehen.« Die Wohnungstür fiel mit lautem Knall ins Schloss und Sören Reinders stand im Dunkeln. Er tastete nach dem Lichtschalter und suchte in dem verwinkelten Flur nach dem Eingang der Nachbarwohnung. An der Wohnungstür dort stand kein Name. Dennoch schellte er ausdauernd. Nichts tat sich. Der Oberkommissar beugte sich zum Briefkastenschlitz, der in die Tür eingelassen war, und spähte hindurch. Er sah einen langen, leeren Flur. Als er auf dem Rückweg die Tür der Müllers passierte, erschrak er, als Frau Müller sie von innen aufriss und ins Treppenhaus brüllte.

»Hier wohnt sonst niemand, der etwas gesehen haben könnte. Also sehen Sie endlich zu, dass Sie verschwinden!«

Reinders blieb stehen. Ihm lagen Tausende Schimpfwör-

ter auf den Lippen, aber er beherrschte sich. »Frau Müller.«
Er trat dicht auf sie zu, konnte den Zigarettendunst in ihren
Klamotten riechen. Er überragte sie fast um einen Kopf und
sah herablassend auf ihre fettigen Haare. »Möglicherweise
arbeite ich nicht für eine Mordkommission, sondern für
die Sitte. Also ziehen Sie sich lieber was Anständiges an.«

Ihre Kinnlade klappte runter. Sie raffte hastig ihren Bademantel zusammen. Reinders kniff ihr ein Auge zu, dann lief
er die Stufen hinab und verließ das Haus.

Die nasskalte Novemberluft war um einiges angeneh-
mer als das stickige Treppenhaus. Reinders atmete sie tief
ein und steuerte langsam auf das rote Backsteinhaus zu,
deren Bewohner hoffentlich etwas freundlicher waren. Er
trat über zwei Stufen auf einen torförmig überdachten Ein-
gangsbereich. An der Haustür war ein getöpfertes Schild
angebracht, auf dem stand: »Willkommen bei Familie Steinhoff«. Reinders schellte. Kurz darauf wurde ihm die Tür
von einem Mann, etwa Mitte 30, geöffnet. Im Hintergrund
hörte man ein Kleinkind weinen. Reinders zückte seinen
Ausweis, dann trug er sein Anliegen vor. Im selben Moment
kam ein etwa fünfjähriger Junge angelaufen, klammerte sich
an das Bein seines Vaters und starrte Reinders neugierig an.

»Spielst du mit mir ›Mensch ärger dich nicht‹?«

»Dazu habe ich leider keine Zeit. Ich bin Polizist und
muss deinen Vater fragen, ob er mir helfen kann. Wie heißt
du denn?«

»Leon. Und ich will so gerne ›Mensch ärger dich nicht‹
spielen.«

Der Vater des Jungen wuschelte Leon durchs Haar. »Ich
komme sofort, Leon. Du baust in der Zeit die Spielfigu-
ren auf, ja?« Leon rannte zurück ins Haus. Herr Steinhoff
wandte sich lächelnd an Sören Reinders. »Kommen Sie doch

bitte herein. Auch wenn es bei uns etwas chaotisch ist, ist es doch gemütlicher als im Nasskalten.«

Reinders folgte dem Mann durch einen hell gefliesten Flur. An den Wänden hingen Bilder von Leon. Mal auf einem Sandbagger, mal auf dem Fahrrad oder auf Rollschuhen. Zusammen mit einem krabbelnden Baby auf einer Picknickdecke. Auf einigen Bildern mit Mama und Papa. Herr Steinhoff bat den Oberkommissar ins Wohnzimmer. Sie setzten sich auf gegenüberstehende Ledersessel. Der Junge saß mitten im Zimmer auf einem Spielteppich und baute einen Turm aus Legosteinen. Das ›Mensch-ärgere-dich-nicht‹-Spiel schien er für den Moment vergessen zu haben. Reinders Blick fiel auf ein Bügelbrett vor dem Wohnzimmerschrank, auf dem ein Oberhemd ausgebreitet lag, daneben das Bügeleisen. Auf der Couch stapelte sich ungebügelte Wäsche.

»Sie fragten, ob ich am Morgen etwas beobachtet habe? Ich glaube, da kann ich Ihnen nicht helfen. Wir haben eine ziemlich unruhige Nacht hinter uns, meine Frau und ich. Unsere Tochter – sie ist erst vor zwei Wochen ein Jahr alt geworden – bekam hohes Fieber. Meine Frau hat sie die halbe Nacht auf dem Arm geschleppt. Heute Morgen um halb sechs glühte sie regelrecht, das Fieber stieg auf 40 Grad. Da haben wir die Kinder ins Auto gepackt und sind vorsichtshalber in die Kinderklinik nach Dortmund gefahren. Zum Glück konnten wir sie später wieder mitnehmen. Die Lütte bekam nur ein Antibiotikum.«

»Verstehe. Wann war das etwa?«

»So um sechs, halb sieben, schätze ich.«

»Sie mussten mit dem Auto auf den Ring fahren, dabei ein Stück am Stadtpark entlang. Ihnen ist nichts aufgefallen?«

Herr Steinhoff verneinte.

»Saß Ihre Frau hinten im Wagen bei den Kindern? Vielleicht konnte sie etwas sehen. Würden Sie sie bitte fragen?«

Der Mann nickte und verließ das Wohnzimmer. Kurz darauf kam er zurück und bat Reinders in die Küche. Die Dunstabzugshaube rauschte. Ein leckerer Duft von Erbsensuppe stieg dem Kommissar in die Nase. Frau Steinhoff stand am Herd und rührte mit einem großen Löffel durch den Suppentopf. Auf ihrer linken Hüfte hielt die schlanke Frau ein kleines Mädchen mit glasigen Augen, das das Köpfchen an die Brust der Mutter lehnte und sich mit der Hand im blonden Haar der Mutter festhielt. Die Frau wandte den Kopf, legte den Löffel beiseite und hielt Reinders die Hand hin. Er stellte sich vor und erwiderte ihren festen Händedruck.

»Als Sie heute Morgen in die Klinik fuhren, ist Ihnen im Bereich des Stadtparks etwas aufgefallen? Ein Spaziergänger fand um Viertel nach sieben vor dem Kriegerdenkmal eine Leiche.«

Frau Steinhoff zog erschrocken die Luft ein. Dann reichte sie das Töchterchen an ihren Mann weiter und rieb sich über die Arme, die ihr vom langen Tragen des Kindes sicherlich lahm geworden waren. »Jetzt, wo Sie mich auf den Park ansprechen, fällt mir etwas ein. Wir mussten an der Ampel vorm Tunnel warten. Unsere Tochter war im Kindersitz eingeschlafen und ich schaute aus dem Fenster. Als die Ampel auf Grün sprang, raste auf der linken Spur ein schwarzer Wagen an uns vorbei. Er bog mit quietschenden Reifen Richtung Kirche ab.«

»Haben Sie die Automarke erkannt?«

»Eine große Limousine. Ich glaube ein BMW.«

»Konnten Sie sehen, wohin das Auto fuhr?«

»Ja, ich habe mich sogar umgedreht, weil ich dachte: Die Leute werden immer dreister, um eine Pinkelpause zu machen. Das schwarze Auto hielt direkt neben dem Kriegerdenkmal.«

»Konnten Sie jemanden erkennen?«

»Nein. Dazu waren wir zu weit weg. Außerdem wachte die Kleine auf und fing zu weinen an. Tut mir leid.«

Frau Steinhoff drehte sich zum Herd und rührte im Suppentopf. »Mögen Sie einen Teller Erbsensuppe mitessen, Herr Kommissar? Ist in fünf Minuten fertig.«

Reinders blickte sie überrascht an. »Das ist wirklich nett von Ihnen. Machen Sie sich keine Mühe. Nur eine Frage noch: Erinnern Sie sich an die Uhrzeit, als Sie zur Klinik fuhren?«

»Ja. Viertel vor sechs. Als mein Mann den Wagen aus der Garage fuhr, hörte ich die Schläge der Kirchturmuhr und schaute automatisch auf meine Armbanduhr, während ich mit den Kindern wartete.«

Sören Reinders bedankte und verabschiedete sich von Familie Steinhoff. Dann rief er die Kollegin Sauber an. Ihre Befragung war erfolglos geblieben. Die meisten Anwohner der Burgstraße hatten zur fraglichen Zeit noch geschlafen. Reinders war zufrieden. Eins zu null für ihn. Dank seiner Zeugin konnte der mögliche Tatort nun enorm eingegrenzt werden, denn zwischen dem Todeszeitpunkt und dem Eintreffen des Mörders am Denkmal waren höchstens 40 Minuten vergangen. Reinders würde der Tussi vom Dortmunder KK11 zeigen, dass auch die Kriminalpolizei von Unna fähige Beamte bedienstete. Er nahm sich vor, die Arbeit so aufzuteilen, dass er später die effektiveren Ergebnisse vorweisen konnte. Als Nächstes mussten Stadtstreicher, Junkies und Russen befragt werden, die sich oft im Stadtpark aufhielten. Er kannte die Plätze, wo sie tagsüber zu finden waren. Madame Sauber konnte die Russen übernehmen. Die saßen zur Mittagszeit bestimmt schon wieder auf ihren Bänken am Ende des Parks. Sören Reinders behielt sich die Befragung der Penner vor. Manchmal trafen sie sich um diese Zeit an der Bornekampbrücke.

Wenn alles glattlief, konnte er am Nachmittag Feierabend machen und noch ein wichtiges Versprechen einhalten. Seine sechsjährige Tochter Luisa würde sich freuen, wenn er sie pünktlich bei seiner Exfrau abholte, um mit ihr auf die Kirmes zu gehen.

*

Ein in Bruchstein gemauerter, offener Kamin dominierte das exklusive Wohnzimmer der Villa Schönfeld. Alles wirkte edel und pompös. Vorn ein Mahagonitisch mit barocken Stühlen ringsum. Hinten eine weiße Lederlandschaft um einen Glastisch platziert. Abstrakte Kunst eines bekannten Berliner Malers, gespannt auf Keilrahmen, zierte die Wände. Bodennahe Fenster gewährten einen weiten Blick auf das Grundstück hinter der Villa.

Maike Graf saß neben Max Teubner auf der Kante der Ledercouch und beobachtete Patrick Schönfeld. Der 17-jährige Sohn von Judith und Guido Schönfeld lag angelehnt an das Polster, die Beine breit, die Arme vor dem Bauch verschränkt. Er konnte seine Augen kaum aufhalten und war unnatürlich blass. Er hatte auf dem Skateboard vor verschlossener Tür gedöst, als Maike neben Teubner die Auffahrt des Grundstücks hinauffuhr. Nach eigener Aussage verbrachte er die Nacht bei Freunden. Kurze Zeit später bog seine Schwester Svenja Schönfeld mit ihrem Smart in die Einfahrt. Sie sagte, sie studiere in Münster Zahnmedizin und habe gestern den Geburtstag einer Kommilitonin gefeiert. Deshalb sei sie erst heute nach Hause gekommen.

»So, hier ist der Kaffee. Für Sie zum Aufwärmen und für meinen kleinen Bruder zum Wachwerden.« Svenja Schönfeld stellte ein Tablett mit vier großen Kaffeebechern auf den Glastisch. »Bedienen Sie sich.«

Maike griff nach einer Tasse und tat etwas Milch hinein. »Wir würden gern mit Ihrem Vater reden. Können Sie ihn erreichen?«

Svenja hob die Schultern und zog ihr Handy aus der Hosentasche. »Ich versuch's.« Sie gab die Nummer ein und wartete. »Ausgeschaltet. Wie immer, wenn man ihn braucht.«

»Eine Ahnung, wo er sich aufhalten könnte?«, fragte Maike.

Svenja schüttelte den Kopf. »Mein Vater arbeitet als Zahnarzt in der Praxis meiner Mutter. Samstags nehmen meine Eltern sich meist frei und überlassen die Arbeit dem Doktor Stracke. Soll ich trotzdem in der Praxis anrufen?«

Das hatte Maike bereits vor einer Stunde selbst versucht. Aber vielleicht war Schönfeld inzwischen dort aufgetaucht. »Das wäre sehr nett, Svenja.«

Das Mädchen wählte die Nummer an. »Hallo, Isabella, Svenja hier. Ist mein Vater in der Praxis? Ich müsste ihn dringend sprechen.« Sie hörte eine Weile schweigend zu, dann legte sie auf und quetschte das Handy wieder in die Tasche ihrer engen Jeans. »In der Praxis geht es drunter und drüber. Das Wartezimmer ist brechend voll. Und das an einem Samstag! Unsere Arzthelferin Isabella Arndt hat bereits mehrfach versucht, meine Eltern zu erreichen. Ohne Erfolg. Jetzt ist mein Opa hingefahren, um auszuhelfen. So langsam mache ich mir echt Sorgen. Was wollen Sie eigentlich von meinem Vater? Können Sie uns nicht sagen, worum es geht?«

Maike warf Teubner einen hilflosen Blick zu. Konnten sie die Geschwister ohne Beisein eines Erwachsenen über den Tod ihrer Mutter informieren? Isabella war mit 19 Jahren volljährig. Also sprach wohl nichts dagegen. Kollege Teubner nickte kaum merklich, blieb aber stumm. Maike nahm einen Schluck Kaffee, stellte die Tasse zurück auf den Tisch und sah die Geschwister ernst an.

»Es tut mir leid. Wir haben eine traurige Nachricht für Sie. Ihre Mutter wurde am frühen Morgen im Stadtpark tot aufgefunden.«

Svenja riss die Augen weit auf. »Was? Im Stadtpark? Das muss ein Missverständnis sein.« Sie stieß ihrem Bruder, der die Augen geschlossen hielt, den Ellbogen in die Seite. »Hast du gehört? Mama soll tot sein.«

Patrick Schönfeld blinzelte. Svenja packte ihn bei den Schultern und schüttelte ihn. »Mensch, wach auf, du Idiot! Hast du nicht gehört? Mama ist tot!«

Sein Kopf schoss in die Höhe und er starrte erst seine Schwester, dann Maike und Teubner verwirrt an. »Ist das wahr? Aber wie …?«

Maike fühlte sich vom Kollegen Teubner, der stumm wie ein Fisch neben ihr saß, alleingelassen. Sie spielte ungern den Todesengel, der die Hiobsbotschaften überbrachte.

»Ihre Mutter ist ermordet worden.«

Svenja schlug sich die Hand vor den Mund. Mit Mühe versuchte sie, die Tränen zu unterdrücken. »Mein Gott! Wie … Wann …?«

»Sie starb um kurz nach halb sechs heute Früh. Viel mehr können wir noch nicht sagen.«

Svenja sackte in sich zusammen, legte den Kopf in ihren Ellbogen und weinte bitterlich. Patrick saß kalkweiß neben ihr. Plötzlich sprang er auf, rannte aus dem Zimmer und Maike hörte, wie er eine Treppe hochpolterte. Eine Tür wurde aufgerissen. Dann folgten Würgelaute.

Teubner stand auf. »Ich sehe nach dem Jungen.«

Maike nickte, setzte sich neben Svenja, legte einen Arm um ihre Schulter und streichelte sie sanft. Nach einer Weile beruhigte sich das Mädchen etwas. »Gibt es außer Ihrem Vater jemanden, den wir verständigen können? Jemand, der sich um Sie kümmern kann?«

Svenja blickte Maike aus geröteten Augen an. Ihre Wimperntusche war völlig verschmiert und sie machte einen verzweifelten Eindruck. »Meine Großeltern wohnen gleich nebenan. Mein Opa hat die Praxis gegründet, die meine Mutter weiterführt und die ich einmal übernehmen soll. Darf ich meine Oma anrufen?«

Maike schüttelte langsam den Kopf. Über den Tod der eigenen Tochter von der Enkelin am Telefon informiert zu werden, war sicher keine gute Idee. Maike kannte den Gesundheitszustand der alten Dame nicht und wollte nicht riskieren, dass sie einen Schock bekam und zusammenbrach. »Wir sollten Ihre Großmutter persönlich informieren«, sagte sie deshalb. »Kommen Sie, ich begleite Sie.«

*

Max Teubner half Patrick Schönfeld auf die Beine und versuchte ihn zu stützen, was nicht leicht war. Der Junge überragte ihn um knappe zehn Zentimeter und war kräftig gebaut. Obwohl Teubner regelmäßig im Fitnessstudio trainierte und auch zu Hause täglich auf den Boxsack einschlug, hatte er Mühe, ihn in sein Zimmer zu schaffen.

»Danke«, murmelte Patrick kaum hörbar mit kalkweißem Gesicht, nachdem er auf seinem Bett saß.

Teubner reichte ihm Mineralwasser, das auf dem Schreibtisch stand. »Trink etwas. Soll ich einen Arzt verständigen?«

»Bloß nicht. Ich komm klar.« Patrick trank von dem Wasser, dann stellte er die Flasche neben das Bett. Tief in Gedanken versunken, starrte er vor sich hin.

Max Teubner ging durch das Zimmer auf das einzige Fenster zu, das seitlich des Hauses lag. Er hatte die Haustür zuschlagen hören und durchs Badezimmerfenster gesehen, dass Kollegin Maike mit Patricks Schwester Svenja zum Nachbargrundstück gegangen war. Vermutlich wollte sie die Großmutter der Jugendlichen informieren. Teubner drehte sich vom Fenster ab. Erst jetzt nahm er das Zimmer Patricks bewusst wahr. Er stand in keinem Jugendzimmer mehr, sondern fühlte sich eher wie in einem Laden für Computer und Technik. Neben einem voll ausgerüsteten Profi-PC sah Teubner zwei Laptops und ein I-Pad. PlayStation, X-Box und Wii-Konsole fehlten ebenso wenig wie ein teurer Flachbildschirm. Poster gab es keine an den in schwarzen und weißen Blöcken gestrichenen Wänden. An einer Pinnwand hingen lediglich eine Reihe Fotos, auf denen Patrick mit Freunden abgelichtet war. Teubner sichtete sie intensiv. Der Freundeskreis von Patrick bestand auf den Bildern aus einer Clique von sechs jungen Männern. Teubner wandte sich von den Fotos ab und sah sich weiter um. Auffallend an der rechten Wandseite war ein Regal mit Skateboards und ein weiteres voller Computerspiele. Der Kommissar zuckte leicht zusammen, als Patrick die Stille unterbrach.

»Es gibt keinen Zweifel?« Seine Stimme klang wie ein bibberndes Reibeisen. »Die Tote ist wirklich meine Mutter?«

»Tut mir leid«, sagte Teubner und trat etwas hilflos auf den Jungen zu. Der schien im selben Moment zu explodieren. Plötzlich sprang er auf, war mit zwei großen Schritten an Teubner vorbei und fegte mit einer Handbewegung eine Reihe X-Box-Spiele vom Regal.

»Scheiße!«, brüllte er. »Sie hat es gehasst, wenn ich mich mit diesem Schrott beschäftigt habe. Wie oft hab ich sie deshalb belogen? Und jetzt ist sie tot!« Er trat vor die Spiele am Boden. Dann zertrampelte er eines davon, indem er immer wieder draufsprang.

Teubner ging auf Patrick zu und fasste ihn vorsichtig bei den Schultern. »Hey! Beruhige dich.«

Patrick wehrte Teubners Hände mit einem Ruck ab. Seine Augen funkelten den Kommissar böse an. »Was wissen Sie schon? Sie sind Polizist. Stehen für Recht und Ordnung! Sie brauchen kein schlechtes Gewissen zu haben!« Er ließ sich bäuchlings aufs Bett fallen und krampfte seine Hände in sein Kopfkissen. Sein Oberkörper zuckte.

Teubner ließ ihn eine Weile gewähren. Dann ging er neben dem Bett in die Hocke und sagte leise: »Auch ein Hauptkommissar macht in seiner Jugend Dummheiten. Wichtig ist, dass man aus seinen Fehlern lernt, und versucht, es in Zukunft besser zu machen.«

Patrick rollte sich auf die Seite und wischte sich die Tränen aus den Augen. »Das kann ich meiner Mutter aber nicht mehr beweisen! Sie ist tot! Sie ist gestorben, während ihr Sohn mit seinen Freunden in einem Onlinespiel Blut verspritzte und möglichst viele Menschen meuchelte, nur um den Highscore zu gewinnen.«

»Du hättest ihren Tod nicht verhindern können, auch nicht, wenn du brav zu Hause geblieben wärst«, sagte Teubner und drückte sich aus der Hocke hoch.

»Aber ich hätte ihr zeigen können, dass ich mehr draufhab!«

»Das kannst du immer noch. Du musst es für dich tun, Patrick. Das ist doch das, was alle Eltern ihren Kindern vermitteln wollen. Dass sie sich für ihre eigene Zukunft ins Zeug legen müssen und nicht, um irgendjemandem etwas zu beweisen.«

Patrick schlug die Beine über die Bettkante, blieb aber auf dem Bett sitzen. Seine Aufruhr hatte sich gelegt. Einen Moment starrte er vor sich hin, dann murmelte er: »Kann sein.«

Teubner bückte sich, hob die Spiele auf, die Patrick in seiner Wut heruntergefegt hatte, und stellte sie ordentlich zurück ins Regal. Das zertretene Spiel legte er auf einen Beistelltisch. Dann setzte er sich neben den jungen Mann, um ihn behutsam zu befragen.

»Fällt dir irgendjemand ein, der deiner Mutter den Tod gewünscht haben könnte? Hatte sie Feinde? Hatte sie gestern Abend noch etwas vor? Vielleicht eine Verabredung zur Kirmes? Sie trug ein Lebkuchenherz vor der Brust mit der Aufschrift ›Ein letzter Gruß, G.‹ Hast du eine Ahnung, wer G. sein könnte?«

Patrick fuhr sich mit gespreizten Fingern durch sein dunkelgelocktes kurzes Haar und massierte sich danach mit den Knöcheln die Schläfen. »Nein. Keine Ahnung. Ich weiß nicht, was sie gestern vorhatte und ich habe nicht den leisesten Verdacht, wer ihr so etwas antun könnte.«

»Deine Eltern verstanden sich gut? Wollten sie vielleicht gestern noch über die Kirmes gehen? Oder gab es zwischen ihnen Streit?«

Patrick stieß einen Lacher aus. »Sie meinen, weil mein Vater Guido heißt? Sie meinen, er schenkt ihr ein Lebkuchenherz mit einem letzten Gruß und unterschreibt mit ›G.‹? So blöd ist er nicht.«

»Immerhin ist er nicht erreichbar.«

»Das ist nicht ungewöhnlich. Meine Eltern haben sich arrangiert. Mein Vater brauchte Freiraum. Mutter ließ ihn meist gewähren. Dennoch wusste sie genau, wie man sich Respekt verschafft. Sei es zu Hause oder in der Praxis. Sie war ziemlich dominant.«

Teubner hatte sein Notizbuch aus der Innentasche seiner Jacke gezogen und schrieb in Stichworten mit. Der Eindruck, den die Tote auf ihn gemacht hatte, schien sich zu bestätigen.

»Kennst du jemanden, der diese Bevormundung nicht länger hinnehmen wollte? Vielleicht einer der Angestellten in der Praxis?«

Patrick hob ratlos die Schultern. »Ich würde das nicht Bevormundung nennen. Mutter stellte Regeln auf und die galt es, zu befolgen. Unsere Mitarbeiter werden über Tarif bezahlt und könnten sich jederzeit einen anderen Job suchen.«

»Was ist mit dem Zahnarzt, der bei euch angestellt ist?«

»Der Stracke? Der hatte dieses Jahr sein 25-jähriges Dienstjubiläum. Bisher hat er sich nie beschwert. Aber ich bin nur selten in der Praxis und bekomme nur mit, was meine Eltern hier zu Hause besprochen haben.«

»Was ist mit Freunden? Gab es da Streit?«

»Für Freunde hatte meine Mutter kaum Zeit. Nur mittwochs nach Praxisschluss hat sie Tennis gespielt.«

»Kennst du ihren Tennispartner?«

»Ja. Anja Wagner.«

»Hast du eine Adresse für mich?«

»Die wohnt beim Südfriedhof. In diesem Neubaugebiet.«

Max Teubner notierte sich die Adresse, ebenfalls die der
Zahnarztpraxis. Sehr aufschlussreich waren die Angaben
nicht. Er klappte das Notizbuch zu und stand auf.

»Danke, Patrick. Wenn dir noch etwas einfällt, kannst
du mich jederzeit anrufen.« Er reichte dem Jungen seine
Visitenkarte. Patrick erhob sich ebenfalls und steckte die
Karte in seine Hosentasche.

»Wo warst du heute in der Früh, so gegen 5 Uhr?«

Patrick zog die Augenbrauen hoch. »Sie fragen nach meinem Alibi? Ich war bei meinem Freund. LAN-Party. Hab
ich doch schon erwähnt. Die Adresse kann ich Ihnen aber
nur geben, wenn Sie mir versprechen, dass es keinen Ärger
wegen des Onlinespiels gibt.«

Teubner lächelte. »Geht klar.«

Patrick ging zu seinem Schreibtisch, riss ein Blatt von
einem Notizblock und kritzelte eine Adresse darauf.

»Eine Frage noch, Patrick: Wie oft kommt es vor, dass
dein Vater über Nacht wegbleibt und für euch nicht zu
erreichen ist?«

Der Jugendliche vergrub seine Hände tief in den Hosentaschen und drehte sich langsam zu Teubner um. »Ich sagte
doch, meine Eltern haben sich arrangiert.«

»Hat er eine Freundin?«, hakte Teubner nach.

Patrick stieß verbittert die Luft aus, schwieg aber.

»Also ja«, kombinierte Teubner. Er sah Patrick an, dass
ihm das Thema unangenehm war, und versuchte behutsam
mehr Informationen zu bekommen. »Wusste deine Mutter
davon? Wenn du etwas weißt, ist es wichtig, dass du mir
das sagst. Wie weit ging das Arrangement deiner Eltern?«

Patrick starrte wortlos auf den Zettel mit der Adresse von seinem Freund, den er noch in Händen hielt. Schließlich drehte er sich erneut zum Schreibtisch und kritzelte etwas auf die Rückseite des Papiers.

»Ich weiß nicht, ob meine Mutter eine Ahnung hatte. Ich glaube nicht, dass sie eine feste Freundin meines Vaters toleriert hätte«, murmelte er mehr zu sich selbst.

Patrick reichte Teubner den Zettel und sah ihn unsicher an. »Vor etwa drei, vier Wochen kam ich mit meinem Moped von einem Freund. Auf der Friedrich-Ebert-Straße erkannte ich meinen Vater, der aus einem Friseurladen kam. Eine sehr viel jüngere Frau hakte sich bei ihm ein. Ich war neugierig und folgte ihnen. Die Frau wohnte nur einen Häuserblock entfernt. Die Art, wie sie mit meinem Vater ins Haus ging, zeigte mir deutlich, wie sie zu ihm stand.«

*

Maike Graf kehrte in Gesellschaft von Svenja und deren Großmutter Roswitha Heinemann in die Villa Schönfeld zurück. Im selben Moment sah sie Teubner mit Patrick die Treppe ins Wohnzimmer hinunterkommen. Die ältere Dame drückte ihren Enkel. Sie standen eine Weile stumm, wobei sie ihren Tränen freien Lauf ließen. Die Beamten verabschiedeten sich mit gemischten Gefühlen von der trauernden Familie. Doch Roswitha Heinemann hatte sich nach dem ersten Schock wieder gefasst und wollte bei ihren Enkelkindern auf die Rückkehr ihres Schwiegersohnes warten. Er war nach wie vor nicht erreichbar. So machte Maike sich mit Max Teubner auf den Weg nach Unna-Königsborn zur Adresse seiner mutmaßlichen Geliebten. Vielleicht hatte er die Nacht bei ihr verbracht.

Die Fahrt verlief schweigend. Unterhalb des Kreishauskreisels schleppte sich der Verkehr nur noch im Schritttempo Richtung Königsborn. Nach einer endlosen halben Stunde parkte Teubner den Dienstwagen endlich in einer Parkbucht vor einem grauen Mehrfamilienhaus in der Salinenstraße. Ein Mann in Kittel hantierte unter lautem Getöse mit einem Laubbläser vor dem Eingang. Als die Beamten auf den Hauseingang zugingen, öffnete sich die Haustür. Ein älterer Mann stutzte kurz, verließ dann sichtlich genervt von dem Krach das Haus. Im Vorbeigehen rief er: »Sie sind vielleicht ein Hausmeister! Früher hätte man einen Besen genommen! Was für eine Umweltverschmutzung für die paar Blätter!«

Maike lief an den beiden Männern vorbei und erreichte die Haustür, ehe sie ins Schloss fiel. Sie stieg vor Teubner in den zweiten Stock hinauf und drückte ausdauernd auf eine Schelle mit dem Namen »Claudia Lorenz«. Nichts rührte sich. Teubner nutzte ungeduldig seine Faust und pochte laut gegen die Wohnungstür. »Frau Lorenz?«

Er legte ein Ohr an die geschlossene Tür und lauschte einen Moment. Dann zuckte er die Schultern und drehte sich ab. »Lass uns gehen, scheint niemand zu Hause zu sein.«

Maike hielt ihn zurück. »Einen Moment.« Sie drückte auf die Schelle der angrenzenden Wohnung. »Vielleicht wissen die Nachbarn, wo wir Frau Lorenz finden können. Oder ob Guido Schönfeld hier ein und aus ging.«

Teubner lehnte sich ans Treppengeländer und wartete. Ein etwa sechsjähriges Kind mit langen Zöpfen, nur mit Strumpfhose und Sweatshirt mit der Aufschrift »ANNA« bekleidet, öffnete die Tür und starrte Maike mit großen Augen an.

»Hallo! Du bist Anna? Sind Mama oder Papa zu Hause?«

»Papa wohnt nicht hier.« Anna drehte sich um und verschwand. Maike hörte im Hintergrund die Stimme einer Frau, die energische Anweisungen gab.

»Wenn ihr in fünf Minuten nicht fertig seid – mit Jacke, Mütze und Schuhen – gibt's heute keine Kirmes. Beeilung, wer Zuckerwatte will. Der Bus wartet nicht. Anna?« Kurz darauf erschien eine schlanke Frau Mitte 20 mit dunklem Bubikopf an der Tür. »Ja, bitte?«

Maike zeigte ihren Dienstausweis. »Hauptkommissarin Maike Graf. Entschuldigen Sie die Störung, aber wir müssen Ihre Nachbarin Claudia Lorenz sprechen. Wissen Sie, wo sie zu erreichen ist?«

Die Frau zog die Brauen hoch und warf einen Blick auf den Ausweis. Dann trat sie einen Schritt weiter in den Flur und zog die Tür hinter sich fast zu, hielt den Knauf dabei fest.

»Sie hat einen Laden in der Friedrich-Ebert-Straße. Frisuren und Nageldesign. Dort ist samstags bis um 16 Uhr geöffnet.« Sie zeigte ihre gespreizten Finger mit silber-weiß gemusterten Fingernägeln und Sternchen. »Kann ich nur empfehlen«, grinste sie.

Maike lächelte geflissentlich und stellte sich vor, wie sie mit solchen Nägeln auf ihrem Computer tippen, geschweige denn ihre Wände verputzen sollte. Sie fragte nach der genauen Adresse des Studios. Die Nachbarin ließ den Knauf ihrer Wohnungstür los und beschrieb gestenreich mit kurzen Worten den Weg zum Friseurladen, der mit dem Auto in fünf Minuten zu erreichen sei.

»Vielen Dank, Frau …« Maike blickte auf ein Messingschild über der Schelle, in das kunstvoll ein Name graviert war »… Knurrhahn. Eine Frage noch: Hat Frau Lorenz einen festen Freund oder lebt sie allein?«

Die junge Frau öffnete die Tür zu ihrer Wohnung und trat einen Schritt zurück, als sei ihr die Frage zu intim. Dann sagte sie zögernd: »Sie wohnt hier allein. Aber seit einigen Monaten habe ich öfter einen Mann bei ihr gesehen. Der fährt einen dicken SLK und hat am Wochenende auch schon mal bei ihr übernachtet.«

Ihre Beschreibung passte auf Guido Schönfeld, von dem Maike eine Fotografie in seiner Villa gesehen hatte. Sie bedankte sich noch einmal und verabschiedete sich. Frau Knurrhahn nickte den Kommissaren kurz zu und schloss die Wohnungstür. Teubner lief vor Maike die steinernen Stufen des Treppenhauses hinab. Seine Schritte hallten laut. Nach der ersten Biegung sah er sich zu Maike um. »Knurrhahn!«, grinste er. »Was für 'n origineller Name!«

Maike überließ Teubner die Schlüssel für den Dienstwagen und setzte sich auf den Beifahrersitz. Erste dicke Regentropfen klatschten auf die Windschutzscheibe. Der Kollege schaltete die Scheibenwischer ein und lenkte den Wagen im Rückwärtsgang rasant auf die Straße. Dabei streifte er einen Laubhaufen, den der Hausmeister mit seinem Laubbläser so mühsam zusammengepustet hatte. Maike sah im Außenspiegel, wie die Herbstblätter auseinanderstoben. Der Mann mit Kittel drohte mit grimmigem Gesicht, indem er sein Arbeitsgerät hochhob. Kollege Teubner hob entschuldigend die Hand und fuhr Richtung Friedrich-Ebert-Straße.

Bereits 20 Meter vor der Einmündung war Endstation. Sechs Autos stauten sich vor ihnen, drei davon blinkten nach links. Auf der zweispurigen Hauptstraße gab es kein Vorankommen. Maike blickte auf die Uhr im Fahrzeugdisplay. 15.55 Uhr. Hoffentlich schloss Frau Lorenz ihren Laden nicht überpünktlich. Endlich bog ein Auto ab. Inzwischen regnete es in Strömen.

Teubner schlug aufs Lenkrad. »Das dauert ja ewig!«

»Reg dich nicht auf. Ich lauf den Rest zu Fuß. Komm nach, wenn du einen Parkplatz findest.«

Er nickte. »Ansonsten biege ich die nächste Straße rechts ab und warte in zweiter Reihe auf dich.«

Maike stieg aus, zog die Kapuze ihrer Jacke zum Schutz gegen die Wassermassen über den Kopf und begann zu laufen. An der Biegung zur Friedrich-Ebert-Straße war der Abgasgestank kaum auszuhalten. Im Strahl der Scheinwerfer mischten sich Auspuffgase mit dicken Regentropfen. Soweit sie sehen konnte, staute sich der Verkehr. Vielleicht gab es einen Unfall am Kreishauskreisel. Maike zog unter der Markise, die über dem Eingang des Friseurladens angebracht war, ihre Kapuze vom Kopf und schüttelte die halblangen Haare. Im selben Moment schlug die Glocke der katholischen Herz-Jesu-Kirche vier Uhr. Automatisch warf Maike einen Blick zu dem imposanten Kirchenschiff in Backstein, das sich in etwa hundert Metern Entfernung seitlich vor der S-Bahn-Unterführung auf der gegenüberliegenden Straßenseite erhob. Jetzt im Herbst konnte man durch die fast kahlen Äste der Bäume die lang gezogenen Kirchenfenster erkennen, deren Scheiben nach oben hin spitz zuliefen und golden verziert waren.

Abrupt drehte sie sich von der lärmenden Hauptstraße ab und wandte ihre Aufmerksamkeit dem Friseurladen zu. Links und rechts des Eingangs befanden sich zwei kleine Schaufenster. Von einer Seite lachte ihr eine Blondine mit kurzem Stufenschnitt auf einem Poster entgegen. Im anderen Fenster waren Utensilien fürs Nageldesign dekoriert. Maike erklomm zwei Eingangsstufen und betrat den Laden. Ein Glöckchen bimmelte an der Tür. Beißender Geruch von Ammoniak stieg ihr in die Nase. Rechts des Eingangs befanden sich zwei Friseurstühle und rückwärtige Haarwaschbecken. In einem Stuhl saß ein junges Mädchen – etwa 16 Jahre alt – mit jeder Menge Alufolie im kurzen Haar. Hinter ihr stand eine blonde Frau. Maike ging auf sie zu.

»Frau Lorenz?«

Die Frau drehte den Kopf und nickte.

»Kripo Unna. Kriminalhauptkommissarin Maike Graf. Ich habe einige Fragen. Könnten wir einen Moment ungestört reden?«

Claudia Lorenz wirkte abweisend. Sie zog den Stuhl mit ihrer Kundin an eines der Waschbecken und sorgte für eine bequeme Lage. »Das ist jetzt schlecht, Frau Graf. Die Farbe muss raus. Außerdem habe ich gleich Feierabend und bin spät dran.« Sie zog die Alustreifen aus dem Haar und regelte die Temperatur des Wassers. Dann begann sie mit Aufschäumen und Ausspülen.

»Ich werde mich so kurz wie möglich fassen«, beharrte Maike.

Frau Lorenz blickte genervt auf. »Also gut. Warten Sie. Ich mach nur eben die Haarpflege rein, die muss zehn Minuten einwirken.«

Während die Friseuse sich ihrer Kundin widmete, nutzte Maike die Gelegenheit, sie etwas genauer unter die Lupe zu nehmen. Sie schätzte die Frau auf Ende 20, Anfang 30. Durchtrainierte Figur und frech frisierte Haare ließen sie jugendlich erscheinen. Maike fiel die Ähnlichkeit zum Opfer Judith Heinemann-Schönfeld auf: schlank, blond, die gleichen Gesichtszüge. Guido Schönfeld schien diesen selbstbewussten, eigenständigen Frauentyp zu bevorzugen.

Claudia Lorenz war inzwischen mit der Pflegekur fertig, zog einen Wärmestrahler von der Decke und richtete ihn hinter dem Kopf ihrer Kundin aus. Es begann leise zu surren. »So, Frau Kommissarin. Was gibt es denn?« Sie ging hinüber in den Nageldesignbereich. Hier stand ein barocker Sessel mit verschnörkelten Füßen und rotem Samt bezogen, der den Kundinnen mit Kunstfingernägeln vorbehalten war.

»Ich ermittele in einem Mordfall«, begann Maike. »Uns liegt die Information vor, dass Sie ein enges Verhältnis zu dem Zahnarzt Guido Schönfeld haben.« Als die Friseuse zögernd nickte, fuhr Maike fort: »Die Ehefrau Ihres Freundes wurde am frühen Morgen tot aufgefunden. Herr Schönfeld ist nicht erreichbar. Wissen Sie, wo er sich aufhält?«

Claudia Lorenz riss überrascht Augen und Mund auf, ging langsam auf den Barocksessel zu und setzte sich. Die Stirn in Falten gelegt, starrte sie einen Moment ins Leere.

»Judith ist tot? Das ist ja schrecklich! Was ist passiert?« Ihr entsetztes Gesicht wirkte etwas gekünstelt.

»Sie wurde erdrosselt im Stadtpark aufgefunden. Frau Lorenz, wissen Sie, wo Guido Schönfeld sich aufhält? Es ist wirklich wichtig!«, wiederholte Maike ihre Frage.

Die Friseuse hob zaghaft die Schultern. »Keine Ahnung.«

»Wo waren Sie heute Morgen gegen halb sechs?«

Frau Lorenz stützte sich mit den Händen an den Armlehnen des barocken Sessels ab und sprang auf. »Ich verstehe!«, rief sie. »Sie glauben, Guido und ich haben etwas mit dem Tod seiner Frau zu tun! Das ist absolut lächerlich!«

Maike hob beschwichtigend die Hände. »Ich habe einen Mord aufzuklären. Und ich versuche herauszufinden, wo der Witwer des Opfers sich aufhält, damit ich ihn vom Tod seiner Frau unterrichten kann. Es wäre also nett, wenn Sie meine Fragen beantworten.«

Die Augen der Friseuse funkelten. Sie verschränkte die Arme vor der Brust und schnaufte. »Guido hat die

Nacht bei mir verbracht. Er hat mich gestern Abend nach Geschäftsschluss um sieben hier abgeholt und dann sind wir in meine Wohnung.«

»Kann das jemand bestätigen? Eine Mitarbeiterin? Ein Nachbar?«

»Glauben Sie mir etwa nicht?«

Maike hielt ihrem bösen Blick stand. »Irgendwelche Zeugen?«

Claudia Lorenz' Gesichtsausdruck hellte sich für einen Moment auf. Sie blickte fast triumphierend. »Meine Nachbarin, Frau Knurrhahn. Sie kam aus dem Keller, als ich mit Guido das Treppenhaus betrat.«

Maike nahm sich vor, diese Aussage zu überprüfen. Dennoch gab das der Friseuse noch lange kein Alibi für die ganze Nacht. Und ihrem Geliebten erst recht nicht.

»Sonst fällt Ihnen niemand ein?«

Claudia Lorenz schüttelte energisch den Kopf. »Glauben Sie, für das, was Guido und ich in meiner Wohnung machen, brauchen wir Zeugen?« Sie grinste leicht überheblich.

Maike ließ sich nicht provozieren. »Da sind wir beim Thema, Frau Lorenz. Wie intensiv ist Ihre Beziehung zu Guido Schönfeld? Ist es nur eine Bettgeschichte oder was Ernsteres? Kommt es oft vor, dass er bei Ihnen übernachtet? Wusste seine Frau von Ihrer Liebschaft?«

Die Friseuse hob den Kopf selbstbewusst hoch und steckte die Hände mit den selbst kreierten Fingernägeln in ihre Hosentasche. »Er wollte sich von Judith trennen«, sagte sie und rief in die Richtung ihrer Kundin, wo der Wärmestrahler piepte: »Ich bin sofort bei Ihnen.«

»Das beantwortet nicht ganz meine Frage. Wusste Frau Heinemann-Schönfeld, dass ihr Mann eine Geliebte hat?«

Hektische Röte stieg in das Gesicht der Friseuse. »Ja, mein Gott! Letzte Woche hat er ihr gesagt, dass er die Scheidung will. Vielleicht hat sie es schon vorher geahnt. Guido hat fast jedes Wochenende bei mir geschlafen. Seit ungefähr drei Monaten. Wir lieben uns.«

»Wie hat Judith Heinemann-Schönfeld reagiert?«

Claudia Lorenz senkte den Blick. »Guido hat nichts Konkretes erzählt. Wollte ich auch gar nicht so genau wissen. Begeistert war seine Alte bestimmt nicht.«

»Es gab gewiss Streit unter den Eheleuten. Wuchs Ihrem Geliebten die Situation über den Kopf? War er dem Druck seiner Ehefrau nicht gewachsen? Wie steht er bei einer Scheidung finanziell da?«

Die Nervosität der Friseuse stieg. Sie drehte sich zu ihrer Kundin. »Ich muss jetzt wirklich die Haarpflege rauswaschen.«

»Als man die Leiche der Ehefrau Ihres Geliebten fand, trug sie ein Lebkuchenherz mit der Aufschrift ›Ein letzter Gruß, G.‹ um den Hals. G. wie Guido. Könnte Herr Schönfeld sich letzte Nacht heimlich aus Ihrer Wohnung geschlichen haben, während Sie schliefen?«

Der Timer des Wärmestrahlers piepte erneut und die Kundin blickte erwartungsvoll in ihre Richtung. Claudia Lorenz ging zu ihr, schaltete das Gerät aus und bat die junge Frau um noch etwas Geduld. Sie kam mit eiligen Schritten zurück.

»Nehmen wir mal an, Guido hätte seine Frau tatsächlich ermordet«, zischte sie leise. »Dann wäre er doch nicht so blöd und hinterließe seine Visitenkarte, indem er ihr ein Lebkuchenherz mit seiner Initiale um den Hals hängt. G. kann alles bedeuten. Ich muss mich jetzt um meine Kundschaft kümmern, Frau Kommissarin. Guidos Ehe lag in

Trümmern. Wie gesagt, er wollte die Scheidung. Eine friedliche Trennung, mit der sie einverstanden war. Ich versichere Ihnen, dass er heute die ganze Nacht über bei mir lag. Wir haben wenig geschlafen, wenn Sie verstehen, was ich meine.«

»Wann haben Sie das Haus in der Früh verlassen?«

»So gegen 9 Uhr.«

»Herr Schönfeld schlief da noch?«

»Ich hörte ihn schnarchen, als ich meine Wohnung verließ.«

»Können Sie mir sagen, wo Ihr Geliebter sich jetzt aufhält?«

»Wenn er nicht mehr in meiner Wohnung ist, wird er zu Hause sein.«

Maike griff in ihre Jackentasche und reichte der Frau ihre Visitenkarte. »Kommen Sie bitte in den nächsten Tagen in mein Büro in der Husemannstraße, dann nehmen wir Ihre Aussage auf. Wenn Herr Schönfeld sich bei Ihnen meldet, richten Sie ihm aus, dass wir ihn dringend sprechen müssen.«

Claudia Lorenz nickte und wandte sich ihrer Kundin zu. Maike verabschiedete sich und verließ den Laden. Es regnete immer noch in Strömen. Bereits am Nachmittag war der Himmel fast schwarz. Die Autos stauten sich weiterhin auf der Friedrich-Ebert-Straße. Scheinwerfer und Bremslichter im Wechsel. Von Teubner, der trocken im Dienstwagen saß, sah Maike keine Spur.

*

Gero Krüger drückte kurz auf die Hupe seines Toyota Yaris, als Claudia Lorenz um Punkt halb fünf endlich ihren Laden verließ. Er winkte sie zu sich herüber. Seit einer geschlagenen Stunde wartete er jetzt auf sie, starrte angestrengt durch die Windschutzscheibe, wo die im Intervall laufenden Scheibenwischer die Regenmassen kaum bewältigen konnten. Kurz nach halb vier hatte er ihren Laden betreten und um ein Gespräch gebeten. Sie wolle nur die Kundin fertig machen, dann sei sie für ihn da. Da er Guido Schönfeld den ganzen Tag nicht erreichen konnte, musste Krüger ihn über Claudia erwischen. Der Typ hatte sein Handy ausgeschaltet. Der Immobilienmakler befürchtete nun, das Liebespaar könnte planen, ihn zu hintergehen. Mit 400.000 Euro nach Südamerika abhauen, war besser als mit 100.000 weniger. Warum also teilen? Der Depp von Makler hatte seine Arbeit getan und war nicht mehr gefragt. Aber nicht mit Gero Krüger! Nein, so konnten sie nicht mit ihm umspringen! Krüger war entschlossen, um seinen Anteil zu kämpfen. Er würde zu verhindern wissen, dass Schönfeld und seine Tussi sich ins Ausland absetzten. Ein anonymer Anruf bei den Bullen würde reichen.

Die Friseuse spannte einen Schirm auf und lief durch den Regen zu seinem Auto. Sie beugte sich zum geöffneten Fenster der Beifahrertür.

»Was gibt's Gero? Ich muss nach Hause. Bin viel zu spät.«

»Ich warte seit einer Stunde auf dich. Jetzt gib mir wenigstens zehn Minuten und setz dich zu mir.«

Claudia Lorenz seufzte und zog den Schirm zu. Dann setzte sie sich neben ihn und lächelte ihn verführerisch an. »Hast ja recht. Nach allem, was du für uns getan hast.«

Sie beugte sich zu ihm und fuhr langsam mit ihrer Hand von seinem Knie den Oberschenkel aufwärts. Dann streichelte sie ihm über die Wange. Er spürte ihre Lippen auf seinem Mund. Fast hätte er vergessen, warum er hergekommen war. Er schob sie von sich.

»Hör zu, Claudia! Weshalb ich hier bin, ist …«

Sie nahm sein Gesicht in ihre Hände, legte einen Finger auf seinen Mund und strahlte ihn an. »Ich weiß es schon, Gero. Gerade war die Polizei bei mir. Eine Kommissarin. Eigentlich müsstest du sie gesehen haben. Du bist ein toller Kerl! So viel Courage hätte ich dir gar nicht zugetraut!«

Gero Krüger sah seine Exfreundin verständnislos an. Sie brachte ihn völlig aus dem Konzept. »Was traust du mir nicht zu?«

»Na, dass du Guidos Alte aus dem Weg geschafft hast. Das war eine glänzende Idee. Die kann am Montag nicht zu diesem Anwalt rennen. Die Gefahr, dass so unser Betrug auffliegt, hast du sauber aus dem Weg geräumt. In einer Woche bin ich weg aus diesem Kaff, auf an die sonnigen Strände Südamerikas. Keinen Teenagern mehr zum halben Preis die Haare machen. Nie wieder zickigen Tussis die Nägel polieren. Und nicht bei der Bank betteln, dass sie mir den Kredit für den Laden stunden. Ich werde leben wie eine Prinzessin, Gero. Und das alles verdanke ich dir.« Sie lehnte sich an die Kopfstütze des Autositzes und schloss die Augen. Lag in Gedanken wahrscheinlich schon am Strand von Brasilien, Bolivien oder wo auch immer.

»Was meinst du damit, ich hätte sie aus dem Weg geschafft?«

Claudia Lorenz hob den Kopf. Sie wirkte überrascht. »Erinnerst du dich immer noch nicht? Ich habe mal von einer Psychologin gehört, die sich bei mir die Nägel designen ließ, dass es bei traumatischen Ereignissen zu einer Amnesie kommen kann. Wie nannte sie das doch gleich? Ach ja: dissoziative Amnesie. Aber mach dir keine Sorgen. Das muss nicht von Dauer sein.«

Krüger hätte Claudia am liebsten an den Schultern gepackt und geschüttelt. Warum sagte sie ihm nicht, was Sache war? In Gedanken zählte er bis zehn, um sich zu beruhigen. Es gelang ihm nicht. Er riss den Kopf zur Seite und brüllte sie an: »Jetzt sag endlich, was ich gemacht haben soll! Was ist mit der Frau von Guido Schönfeld?«

Claudia wirkte irritiert, jedoch nicht beleidigt. »Alles ist gut. Du hast das einzig Richtige getan. Die Zahnärztin ist tot. Sie wurde heute Morgen ermordet aufgefunden.«

Ihre Worte tropften buchstabenweise in sein Gehirn. Es dauerte eine Weile, bis er die Bedeutung erfassen konnte. »Sag das noch mal.«

»Frau Doktor Heinemann-Schönfeld wurde getötet. Man hat sie heute Früh gefunden. Nun mach dir keine Sorgen. Die Polizei hat nicht den blassen Schimmer, wer das gemacht hat. Sie suchen nach Guido. Vielleicht hast du etwas übertrieben, indem du der Frau Doktor eine Visitenkarte in Form eines Lebkuchenherzens hinterlassen hast. Und noch mit ›G.‹ zu unterschreiben.« Sie hatte die Stirn leicht gekraust, als erwarte sie eine Erklärung. Als Krüger stumm blieb, fuhr sie fort: »Egal. Ich muss jetzt nach Hause.« Sie griff an den Türöffner und wollte aussteigen.

Krüger presste blitzschnell seine Hand an ihre Schulter. »Warte!« So würde er sie nicht gehen lassen. »Ich bin kein Mörder! Ich weiß nicht, was passiert ist, aber ich habe gewiss niemanden umgebracht.«

Sie drehte sich zu ihm, schien genervt. »Du wolltest dich um Frau Doktor kümmern. Erinnerst du dich? Und du hast es getan. Ich weiß nicht, wo dein Problem ist!«

»Wo mein Problem ist? Ich möchte noch heute meinen Anteil! Das kannst du Guido Schönfeld ausrichten. Einer von euch beiden wird mir die Kohle um Punkt 20 Uhr in meine Wohnung bringen. Ich würde es nicht darauf anlegen, mich zu verärgern.«

*

Die Besprechung am Spätnachmittag sollte in kleinem Kreis in einem leer stehenden Büro neben dem Konferenzraum stattfinden. Acht Stühle standen um zwei zusammengeschobene Schreibtische herum. Zwei davon waren noch nicht besetzt. Einer musste für Jochen Hübner reserviert sein. Maike saß diesem gegenüber zwischen ihren Unnaer Kollegen Max Teubner und Sören Reinders. Sie fröstelte. Ihre Jeans war völlig durchnässt, ihre Haare ebenfalls. Ehe sie Teubner nach der Befragung von Claudia Lorenz gefunden hatte, musste sie fast eine Viertelstunde durch strömenden Regen laufen. Sie hasste es, wenn man sich nicht an Abmachungen hielt. So hatte Teubner den Dienstwagen nicht wie verabredet in der nächsten Seitenstraße geparkt. Nein! Während er die Friedrich-Ebert-Straße hochgekrochen war, hatte er ein Stück hinter der Einmündung der Seitenstraße einen freien Parkplatz entdeckt. Er hätte sie wenigstens anrufen können, um ihr seinen Standort zu nennen. Maike war natürlich in besagte Seitenstraße gelaufen. Nachdem sie am Ende der Straße keinen schwarzen Opel Astra entdeckt hatte, hatte sie Teubner angerufen, musste im strömenden Regen wieder zurücklaufen. Maike war wütend und hatte ihm einige Gemeinheiten an den Kopf geworfen. Als sie später schweigend zur Polizeistelle fuhren, tat ihr der Wutausbruch leid, doch zu einer Entschuldigung konnte sie sich nicht durchringen. Sie freute sich nur noch auf eine heiße Dusche und schaute abermals auf ihre Armbanduhr.

Wo blieb Jochen Hübner nur? Als Leiter der Mordkom-

76

mission sollte er pünktlich sein. Aus ihrer Zeit im Dortmunder KK11 kannte sie ihn als überkorrekt. Meist war er einer der Ersten bei einer Besprechung. Er hatte die Zusammenkunft am Nachmittag für um 17 Uhr anberaumt. Nun war es schon Viertel nach.

Sören Reinders rutschte neben ihr unruhig auf seinem Stuhl hin und her. Auch sein Blick ging ständig zur Uhr. »Mensch, wo bleibt der Typ denn nur? Ich wollte heute mit meiner Kleinen auf die Kirmes.«

Teubner grinste ihn über Maike hinweg an. »Lass deine Liebste ruhig zappeln. Denk dran: je später der Abend, je schöner die Gäste.«

Reinders verdrehte die Augen. »Meine Kleine ist sechs Jahre alt und wartet darauf, dass ihr Papa was mit ihr unternimmt. Seit ich von meiner Frau getrennt bin, sehe ich Luisa nur noch jedes zweite Wochenende. Sie hat sich so auf die Kirmes gefreut.«

Maike sah Sören Reinders an und deutete auf ihre nassen Haare. »Das willst du dir antun? Geh mit deiner Tochter lieber ins Kino bei dem Sauwetter.«

Reinders schüttelte den Kopf. »Keine Ahnung von Kindern, was? Erstens läuft abends keine Kindervorstellung mehr und zweitens: Wenn Luisa sich auf die Kirmes freut, dann ist das Wetter völlig unwichtig. Wir nehmen eben einen Schirm und Regenzeug.«

»Na, viel Spaß. Vorausgesetzt, du kommst hier heute raus.« Maike lehnte sich zurück und verschränkte die Arme vor der Brust. Sie fror schrecklich. Das sonst leer stehende Büro war nicht geheizt und ihre Füße mutierten allmählich zu Eisklumpen. Zu Hause könnte sie sich nach der Dusche warm arbeiten. Jetzt wäre es noch zu schaffen, eine Wand des Wohnzimmers zu verputzen.

Endlich ging die Tür des Büros auf. Maike glaubte, ihren Augen nicht zu trauen. Jochens eifrige Mitarbeiterin Jasmin Sauber hatte sich bei ihm eingehakt und himmelte ihn mit strahlend blauen Augen an. Maike schluckte. Ihre Gefühle waren zwiespältig. Es hätte ihr Spaß gemacht, der Sauberfrau die Augen auszukratzen. Die wirkte mit ihrem blonden Wellenhaar wie ein kleiner Engel. Maike kam sich dagegen wie ein ausgedienter nasser Wischmob vor. War sie eifersüchtig? Doch nicht auf diese Barbie? Außerdem sollte es ihr egal sein. Jochen konnte am Arm nehmen, wen er wollte, sie waren kein Paar mehr. Und schließlich hatte Maike die Beziehung beendet.

Jochen lächelte Jasmin zu und schob sie sanft von sich, dann setzte er sich. »Entschuldigt die Verspätung, aber Jasmin hat mir von ihren erfolgreichen Ermittlungen berichtet.«

Sören Reinders gluckste neben Maike. Dann beugte er sich in gespielter Erwartung vor, stützte die Arme auf den Tisch und ließ die Daumen umeinander kreisen. »Da bin ich aber gespannt.«

Jochen blickte ihn irritiert an. »Dank einer Zeugin wissen wir, dass der BMW des Opfers bereits um Viertel vor sechs im Stadtpark abgestellt wurde. Wenn wir den Zeitpunkt des Todes berücksichtigen, blieb dem Täter nur ein kleines Zeitfenster zum Abtransportieren der Leiche. Der Tatort lässt sich dadurch enorm eingrenzen.«

Reinders schnaufte. Sein Stuhl scharrte laut über den Boden, als er aufstand. Er stützte sich mit beiden Händen auf dem Tisch ab, beugte sich zu Jasmin Sauber und blitzte sie wütend an. »Na, wenn die Kollegin so tolle Arbeit abliefert, bin ich hier ja überflüssig.«

Jasmin bekam einen hochroten Kopf und senkte den Blick.

Jochen Hübner ordnete einige Papiere und räusperte sich. »Setz dich, Kollege Reinders. Wir wissen, dass ihr im Team gearbeitet habt. Es ist völlig irrelevant, wer mit der Zeugin gesprochen hat. Wir ermitteln in einem Mordfall und sind hier nicht im Kindergarten.«

Reinders setzte sich missmutig. Maike grinste in sich hinein. Vielleicht würde Jasmin sich in Zukunft zurückhalten. Jochen blickte Sören Reinders ernst an. »Gab es außer der Zeugin Steinhoff noch etwas Interessantes? Die Befragung der Russen blieb ergebnislos. Wie war es mit den Stadtstreichern und Junkies?«

Der Zorn von Reinders hatte sich verzogen. »Ich habe nur einen Teil von denen aufgetrieben. Einige waren am Freitagabend im Stadtpark. Die Gruppe hat sich nach einstimmigen Aussagen so gegen 23 Uhr aufgelöst. Am frühen Morgen – also zur Tatzeit – hielt sich angeblich niemand von Ihnen mehr im Park auf.«

Jochen nickte und machte sich Notizen. »Sonst noch was?«

»Hm. Es gibt einen Stadtstreicher, der sich abseits der Gruppen aufhält. Der kocht sein eigenes Süppchen. Er wird von den anderen gemieden, weil er sich sonderbar kleidet und merkwürdig verhält.«

»Und?«

»Er heißt Benno Dreier. Wegen seiner auffälligen Kleidung nennt man ihn ›den Zauberer‹ oder ›Merlin‹. Er schminkt sich die Augen, trägt hohe Stiefel, einen langen Umhang und einen großen Spitzhut auf dem Kopf. Dreier ist stadtbekannt und es hat schon oft Beschwerden gegeben, weil er in der City Passanten anbettelt. Als ich eine Gruppe Stadtstreicher an der Bornekampbrücke befragte, sah ich ihn in der Nähe herumschleichen. Er schien zu lauschen. Ich wollte ihn später befragen, doch da war er verschwunden.«

Jochen tippte mit seinem Kugelschreiber ununterbrochen auf den Schreibtisch. Eine nervtötende Angewohnheit von ihm, wenn er sich konzentrierte. »Dann sollte dieser Benno Dreier auf jeden Fall befragt werden. Vielleicht könnt ihr ihn morgen auftreiben.«

Die klaren graugrünen Augen des MK-Leiters schenkten Maike ihre Aufmerksamkeit. »Was gab's bei euch?«

Maike berichtete vom Familienverhältnis der Familie Schönfeld und dass Guido Schönfeld nicht auffindbar war. Sie beendete ihren Vortrag mit dem Gespräch bei Claudia Lorenz. »Es könnte durchaus sein, dass die Friseuse ihrem Geliebten für die Nacht ein falsches Alibi gibt. Vielleicht haben die zwei etwas zu verbergen oder sogar selbst mit dem Mord zu tun.«

Zum ersten Mal seit ihrer Trennung sah Maike Jochen lächeln. Ein schelmisches Grinsen, das immer eine anziehende Wirkung auf sie hatte. »Natürlich müssen wir dringend mit Herrn Schönfeld sprechen. Aber ich denke, allein die Tatsache, dass er sich von seiner Frau trennen wollte, gibt ihm noch kein Motiv für die Tat. Beziehungen brechen auseinander, das ist etwas Alltägliches. Da muss nicht gleich ein Mord passieren. Die meisten Paare arrangieren sich auf ganz friedliche Weise. Nicht wahr?«

Maike spürte, wie das Blut in ihren Kopf schoss. Sie sah Jasmin süffisant grinsen und hätte gerne eine schlagfertige Antwort gegeben, aber ihr fiel nichts ein, was sie nicht noch mehr in Verlegenheit gebracht hätte. Das Klingeln ihres Handys unterbrach die peinliche Situation. Sie fischte es aus ihrer Jacke, die sie über die Stuhllehne gehängt hatte und sah aufs Display. Eine ihr unbekannte Handynummer.

Sie murmelte eine Entschuldigung und nahm das Gespräch entgegen. »Ja, bitte?«

»Guido Schönfeld hier. Frau Lorenz hat mich über den Tod meiner Frau unterrichtet. Sie gab mir Ihre Karte mit Ihrer Handynummer.«

Maike hielt die Sprechmuschel zu und flüsterte in die Runde, wen sie am Telefon hatte. Dann schaltete sie den Lautsprecher ihres Handys ein. Die Versammelten lauschten daraufhin aufmerksam dem Gespräch. Jochen zückte sofort seinen Kugelschreiber und kritzelte etwas in großen Buchstaben auf ein Din-A4-Blatt.

Guido Schönfelds Trauer hielt sich in Grenzen. Kein Wort des Bedauerns über den erlittenen Verlust. Anstatt bestürzt zu stammeln, brüllte er Maike seine Verärgerung entgegen. »Wie konnten Sie meine Kinder ohne Beistand mit dem Tod ihrer Mutter konfrontieren? Das wird noch ein Nachspiel haben, Frau Graf. Patrick und Svenja sind völlig verstört. Und sie der Obhut meiner Schwiegermutter zu überlassen! Einer alten Dame von 75 Jahren, die mit dem Tod meiner Frau schließlich ihre Tochter verlor!«

Maike ließ sich von Schönfelds Gebrüll nicht einschüchtern. »Sie waren nicht erreichbar, Herr Schönfeld. Ihre Kinder sind nicht mehr im Kindergartenalter, sondern erwachsen und Ihre Schwiegermutter schien der Situation durchaus gewachsen. Wir ermitteln in einem Mordfall und es sollte auch in Ihrem Interesse liegen, dass der Mörder Ihrer Frau gefasst wird.«

Schönfeld schnaubte. Er hatte sein Pulver verschossen. »Frau Lorenz sagte mir, Sie wollen mich sprechen. Von mir aus kommen Sie morgen früh so ab 12 Uhr zu mir in die Villa.«

Maike sah Jochen energisch den Kopf schütteln. Er deutete mit dem Zeigefinger nach unten, dabei hob und senkte er den Arm mehrfach. Dann zeigte er ihr den Zettel, den er geschrieben hatte. Maike nickte. Natürlich wollte er Schönfeld hier im Kommissariat befragen. Hier konnte das Gespräch per Video aufgezeichnet werden, außerdem konnten sie sich mit der Befragung abwechseln. Sie widmete sich wieder dem Telefonat. »Herr Schönfeld. Seien Sie doch bitte morgen pünktlich um 11 Uhr in der Polizeistelle an der Husemannstraße.«

Maike hörte Schönfeld seufzen. Er schien einen Moment zu überlegen. Schließlich gab er nach.

»Also gut. Bis morgen um elf.« Er beendete das Gespräch grußlos.

Jochen Hübner wandte sich an Andreas Wilms und Mika Steller, zwei Kollegen, die Maike noch vom KK 11 in Dortmund kannte.

»Schon irgendwelche Ergebnisse von der Kriminaltechnik?«

Die beiden schüttelten stumm den Kopf.

»Die Befragung von Guido Schönfeld werde ich morgen selbst mit der Unterstützung zweier Kollegen leiten.« Er deutete auf Maike und Max. »Zuvor möchte ich aber, dass ihr mit dem Mitarbeiter der Zahnärztin, diesem Stefan Stracke sprecht.« Hübner schob seine Aufzeichnungen in eine Aktenmappe.

»Die Kollegen Reinders und Sauber werden versuchen, diesen Stadtstreicher aufzutreiben. Vielleicht könnt ihr auch die Angestellten der Praxis erreichen. Haben wir da Privatadressen? Wenn nicht, hat das Zeit bis Montag.«

Hübner hob die Aktenmappe und klopfte sie hochkant auf den Schreibtisch, damit die Blätter sich ordentlich einfügten. »Andreas und Mika, euch wünsch ich einen schönen

Sonntag. Kümmert euch am Montag als Erstes um die Ergebnisse von der KTU und die noch ausstehenden Befunde der Obduktion. Danach seht zu, ob ihr irgendetwas über Claudia Lorenz herausfindet. Vorstrafen, finanzielle Situation etc. Durchleuchtet den Ehemann der Toten ebenfalls.«

Nachdem keine offenen Fragen mehr im Raum standen, konnte die Versammlung geschlossen werden. Hübner stand auf, alle anderen schlossen sich an. Sören Reinders fluchte leise über den verdorbenen Sonntag und die wiederholte Zusammenarbeit mit der blöden Schnepfe, dann verließ er mit großen Schritten als Erster das Büro. Maike zog ihre Jacke über und griff nach ihrer Tasche. Sie wollte sich gerade ihren Kollegen anschließen und den Raum verlassen, als Jochen Hübner sie zurückhielt. »Einen Moment noch, Maike. Ich muss dich kurz allein sprechen.«

*

Natürlich hatte Gero Krüger Claudia im strömenden Regen nicht zu Fuß nach Hause laufen lassen, sondern sie mit dem Wagen vor ihrer Haustür abgesetzt. Während der Fahrt erhielt sie einen Anruf von Guido Schönfeld. Er schien sie ziemlich unter Druck zu setzen. Hektische Röte stieg in ihr Gesicht und sie begann, fahrig in ihrer Handtasche zu wühlen. Als sie ihren Autoschlüssel fand, atmete sie merklich auf und lehnte sich zurück. Gero Krüger hatte den Toyota kaum zum Stehen gebracht, als sie aus dem Auto sprang, ihm einen kurzen Gruß zurief und die Tür mit Schwung zuknallte. Ohne den Schirm aufzuspannen, rannte sie zum Haus.

Krüger sah, wie Schönfeld sie bereits mit Jack-Wolfskin-Jacke und Mütze an der Haustür empfing. Der Makler wurde neugierig und ließ sich beim Wenden seines Wagens Zeit. Er beobachtete, wie Claudia und Schönfeld mit großen Schritten auf ihren direkt vorm Haus geparkten blauen Suzuki Swift zusteuerten und, ohne Krüger weiter zu beachten, losfuhren. Der Makler gab dem Paar einen kleinen Vorsprung, dann folgte er ihnen. Sie bogen von der Salinenstraße in die Friedrich-Ebert-Straße Richtung Innenstadt. Schönfeld saß am Steuer. Er fuhr dicht auf seinen Vordermann auf, bremste, gab Gas, bremste. Krüger konnte die Nervosität des Zahnarztes spüren. Was hatten die zwei vor? Schönfeld scherte am Kreishaus knapp vor einem Bus in den Kreisel ein. Reifen quietschten. Auch Krüger musste abrupt abbremsen. Er trommelte nervös aufs Lenkrad. Hinter dem Bus musste er noch mehrere Autos vorbeilassen, ehe er sich endlich in den Kreisverkehr einfädeln konnte. Er konnte Claudias Suzuki nicht mehr sehen. Mit überhöhter Geschwindigkeit nahm er die Abfahrt, die ihn auf den Verkehrsring führte. Die Ampel an der Kreuzung Husemannstraße wechselte gerade von Rot auf Grün. Krüger sah den blauen Suzuki als zweiten Wagen auf der rechten Fahrbahn und sortierte sich drei Wagenlängen hinter ihm ein.

Er folgte dem Auto, bog ebenfalls vom Ring in die Hertingerstraße ein und rätselte noch immer über das Ziel der beiden, als Guido Schönfeld am Straßenrand vor dem schäbigen Haus Nummer 55 anhielt. Krüger stutzte. Was wollte der Zahnarzt vor Krügers Büro? Schönfeld stieg aus, Claudia rutschte auf den Fahrersitz und fuhr weiter. Krüger lenkte seinen schwarzen Toyota auf das von einer großen Hecke gesäumte Grundstück. Vor seinem Büro gab es zwei Parkplätze: Einer war für den Hausbesitzer reserviert, der im Obergeschoss wohnte; auf dem anderen, der eigentlich für Krüger reserviert war, stand ein silberner SLK. Schönfeld steuerte auf den Mercedes zu, öffnete mit der Fernbedienung die Zentralverriegelung und wollte einsteigen.

In Krügers Kopf öffneten sich einige seit gestern verschlossene Hirnkammern. Richtig! Schönfeld war gestern noch zu seinem Büro gekommen, nachdem das Treffen im Café Extrablatt durch den Anruf seiner Frau gestört wurde. Krüger hatte dem Zahnarzt einen ausgeklügelten Plan unterbreitet. Darauf hatten sie mit Klarem angestoßen. Waren sie danach noch mit Krügers Wagen zur Praxis gefahren? Hatten sie etwas mit dem Mord zu tun? Er erinnerte sich einfach nicht. Was wusste der Zahnarzt? Hatte er mit angepackt?

Schönfeld saß bereits am Steuer und schloss die Fahrertür.

Nein! So einfach würde Gero Krüger seinen Auftraggeber nicht davonkommen lassen. Nicht nach dem enormen Risiko, das er auf sich genommen hatte. Seinen Job als Immobilienmakler könnte er an den Nagel hängen, wenn man ihm eine Beteiligung am Scheinverkauf der Villa Schönfeld nachweisen könnte. Seine behördliche Erlaubnis zur Ausübung der Maklertätigkeit wäre ebenfalls dahin.

Nein! So einfach ließ er sich nicht ausbooten. Er würde seinen Anteil einfordern. Hier und jetzt. Denn wenn er sich recht erinnerte, befand sich der Koffer mit den 400.000 Euro in Schönfelds Kofferraum. Er hatte gestern Abend damit geprahlt! Dieser Angeber! Dieser Chauvinist! Worauf bildete sich der eigentlich etwas ein? Ihm selbst gehörte weder der Dreck an seinen Wagenrädern noch durfte er sich Doktor nennen. Gero Krüger wuchs mit seiner Wut im Bauch. Er lenkte den Toyota hinter den Mercedes, sodass es dem Zahnarzt unmöglich war, das Grundstück zu verlassen.

Dann stieg er aus. Die Fahrertür des Mercedes öffnete sich und das verärgerte Gesicht von Schönfeld starrte ihn an.

»Fahren Sie Ihre Karre weg. Ich hab's eilig. Meine Kinder warten.«

Ach! Er wusste seit Stunden, dass seine Frau ermordet wurde. Und doch dachte er zuerst an den Geldkoffer im Kofferraum. Mit einem Mal war Krüger sicher, um seinen Anteil geprellt zu werden. Mit langsamen Schritten ging Krüger auf den Mercedes zu.

»Geben Sie mir mein Geld, dann können Sie fahren!«

Schönfeld stieg aus. Eine tiefe Falte über der Nasenwurzel drückte seinen Unmut aus. Er zog die Mütze mit der aufgenähten Wolfstatze tiefer ins Gesicht, steckte die Hände in die Taschen seiner Markenjacke und trat langsam auf den Makler zu. Der muskulöse Körper des Zahnarztes baute sich vor ihm auf. Schönfeld war etwa zehn Zentimeter größer als Krüger und er musste sich beherrschen, nicht einen Schritt zurückzutreten.

»Sie bekommen Ihren Anteil! Ich kann ihn mir nicht aus den Rippen schneiden. Oder glauben Sie im Ernst, der Geldkoffer liegt noch im Kofferraum?«

Krüger trat einen Schritt zur Seite und legte seine rechte Hand an den Kofferraumdeckel. »Schauen wir doch nach!«

Schönfeld preschte vor. »Finger weg von meinem Mercedes!«

Krüger grinste in sich hinein. Also war das Geld in greifbarer Nähe. Erneut griff er zum Kofferraum. Schon war Schönfeld bei ihm. Er packte ihn schmerzhaft an den Schultern, dann sah er die Faust des Zahnarztes fliegen. Krüger konnte den Kopf noch etwas zur Seite drehen, spürte dennoch einen heftigen Schmerz an der linken Wange. Er taumelte zurück.

»Sind Sie verrückt? Sie verdammter Scheißkerl!«

Krüger rieb sich die brennende Backe. Seine Wut verlieh ihm übermenschliche Kräfte. In jeder Faser seines Körpers spürte er, wie seine Muskeln sich härteten. Er holte unvermittelt aus und donnerte Schönfeld die Faust mitten ins Gesicht. Der Zahnarzt stöhnte. Krüger rieb sich die Hand, die höllisch schmerzte. Schönfelds Nase blutete. Hoffentlich war sie gebrochen. Der frischgebackene Witwer bewegte sich mit drohender Haltung auf ihn zu und packte ihn an den Oberarmen. »Selbst wenn das Geld im Kofferraum läge, würde ich einen Teufel tun, es Ihnen hier in aller Öffentlichkeit zu übergeben. Die Polizei ist mir auf den Fersen. Vielleicht will man mir sogar den Mord an Judith anhängen. Ich sitze ziemlich tief in der Scheiße und habe wirklich andere Probleme als Ihren verdammten Anteil.«

Krüger befreite sich mit einem kräftigen Ruck aus dem festen Griff und strich seine Kleidung glatt. Wenn er Schönfeld jetzt fahren ließ, konnte er seine 100.000 vermutlich abschreiben. Er sah sich um. Die Hecke versperrte den Blick zur Straße völlig. Niemand würde etwas von der Geldübergabe mitbekommen. Krüger deutete auf den Kofferraum. »Das Geld, Herr Schönfeld. Jetzt!«

Gero Krüger hatte selten einen Menschen so ausrasten sehen. Der Zahnarzt sprang mit einem Hechtsprung auf ihn los und riss ihn mit zu Boden. Krüger bekam kaum Luft. Schönfeld saß mit seinem Gewicht auf seiner Brust und drückte seine Arme auf die kalten Steine der Einfahrt. Dem Makler blieb keine Möglichkeit, sich zu bewegen.

»Jetzt hör zu, du kleiner Verbrecher! Du kriegst dein Geld hier nicht. Kapier das! Ich wollte nicht, dass du Judith umlegst. Du solltest sie wegsperren, mehr nicht. Wenn ich dir jetzt deinen Anteil gebe, sieht es so aus, als würde ich dich für einen Mord bezahlen.«

»Ich habe Ihre Frau nicht umgebracht.« Krüger japste.

»Ach? Wirklich nicht?«

Die Kälte der nassen Steinfliesen kroch Gero Krüger den Rücken hoch. Dennoch traten kleine Schweißperlen auf seine Stirn. Er wich dem Blick des Zahnarztes aus. Schönfelds Hände krampften sich weiterhin um seine Gelenke wie zwei Schraubstöcke. Plötzlich fiel Krüger wieder ein, dass er gestern noch mit seinem Toyota zur Praxis der Schönfelds gefahren war. Schon sehr angetrunken und in Gesellschaft von Guido Schönfeld. Es mochte so halb sieben gewesen sein, als der Zahnarzt seinen Wagen verlassen hatte, und auf die Garage der Praxis zutaumelte. Was geschah danach? Hatten sie Judith Heinemann-Schönfeld in ihre Gewalt gebracht?

*

Maike ließ die Haustür langsam ins Schloss gleiten. Bloß keinen Lärm verursachen und der geschwätzigen Frau Döring in die Arme laufen. Sie hörte Blasmusik aus der rechten Parterrewohnung und beeilte sich die Treppe hinauf. Als sie ihre Wohnungstür aufschließen wollte, öffnete sich die Tür der Nachbarwohnung.

David Grabowski stand mit Kochschürze im Türrahmen und wedelte mit einem Din-A4-Blatt, an dessen Enden Klebestreifen hafteten. »Guten Abend, Frau Graf. Das habe ich von Ihrer Tür entfernt. Hat die Döring drangeklebt.«

Maike griff nach dem Papier und wurde rot vor Wut.

»SIE HABEN IHREN FEGEDIENST VERSÄUMT!!!«

Diese blöde Kuh. Die wusste genau, dass sie keine geregelten Arbeitszeiten hatte. Sie seufzte. Da würde sie eben jetzt im Dunkeln fegen. »Danke, Herr Grabowski. Ich hole nur einen Besen.«

David Grabowski hielt sie am Arm zurück und lächelte. »Nicht nötig. Ist bereits erledigt. So viel Laub lag gar nicht auf dem Bürgersteig.« Dann deutete er auf den Latz seiner Schürze, wo in roten Buchstaben »CHEFKOCH« stand. »Ich habe heute Abend Schweinelendchen in Käsesahnesoße zubereitet. Dazu gibt es Brokkoli-Gratin und Kroketten. Haben Sie Lust mitzuessen? Meine Mutter würde sich freuen.«

Maike spürte ihren Magen knurren. Sie hatte seit dem zweiten Frühstück im Büro von Doktor Severin nichts mehr gegessen. Der Duft der Schweinelendchen stieg ihr in die Nase und ihr lief bereits das Wasser im Mund zusammen. »Ich komme gerne. Geben Sie mir zehn Minuten für eine heiße Dusche.«

15 Minuten später saß sie gemeinsam mit Brigitte und David Grabowski am gedeckten Küchentisch. Grabowski hatte zwei Tafelkerzen angezündet und eine Flasche Wein geöffnet. Die Augen seiner Mutter leuchteten erfreut, als sie Maike ansah.

»Rommé? Nach Essen?« Ihre Hände zitterten, als sie den von ihrem Sohn gefüllten Teller zu sich zog und nach dem Besteck griff.

Maike nickte lächelnd. »Na klar, Frau Grabowski. Natürlich spiele ich mit Ihnen. Auch wenn ich immer verliere. Gegen Sie hab ich einfach keine Chance.«

Die alte Dame lachte und mühte sich, das Fleisch klein zu schneiden. Maike hätte ihr gern geholfen, wollte sie aber nicht in Verlegenheit bringen.

»Na, dann Prost!« David Grabowski hob sein Glas. »Auf einen netten Abend.« Seine Wangen waren gerötet, er wirkte beschwingt und nicht müde und abgespannt, wie Maike ihn sonst kannte.

Sie hob ihr Glas. »Prost! Das ist schön, dass Sie sich heute freigenommen haben. Samstags ist das Taxifahren doch bestimmt lukrativ. Erst recht, wo Kirmes in Unna ist.«

Grabowski stellte sein Glas behutsam ab und sah Maike ernst an. »Das ist wohl wahr. Aber ich kann Mutter nicht immer allein lassen. Selbst wenn ich eine Schwester bestelle, ist sie einsam. Das Fiasko gestern hat mir gereicht.«

Maike nickte und schob sich eine Gabel Schweinefilet in den Mund. David Grabowski war ein vorzüglicher Koch. Das Filet war zart, die Soße schmeckte traumhaft und das Gemüse hatte den richtigen Biss. Sie war erleichtert, dass ihr Gastgeber selbst einsah, dass er seine Mutter nicht allein lassen konnte. Es wäre ihr nicht leichtgefallen, ihn zu maßregeln. Welcher Sohn nahm es schon auf sich, neben einem erfolgreichen Dasein als Fotograf noch nebenbei Taxi zu fahren, nur um das Pflegepersonal bezahlen zu können? Dass es da zu zeitlichen Engpässen kam, lag auf der Hand.

Grabowski legte sein Besteck auf den Teller und lehnte sich zurück. »Aber was ist mit Ihnen und Ihrem freien Wochenende?«

Maike blickte ihn erstaunt an. »Das wissen Sie noch?« Eine beiläufige Erwähnung, als sie ihn im Treppenhaus traf und er nach dem Fortschritt ihrer Renovierungsversuche fragte.

David Grabowski schob seinen Teller zur Seite und blickte seine Mutter an. »Soll ich das Fleisch klein schneiden, Mutter?«

Sie lächelte ihn dankbar an und nickte. Dann sah sie Maike an. »Bin … alte Frau. Nur … Last … für … David.« Tränen glitzerten in ihren Augen und sie wischte sie mit dem Handrücken weg.

Maike ergriff über den Tisch hinweg ihre Hand. »Das stimmt nicht, Frau Grabowski. Man sieht, dass Ihr Sohn das gerne macht. Und ich freue mich auf einen Rommé-Abend mit Ihnen. Oder soll ich lieber zwischen Farbeimern und Umzugskartons Fernsehen gucken?«

Frau Grabowski lächelte glücklich. Sie nahm ihren Teller in Empfang und aß weiter. Ihr Sohn tupfte sich den Mund mit einer Serviette ab und legte sie zum Besteck auf seinen Teller. »Als ich einkaufen fuhr, sah ich am Ostring Polizei, Feuerwehr und Notarztwagen. War das der Grund für Ihr verpatztes Wochenende?«

Maike spülte ihren Mund mit einem Schluck Rotwein aus. Sie durfte über laufende Ermittlungen nicht reden. Aber es sprach nichts dagegen, ihrem Nachbarn die Informationen zu geben, die am nächsten Tag auch in der Zeitung stehen würden. »Im Stadtpark wurde eine Leiche gefunden. Die Frau wurde ermordet. Über Einzelheiten darf ich Ihnen leider nichts sagen.«

Grabowski sah sie erschüttert an. »Das ist ja schrecklich. Weiß man, wer der Täter ist? Haben Sie eine Spur?«

Maike hob ratlos die Schultern und schluckte den letzten Bissen Filet herunter. Sie hatte sich mit ihrer Portion etwas viel zugemutet und glaubte, gleich zu platzen. »Wir stehen noch völlig am Anfang unser Ermittlungen.«

Grabowski griff nach der Weinflasche und füllte die Gläser erneut. Dann beugte er sich vor und stützte die Arme auf dem Tisch ab. »Ich stelle mir Ihren Beruf spannend vor. Werden Sie an dem Mordfall mitarbeiten? Wie gehen Sie bei der Mordermittlung vor?«

Maike lächelte. Wie oft wurden ihr solche oder ähnliche Fragen gestellt? Die meisten Leute nahmen an, der Beruf einer Kommissarin sei dramatisch wie ein Actionfilm. Aufregende Verfolgungsjagden, brutale Schlägereien und gefährliche Schießereien. Die Realität sah anders aus. Um einen Täter des Mordes zu überführen, galt es meist, wie bei einem Puzzle Hunderte von kleinen Teilen zusammenzufügen, bis das letzte Indiz gefunden war. »Zunächst wird das Umfeld des Mordopfers durchleuchtet. Berufs- sowie Privatleben. Gab es Feinde? Wer könnte ein Motiv für die Tat haben? Handelt es sich um eine Beziehungstat oder einen Überfall, bei dem das Opfer zufällig zum Ziel des Täters wurde?«

»Und? Wie sehen Ihre ersten Erkenntnisse aus?«

Brigitte Grabowski sah ihren Sohn böse an. »David! … Ruhe!« Sie tupfte sich mit der Serviette den Mund. Man sah ihr deutlich an, dass sie ihren Sohn gern ausführlich gemaßregelt hätte. Das ließ ihre Sprachstörung jedoch nicht zu. »Frau … Graf … hat … frei.«

Sie bedrohte David Grabowski scherzhaft mit dem Messer, bevor sie das letzte Stück Fleisch in den Mund steckte. Dann leerte sie mit einem Zug ihr noch volles Weinglas und sah Maike herausfordernd an. »Rommé?«

Maike nickte und half ihr ins Wohnzimmer, während David Grabowski die Küche aufräumte. Die alte Dame setzte sich in den Ohrensessel, griff nach den Karten und begann sie umständlich zu mischen. Maike setzte sich ihr gegenüber auf die Couch. Während sie ihr zusah, schweiften ihre Gedanken zu dem kurzen Gespräch, das sie nach der Besprechung mit Jochen geführt hatte. Wollte er sie wirklich nur darauf hinweisen, dass seine kleine Schwester morgen ihren 30. Geburtstag feierte? Oder hatte er von Anfang an geplant, sie zu überreden, mit ihm dorthin zu fahren? Er könne sie nach der Arbeit mitnehmen und würde sie auch zurückbringen. Maike war sich nicht sicher, ob ihre spontane Zusage ein Fehler war. Sie mochte Chiara sehr und freute sich auf ein Wiedersehen. Aber brachte sie sich nicht selbst in eine prekäre Situation, wenn sie gemeinsam mit Jochen auf der Party auftauchte, die ausgerechnet im Haus ihrer Fast-Schwiegereltern stattfand?

SONNTAG, 4. NOVEMBER

Ein Knall schallte durch das alte Landhaus. Die Fensterscheibe im Schlafzimmer vibrierte. Max Teubner fuhr im Bett hoch. Sein Herz raste. War etwas gegen die Scheibe geflogen? Ein Vogel? Der Wecker schrillte. 7.30 Uhr.

Wieder krachte es. Teubners Blick flog Richtung Fenster. Im Bruchteil einer Sekunde sah er, wie sich die Scheibe in ein Spinnennetz verwandelte und scheppernd ineinander zusammenfiel. Die Scherben klirrten zu Boden. Gleichzeitig landete ein roter Backstein neben seinem Bett. Nasskalte Novemberluft strömte ins Zimmer. Der Kommissar sprang mit einem Satz auf und hechtete zum Fenster. Er sah auf den Rasen im Vorgarten. Dort stand ein junger Mann, etwa 18 Jahre alt, dunkle kurze Locken, lässig, mit den Händen in den Taschen seiner Schlabberjeans und starrte ihn an.

Teubner verschlug es die Sprache. Wie dreist war das denn? Der Bengel machte nicht einmal Anstalten wegzulaufen. Irgendetwas regte sich beim Kommissar. Er hatte das Gesicht des Jungen schon einmal gesehen. Da war er ziemlich sicher.

»Hey!«, schrie Teubner endlich. »Spinnst du? Was soll das?« Erst jetzt spürte er, dass er mit nackten Füßen im Scherbenhaufen stand. Die kleinen Splitter piksten unangenehm. Das fehlte noch!

»Was machst du für einen Krach?« Die Schlafzimmertür flog auf und seine Tante steckte ihren Kopf zur Tür herein.

Mit aufgerissenen Augen starrte sie ihn an. »Mein Gott! Was ist passiert?« Sie trat einige Schritte ins Zimmer.

»Max! Du stehst mitten in den Scherben!«

Er wagte kaum, sich zu bewegen. Seine Füße begannen, höllisch zu schmerzen. So deutete er nur aus dem Fenster und sagte: »Da steht ein Teenager im Vorgarten. Er hat die Fensterscheibe eingeschmissen.«

Belinda Teubner stob im dunkelblauen Hausanzug aus Nickistoff auf ihren Neffen zu und schob ihn etwas zur Seite. Sie warf einen Blick nach unten, wo der Junge provozierend stand, und den nächsten Stein griffbereit in der Hand hielt.

»Na warte, Bürschchen!« Belinda war für ihre 67 Jahre erstaunlich flink. Sie hielt sich mit Joggen entlang der Ruhr fit. Ob im Regen, Schnee oder bei Sturm, sie lief ihre Runde. Nun stürzte sie aus dem Zimmer. Gnade dem Bengel, wenn sie ihn erwischen würde!

Teubner hörte sie die Treppe hinunterpoltern, die Haustür wurde aufgerissen und er sah sie auf den Rasen laufen. Der Junge schien Respekt zu bekommen, als er die alte Dame mit Stockschirm bewaffnet auf sich zulaufen sah. Sie hatte ihn fast erreicht, da ließ er den Stein fallen, schnellte herum und rannte. Teubner sah seiner Tante eine Weile nach, wie sie mit erstaunlichem Tempo die Verfolgung aufnahm. Dann drehte er sich langsam um, humpelte auf Hacken zu seinem Bett und setzte sich. Er hob einen Fuß, biss die Zähne zusammen und zog vorsichtig kleine Splitter aus seiner Fußsohle.

Max Teubner wohnte seit zwei Jahren in Fröndenberg-Langschede bei Tante Belinda, die nie geheiratet hatte und das Landhaus allein bewohnte. Die Richterin war zu jener Zeit gerade in Rente gegangen und dankbar für jede Ablenkung. Als sie erfuhr, dass ihr Neffe seinen Dienst in Köln aus persönlichen Gründen gekündigt hatte, bot sie ihm an, bei sich zu wohnen. Sie hatte nie gefragt, was ihn – mit seinen gerade mal 40 Jahren – dazu bewogen hatte, den gut bezahlten Job beim Kölner Kriminalkommissariat 11 zu quittieren, was Teubner ihr hoch anrechnete. Sie besorgte ihm sogar die Stelle im KK1/2 in Unna. Eigentlich hatte Teubner die Unterkunft im Haus seiner Tante nur als Übergangslösung gesehen, doch mittlerweile genoss er die Vorzüge des gemeinsamen Wohnens. Belinda bekochte ihn, wusch seine Wäsche und ließ ihm ansonsten seinen Freiraum. Er bewohnte das Obergeschoss des Landhauses allein und konnte mitbringen, wen er wollte, ohne von Tante Billie in Verlegenheit gebracht zu werden. Im Grunde ging es ihm so gut wie nie zuvor.

Der Wind rauschte laut durch die Trauerweide vorm Haus und blies heftige Böen ins Zimmer. Teubner fröstelte. Wenn er den Burschen je in die Finger bekäme! Der könnte was erleben! Endlich hatte er den letzten Splitter entfernt und zog sich an. Er beseitigte die Scherben mit Handfeger und Kehrschaufel. Kaum anzunehmen, dass am Sonntag ein Glaser erreichbar wäre. Das Fenster würde er vernageln müssen. Vielleicht hatte seine Tante im Keller noch ein Sperrholzbrett in passender Größe. Teubner verschloss die Zimmertür hinter sich und stieg über die knarrende Holztreppe ins Erdgeschoss.

Eine halbe Stunde später haftete dort, wo das Fenster gewesen war, eine graue Rigipsplatte. Etwas anderes hatte er nicht finden können. Da er den Rigips nicht nageln mochte, hatte er ihn mit Silikon an den Fensterrahmen geklebt. Der Fensterbauer würde sich am nächsten Tag freuen. An seitlichen Ritzen drang nur etwas Tageslicht ins Zimmer und der Wind pfiff eisig hindurch. Für eine Nacht würde es gehen.

Teubner zog seine Jacke an, da er sich langsam Sorgen um seine Tante machte, als sie mit hochrotem Gesicht und wütendem Funkeln in den Augen ins Haus gestiefelt kam.

»So ein Lümmel!«, schimpfte sie. »Der hat sich wahrhaftig immer wieder umgesehen und förmlich darauf gewartet, dass ich ihn einhole. Am Kanu Klub habe ich ihn aus den Augen verloren. Kanntest du den Bengel? Ich hab ihn noch nie im Dorf gesehen. Und doch kommt er mir bekannt vor.«

Teubner hob ratlos die Schultern und zog den Reißverschluss seiner Jacke zu. »Keine Ahnung, wer das war. Tut mir leid, Tante Billie, dass ich dich jetzt in der Aufregung allein lassen muss. Aber die Arbeit ruft. Wir haben einen Mord aufzuklären. Um 11 Uhr ist eine Befragung angesetzt und vorher muss ich mit Maike noch einen Mitarbeiter des Opfers aufsuchen.«

Belinda schüttelte missbilligend den Kopf und schob ihren Neffen Richtung Küche. »Für ein Frühstück am heiligen Sonntag wird schon Zeit sein. Ist alles gedeckt. Und dein geliebtes Rührei steht auch auf der Warmhalteplatte.«

Teubner warf einen Blick auf seine Armbanduhr. 8.10 Uhr. Der Duft von durchwachsenem Speck vermischt mit dem herben Geruch von Kaffeebohnen drang in seine Nase. Er zuckte die Schultern. Wer weiß, ob der Zahnarzt Stracke überhaupt schon wach war. Maike würde auf ihn warten.

*

Ganz gegen ihre Erwartung bewohnte Zahnarzt Dr. Stefan Stracke keine Luxusimmobilie, sondern eine karg eingerichtete 50-Quadrat-Wohnung in einem tristen Mehrfamilienhaus in der Lönsstraße am Rande von Unnas City. Maike hatte ihn vor einer halben Stunde telefonisch erreicht und ihren Besuch angekündigt. Vom Tod seiner Chefin wusste Stracke bereits vom Vater der Toten, Josef Heinemann. Man hatte ihn gebeten, die Praxis in der kommenden Woche allein zu übernehmen, bis man sich auf die neue Situation eingestellt hatte.

Maike lief unwillkürlich ein Schauer über den Rücken, als sie hinter Teubner in einen langen, schmalen Flur ohne Möbel und Fenster trat, und dabei die vergilbten Wände anstarrte. Einige rechteckige helle Flecke deuteten darauf hin, dass hier einmal Bilder gehangen haben mussten. Jetzt waren die Wände kahl.

Stefan Stracke führte seine Gäste in ein kleines Wohnzimmer. Sofa, Tisch, zwei Stühle, ein Schrank mit Fernseher – mehr gab es nicht. Keine Gardinen vor einem schmutzigen Fenster. Stracke schien Maikes Blicke verfolgt und ihre Gedanken erraten zu haben. »Ich wohne nicht lange hier. Ist nur eine Übergangslösung, bis ich was Besseres finde.«

Maike nickte und setzte sich auf den Stuhl neben Teubner. Ihr Kollege wirkte entrückt, nicht ganz bei der Sache, so begann sie mit der Befragung. »Herr Stracke, wie Sie wissen, wurde Frau Doktor Judith Heinemann-Schönfeld gestern ermordet aufgefunden. Wie gut kannten Sie Ihre Chefin?«

Stracke besaß wenig Ausstrahlung. Bekleidet mit brauner Hose und kariertem Westover, die dünnen Haare glatt nach hinten gekämmt, die graugrünen Augen ohne jeglichen Glanz, saß er mit verschränkten Armen auf dem Sofa ihnen gegenüber. »Ich denke, ich kannte Judith besser als ihr schnöder Ehemann.«

»Sie mögen Guido Schönfeld nicht?«

Der Befragte schlug die Beine übereinander und rutschte noch ein Stück zurück. »Das haben Sie richtig erkannt.«

»Aber zu der Toten hatten Sie ein gutes Verhältnis?!«

Stracke lachte kurz auf. »Das habe ich nicht gesagt.«

»Seit wann arbeiten Sie in der Praxis Heinemann-Schönfeld?«

Er zog die Augenbrauen hoch, sodass seine feinen Stirnfalten sich in tiefe Furchen verwandelten. Seine Antwort kam wie aus der Pistole geschossen. »Am ersten August waren es 25 Jahre.« Stolz sprach aus seiner Stimme. »Als ich damals noch beim Josef Heinemann begann, studierte Judith im fünften Semester.«

Maike schätzte Stefan Stracke auf etwa 50 Jahre. Dennoch war es ihr, als säße sie einem alten, gebrechlichen Mann gegenüber, einem verbitterten Seelenwrack.

Teubner blätterte in seinem Notizbuch. »Mit Frau Arndt und Frau Dröge arbeiten nur zwei Assistentinnen in der Praxis. Ist das nicht zu wenig bei drei Zahnärzten?«

Stracke streckte die Füße von sich und verschränkte die Arme vor der Brust. »Ist eben ein Familienunternehmen. Manchmal hilft die alte Frau Heinemann aus, die Mutter von Judith. Die Termine werden so gelegt, dass es passt. Kommt auch vor, dass ich dem Schönfeld oder seiner Frau assistiere.«

Teubner beugte sich vor. »Ist das nicht beschämend? Immerhin haben sie promoviert. Fühlten Sie sich nicht ungerecht behandelt oder gar ausgenutzt?«

Stracke blickte zu Teubner. Eine leichte Röte durchzog sein Gesicht. »Wollen Sie darauf hinaus, ich hätte etwas mit dem Tod von Judith zu tun?« Er schüttelte den Kopf. »Da sind Sie auf der falschen Fährte, junger Mann. Wenn mir die

Arbeit dort nicht gepasst hätte, hätte ich gekündigt. Aber die Bezahlung ist gut und da muss man eben einiges leisten.«

Teubner schrieb fleißig in sein Notizbuch. »Können Sie sich vorstellen, wer ein Motiv hätte, Frau Judith Heinemann-Schönfeld zu ermorden? Als die Leiche gefunden wurde, trug sie ein Lebkuchenherz mit der Aufschrift ›Ein letzter Gruß, G.‹ um den Hals. Haben Sie eine Ahnung, um wen es sich dabei handeln könnte, außer um ihren Ehemann Guido?«

Stracke nahm die rechte Hand hoch und rieb sich damit das Kinn. Dabei wanderten seine Augen über die vergilbten Wände. »Judith war Perfektionistin mit dem Hang, sich in cholerische Anfälle zu steigern. Wenn etwas nicht nach ihrem Sinn lief, konnte sie ungerecht und verletzend sein. So gesehen hätte jeder ein Motiv, der sie kennt. Sei es ihr Mann, ihre Kinder, ihre Eltern, Isabella, Martina oder ich. Sogar zu Patienten war sie schroff. Und dieses Herz könnte doch jeder gekauft haben. Vielleicht ist es eine falsche Fährte. Wer ist so blöd und hinterlässt seine Visitenkarte am Tatort?«

Maike beobachtete Stefan Stracke, der sich in seiner Haut sichtlich unwohl fühlte. Er ließ unablässig die Daumen umeinander kreisen, wirkte nervös. Maike hatte keine genaue Erklärung, aber der Zahnarzt war ihr suspekt. Und diese Wohnung! Die passte so überhaupt nicht zu einem Arzt, der angeblich gut verdiente. Da steckte doch gewiss ein Problem dahinter.

»Sie sagten eben, diese Wohnung wäre nur eine Notlösung für Sie. Verraten Sie mir den Grund? Wie lange wohnen Sie hier?«

Stefan Stracke drückte sich vom Sofa hoch. Er steckte seine Hände in die Hosentaschen, ging langsam zum Fenster hinüber und blickte hinaus in einen trüben Morgen. Sie konnte seine Worte kaum verstehen, die er leise gegen die Fensterscheibe hauchte. »Ich habe einen lieben Menschen verloren.«

Max Teubner stand ebenfalls auf und trat neben den Zahnarzt. »Sie leben in Scheidung?«

Stracke schüttelte kaum merklich den Kopf. »Nein. Wir waren nicht verheiratet.« Er drehte sich um, schien sich wieder gefangen zu haben. »Glauben Sie mir: Mein Privatleben hat rein gar nichts mit Ihren Ermittlungen zu tun.« Er sah zu Maike, die sich genötigt fühlte, nun ebenfalls aufzustehen.

»Ich wohne seit Ende Juni hier. Eine abscheuliche Wohnung. Erst recht, wenn ich sie mit dem Haus vergleiche, in dem ich bis dahin lebte. Deshalb habe ich mich erst gar nicht gemütlich eingerichtet. Aber ich habe schon etwas anderes im Blick. Eine Eigentumswohnung im Kastanienhof. Ruhige Lage, trotzdem zentral.«

»Ihre Lebensgefährtin hat Ihr Haus übernommen?«, fragte Teubner und ließ den Zahnarzt nicht aus den Augen.

»Ja.«

»Eine letzte Frage. Wo waren Sie am vergangenen Freitagabend bis zum frühen Samstagmorgen?«

Strackes Gesicht war undurchdringlich. In Maike keimte der Verdacht auf, er würde sich eine passende Antwort zusammenbasteln. Endlich antwortete er: »Ich war bei meiner ehemaligen Lebensgefährtin, um ihr eine Liste mit Dingen zu geben, die ich für meine neue Wohnung aus dem Haus haben möchte. Es kam zum Streit. Dann kam mein Nachfolger und ich hätte mich fast mit ihm geprügelt. Ich bin wütend abgefahren.«

»Von wann bis wann waren Sie bei Ihrer Exfreundin?«

Stracke schob mit Daumen und Zeigefinger die Haut an seinem Kinn zusammen und überlegte. »Ich bin gleich nach Praxisschluss zu ihr gefahren. Das muss so um kurz nach 20 Uhr gewesen sein. Um 22 Uhr war ich wieder hier.«

»Gibt es dafür Zeugen?«

»Als ich den Hausflur betrat, schaute die alte Frau Sägebrecht zur Tür hinaus. Sie hatte ein Paket für mich angenommen.«

»Wann haben Sie das Haus wieder verlassen?«

»Am Samstagmorgen um halb acht, weil ich in die Praxis musste.«

Teubner notierte sich Namen und Adressen, dann steckte er sein Notizbuch in die Innentasche seiner Jacke und zog den Reißverschluss bis zum Hals hoch. Maike griff in die Tasche ihres Lederblazers und reichte Stracke ihre Visitenkarte.

»Wenn Ihnen noch etwas einfällt, was für unsere Ermittlungen von Bedeutung sein könnte, melden Sie sich bei uns. Ein ominöser Anruf, ein unbedeutend erscheinender Streit, eine geschriebene Mahnung, all das kann manchmal zu einem Mordmotiv werden.«

Stracke nahm die Visitenkarte entgegen und ergriff die ihm dargebotene Hand. Er hielt sie ein wenig länger als nötig und machte einen nachdenklichen Eindruck.

»Wo Sie gerade das Wort ›Streit‹ erwähnen«, begann er und entließ Maikes Hand endlich seinem verschwitzten Griff, »die Freundin von Judith, die kam letzte Woche in die Praxis gestürmt. Eigentlich eine nette Frau. Aber an dem Tag, ich glaube, es war am Dienstag, da war sie völlig außer sich. Ich versorgte gerade eine Patientin und hörte nur lautes Geschrei. Martina schaute mich auch verwundert an. Wir widmeten uns aber weiter der Patientin. Isabella kann Ihnen Näheres sagen. Die assistierte Judith bei einer Behandlung, als ihre Freundin Anja Wagner sie regelrecht attackiert haben soll.«

*

Bis zur Befragung des Witwers Guido Schönfeld war noch über eine Stunde Zeit. Da traf es sich gut, dass das Haus der Wagners unweit von Stefan Strackes Wohnung lag. Ein hübsches Einfamilienhaus im Neubaugebiet am Südfriedhof. Dort, wo sich vor Jahren das Gelände der Hellweg-Kaserne befand, mit hohen Zäunen und aufgesetztem Stacheldraht, hinter denen sich die Truppen der Panzerdivision der Bundeswehr verschanzten, wuchsen in einem halben Jahrzehnt 150 Neubauten im Wohnpark Unna-Süd. Einen davon bewohnte Familie Wagner in der Bertha-von-Suttner-Allee.

Maike hatte ein mulmiges Gefühl, als sie ihr Auto durch das ehemalige Kasernentor lenkte. Immer noch erinnerten zwei restaurierte Sandsteinpfosten gegenüber dem Südfriedhof an die Einfahrt der Kaserne. Für Maike ein beklemmender, düsterer Ort, den sie mit Krieg und Waffengewalt assoziierte. Die Allee mit altem Baumbestand, die dahinter folgte, war dagegen freundlich, selbst an diesem trüben Novembermorgen.

Maike parkte direkt vorm hellblau getünchten Haus der Wagners, das sich etwa auf halbem Weg entlang der Allee befand. Auf ihr Schellen öffnete Frank Wagner, der ihnen mitteilte, seine Frau sei mit dem Hund unterwegs. Maike ließ sich die Route, die Anja Wagner zu nehmen pflegte, beschreiben, und während Teubner sich bei Herrn Wagner aufwärmte, machte sie sich auf die Suche nach seiner Frau. Sie fuhr mit dem Dienstwagen bis zur Martinskirche und stellte den Astra auf dem dortigen Parkplatz ab. Dann lief sie den steilen Pfad zum Ententeich im Naherholungsgebiet, dem Bornekamp, hinab. Hoffentlich war Anja Wagner nicht bis zum Hundeplatz gelaufen, dann hätte Maike noch einen ordentlichen Marsch vor sich. Während sie den Weg entlang des Ententeichs einschlug, nahm sie jeden weiblichen Hundehalter ins Visier. Eine Frau mit Schäferhund kam ihr nicht entgegen. Hinter dem Ententeich überquerte Maike die hier kaum befahrene Bornekampstraße. Es folgte ein kleines Waldstück. Plötzlich flog ihr ein dicker, kurzer Ast vor die Füße. Ein großer Hund kam auf sie zugerannt, bremste scharf, schnappte nach dem Stöckchen und wetzte zurück. Maike sah, wie eine Frau sich nach dem Schäferhund bückte, ihm das Stöckchen abnahm, während der Hund im Sitzen mit seinem Schwanz die trockenen Blätter vom Weg wedelte.

»Frau Wagner? Darf ich kurz stören?«, fragte die Kommissarin und zückte ihren Ausweis.

Die Frau blickte erstaunt auf, fasste dem Hund ans Halsband und legte ihn an die Leine. »Ja, ja, ich weiß. Hier soll kein Hund frei laufen. Aber Jacko ist gehorsam und friedlich. So ein Hund braucht seinen Auslauf und wir haben leider keinen großen Garten. Und jetzt sagen Sie bloß nicht, dafür gäbe es den Hundeplatz. Der ist vom vielen Regen in den letzten Tagen total matschig.«

Maike musste grinsen. Beim Ordnungsamt beschäftigt zu sein, wurde ihr bis heute noch nicht unterstellt. »Es geht nicht um Ihren Hund. Ich bin Kriminalhauptkommissarin und ermittle im Mordfall Judith Heinemann-Schönfeld.«

Anja Wagner wurde blass. Sie nahm Jacko an die kurze Leine und setzte ihren Weg neben Maike fort. »Ich habe davon gehört. Gestern wollte ich Judith anrufen und mich bei ihr entschuldigen. Ihre Tochter Svenja war in der Leitung und hat bitterlich geweint.« Unwillig wischte sie mit dem Handrücken die aufkommenden Tränen fort und zog geräuschvoll die Luft ein. Anja Wagner machte einen ehrlichen Eindruck. Mit ihren langen roten Haaren, den giftgrünen Augen und einem breiten Mund erinnerte sie an die Schauspielerin Andrea Sawatzki.

»Sie hatten Streit mit Judith. Worum ging es dabei?«

Anja zog ein Taschentuch aus ihrer Jacke, tupfte sich die stark geschminkten Augen und schnäuzte sich die Nase. »Ach«, begann sie, »eine ziemlich unrühmliche Geschichte.«

Sie gingen einige Schritte schweigend nebeneinander. Die Erziehung Jackos ließ zu wünschen übrig, denn er zog unerbittlich an der Leine. Die Frauen hatten Mühe, mit ihm Schritt zu halten.

»Jacko! Sitz!« Sofort blieb der Hund stehen und setzte sich. Anja Wagner beugte sich zu seinem Halsband und löste die Leine. »Es stört Sie doch nicht, wenn er frei läuft? Er gehorcht wirklich aufs Wort.« Sofort tobte Jacko über die Wiese neben dem Ententeich, rannte zurück und verschwand aus dem Blickwinkel der Frauen.

»Wie kam es zu dem Streit?«

Anja Wagner hängte sich die braune Lederleine um den Hals und vergrub die Hände in den Taschen. »Tja. Wenn zwei das Gleiche tun, dann ist es manchmal nicht das Gleiche. Mein Mann Frank hat vor einer Woche mit Judith geschlafen. Während der Geburtstagsparty am Samstag im Hause Schönfeld. Guido feierte seinen 47.«

Maike blickte Anja Wagner irritiert an. Wie sollte sie sich das vorstellen? Hatte die Zahnärztin es in ihrem Schlafzimmer getrieben, während im Parterre die Geburtstagsparty in vollem Gange war?

Anja Wagner schien ihre Gedanken zu erraten. »Wissen Sie, Frau Graf, ich bin kein Kind von Traurigkeit. Ich liebe das Leben, und wenn ich auf eine Party gehe, dann will ich auch Spaß haben. Mein Mann ist da eher etwas zurückhaltend. Er hat mich beobachtet, wie ich mit Guido flirtete. Ganz harmlos. Ehrlich. Wir haben viel gelacht. Frank sagt, Guido hätte mir unablässig ins Dekolleté gestarrt.«

»Er wurde eifersüchtig?«

Anja Wagner nickte. »Nicht ohne Grund, muss ich zugeben. Vor einem halben Jahr hat er mich mit Guido im Bett erwischt. Ein einmaliger Ausrutscher. Ich weiß selbst nicht, wie es dazu kam. Eigentlich verabscheue ich solche Weiberhelden wie ihn.«

»Dennoch haben Sie mit ihm geschlafen.«

»Der Alkohol. Ich vertrage nicht viel.« Sie waren zum Anfang des Ententeichs zurückgekehrt. Anja Wagner blieb stehen, steckte zwei Finger in den Mund und gab einen lauten Pfiff von sich. Keine zehn Sekunden später kam Jacko angerast und setzte sich mit dem Schwanz wedelnd vor ihr auf den Boden. Er hechelte und starrte sein Frauchen treu an. Anja Wagner kraulte ihm liebevoll den Nacken, gab ihm ein Leckerli und klickte die Leine wieder im Halsband ein. »Ich habe es bereut. Mehr als einmal. Das können Sie mir glauben. Frank kam früher als gewöhnlich von der Arbeit. Er ist Innenarchitekt. Hat Aufträge im ganzen Land verteilt. Damals kam er aus Hamburg. Der Schock, als er die Schlafzimmertür öffnete, seine traurigen Augen werde ich nie vergessen. Er verließ schweigend das Haus, hat kein Wort darüber verloren. Und ich habe gar nicht erst versucht, mich zu erklären. Mir wäre lieber, er hätte mich damals angeschrien.«

»Aber vor einer Woche nahm er Rache?« Maike ver-

suchte, sich in das Gefühlsleben des Frank Wagner hinein-
zuversetzen. Hatte er seiner Frau den einen Ausrutscher
verziehen? Und dann sah er sie erneut mit Guido Schönfeld flirten. Glaubte er vielleicht, sie hätte ihn die ganze
Zeit betrogen?

Anja Wagner seufzte. »Auf der Party sprach Frank mit
Judith. Um ungestört reden zu können, gingen sie in den
Garten. Ich habe nicht einmal bemerkt, dass sie weg waren.
Da waren so viele Leute. Laute Musik. Gute Stimmung. Er
erzählte ihr, dass er Guido und mich erwischt hatte, ließ kein
Detail aus. Er sagte Judith, er sei sicher, dass die Geschichte
mit Guido und mir immer noch lief. Dieser Mistkerl! Wie
kann er nur so von mir denken? Jedenfalls hat er Judith
schließlich zum Trost im Gartenhaus gevögelt.«

Maike blieb stehen, da sie den Parkplatz vor der Martinskirche erreicht hatten. Sie deutete auf ihren Dienstwagen. »Soll ich Sie nach Hause bringen? Mein Kollege wartet bei Ihrem Mann.«

Anja Wagner wehrte lachend ab. »Nein. Das ist keine gute
Idee. Jacko fährt nicht gern Auto. Ich mache es auch kurz.
Als wir nach Hause fuhren, hat er mir erzählt, was passiert
ist. Er hatte nicht mal ein schlechtes Gewissen und sprach
von ausgleichender Gerechtigkeit. Ich bin völlig ausgerastet.
Hab ihn angeschrien und um mich geschlagen.« Sie blickte
zu Boden, spielte mit ihrer Stiefelspitze im herabgefallenen
Laub. »Ich habe seitdem kein Wort mehr mit ihm gesprochen.
Am Montag bin ich in die Praxis gefahren und habe Judith
meine Meinung ins Gesicht geschrien. War mir völlig egal,
dass da ein Patient im Stuhl lag und rote Ohren bekam.« Anja
Wagner zeigte mit Tränen in den Augen ihr breites Lächeln,
das traurig wirkte. »Jetzt ist Judith tot, ohne dass ich mich
für mein egoistisches Verhalten entschuldigen konnte. Ich

weiß nicht, ob ich Frank das je verzeihen kann. Er hat viel zerstört. Meine Liebe zu ihm bekam einen Knacks.«

Maike nickte verständnisvoll. »Eine letzte Frage: Was haben Sie vergangenen Freitagabend bis Samstagmorgen gemacht?«

Anja Wagner grübelte eine Weile. »Ich habe ein furchtbar schlechtes Gedächtnis. Freitagabend ... Hm ... da muss ich Ihnen meinen Mann wohl als Alibi servieren. Ich glaube, ich habe am Freitag bis um halb zwölf schweigend mit ihm vor dem Fernseher gesessen. Dann ging ich schlafen, er kam etwa eine halbe Stunde später nach. Am Samstag habe ich bis um 9 Uhr geschlafen. Da war Frank schon mit dem Hund draußen gewesen, das überlässt er sonst immer mir. Als selbstständiger Architekt kann er sich seine Arbeitszeit ja einteilen. Deshalb ist er am Wochenende so früh sonst nie wach. Das hat mich etwas gewundert.«

*

Trotz seiner schwarzen Jeans, der auf Hochglanz polierten Schuhe und des ebenfalls schwarzen Kaschmirpullovers wirkte Guido Schönfeld keineswegs wie ein trauernder oder über den Tod seiner Frau schockierter Witwer. Er erschien um Punkt 11 Uhr im Kommissariat, warf seine Jacke achtlos über die Stuhllehne des ihm zugewiesenen Stuhles im Befragungsraum und setzte sich. Max Teubner ließ den Zahnarzt während der Befragung nicht eine Sekunde aus den Augen. Er war fest entschlossen, sich später die Videoaufzeichnung der Befragung gemeinsam mit einem Polizeipsychologen anzusehen. Denn auch die angeborene Arroganz Schönfelds konnte seine enorme Nervosität nicht vertuschen. Er tippte ununterbrochen mit der rechten Fußspitze auf den Boden und wechselte ständig seine Sitzhaltung. Mal rutschte er auf die vorderste Stuhlkante und stützte die Arme auf dem einfachen Holztisch ab, dann schob er sich zurück, lehnte sich an und verschränkte die Arme vor der Brust. Teubner deutete diese Gesten als Unsicherheit. Ob er in den Mord an seiner Frau verwickelt war, mochte Teubner nicht beurteilen, aber er würde alles daransetzen, dies herauszufinden.

Er setzte sich Schönfeld gegenüber, Maike nahm neben ihm Platz. Jochen Hübner würde die Befragung auf dem Monitor im angrenzenden Büro beobachten. Er wollte nur eingreifen, wenn er es für wichtig hielt. Teubner sollte die Befragung leiten und so begann er behutsam mit der Zeugenbelehrung und einfachen Fragen zur Person.

Schönfeld erzählte daraufhin, er habe Judith im Jahr 1990 in Dortmund kennengelernt, wo sie gemeinsam in einer Großraumpraxis gearbeitet hätten. Sie seien sich gleich sympathisch gewesen und oft abends miteinander ausgegangen. Zur Hochzeit, die im Mai 1992 stattfand, habe das Paar von den Schwiegereltern die Villa in Uelzen geschenkt bekommen. Schönfelds Schwiegermutter Roswitha Heinemann stamme aus reichem Hause. Eigentlich sei arbeiten unter Oma Roswithas Niveau, dennoch habe sie ihrem Mann zuliebe einst den Beruf der Zahnarzthelferin erlernt, um Josef in der Praxis zu unterstützen. Heute würde sie nur noch selten aushelfen, im Gegensatz zu ihrem Mann. Josef Heinemann sei fast jeden Tag mindestens für ein bis zwei Stunden in der Praxis. Manchmal auch nur zum Klönen.

Das junge Glück von Guido und Judith sei vollkommen gewesen, als Tochter Svenja zur Welt kam. Im August des gleichen Jahres habe Judith die Praxis vom Vater übernommen. Oma Roswitha habe sich ums Baby gekümmert. Schönfeld selbst sei zwei Jahre später in die Praxis eingestiegen, als Sohn Patrick geboren wurde, und Judith daher für fast ein Jahr Pause machte.

Schönfeld unterbrach seinen Redefluss und nahm einen Schluck des bereitgestellten Mineralwassers. Dann lehnte er sich zurück und schien auf konkrete Fragen zu warten.

Teubner hatte sich Stichpunkte in sein Notizbuch gemacht, obwohl die Befragung später protokolliert werden würde. Jetzt legte er den Stift zur Seite und sah auf. »Ihre Beziehung zu Ihrer Frau ist in den vergangenen Jahren merklich abgekühlt. Sie verstanden sich nicht mehr so gut wie zu Beginn Ihrer Ehe. Lag das an Ihnen oder eher an Ihrer Frau?«

Schönfeld stieß die Luft aus. »Sind Sie verheiratet? Stellen Sie sich vor, Sie leben über 20 Jahre mit einer Frau unter einem Dach und dazu arbeiten Sie oft auch noch über zehn Stunden gemeinsam. Was glauben Sie, wo das anfängliche Prickeln einer Beziehung da bleibt? Irgendwann lebt man in einem Trott und nebeneinander her.«

»Ihre berufliche Zusammenarbeit lief stets reibungslos ab? Oder gab es da auch Schwierigkeiten?«

Schönfeld schüttelte langsam den Kopf, als wäge er eine Antwort ab, die ihn nicht kompromittieren konnte. »Natürlich gab es ab und an Meinungsverschiedenheiten. Wir sind aber immer auf einen Nenner gekommen.«

»Hat es Ihre Frau oder Ihre Schwiegereltern nie gestört, dass Sie keinen Doktortitel haben? Fühlten Sie sich dadurch in der Praxis nicht manchmal wie ein Zahnarzt zweiter Klasse? Immerhin hat sogar Ihr Angestellter Stefan Stracke promoviert.«

Mit dieser Einschätzung schien Teubner buchstäblich ins Schwarze getroffen zu haben. Schönfeld bekam einen hochroten Kopf und schoss von seinem Sitzplatz in die Höhe.

Er stützte sich mit den Armen auf dem Tisch ab und seine Augen funkelten zornig.

»Ja, glauben Sie denn, nur mit einem Doktortitel ist man ein guter Zahnarzt? Ich kann meine Villa mit Zertifikaten und Auszeichnungen tapezieren, die ich ohne Approbation erhalten habe. Jeder wird Ihnen bestätigen, dass ich einen wesentlich besseren Zahnarzt abgebe als *Doktor* Stracke. Fragen Sie Isabella und Martina oder meine Schwiegereltern. Von mir aus auch die Patienten.« Er wischte sich mit dem Handrücken kleine Schweißperlen von der Stirn und setzte sich wieder.

Teubner deutete Schönfelds Reaktion nicht nur als Rechtfertigung. Aus welchem Grund er seine Doktorarbeit nie geschrieben oder vollendet hatte, war letztendlich irrelevant. Teubner glaubte ihm, dass er ein ausgezeichneter Zahnarzt war. Doch gleichzeitig zeigte seine übertriebene Reaktion: Schönfeld hatte in der Vergangenheit unter dem fehlenden Titel leiden müssen.

»Wie ist Ihr Verhältnis zu Doktor Stracke?«

Schönfeld lehnte sich entspannt zurück und stieß abfällig Luft aus. »Pff. Der Stracke ist nur ein Hampelmann. Ein *Doktor*, der sich an Fäden leiten lässt wie eine Marionette. Wenn mein Schwiegervater sagt, häng dich auf oder spring vor den Zug, macht der das glatt.«

Max Teubner schrieb Stichpunkte in sein Notizbuch. Er hatte die Befragung zuvor mit Maike und Hübner geplant. Jetzt warf er einen Seitenblick zu Maike, als Zeichen, dass sie fortfahren sollte.

Maike rutschte mit ihrem Stuhl näher zum Tisch. »Kommen wir zurück zu Ihnen, Herr Schönfeld. Sie haben eine Liebschaft mit Claudia Lorenz. Wie lange kennen Sie die Friseuse schon? Wusste Ihre Frau von Ihrem Verhältnis?«

Schönfeld begann wieder, mit der Fußspitze zu tippen. Im gleichen Takt trommelte er nun mit seinen Fingern auf den Tisch. Max musste sich zusammennehmen, um sich von der Nervosität des Zahnarztes nicht anstecken zu lassen.

»Muss ich hier mein Privatleben vor Ihnen ausbreiten? Was hat mein Verhältnis zu Claudia Lorenz mit dem Tod meiner Frau zu tun? Oder glauben Sie, ich hätte Judith ermordet, um freie Bahn für meine Geliebte zu haben?« Er lächelte smart. »Meine Frau und ich wollten uns scheiden lassen. In beiderseitigem Einvernehmen.«

»Herr Schönfeld, wir wollen einen Mörder finden. Da sollten Sie uns schon etwas helfen. Wusste Ihre Frau von Frau Lorenz?«

Der Zahnarzt fixierte Maike einen Moment stumm. Ob er überlegte, den zuvor abgelehnten Anwalt einzuschalten? Schließlich ließ er sich doch zu einer Antwort herab. »Ja, mein Gott. Judith wusste von meiner Beziehung. Seit etwa drei, vier Monaten.«

Teubner glaubte Schönfeld kein Wort. Nach seiner Einschätzung war die Tote eine resolute Frau gewesen, die sich nicht auf der Nase herumtanzen ließ. Sie hätte gewiss viel früher einen Schnitt gemacht und selbst die Scheidung eingereicht. Und hatte seine Geliebte nicht behauptet, er hätte erst letzte Woche mit seiner Frau gesprochen?

»Ich kann mir kaum vorstellen, dass Ihre Frau sich so lange von Ihnen blenden ließ«, konterte nun Maike. »Sie musste doch wissen, dass Sie es mit der Treue nicht so genau nehmen. Sogar mit der besten Freundin Ihrer Frau – Anja Wagner – haben Sie geschlafen.«

Schönfeld rutschte an die Kante des Stuhls und schlug mit der flachen Hand auf den Tisch. »Mein Gott! Als wenn es eine Todsünde wäre, mal ein wenig Spaß zu haben. Ich will Ihnen mal eines sagen, Sie prüdes, hübsches Fräulein: Meine Frau und ich, wir waren ein gutes Team. Sie hat mich als Zahnarzt geschätzt. Privat ließ sie mir gewisse Freiheiten. Mit Claudia habe ich eine neue Liebe gefunden. Judith hat das bedauert, aber am Ende akzeptiert. Unsere gemeinsame Villa ist bereits verkauft. Rechtlich gehört mir die Hälfte, und mit diesem Geld werde ich mir eine neue Zukunft aufbauen.«

Maike zog erstaunt die Augenbrauen hoch. Sie schien genauso überrascht zu sein, wie Teubner es war. »Ihre Frau wollte so mir nichts, dir nichts, auf die Villa verzichten, die sie von ihren Eltern zur Hochzeit geschenkt bekam? Das scheint mir schwer nachvollziehbar, Herr Schönfeld. Zumal Ihre Tochter Svenja sich doch in der Mansarde der Villa eine eigene kleine Wohnung eingerichtet hat. Wo wollte Ihre Frau mit den Kindern denn hin?«

Schönfeld verschränkte wieder die Arme vor der Brust. »Sie wollte zu ihren Eltern ziehen. Meine Schwiegereltern haben mehr Platz, als sie brauchen. Svenja und Patrick sind fast erwachsen und werden bald ihre eigenen Wege gehen.«

Maike schüttelte ungläubig den Kopf. »Wir werden das überprüfen, Herr Schönfeld. Es gibt einen notariell beglaubigten Kaufvertrag?« Schönfeld nickte. Maike stand auf, stellte sich seitlich an den Tisch, stützte die Arme auf und sah Schönfeld in die Augen. Er hielt ihrem Blick stand. Als die Leiche Ihrer Frau gefunden wurde, trug sie ein Lebkuchenherz mit der Aufschrift: ›Ein letzter Gruß, G.‹ um den Hals. Haben Sie eine Idee, wer ihr das gekauft haben könnte? War sie zur Kirmes verabredet? Vielleicht mit Ihnen?«

Schönfeld schüttelte genervt den Kopf. »Halten Sie mich für so blöd? Ich bin kein perverser Mörder, der seinem Opfer auch noch seinen Stempel aufdrückt.«

»Wo waren Sie gestern Morgen zwischen 5 und 6 Uhr?«

»Ob Sie mir glauben oder nicht, Frau Kommissarin: Ich befand mich im Bett meiner Geliebten. Die ganze Nacht. Claudia Lorenz wird das bezeugen. Ich habe meine Frau nicht umgebracht.«

*

Nach einer unruhigen Nacht, in der Gero Krüger kaum ein Auge zugetan hatte, saß er nun in seinem schäbigen Büro und wälzte einige Akten. Immer wieder schweiften seine Gedanken zum Freitagabend. Was war geschehen, nachdem Guido Schönfeld sein Auto vor der Praxis verlassen hatte? Hatten sie die Zahnärztin in ihre Gewalt gebracht? Schönfeld hatte auf seine Frage nur süffisant gegrinst und war mit seinem fetten SLK samt dem Geldkoffer davongefahren. Warum erinnerte Krüger sich nicht? Die Grübelei brachte ihn fast um den Verstand. Er müsste sich doch an irgendetwas erinnern! Irgendein Detail! Aber da war nichts. Nur ein gähnendes schwarzes Loch, in das er vor der Praxis der Zahnärztin gefallen sein musste. Wie war er in seine Wohnung gekommen? Was geschah in der Zwischenzeit? Krüger massierte sich mit den Fingerspitzen die Stirn und beschloss, sich mit Arbeit abzulenken.

Die Ordner der Kunden, mit denen er am nächsten Tag einen Termin haben würde, standen ordentlich vor ihm auf dem Schreibtisch nebeneinander gereiht. Sein erster Termin war mit Familie Sprenger. Das würde vermutlich nichts werden. Wie sollte ein einfacher Automechaniker sich eine Eigentumswohnung von 120.000 Euro leisten können? Krüger zog den nächsten Ordner vor, der mit Ehepaar Wasmuth deklariert war. Ein älteres Ehepaar sollte in eine Seniorenresidenz umsiedeln. Die Tochter saß Krüger im Nacken, wollte unbedingt verkaufen, weil ein Automobilhändler Interesse an dem Grundstück zeigte und einen überhöhten Preis zu zahlen bereit war. Aber der alte Holger Wasmuth weigerte sich beharrlich, zu verkaufen. Gero Krüger seufzte.

Seine Gedanken wurden von lautem Hämmern unterbrochen. Krüger horchte. Sein Vermieter – Egon Gieske – schien sonntägliche Renovierungsarbeiten durchzuführen. Ob er dabei seinen Mieter bei der Arbeit störte, war ihm scheißegal. Er musste doch sein Auto gesehen haben, wusste also genau, dass er im Büro war. Gero Krüger wollte gerade mit den Fäusten gegen die Wand trommeln und laut um Ruhe brüllen, als es wieder still wurde.

Er vertiefte sich erneut in den Ordner Wasmuth. So ein Fehler, wie im Falle Schönfeld durfte ihm in keinem Fall noch einmal passieren. Dabei hatte er das Geschäft für absolut sicher gehalten. Es war alles bis ins Kleinste geplant gewesen und doch stand er nun ohne einen Cent da. Dafür mit dem enormen Risiko im Nacken, aufzufliegen. Die rosarote Zukunft, die er sich in den vergangenen Monaten immer wieder vor Augen gehalten hatte, bekam dicke Risse. Die galt es nun, so gut wie möglich zu kitten.

Krüger zuckte zusammen. War das tatsächlich das Brummen einer Bohrmaschine? Der Gieske hatte wohl einen Knall! Ob der Typ noch nie was von Sonntagsruhe gehört hatte? Krüger konnte sich nur mit Mühe beherrschen. Wie sollte er sich bei diesem Lärm konzentrieren? Wütend verließ er sein Büro und öffnete die Haustür. Die nasskalte

Novemberluft brachte ihn zum Frösteln. Dichte graue Wolken türmten sich am Himmel, leichter Nieselregen hatte eingesetzt. Krüger betätigte ausdauernd die Schelle seines Vermieters. Das Geräusch des Bohrers erstarb.

»Ja?«, brüllte Gieske durch die Sprechanlage.

»Es ist Sonntag«, brüllte Krüger zurück, »stellen Sie Ihren verdammten Bohrer ab.«

»Zahlen Sie die letzten Monatsmieten Herr *Immobilienmakler* Krüger«, kam eine herrische Stimme blechern durch die Sprechanlage, »dann sind Sie vielleicht in der Position, irgendwelche Forderungen zu stellen. Ansonsten halten Sie die Schnauze und suchen sich möglichst bald einen anderen Idioten, den Sie um die Miete prellen können.«

Es knackte in der Anlage, kurz darauf ertönte wieder die Bohrmaschine. Krüger zog kurz in Erwägung, die Polizei zu informieren. Er verwarf den Gedanken und setzte sich an den Schreibtisch. Womöglich wurden die Bullen nur auf ihn und seine manchmal nicht ganz legalen Geschäfte aufmerksam.

Es gelang Krüger nicht mehr, sich auf den Ordner Wasmuth zu konzentrieren. Er lehnte sich zurück, verschränkte die Arme hinter dem Kopf und schloss die Augen. Was würde er um ein kleines, freundliches Büro in der City geben? Wo die Kunden ihn nicht mit einer Skepsis begrüßten, die sie beim Anblick dieser Bruchbude empfanden. Sollte er sich wirklich umsonst in die Selbstständigkeit hochgearbeitet haben?

Gero Krüger, der nach der Fachoberschulreife eine Ausbildung zum Bankkaufmann mit »Sehr gut« abgeschlossen und diesen Beruf über zwei Jahre mit Freude ausgeübt hatte. Bis seine Eltern ihn zu Hause brauchten und er mehrere Jahre in deren Dorfkneipe verrottet war. Wie hatte er dieses

Leben gehasst! Manchmal für weniger als 3 Euro die Stunde bis in den frühen Morgen hinein besoffene Wracks bedienen! Sich von schwulen Wichsern an den Hintern packen lassen! Und wenn der letzte Suffkopp sich endlich verpisst hatte, dann durfte er Gläser spülen, Stühle hochstellen und den Boden wischen. Weil Mama es mit der Bandscheibe hatte und sein Alter schon längst in der Falle lag und schnarchte. In dieser Zeit hatte Krüger nur einen Gönner gehabt: Michael Fellner. Er war nur fünf Jahre älter als Gero und kam jeden Freitag und Samstag in die Kneipe, um seiner Ehefrau und deren Bastelrunde aus dem Weg zu gehen. Das Schönste aber war, er gab großzügig Trinkgeld. Wenn er gut drauf war, steckte er Gero schon mal einen Zwanziger zu.

Damals war Gero Krüger nicht selten erst gegen 6 Uhr in der Früh ins Bett gekommen, an den Wochenenden wurde es auch mal sieben. Trotzdem musste er spätestens am Mittag aufstehen, um das alte Fachwerkhaus seiner Eltern halbwegs in Schuss halten zu können. Seine Mutter war trotz ihrer schmerzenden Bandscheibe immerhin in der Lage, sich um die Einkäufe und das Essen zu kümmern. Seinen Alten sah Krüger tagsüber selten. Der verließ das Haus, bevor Gero wach wurde, und kam nur zum Essen nach Hause. Danach verschwand er wieder. Was er in dieser Zeit machte, wusste Gero Krüger bis heute nicht, es interessierte ihn auch nicht. Wahrscheinlich verbrachte er seine Zeit mit irgendeinem Flittchen.

Krüger war 26, als seine Mutter überraschend mit einem reichen Schnösel aus der Baubranche das Weite suchte. Von heute auf morgen war sie weg. Damals gerade 50, in der Kneipe immer aufgetakelt und keine Spur von Bandscheibenvorfall, hatte sie diesen Typen am Tresen bedient. Es musste Liebe auf den ersten Blick gewesen sein, denn schon vier Wochen später folgte sie dem Bauingenieur nach Nürnberg, wo er ein passables Häuschen und ein millionenschweres Unternehmen unterhielt.

Ein Jahr später die Scheidung seiner Eltern. Das Lebenswerk seines Vaters fiel kurz nach der Flucht seiner Mutter dem landweiten Kneipensterben zum Opfer. Gero war endlich frei. Doch mit den wenigen Rücklagen, die er sich in diesen Jahren schaffen konnte, gelang es ihm kaum, sich über Wasser zu halten. Zu seinen Eltern hatte er keinen Kontakt und es wäre das Letzte, bei ihnen um Almosen zu betteln. Er wusste, dass der reiche Bauschnösel seiner Mutter mittlerweile den Laufpass gegeben hatte, dennoch war sie in Nürnberg geblieben. Womit sie ihren Lebensunterhalt verdiente, wollte Krüger gar nicht wissen. Von den Unterhaltszahlungen seines Vaters, der jetzt mit einem Flittchen zusammenlebte, das drei Jahre jünger war als Gero, konnte sie bestimmt nicht leben.

Krüger war damals ein Jahr arbeitslos, hielt sich mit Hartz IV und einem Nebenjob beim Baumarkt über Wasser. Seine Lage verbesserte sich erst, als der Baumarkt ihm eine Festanstellung anbot. Endlich konnte Gero sich Reserven schaffen. Er konnte es sich leisten, nebenbei ein Fernstudium zu absolvieren. Nach einem 14-tägigen Intensivlehrgang mit zertifiziertem IHK-Abschluss durfte er sich schließlich Immobilienmakler nennen.

Seit Anfang des Jahres war er selbstständig. Doch diese Selbstständigkeit erwies sich zu Beginn keineswegs als die Goldgrube, die er sich erwünschte. Obwohl er von einem ehemaligen Kollegen, der im Immobiliencenter einer Bank arbeitete, Tipps erhielt, war es schwer für ihn, in der Branche Fuß zu fassen.

Doch dann traf er seinen einstigen Gönner Michael Fellner wieder. Und wie der Zufall es wollte, steckte Fellner in der Bredouille. Seine Frau hatte von einer Tante einen Gutshof in Fröndenberg geerbt, konnte dieses Erbe aber nicht antreten, weil ihre Schwester Jessika als Miterbin eingesetzt und nicht auffindbar war. Intuitiv bot Krüger seinem Freund Hilfe an. Und wie er ihm geholfen hatte! Es war nicht schwer, Fellners Schwägerin aufzuspüren. Schon damals ging im Dorf das Gerücht um, sie sei den Drogen zugetan. Krüger fand Jessika am Dortmunder Straßenstrich. Er wartete, bis sie nicht mehr völlig zugekifft war, sorgte für anständige Klamotten und schleifte sie zu einem Notar, wo sie bereitwillig für 50 Euro eine Verzichtserklärung unterschrieb. Sein alter Gönner Fellner war so dankbar, dass er Krüger mit dem Verkauf seines Hauses beauftragte, um selbst in die geerbte Immobilie ziehen zu können. Von der Maklercourtage konnte Krüger seine Wohnung aufmöbeln und sich die Mietkaution für dieses schäbige Büro leisten. Noch besser war allerdings, dass Fellner ihm von nun an Kunden vermittelte, die ähnliche Probleme hatten, und bis heute hatte Krüger für jedes Problem eine Lösung gefunden.

Das Telefon vibrierte in Krügers Hosentasche und riss ihn in die Gegenwart zurück. »Ja?«

»Hallo, Gero!« Claudias Stimme klang wie Engelsmusik in seinen Ohren. Sie räusperte sich verlegen. »Sag mal, hast du heute was vor? Guido ist bei seinen Kindern. Ich finde es wirklich nicht okay, dass er dich so lange auf deinen Anteil warten lässt. Na ja, jedenfalls habe ich mir gedacht, du könntest nach dem Stress mit dem Geld eine kleine Aufmunterung gebrauchen. Bist du zu Hause?«

Claudias Stimme jagte Krüger eine wohlige Gänsehaut über den Rücken. Sie ließ ihn das nervtötende Geräusch der Bohrmaschine vergessen. Er nahm es ihr längst nicht mehr übel, dass sie ihn für Guido Schönfeld verlassen hatte. Immerhin nahm sie es mit der Treue zu dem Zahnarzt nicht so genau und ließ ihn auch ab und zu ran. Sein Herz pochte heftig gegen seine Brust. Natürlich würde er sie treffen. Vielleicht konnte er durch sie an seinen Anteil gelangen.

»Ich bin im Büro, Süße. Gib mir zehn Minuten für die Heimfahrt und noch fünf zum Aufräumen. Ich freue mich auf dich.« Claudia würde ihn aufmuntern. Egal, was sie darunter verstand. Er gierte danach, ihre zärtlichen Hände auf seinem Körper zu spüren. Und vielleicht kam er auch in den Genuss, ihr die geile Spitzenunterwäsche vom Leib zu reißen.

*

Der melodische Klang der Türglocke schallte durchs Haus, als Maike Graf die Schelle der Villa Heinemann betätigte. Auch wenn das Anwesen der Eltern der Ermordeten kleiner als die Villa Schönfeld war, so wurde sie doch vom gleichen Luxus geprägt. Zwei halbrunde, gepflasterte Stufen führten zu einem von Säulen gestützten Vordach. Messingschnörkel und ein goldener Löwenkopf als Türdrücker verzierten eine schwere Eichentür. Maike blickte zu ihrem Kollegen Sören Reinders, der trotz des Nieselregens langsam die Einfahrt hochschlenderte. Dabei zog er genüsslich an einer Zigarette.

Nach der Befragung von Guido Schönfeld war er tatsächlich zu MK-Leiter Hübner gestürmt, um sich zu weigern, ein weiteres Mal mit Jasmin Sauber zusammenzuarbeiten. Sie sei eine arrogante Zicke und hätte die Stadtstreicher mit ihren einfältigen Fragen geradezu verscheucht. Es sei sinnlos, heute noch nach Benno Dreier alias Merlin zu suchen. Der sei gewarnt und würde sich verkriechen, wo ihn eine Weile kein Bulle finden könne. Maike kannte Jochen Hübner gut. Nichts war ihm mehr zuwider als aufmüpfige Kollegen. Er hatte Jasmin, die heulend danebenstand, lächelnd in einen schönen Sonntag entlassen. Sören dagegen sollte Maike begleiten, weil Max Teubner sich die Aufzeichnung der Befragung von Guido Schönfeld noch einmal ansehen wollte.

Sören Reinders zog ein letztes Mal an seiner Zigarette, dann warf er sie auf den Boden und trat sie aus. Er stellte sich neben Maike, vergrub seine Hände tief in den Jackentaschen und trat unruhig von einem Fuß auf den anderen.

»Heb die Kippe auf, Sören«, mahnte Maike.

Sören Reinders sah sie missmutig an. Dann ging er zurück, schoss die Kippe mit der Fußspitze ins Blumenbeet und schob mit dem Fuß etwas Erde darüber. »Nicht übertreiben, Kollegin.«

Maike betätigte die Schelle ein weiteres Mal. Im Haus rührte sich nichts. Ob Ehepaar Heinemann bei den Enkelkindern war? Eigentlich sollte sich Guido Schönfeld um seine Kinder kümmern. Er müsste von der Befragung längst zurück sein. Maike beschloss, noch einen Moment zu warten, und sah ihren Kollegen an. »Wie war's gestern auf der Kirmes? Bist schön nass geworden, was?«

Reinders machte eine abwertende Handbewegung. »Hör bloß auf! Gerade als ich mit Luisa in diesem Flugkarussell gegenüber dem Bahnhof war, verwandelte sich der Nieselregen in einen heftigen Schauer. Ich glaub, der Typ an der Kasse hatte richtig Spaß daran, seine Gäste zu quälen. Die Fahrt wollte und wollte nicht aufhören. Luisa hat gequiekt vor Freude. Als ich mit ihr endlich aus dem Karussell rauskam, waren wir beide pitschnass. Na, wenigstens hatte sie ihren Spaß. Ich habe ihr noch eine Waffeltüte gekauft und einen Riesenlutscher und ab nach Hause. Gut, dass meine Ex das nicht mitbekommen hat. Die würde mir glatt die

Wochenenden mit meinem Mädchen streichen. Als sie Luisa abholte, war der Trockner gerade fertig und die Kleine wieder angezogen.«

Maike konnte sich ihren Kollegen bildhaft vorstellen. Die blonden Haare an den Kopf geklatscht, die nassen Socken patschten unangenehm in blanken Lederschuhen. Sie grinste breit. »Du hast mein Mitgefühl, Sören.« Maike blickte unschlüssig auf die dunklen Fenster der Villa.

»Lass uns mal ums Haus gehen. Vielleicht kann man von hinten durch die Scheiben sehen. Hoffentlich ist nichts passiert. Immerhin haben die Heinemanns ihre Tochter verloren.«

Sören Reinders hob die Schultern und verdrehte die Augen. »Was soll denen passieren?« Er deutete auf seine Lederschuhe. »Also, ich latsch nicht über den matschigen Rasen. Das ist mein letztes brauchbares Paar Schuhe. Die ruinier ich mir nicht.«

Maike seufzte ergeben. »Dann warte hier!«

Sie drückte sich vorsichtig an der Hauswand entlang und balancierte über den Randstein einer mit Kies gefüllten Drainage. Hinter dem Haus befand sich eine gepflasterte Terrasse, die Maike trockenen Fußes überwinden konnte. Sie stutzte. Die Terrassentür stand sperrangelweit auf. Bevor sie überlegen konnte, ob sie mit Kollege Reinders das Haus betreten sollte, hörte sie einen lauten Knall. Glas splitterte. Schreie ertönten. Sie sah Reinders über den Rasen des Nachbargrundstückes hechten. Jedes Mal, wenn seine Füße den Rasen berührten, schoss eine kleine Wasserfontäne empor. »Das war ein Schuss!«, schrie er.

Maike rannte hinter ihm her. Sie zückte ihre Dienstwaffe und stoppte auf der Terrasse der Villa Schönfeld. Vor einem der bodenlangen Fenster lagen Scherben. Maike drückte sich neben Reinders an die Hauswand. Langsam tasteten sie sich vorwärts. Durch das zerbrochene Fenster hörte sie eine erregte Baritonstimme, die Josef Heinemann gehören musste.

»Du mieses Schwein!«, schrie er. »Du hast Judith auf dem Gewissen. Du allein!«

Jemand schluchzte. Reinders hatte den Rand zur Fensterfront erreicht und spähte vorsichtig ins Innere des Hauses. Er drehte sich zu Maike, beugte sich dicht zu ihr und flüsterte: »Ein älterer Mann hat ein Jagdgewehr in der Hand und zielt auf Guido Schönfeld. Er ist erregt, sieht ziemlich entschlossen aus. Auf dem Sofa sitzen zwei junge Leute. Hinter dem Schützen steht eine ältere Frau und schluchzt.«

Maike nickte. Ihr Herz pochte wild. Hoffentlich machte der alte Mann keine Dummheit. »Das muss Ehepaar Heinemann sein. Die Eltern der Toten. Sieht so aus, als würde der Senior seinen Schwiegersohn für den Mörder seiner Tochter halten. Lass mich mal vorbei. Ich gehe zuerst rein. Mich kennen sie. Ruf du Verstärkung und komm dann nach.«

Sie schob sich an Reinders vorbei, der sofort sein Handy zückte. Sie holte einmal tief Luft und rief: »Herr Heinemann? Hier ist Hauptkommissarin Graf. Wir haben uns gestern kurz kennengelernt. Sie kamen von der Praxis nach Hause, als ich mich von Ihrer Frau verabschieden wollte.«

Maike lauschte. Im Haus war es mucksmäuschenstill geworden.

»Herr Heinemann! Ich bin mit einem Kollegen hier, um Ihnen einige Fragen zu stellen! Wir kommen jetzt rein!«

Sie drehte sich kurz zu Reinders. Als dieser nickte, hob Maike die Hände in die Höhe, behielt ihre Walther P99 aber in der Hand. Maike setzte ihre Schritte langsam und bedächtig. Die Terrassentür war verschlossen. Sie blickte auf das zerschossene Fenster. Das Glas war völlig zersplittert und großflächig ausgebrochen. Das konnte sie wagen. Vorsichtig setzte sie einen Fuß durch das große Loch, schob ihren Körper durch die Öffnung und betrat das Wohnzimmer. Sören Reinders war dicht hinter ihr. Auch er hatte die Hände gehoben und hielt seine Waffe bereit.

Maike erfasste die Situation mit einem Blick. Guido Schönfeld saß im Sessel, seinen Kindern gegenüber. Seine Stirn war schweißnass. Er zitterte. Er sah Maike kurz an, wagte aber nichts zu sagen. Seine Kinder schienen mehr überrascht als erschüttert zu sein, dass ihr Opa ein Gewehr gegen den Vater richtete. Roswitha Heinemann dagegen war völlig verzweifelt.

»Josef!«, schluchzte sie. »Leg das Gewehr weg! Mach uns nicht unglücklich. Es reicht doch, dass Judith tot ist. Bitte! Sei vernünftig!« Tränen rannen ihre Wangen herab. Sie stand etwa zwei Meter hinter ihrem Mann.

»Halt den Mund, Roswitha!« Heinemann ging einen weiteren Schritt auf seinen Schwiegersohn zu. Der Lauf des Gewehrs war nur 50 Zentimeter vom Kopf Schönfelds entfernt.

Maike und Reinders standen immer noch mit erhobenen Armen an der Fensterfront. Jetzt machte die Kommissarin zwei vorsichtige Schritte auf den Schützen zu. Reinders blieb im Hintergrund. »Herr Heinemann! Seien Sie vernünftig. Legen Sie das Gewehr langsam auf den Boden!«

Josef Heinemann blickte Maike an, ohne die Waffe zu bewegen. »Ich soll vernünftig sein? Da lach ich aber! Ich war mein Leben lang vernünftig. Wir waren eine solide Familie, haben uns ein solides Leben aufgebaut. Und dann schleppt Judith diesen Nichtsnutz ins Haus!« Er spuckte seinem Schwiegersohn vor die Füße. »Er hat Schuld! Er hat alles zerstört! MÖRDER!« Heinemann tat einen weiteren Schritt nach vorn, dann setzte er den Lauf des Gewehrs seinem Schwiegersohn an die Stirn.

Guido Schönfeld rutschte tiefer in den Sessel. Er zitterte. Maike zielte mit ihrer Waffe auf Josef Heinemann. »Nehmen Sie das Gewehr herunter, Herr Heinemann. Sofort! Ihr Schwiegersohn hat Ihre Tochter nicht ermordet. Er hat ein Alibi!«

Heinemann gluckste, als fände er die Situation komisch. »Eines seiner Flittchen behauptet, er sei in ihrem Bett gewesen! Das nennen Sie ein Alibi? Glauben Sie mir, Frau Kommissarin, der lügt, wenn er das Maul aufmacht. Was meinen Sie, wie oft er unsere Tochter belogen hat. Er hat sie unglücklich gemacht. Wäre besser für meine Tochter gewesen, sie hätte den Stracke geheiratet.«

»Josef«, mischte sich nun Roswitha Heinemann ein. Sie hatte sich gefangen und trat ebenfalls an ihren Mann heran. »Judith hat Stefan Stracke nie geliebt. Sie war viele Jahre glücklich mit Guido. Nicht alle Ehen halten ewig. Jetzt sei vernünftig und leg das Gewehr hin. Ich weiß, dass du nicht abdrücken wirst. Du würdest niemals vor den Augen von Svenja und Patrick deren Vater erschießen.« Sie stand dicht hinter ihrem Mann und legte ihm langsam die Hände auf die Schultern. »Guido hat Judith nicht ermordet. Das kann ich nicht glauben. Die Polizei wird den wahren Mörder finden.«

Josef Heinemann ließ das Gewehr langsam sinken. Er fiel förmlich in sich zusammen. Maike steckte ihre Dienstwaffe ein und nahm dem gebrochenen Mann die Waffe aus der Hand. Erst jetzt vernahm sie das Geheul von Polizeisirenen. Die Kollegen mussten schon in der Straße sein. Maike nickte Reiners kurz zu und dieser nahm Josef Heinemann am Arm und führte ihn aus dem Haus. Maike wandte sich an Roswitha Heinemann. »Besorgen Sie Ihrem Mann bitte eine warme Jacke. Wir müssen ihn erst einmal mitnehmen.«

Die alte Dame nickte und eilte hinaus. Kurz darauf kam sie mit einem blauen Wollmantel zurück. Heinemann zog ihn schweigend an und ließ sich ohne Widerstand von den Kollegen der Streife abführen. Maike hockte sich neben Guido Schönfeld und stützte sich an der Sessellehne ab. »Alles in Ordnung mit Ihnen?«

Schönfeld wischte sich mit dem Hemdsärmel den Schweiß von der Stirn und lehnte sich im Sessel zurück. »Dieser Idiot!«, seufzte er. »Als wenn ich Judith je ein Haar hätte krümmen können.« Er schloss die Augen einen Moment.

»Es ist besser, ich verständige jetzt den Arzt, Herr Schönfeld. So ein Schock ist nicht zu unterschätzen.«

Sofort richtete Guido Schönfeld sich auf und wehrte mit seinen Händen ab. »Nein. Nein. Ich bin in Ordnung. Svenja und Patrick geht es auch gut, oder?« Er sah zu seinen Kindern, die immer noch auf der Couch saßen. Sie nickten zögernd.

Maike stand auf. »Mein Kollege wird sich gleich um Sie kümmern. Er wird Ihnen einige Fragen stellen.« Dann wandte sie sich an Reinders. »Sind die Kollegen der Spurensicherung schon unterwegs?«

Reinders bejahte.

Maike seufzte unwillkürlich. Da war der Sonntagnachmittag ausgelastet. Tathergang rekonstruieren. Die Beteiligten befragen. Ob Josef Heinemann die Untersuchungshaft erspart blieb, musste der Haftrichter entscheiden. Maike ging langsam vor die Tür. Sie wollte zunächst mit Roswitha Heinemann sprechen.

Die alte Dame sah ihrem Ehemann nach, wie er ohne sichtbare Regung im Streifenwagen davongebracht wurde. Sie winkte zögernd und rieb sich fröstelnd die Arme.

»Wenn Sie Glück haben, ist Ihr Mann heute Abend wieder zu Hause«, versuchte Maike zu trösten.

»Ach, dieser Sturkopf!«, erregte die alte Dame sich. »Eine Nacht in der Zelle täte ihm ganz gut.«

Maike stellte erleichtert fest, dass Roswitha Heinemann den ersten Schock überwunden hatte. Sie legte einen Arm um die Schultern der Frau und schob sie zum Nachbarhaus. »Hätten Sie einen Kaffee für mich? Ich bin mit meinem Kollegen hergekommen, weil ich Ihnen und Ihrem Mann einige Fragen stellen wollte.«

Roswitha Heinemann nickte. »Aber gern. Kommen Sie.«

Zehn Minuten später saßen die Frauen in der nostalgisch eingerichteten Bauernküche der Heinemanns vor dampfendem Kaffee und belegten Broten. Die ältere Dame rührte Milch und Zucker in ihre Tasse, während sie zu überlegen schien, wie sie auf Maikes Frage antworten sollte, wie es zu der Eskalation am Morgen gekommen sei. Sie legte den Löffel bedächtig auf die Untertasse und sah Maike mit klaren Augen an.

»Das war eine Verkettung unglücklicher Umstände, würde ich sagen. Die Kinder waren bei uns zum Frühstücken. Svenja erzählte, dass Guido zu einer Vernehmung zur Polizei bestellt worden sei. Das hat Josef in den falschen Hals bekommen. Obwohl er nichts sagte, denke ich, er glaubte, dass Guido etwas mit Judiths Tod zu tun hat. Er verließ die Küche und muss zum Dachboden hinaufgeklettert sein, wo die alte Jagdflinte in einer Truhe lag. Jedenfalls stürzte er aus dem Haus, als Guido die Auffahrt hochfuhr, und bedrohte ihn mit dem Gewehr. Guido rannte durch den Garten und versuchte, von hinten ins Haus zu kommen. Die Kinder und ich sind zur Terrasse raus und hinterher. Da standen wir gemeinsam im Wohnzimmer meiner verstorbenen Tochter. Josef blaffte uns an, wir sollten uns gefälligst setzen. Guido und die Kinder gehorchten. Dann warf Josef Guido an den Kopf, er habe Judith getötet. Guido lachte nur, schüttelte den Kopf und sagte, jetzt habe Josef völlig den Verstand verloren. Da hat mein Mann geschossen. Er hat dabei nicht auf Guido gezielt. Er wollte sich nur Luft machen oder ihn erschrecken und zum Reden bringen. Was weiß ich? Guido hat jedenfalls vehement abgestritten, etwas mit Judiths Tod zu tun zu haben. Das glaube ich ihm auch. Kurz darauf waren Sie schon da, Frau Graf.«

Maike machte sich Notizen und beschloss, für den Moment nicht näher auf die Situation einzugehen. »Wie war denn aus Ihrer Sicht das Verhältnis zwischen Ihrer Tochter und Ihrem Schwiegersohn?«

Roswitha Heinemann nahm einen Schluck Kaffee und stellte die Tasse mit Goldrand vorsichtig auf die Untertasse. »Ihre besten Jahre hatte die Ehe hinter sich. Ich denke, Judith war nicht unschuldig an der Situation. Sie hatte nur Zeit für die Praxis und die Kinder. Sie schenkte Guido zu wenig Aufmerksamkeit. Es mag so sechs oder sieben Jahre her sein, als sie das erste Mal dahinterkam, dass Guido sich mit anderen Frauen tröstete.«

Maike zog die Brauen hoch. »Und sie hat sich nicht von ihm getrennt?«

Roswitha Heinemann griff nach einem Käsebrot und schüttelte den Kopf. »Nein, der Kinder wegen. Guido versprach ihr jedes Mal, es käme nicht mehr vor.«

»Aber er hielt sich nicht daran.«

»Sie haben es erfasst, Frau Kommissarin. Er hatte eine

Geliebte nach der anderen. Doch Judith schätzte Guidos Fähigkeiten in der Praxis. Ich vermute, sie hat sich auch deshalb nicht von ihm getrennt.«

Maike blätterte in ihrem Notizbuch. Sie hatte einige Sequenzen der Befragung von Guido Schönfeld eingetragen. »Wie Sie wissen, haben wir Ihren Schwiegersohn heute im Kommissariat befragt. Er behauptet, dass er sich friedlich von Ihrer Tochter trennen wollte. Im beiderseitigen Einvernehmen.«

Roswitha Heinemann wirkte ehrlich überrascht. Sie zog die Stirn kraus und beugte sich vor. »Davon weiß ich nichts.«

Maike hätte der alten Dame eine weitere Aufregung gern erspart, aber sie hatte einen Mordfall zu lösen und konnte keine Rücksicht auf Sentimentalitäten nehmen. »Ihr Schwiegersohn behauptet, Ihre Tochter habe bereits in die Scheidung eingewilligt. Die gemeinsame Villa sei verkauft und mit seinem Anteil wolle er einen Neuanfang wagen. Wussten Sie davon?«

Roswitha Heinemann starrte Maike mit offenem Mund an. Es schien eine Weile zu dauern, ehe sie die Bedeutung von Maikes Worten erfasst hatte. »Niemals!«, flüsterte sie. Plötzlich sprang sie auf. Der Stuhl scharrte laut über die Holzdielen und kippte fast um.

»Dieser elende Lügner!« Ihre Worte wurden lauter. Sie stützte ihre Hände auf der rot-weiß karierten Tischdecke ab und beugte sich zu Maike vor. »Judith hätte die Villa niemals verkauft. Niemals! Auch wenn Guido mit im Grundbuch steht, sie hätte sich nie freiwillig von dem Haus getrennt. Sie liebte die Villa! Sie hätte Guido seinen Anteil auszahlen können. Das wäre für sie kein Problem gewesen.«

Roswitha Heinemann ließ sich auf ihren Stuhl fallen. Tränen traten in ihre Augen. »Es muss sich um einen Irrtum handeln. Judith hätte mir doch erzählt, wenn sie geplant hätte, die Villa zu verkaufen. Sie sollten meinen Schwiegersohn im Auge behalten, Frau Kommissarin. Falls er eine krumme Sache gedreht hat, darf er nicht ungeschoren davonkommen. Mein Gott! Vielleicht hatte Josef recht und Guido ist doch zum Mörder geworden.«

Maike stand auf und legte der Dame beruhigend ihre Hand auf den Oberarm. »Wir werden dem auf den Grund gehen, Frau Heinemann. Wenn Ihre Tochter und Ihr Schwiegersohn das Haus verkauft haben, muss es ja einen beglaubigten Vertrag geben.«

✽

Das Regenwasser klatschte in Strömen auf die Windschutzscheibe. Die Scheibenwischer des schwarzen VW Scirocco schafften es kaum, die Wassermassen zu bewältigen. Max Teubner hatte die Innenstadt Unnas hinter sich gelassen. Der Turm der Stadtkirche war im Rückspiegel nur noch als kleine, blau angestrahlte Spitze zu sehen. Teubner lenkte seinen Wagen Richtung Langschede. Die kahlen Felder links und rechts von ihm, sowie die Bäume mit braunem Laub, betteten die Höfe an der Iserlohner Straße in ein Nest aus Trostlosigkeit. Teubner passierte den Bismarckturm, der sich wie ein Mahnmal alter Zeiten auf dem Zenit der Wilhelmshöhe in den Himmel reckte.

Der Kommissar freute sich auf den Rest des Sonntags. So konnte er wenigstens noch etwas vom Wochenende genießen. Vielleicht mit einem Gläschen Wein und einem guten Buch im gemütlichen Wohnzimmer des Landhauses vor knisterndem Kaminfeuer.

Er wusste nicht mehr, wie oft er sich die Bänder der Befragung von Guido Schönfeld angesehen hatte. Zunächst gemeinsam mit Jochen Hübner, der neben ihm gesessen hatte. Immer wieder hatten sie das Band gestoppt, vor- und zurückgespult, um die Gesten von Schönfeld zu interpretieren. Doch lediglich seine enorme Nervosität war aufgefallen. Und nicht unbedingt bei den Fragen, die ihn als Täter in Betracht gezogen hätten. Der Zahnarzt hatte etwas zu verbergen, mit dieser These war er sich mit Hübner einig. Als Hübner eine Pause machte, hatte Max Teubner sich noch mehrmals die Stelle angesehen, wo Schönfeld vom Verkauf der Villa sprach. Max Teubner war es vorgekommen, als täusche Schönfeld sein selbstbewusstes Auftreten nur vor. Es wirkte aufgesetzt, irgendwie falsch.

Dann brachten die Kollegen plötzlich Josef Heinemann ins Kommissariat. Der alte Mann hatte seinen Schwiegersohn mit der Waffe bedroht. Leider brachte diese dumme Tat auch keine neuen Erkenntnisse über Guido Schönfeld. Stattdessen musste Heinemann sich vor dem Haftrichter verantworten. Max Teubner war dankbar, dass Jochen Hübner die Befragung des Mannes übernommen hatte. So hatte Teubner sich auf den Heimweg machen können. Er hatte Langschede nun erreicht und bog in den Ohlweg ein. Das Haus seiner Tante lag dicht an der Ruhr. Der Regen der letzten Tage hatte den Pegelstand des Flusses beträchtlich steigen lassen. Teubner bedauerte ein wenig, dass die Jahreszeit zu kalt zum Kanufahren war, denn der Fluss würde ihm für sein Lieblingshobby im Moment die richtigen Herausforderungen und einen perfekten Ausgleich zu seinem Job bieten. Teubner fuhr bis zur Hälfte in den Ohlweg hinein, dann blinkte er nach links und wartete, um eine entgegenkommende Radfahrerin und deren Kinder vorbeifahren zu lassen. Das jüngste der Kinder schätzte Teubner höchstens auf fünf Jahre. Es musste mächtig in die Pedale treten, um der Mutter folgen zu können. Alle drei waren mit Gummistiefeln und Öljacken unterwegs. Teubner warf einen Blick zur Einfahrt des Landhauses seiner Tante. Die Dämmerung hatte bereits eingesetzt und die Beleuchtung über Garage und Hauseingang brannte. Teubner glaubte, seinen Augen nicht zu trauen.

Vor der Garage stand der junge Bursche, der am Morgen seine Schlafzimmerfensterscheibe eingeschmissen hatte und sprühte in aller Seelenruhe eine Sauerei ans Garagentor. Teubner hupte erbost. Die Radfahrerin bremste. Sie glaubte wohl, er könne nicht warten, bis ihr Kind an ihm vorbeigefahren war. Wütend begann sie zu schimpfen und zeigte ihm den Vogel.

Teubner beachtete sie nicht. Als die Radfahrer endlich an ihm vorbeifuhren, gab er Vollgas. Die Reifen drehten auf der nassen Fahrbahn durch und quietschten. Er hatte Mühe, den Wagen unter Kontrolle zu halten. Mit rasanter Geschwindigkeit schoss das Auto auf den Jungen zu. Durch die hellen Scheinwerfer und das Aufheulen des Motors gewarnt, drehte er sich gehetzt um. Wieder glaubte Teubner, sein Gesicht zu erkennen. Wo hatte er den Bengel bloß schon einmal gesehen? Jetzt ließ der Teenager die Sprühdose fallen und rannte quer über den Rasen. Mit einem eleganten Sprung hechtete er über den Zaun. Teubner schaltete den Motor aus, riss die Autotür auf und sprintete hinter ihm her. Sekunden später war seine Kleidung durchnässt. Der Bengel besaß eine erstaunliche Kondition. Ohne die Geschwindigkeit zu verlangsamen, verließ er den Ohlweg nach rechts Richtung Ruhrbrücke.

Teubner betrieb regelmäßig Sport und war ein guter Läufer. Doch als er die Kreuzung ebenfalls erreichte, war von dem Jungen nichts mehr zu sehen.

Teubner blieb ratlos stehen. Sein Atem bildete kleine Rauchwolken in der nasskalten Luft. Zahlreiche Autos auf der stark befahrenen Hauptstraße bretterten an ihm vorbei. Ob der Junge im dichten Verkehr so schnell die Straße hatte überqueren können? Im Licht der Scheinwerfer fiel der Regen wie in Bindfäden. Der Kommissar wandte sich genervt ab. Er blickte in einige Hauseingänge, hinter Büsche und Bäume, lief sogar bis zur Ruhrbrücke, doch von dem fremden Jungen fehlte jede Spur.

Ärgerlich trabte er zurück zu seinem Auto. Der Fahrersitz war vom Regen völlig durchnässt. Er gab der Tür einen kräftigen Stoß und sie knallte laut zu. Der Regen, der ihm, vom böigen Wind getrieben, ins Gesicht klatschte, machte ihm kaum noch etwas aus. Teubner verschränkte die Arme vor der Brust und betrachtete nachdenklich den gesprühten Spruch des Jungen. Dank des kleinen Garagenvordachs war die Farbe nicht einmal verlaufen und jeder Buchstabe deutlich zu erkennen. Was sollte Teubner davon halten? War er überhaupt gemeint? Oder zielte die Frage, die in Rot an der Garage prangte, an seine Tante?

Aus den Augenwinkeln sah Teubner, wie die Haustür sich öffnete und seine Tante mit riesigem schwarzem Herrenschirm zu ihm eilte.

»Was stehst du hier im Regen, Junge? Du bist ja klitschnass!«

Erst jetzt bemerkte auch sie die Schmiererei am Garagentor. »Wer war das denn? Na, wenn ich den erwische! Und überhaupt: Was soll das bedeuten?«

Teubner hob ratlos die Schultern. Er trat einen Schritt

vor, zog einen Klarsichtbeutel aus seiner Jackentasche und schob ihn um die Sprühdose. Sie lag dicht am Tor und war fast trocken. Wenn der Bengel schon einmal erkennungsdienstlich auffällig geworden war, wusste Teubner bald, mit wem er es zu tun hatte. Der Kommissar hatte keine Ahnung, was er mit seiner Frage aussagen wollte, hinter der zwei überdimensional große Fragezeichen gemalt waren.

»Warum hasst du dich verpisst??«

*

Maike eilte die Stufen zu ihrer Wohnung hinauf. In einer Viertelstunde wollte Jochen Hübner sie zur Geburtstagsfeier seiner Schwester abholen. Immer noch war sie hin- und hergerissen, ob sie sich mit ihrer Zusage einen Gefallen tat. Sie zögerte, als sie das Treppenpodest erreichte. Für einen Besuch bei Frau Grabowski musste die Zeit reichen. Maike machte sich Sorgen um die alte Dame. Sie sollte nie wieder in eine Notsituation gelangen, wie es am Freitag geschehen war. Entschlossen betätigte sie die Schelle. Kurz darauf hörte sie, wie sich Schritte näherten. Die Tür öffnete sich und Maike sah sich einer jungen Frau in weißer Hose, weißen Birkenstocklatschen und dunkelblauer Strickjacke gegenüber.

»Ja, bitte?« Die Stimme der südländisch aussehenden Frau – Maike schätzte sie auf höchstens 25 – klang ungeduldig, als wäre sie bei einer lebenswichtigen Beschäftigung gestört worden. Vielleicht beim Telefonieren oder beim Schreiben einer SMS, dachte Maike, denn in der Seitentasche der Strickjacke der Pflegerin drückten sich die Umrisse eines Handys ab.

»Guten Tag. Mein Name ist Maike Graf. Ich bin die

Nachbarin von Frau Grabowski und wollte ihr kurz ›Hallo‹ sagen.«

Die Krankenpflegerin ergriff zögernd die von Maike gereichte Hand und drückte sie kurz. »Selma Yildirim«, stellte sie sich knapp vor. »Tut mir leid, aber Frau Grabowski ist gerade eingeschlafen. Vielleicht versuchen Sie es in ein oder zwei Stunden.«

Maike übersah ihre abweisende Art und lächelte freundlich. »Freut mich, Sie kennenzulernen, Frau Yildirim. Richten Sie einfach liebe Grüße aus. Ich bin verabredet, sonst würde ich später vorbeikommen. Ist David Grabowski zu Hause?«

Täuschte Maike sich, oder verfinsterte sich der Ausdruck der Pflegerin um noch eine Spur? Maike wischte den Gedanken fort. Manchmal brachte es ihr Beruf mit sich, dass sie Flöhe husten sah.

»Nein. Aber ich werde warten, bis er zurückkommt. Die alte Dame wird nicht alleine bleiben.«

Also wusste die Pflegerin von dem Vorfall am Freitag. Maike war erleichtert. Sie sah, dass die Schwester sie ungeduldig musterte.

»Ist sonst noch was?«

Obwohl Maike über die kurz angebundene Art der Frau befremdet war, bemühte sie sich um Freundlichkeit. Immerhin bestand die Möglichkeit, der Pflegerin öfters über den Weg zu laufen.

»Schön, dass Sie sich um Frau Grabowski kümmern. Wir sollten unsere Rufnummern austauschen. Wenn es noch einmal zu einem Notfall kommt, und ich Herrn Grabowski nicht erreiche, weiß ich, an wen ich mich wenden muss.«

Selma Yildirim sah sie mit einem Gesichtsausdruck an, den Maike nicht zu deuten wusste. Schließlich nickte die

Krankenpflegerin und ging zur Garderobe. Sie entnahm einer braunen Ledertasche einen Terminplaner und kritzelte ihren Namen und ihre Rufnummer auf eines der hinteren Blätter. Sie riss das Papier heraus und reichte es Maike wortlos.

»Vielen Dank.« Maike lächelte und kramte in ihrer Jackentasche. Schließlich gab sie der jungen Pflegerin ihre Visitenkarte. »Damit Sie wissen, mit wem Sie es tun haben.«

Selma Yildirim nahm die Karte zögernd entgegen und warf einen kurzen Blick darauf. »Auf Wiedersehen, Frau Graf.« Sie schloss die Tür, bevor Maike den Gruß erwidern konnte.

MONTAG, 5. NOVEMBER

Maike Graf schreckte vom Gebimmel ihres Handys auf. Sie tastete schlaftrunken nach der Nachttischlampe. Der Wecker zeigte die digitalen Ziffern 6.29 Uhr an. Eine halbe Stunde hätte sie noch schlafen können. Sie schwang die Füße aus dem Bett und schob sich an Umzugskartons vorbei, um an ihre Jeans zu gelangen, in der sie das Handy für gewöhnlich verstaute. Die Hosentasche war jedoch leer.

Der Geburtstag von Jochens Schwester fiel ihr ein. Maike hatte den beigefarbenen Hosenanzug und die braune Seidenbluse getragen. Da die Kombination keine Taschen besaß, musste sich ihr Handy in der kleinen Abendtasche befinden, die sie mitgenommen hatte. Sie reckte sich über einen der Umzugskartons, hinter den das Täschchen gerutscht war, und fischte es mühsam hervor.

»Ja, bitte?«

»Hab ich dich geweckt? Das täte mir leid, aber du musst mir helfen. Ich glaube, ich weiß, wo Benno Dreier sich aufhält.«

Es fiel Maike schwer, einen klaren Gedanken zu fassen. Sie hatte kaum fünf Stunden geschlafen. Eindeutig zu wenig. Zudem brummte ihr Schädel vom Rotwein und Champagner.

»Hallo!« Die Stimme von Sören Reinders klang ungeduldig. »Bist du noch dran? Ich bin in zehn Minuten bei dir.«

Allmählich regten sich Maikes Lebensgeister. »Nun mal langsam, Sören. Du kannst mich nicht mitten in der Nacht aus dem Schlaf reißen und erwarten, dass ich springe wie ein Känguru. Also, was gibt's so Dringendes?«

Reinders stöhnte gequält. Es klang, als befände er sich kurz vor einem Kollaps. »Herrje, immer dieser Erklärungsbedarf!«, jammerte er wehleidig. »Ich habe mir gestern noch einmal die Stadtstreicher zur Brust genommen, bevor ich nach Hause fuhr. Ohne Begleitung dieser reizenden Sauberfrau – mit der ich leider überhaupt nicht klarkomme – habe ich interessante Informationen bekommen. Okay, ich hatte auch Glück, dass sich eine Streetworkerin bei ihnen befand. So bekam ich schließlich heraus, dass Benno Dreier seit seiner Jugend ein schweres Drogenproblem hat. Er ist in das Programm der LÜSA aufgenommen worden.«

Reinders erklärte Maike, dies sei eine niedrigschwellige, stationäre Wohneinrichtung der Wiedereingliederungshilfe für mehrfach schwerstgeschädigte, chronisch drogenabhängige Menschen. Die Einrichtung ziele in erster Linie auf in die Jahre gekommene Suchtkranke – Dreier sei immerhin schon 42 – und biete ihnen bei medizinisch und psychiatrischer Begleitbehandlung oftmals ein zu Hause für zwei Jahre oder länger. Süchtige, für die eine Wiedereingliederung in den Alltag unmöglich sei, könnten dort ihren Lebensabend verbringen. Man bemühe sich inzwischen sogar um Plätze für ein Altenheim für Suchtkranke.

Maike war endlich hellwach. »Ist es nicht möglich, in dem Haus anzurufen und um ein Gespräch mit diesem Dreier zu bitten?«

Reinders seufzte. »Das ist nicht so einfach. Ich habe mit der Geschäftsführerin und Leiterin der Organisation telefoniert. Erstrangig liegt denen natürlich das Wohl ihrer Patienten am Herzen. Sie wollen ein schwer aufgebautes Vertrauen nicht durch die Präsenz der Polizei gefährden.

Wir bräuchten einen richterlichen Beschluss. Das dauert mir aber viel zu lange.«

»Was hast du also vor?«

»Einer der Penner, mit denen ich gestern gesprochen habe, sagte mir, Dreier sei ein Frühaufsteher. Er frühstücke immer bereits um sieben, damit er die Jugendlichen auf dem Weg zur Schule anschnorren könne. Ob sich das lohnt, sei dahingestellt. Aber das Gebäude der LÜSA befindet sich am Anfang der Platanenallee und da laufen jeden Morgen Hunderte Schüler vorbei.«

Während Maike den Erläuterungen ihres Kollegen lauschte, begann sie sich anzuziehen, wusch sich und kämmte sich die Haare. Sie füllte eine Schale mit Cornflakes, die sie hinunterschlang, löste eine Kopfschmerztablette in Wasser auf und schüttelte sich, als sie das kalte Wasser in einem Zug herunterkippte.

Reinders erklärte ihr, dass die Verantwortlichen der LÜSA die Schnorrerei Dreiers natürlich nicht dulden könnten und dieser sich deshalb immer einen anderen Standort suchen müsse, um nicht erwischt zu werden. Sie müssten sich also beeilen, um Dreier direkt beim Verlassen des Gebäudes abzufangen.

Maike blickte auf ihre Armbanduhr. Es war bereits Viertel vor sieben. »Wann bist du bei mir?«

»Mein Wagen steht bereits vor deiner Haustür, Kollegin.«

*

Das Ticken des Fußballs auf dem neu abgezogenen und frisch lackierten Parkettboden der 120-Quadratmeter-Wohnung ging Gero Krüger mächtig an die Nieren. Wie gleichgültig die Eltern das rüpelhafte Verhalten ihres Sohnes in

Kauf nahmen! Auch wenn er höchstens fünf Jahre alt war! Man musste den Blagen doch Benehmen beibringen! Na, wäre das ihre eigene Wohnung, würde Ehepaar Sprenger sicher autoritärer reagieren. Da sie aber als neue Eigentümer dieser schicken Eigentumswohnung kaum infrage kamen, nahmen sie es mit den erzieherischen Maßnahmen nicht so ernst.

Krüger hatte es bereits geahnt. Der Schreck in den Augen des Ehepaares, als sie den Kaufpreis von 120.000 Euro hörten, sprach Bände. Gut, in der Zeitungsannonce hatte auf Wunsch des Verkäufers VB gestanden. Aber jeder realistisch veranlagte Mensch konnte sich denken, dass eine Luxuswohnung in der Eins-a-Lage der Innenstadt nicht für einen Apfel und ein Ei zu haben war. Krügers Ärger wuchs. Völlig umsonst war er eineinhalb Stunden früher aufgestanden.

Für eine gesalzene Maklercourtage musste man diverse Strapazen auf sich nehmen. Na ja, wenn die Sprengers sich die Wohnung nicht leisten konnten, er würde noch den richtigen Käufer für die Mansardenwohnung des alten Stadthauses finden. Eigentlich war der Kaufpreis ein wahres Schnäppchen. Zentrale Lage, doppelverglaste Fenster und komplette Renovierung von Wohnung, Treppenhaus und Fassade, brachten die besten Voraussetzungen, kaufwilligen Interessenten den Mund wässerig zu machen. Familie Sprenger gehörte scheinbar nicht zu dieser Klientel.

Die beiden schlenderten jetzt hinüber in die voll ausgestattete Küche und bestaunten die Kücheninsel auf echtem italienischem Marmor und die Sitzecke im Erker. Die Kinder des Paares blieben derweil im Wohnzimmer. Das Mädchen setzte sich in eine Ecke und beobachtete ihren Bruder, der den Ball gegen die Wand schoss. Das ging eindeutig zu weit!

Krüger stürzte sich auf den Jungen und riss ihn am Arm zurück. »Hör sofort damit auf, Bürschchen!«, zischte er erbost. »Sonst steche ich ein langes Messer in deinen beschissenen Ball.«

Der Junge blickte ihn überrascht an. Er zeigte sich nicht im Mindesten eingeschüchtert. Ehe Krüger es sich versah, trat er ihm mit Wucht gegen das Schienbein. Ein höllischer Schmerz jagte das Bein hoch, bis hin zur Hüfte. Krüger fluchte und ließ den Bengel los. Dieser schnappte sich seinen Ball und rannte zu den Eltern.

»Mama!«, schallte es laut durch die leer stehenden Räume. »Der Mann hat gesagt, er schneidet meinen Ball kaputt!«

Krüger brach der Schweiß aus. Er sah das Mädchen, das aufstand und, bevor es auch zu den Eltern lief, ihm mit einer wilden Fratze die Zunge heraustreckte.

Frau Sprenger blickte ins Wohnzimmer. Sie hatte den Jungen auf dem Arm, der seinen Kopf an ihre Schulter presste. »Ist doch gut, mein Schatz.« Sie streichelte ihm übers Haar und schnauzte Krüger an: »Was erlauben Sie sich? Man sollte Sie anzeigen! Wir finden bestimmt einen familienfreundlicheren Makler.« Mit hocherhobenem Kopf verließ sie die Wohnung.

Vor dem Aufzug rief sie: »Jetzt komm, Urs! Für die Kinder ist eine Mansarde sowieso ungünstig.«

Herr Sprenger nahm das Mädchen bei der Hand. Er blickte Krüger genervt an, zuckte mit den Schultern und folgte seiner Frau eiligen Schrittes.

Erleichtert schloss Krüger die Tür zum Treppenhaus. Vielleicht brachte der Termin am Mittag mit einem Architekten, der auch Interesse zeigte, mehr. In jedem Fall konnte der Mann sich die Wohnung leisten.

Langsam schlenderte Krüger zum Wohnzimmer zurück und öffnete die Balkontür. Die Luft war würzig und frisch. Der dunkle Himmel nahm allmählich das gewohnte Grau der letzten Tage an. Aber wenigstens regnete es heute Morgen nicht. Bei gutem Wetter konnte man von hier aus bis hin zur Stadtkirche schauen und ihren Grünspan besetzten Turm bewundern, der in den Abendstunden blau angestrahlt wurde.

Gero Krüger blickte auf seine Armbanduhr. Erst halb acht. Bis zu seinem nächsten Termin, um 9 Uhr in seinem Büro, blieb noch genügend Zeit, sich um seinen Anteil von 100.000 Euro zu kümmern. Er fischte sein Handy aus der Hosentasche und drückte die gespeicherte Nummer von Guido Schönfeld.

Bereits nach dem zweiten Schellen nahm der Zahnarzt das Gespräch entgegen. »Ja!«

Krüger holte tief Luft und bemühte sich um einen freundlichen Klang seiner Stimme. »Guten Morgen, Herr Schönfeld. Gero Krüger hier. Es geht um meinen Anteil. Ich …«

Schönfeld unterbrach, bevor Krüger den Satz vollenden konnte. »Mein Gott, Krüger! Jetzt lassen Sie mich doch mit dem verdammten Geld in Frieden! Ich habe andere Sorgen.« Lautes Hupen ertönte, dann folgte das Quietschen von Reifen. »Jetzt bau ich wegen Ihrer Ungeduld noch fast einen Unfall«, brüllte der Zahnarzt.

Gero Krüger krallte seine Finger um das Handy. Die andere Hand krampfte er ums verschnörkelte Balkongeländer, sodass seine Knöchel weiß hervortraten. Er war in der richtigen Stimmung, diesem arroganten Snob die Meinung zu sagen. Dieser blöde Wichser! Immer hatte er eine Ausrede. Immer ließ er ihn dumm dastehen! Das konnte und wollte er sich nicht länger gefallen lassen.

»Jetzt hören Sie mir mal gut zu, Sie Arschloch! Ich lasse mich nicht mehr hinhalten. Wenn ich meinen Anteil nicht bis spätestens heute Abend habe, gebe ich den Bullen einen anonymen Tipp. Für den Fall, dass ich das Geld nicht bekomme, verspreche ich Ihnen: Sie werden es sich nicht allein unter den Nagel reißen.«

Eine Weile herrschte Schweigen in der Leitung. Endlich die gezwungen freundliche Stimme des Mannes. »Hören Sie, Krüger: Ich bin spät dran. Ich müsste längst in der Praxis sein. Mein Schwiegervater wurde gestern verhaftet. Der Idiot hat versucht, mich zu erschießen, weil er glaubt, ich hätte seine Tochter ermordet. Das haben Sie prima hingekriegt, Krüger! Sie setzen mich unter Druck, wollen den Bullen einen Tipp geben. Dass ich nicht lache. Eher könnte ich denen den Hinweis zukommen lassen, wer der wahre Mörder meiner Frau ist.«

In Krüger brodelte es. Stünde der Zahnarzt leibhaftig vor ihm, wäre er ihm an die Gurgel gesprungen und hätte zugedrückt. »Jetzt hören Sie auf, mir ständig zu unterstellen, ich hätte Ihre Frau umgebracht. Dazu war ich viel zu besoffen!«, schrie er ins Telefon und es war ihm scheißegal, dass die Sprengers, die gerade auf die Straße traten, neugierig zu ihm hinaufblickten. Er mäßigte seine Lautstärke und fuhr fort: »Ich hätte es auch nicht geschafft, Ihre Frau – wie geplant – für eine Weile aus dem Weg zu schaffen. Mit zugedröhntem Kopf etwas behaupten und es nachher in die Tat umsetzen, das sind zwei verschiedene Dinge. Sie können mich nicht länger verarschen. Vergessen Sie's! Also, was ist mit dem Geld?«

Schönfeld schnaufte am anderen Ende der Leitung, ehe er endlich nachgab. »Gut. Sie bekommen Ihren Anteil heute. Sagen wir, ich komme um 20 Uhr in Ihr Büro.« Damit beendete der Zahnarzt das Gespräch.

»Geht doch«, murmelte Krüger selbstgefällig und grinste. Früher oder später bekam man auch die Wichtigtuer in den Griff.

*

Das verwinkelte Herrenhaus zu Beginn der Platanenallee wirkte nicht wie eine Einrichtung für die Integration chronisch drogenabhängiger Menschen zurück ins normale Leben. Maike saß neben Sören Reinders im Dienstwagen. Er hatte mit Glück einen der letzten Parkplätze des Kreishauses an der Friedrich-Ebert-Straße erwischt, von wo sie den Eingang der Villa im Auge behalten konnten, ohne aufzufallen.

Der Architekt des historischen Gebäudes, in dem sich die LÜSA befand, musste als Könner seiner Art viel Liebe fürs Detail in diesen Bau gesteckt haben. Ein turmähnlicher Erker befand sich gleich an der Ecke des Hauses vor dem Haupteingang. Die zwei großen unteren Fenster des sechseckigen Turmes hatten ein eigenes Spitzdach. Nach Süden und Westen grenzte passend dazu ein Spitzgiebeldach an den Turm und es sah aus, als seien noch Anbauten an das ursprüngliche Haupthaus vorgenommen worden.

LÜSA – das stand für »Langzeit Übergangs- und Stützungsangebot« – war eine Einrichtung, die es sich zur Aufgabe gemacht hatte, alternden Junkies die Wiedereingliederung in die Gesellschaft zu ermöglichen. Über 75 Prozent der Bewohner waren über 40 Jahre alt, das wusste Maike von Reinders, der sich auf der Internetseite der Einrichtung schlaugemacht hatte. So auch Benno Dreier, der mit seinen 42 Jahren noch einer der jüngeren im Hause war.

Die Streetworkerin, mit der Reinders gestern gesprochen hatte, konnte ihm den gesamten Lebenslauf berichten. Reinders hatte die Geschichte des Junkies bereits als Bericht getippt und Maike die Information auf den Schoß geknallt, kaum dass sie neben ihm im Dienstwagen saß. Nachdem sie die Seiten überflogen hatte, vertiefte sie sich nun intensiver in den Bericht.

Dreier hatte eine erstaunliche Drogenkarriere hinter sich. Seine Mutter starb, als er fünf Jahre alt war. Er wuchs bei seinem alkoholkranken Vater auf, der oft neue Bekanntschaften nach Hause brachte. Die Frauen sollten sich um Benno kümmern und den Haushalt erledigen. Doch keine von ihnen hielt es lange aus, da Bennos Vater zur Gewalt neigte und auch den Gürtel nahm, um seinen Sohn oder seine Partnerinnen zu züchtigen.

Mit dreizehn Jahren nahm Dreier das erste Mal Reißaus. Jugendamt oder Polizei brachte den Flüchtigen stets zurück in die heimische Wohnung, wo er von einem nach außen hin treusorgenden Vater empfangen wurde. Kaum allein peitschte der Gürtel.

Unter diesen Bedingungen schaffte Dreier den Abschluss der Hauptschule nicht. Gerade 16, flüchtete er in die Niederlande. Er wohnte in einer gemischten Wohngemeinschaft am Rande Amsterdams und machte die ersten Erfahrungen mit Haschisch. Mit 19 hing er an der Nadel und brauchte seine tägliche Dosis Heroin. Um den teuren Stoff beschaffen zu können, wurde er kriminell. Er startete mit Handtaschendiebstahl und Hehlerei, steigerte sich zum Banküberfall. Dabei wurde er erwischt und saß dafür fünf Jahre Haft ab.

Bereits kurz nach seiner Freilassung hatte die Drogenszene ihn zurück. Diese Karriere setzte sich in den folgenden Jahren fort: Drogen, Haft, Entzug und wieder Drogen.

Es fiel Dreier schwer, Fuß in der Gesellschaft zu fassen. Er sonderte sich ab, fand keine Kontakte, nicht zuletzt wegen seiner sonderbaren Art, sich zu kleiden. Selbst unter seinesgleichen galt er als eigentümlicher Außenseiter.

Als er nach einem Gefängnisaufenthalt vor zwei Jahren nach Unna zurückkehrte, machte ihm die Nachricht vom Tod seines Vaters schwer zu schaffen, obwohl er ein so miserables Verhältnis zu ihm hatte. Die letzte Stütze seines verwirrten Lebens war fortgebrochen. Dennoch blieb er seiner Heimatstadt treu. Da es ihm fremd war, sich mit Formularen um Unterstützung zu bemühen, lebte er auf der Straße, ernährte sich von der Tafel und dem, was seine Schnorrerei einbrachte. Als er bei einem Taschendiebstahl erwischt wurde, ebnete sich ihm der Weg in die soziale Obhut Unnas. Schließlich landete er in der LÜSA, wo er bis heute eine Bleibe fand.

Solche Schicksale gingen Maike unter die Haut. Wie glücklich sich doch jeder schätzen konnte, der im Schutz einer intakten Familie aufwachsen durfte. Die Kommissarin seufzte und blickte auf.

Mittlerweile ebbte die Schar der Schüler, die die Platanenallee hinab zum Schulzentrum strömte, ab. Maike sah auf das Fahrzeugdisplay, in dem sich die digitale Zeit ablesen ließ, und sah, dass es bereits fünf nach acht war.

»Meinst du, der kommt noch? Oder hast du ihn übersehen?«

Sören Reinders blickte sie irritiert an, zuckte mit den Schultern. »Vielleicht war er schon weg, als wir kamen. Solange wir hier sind, hat er das Gebäude jedenfalls nicht verlassen.«

Maike lehnte sich zurück und verschränkte die Arme vor der Brust. Zum Glück waren die Kopfschmerzen vom

Morgen verschwunden. Dafür knurrte ihr Magen jetzt und sie lechzte nach einer heißen Tasse Kaffee. Während sie die Jugendlichen beobachtete, die, mit Handy am oder iPod im Ohr, mit Rucksäcken und Umhängetaschen an ihnen vorbeizogen, musste sie an den vergangenen Abend denken und an Jochens merkwürdiges Verhalten.

Kaum hatten sie dem Geburtstagskind gratuliert, war er in der Menge der etwa 100 geladenen Gäste verschwunden und den ganzen Abend nicht mehr an ihrer Seite aufgetaucht. Maike war darüber keineswegs empört, sie hatte sich auch ohne ihn amüsiert und sich gefreut, so manchen Freund oder Bekannten wiederzutreffen. Sogar mit Wilfried und Gerlinde Hübner, den Eltern von Jochen und Chiara, hatte sie sich gut unterhalten. Keine Vorwürfe über Maikes Verhalten gegenüber Jochen. Die Zeit verging wie im Flug, und als sie irgendwann zur Uhr schaute, war es schon nach 1 Uhr in der Nacht. Sie hatte sich auf die Suche nach ihrem Ex gemacht, um ihn zu fragen, ob er sein Versprechen noch halten wolle, sie nach Hause zu fahren. In der kleinen Bibliothek hatte sie ihn schließlich gefunden, vertieft in einen innigen Kuss mit einer blonden Schönheit.

Es versetzte Maike tatsächlich einen Stich. Die Situation war ihr total peinlich. Jochen mit hochrotem Kopf, sichtlich verlegen und total betrunken. Maike entschied sich für den eleganten Rückzug.

»Da ist er!« Sören Reinders schlug mit der Faust aufs Lenkrad und deutete mit dem Zeigefinger auf den Eingang der Villa. Nachdem inzwischen kaum noch Schüler des Weges kamen, war es unmöglich, die Person zu übersehen, die langsam aus der Einfahrt der Villa LÜSA schlenderte und dabei intensiv auf den Boden starrte. Ein hagerer Mann mit strähnigem, leicht gewelltem, braunem, langem

Haar und geschminkten Augen. Auffällig der spitz zulaufende, dunkelgrüne Hut mit Krempe auf seinem Kopf. Ein grauer Wollumhang, der bis in seine Kniekehlen fiel, flatterte im aufkommenden Wind. Dazu trug Benno Dreier eine verwaschene Jeanshose, knielange braune Lederstiefel und ein senffarbiges Flatterhemd, das ihm bis über den Po reichte. Er stand auf dem Bürgersteig und bückte sich nach etwas. Dann kramte er in einer Umhängetasche nach einem Feuerzeug und steckte sich den gefundenen Zigarettenstummel an.

»Sieht ein bisschen aus wie Sirius Black, oder?«, grinste Reinders.

Maike sah ihren Kollegen verständnislos an.

»Sag nicht, du warst niemals in einem der Harry-Potter-Filme!«

Bevor Maike antworten konnte, drehte Benno Dreier sich nach links und ging mit schnellen Schritten zum Zebrastreifen, der Richtung Innenstadt führte. Maike sah ihren Kollegen gespielt mitleidig an. »Ich glaube, Sirius Black bevorzugt einfache Jacketts. Los, hinterher, Kollege! Den Zauberer schnappen wir uns!«

Gleichzeitig rissen sie die Autotüren auf, sprangen aus dem Dienstwagen und folgten dem Davoneilenden.

*

Merlin alias Benno Dreier leistete keinen Widerstand, als Maike und Reinders ihn baten, sie in die Husemannstraße zu begleiten. Nun saß er ihnen im Befragungsraum gegenüber und wärmte seine dünnen langen Finger an einem Becher Kaffee. Der Zauberhut lag neben seinen Händen auf dem Tisch, den Umhang hatte er anbehalten. Maike hatte sich vor der Tür kurz mit Sören Reinders besprochen und ihm schließlich den Vortritt gelassen. Immerhin war der Oberkommissar dem Junkie auf die Spur gekommen.

»Es geht um den frühen Samstagmorgen«, begann Reinders nun. »Wir wissen, dass Sie sich manchmal im Stadtpark aufhalten. Können Sie sich erinnern, am Samstag so gegen Viertel vor sechs am Morgen dort gewesen zu sein?«

Benno Dreier lehnte sich zurück und verschränkte die Arme vor der Brust. Er wippte leicht mit dem Stuhl. »So früh bin ich selten unterwegs.«

Reinders beugte sich etwas über den Tisch und fixierte Dreier mit den Augen. »Hör zu, Merlin. Wir wissen, du hast oft Bekanntschaft mit dem Knastleben gemacht. Uns interessiert im Moment nicht, warum du die Einrichtung in der Platanenallee eher als erlaubt verlassen hast. Du brauchst keine Angst haben. Alles, was du uns hier anvertraust, bleibt unter uns. Die Heimleitung wird nichts erfahren.«

Reinders war zum persönlicheren ›Du‹ übergegangen. Vermutlich glaubte er, sich dem Zeugen so auf einer freundschaftlicheren Basis nähern zu können. Maike ließ Benno Dreier nicht aus den Augen. Er wippte jetzt schneller mit dem Stuhl. Seine Augen huschten unruhig hin und her. Der Kollege war auf dem rechten Weg. Hoffentlich konnten sie das Vertrauen des Junkies gewinnen.

Reinders fuhr fort: »Um Viertel nach sieben hat ein Spaziergänger vor dem Kriegerdenkmal die Leiche einer Frau gefunden. Wir suchen nach Zeugen, jemand, der beobachtet hat, wer die Frau dort hinbrachte. Wir suchen ihren Mörder. Und du sollst uns dabei helfen, Merlin!«

Benno Dreier sprang auf und ging nervös im Raum auf und ab. Sein Umhang wehte bei jeder heftigen Drehung. Maike und Reinders ließen ihn gewähren. Nach einer Weile setzte er sich wieder. »Einen Mord lass ich mir nicht anhängen. Damit hab ich nichts zu tun. Ich hab nichts Unrechtes getan.«

»Das wissen wir, Herr Dreier«, mischte Maike sich nun ein. »Uns interessiert nur, ob Sie eine Beobachtung machen konnten. Ist es nicht so, dass Sie sich heimlich aus der LÜSA schlichen, um am frühen Morgen als Erster die leeren Flaschen und Dosen einsammeln zu können, die die Kirmesbesucher immer herumliegen lassen?«

Dreier winkte energisch ab. »Ach, was. Hatte ja die ganze Nacht geregnet. Da gehen die Jugendlichen nicht mehr in den Park, um zu saufen. Auch oben am Burgspielplatz war nichts.«

Maike setzte nach. »Sie waren dort? Was haben Sie gesehen?«

Dreier blickte die Kriminalkommissare abwechselnd an und schwieg. Scheinbar fühlte er sich überrumpelt und wusste nicht genau, wie er sich verhalten sollte.

»Was hast du beobachtet, Merlin? Es ist wichtig, dass du uns hilfst. Mit deiner Hilfe können wir einen Mörder überführen. Das kann sich in Zukunft nur positiv für dich auswirken.«

Benno Dreier sah Reinders aufmerksam an. Er schien mit sich zu kämpfen. »Also gut. Ja, ich war dort.«

Reinders sprang von seinem Stuhl auf und schlug auf den Tisch. Fehlte nur noch, dass er schrie: »Ja!« Aber er beherrschte sich und setzte sich wieder. »Dann erzähl mal, Merlin! Was genau konntest du beobachten?«

Dreier griff nach seinem Zauberhut und drehte ihn zwischen den Händen. Endlich blickte er auf und begann: »Ich bin so um 5 Uhr aus der LÜSA raus. Zuerst zum Bahnhof. Da war nicht viel Leergut. Dann durch die Stadt, wo die Karussells stehen. Hab auch in die Mülltonnen geguckt. Na ja, so vier, fünf Flaschen waren dabei. Noch die Mülltonnen am Burgspielplatz und dann wollte ich über die Treppe runter in den Park.«

Maike unterbrach ihn. »Welche Treppe? Die hinter der Sparkasse oder die an der Burgstraße?«

»An der Sparkasse. Aber als ich die ersten Stufen runtergegangen bin, sah ich das schwarze Auto neben dem Denkmal. Der Motor lief und die Lampen brannten. Vor dem Denkmal saß eine Frau auf dem Boden. Ich dachte: Muss die blau sein! Der Kopf hing auf der Brust. Ein Mann beugte sich zu ihr runter. Es sah aus, als zöge er ihr die Schuhe an. Die Scheinwerfer des Autos haben mich geblendet. Ich ging einige Stufen zurück, duckte mich und beobachtete den Mann, der nun zum Wagen lief. Er setzte sich rein, löschte die Lampen und schaltete den Motor aus. Dann stieg er aus und schob die Tür des Wagens zu. Ganz leise. Danach ging er weg.«

Maike sah das Funkeln in Reinders Augen. Sie wusste genau, was er dachte. Wenn Benno Dreier die Wahrheit sagte, konnte sie das in ihrem Fall ein Stück nach vorn bringen.

»Kannst du den Mann beschreiben, Merlin?«

Dreier hob die Schultern. Sein Blick wirkte gelangweilt. »Was springt da für mich heraus?«

Maike seufzte. Dreier dachte nur an seinen Vorteil. Vermutlich würde er sich irgendeine Personenbeschreibung ausdenken, wenn sie ihm eine Gegenleistung dafür böten. »Wenn Sie mögen, bekommen Sie eine warme Mahlzeit, Herr Dreier. Zunächst müssen wir mal sehen, ob Ihr Erinnerungsvermögen für die Erstellung eines Phantombildes ausreicht. Ein Kollege wird das gleich mit Ihnen in Angriff nehmen.«

Dreier griff nach seinem Hut und stand auf. Er trat dicht an Maike heran. Dann stierte er ihr so intensiv in die Augen, dass ihr eine Gänsehaut über den Rücken lief. »Sie glauben, ich bin irre und in einen vollgekifften Kopf passt nichts rein, nicht wahr, Frau Kommissarin? Aber ich habe noch ein gutes Gedächtnis. Besonders Gesichter kann ich mir merken. Das ist für Typen wie mich manchmal lebenswichtig. Der Mann am Denkmal war etwa eins achtzig groß und schlank. Er hatte dunkle Haare mit grauen Strähnen, sehr kurz geschnitten. Seine braunen Augen hatten keinen Glanz. Blasses und ausdrucksloses Gesicht. So ein Typ, den man schnell vergisst. Ich denke, er ging auf die 50 zu, kann aber auch jünger gewesen sein. Bekleidet war er mit einer dunkelblauen Jeans, Turnschuhen der Marke Adidas, und unter einer schwarzen Winterjacke trug er ein kariertes Flanellhemd.«

Dreier war keinen Schritt zurückgewichen und Maike war in den Genuss seines schlechten Atems gekommen. Das hatte sie jedoch völlig ignoriert, als sie die so präzisen Worte in Dreiers Beschreibung vernommen hatte. Sie hatte den Mann völlig falsch eingeschätzt und das passierte ihr nicht oft.

»Wenn Sie mir nicht glauben, geh ich jetzt besser.« Er wandte sich zur Tür.

Sören Reinders war mit zwei großen Schritten bei ihm. »Natürlich glauben wir dir, Merlin. Du hast meine Kollegin missverstanden.«

Dreier blickte Maike fragend an, als hinge seine Reaktion von ihrem Verhalten ab. Maike trat auf ihn zu und legte ihm die Hand auf den dürren Arm. »Entschuldigen Sie, Herr Dreier. Ich habe mich ziemlich blöd ausgedrückt. Setzen Sie sich doch bitte. Wir werden sofort den Kollegen informieren, der mit Ihnen das Phantombild erstellt. Zuvor habe ich jedoch noch eine Frage. Konnten Sie beobachten, wie der Mann den Tatort verlassen hat? Er war ja mit dem Auto gekommen. Ist er Richtung Bahnhof oder Busbahnhof gegangen?«

Dreier setzte sich, legte den Hut vor sich ab und schüttelte langsam den Kopf. »Nein. Er ging hinauf Richtung Katharinenkirche, das habe ich genau gesehen. Ich bin sogar ein Stück hinterher, weil ich sicher sein wollte, dass er nicht zurückkommt. Er ging an der Ringapotheke vorbei und dann weiter den Nordring.«

Maike bedachte die Wortwahl ihrer nächsten Frage genau, um Dreier nicht erneut vor den Kopf zu stoßen. Hinter seiner schrillen Maskerade schien sich ein sehr sensibler Mensch zu verstecken. »Sie sagten gerade, Sie wollten sicher sein, dass der Mann nicht zurückkommt. Natürlich waren Sie neugierig, warum er seinen Wagen und die – wie Sie glaubten – betrunkene Frau im Stadtpark zurücklässt. Haben Sie noch einmal nachgesehen, nachdem Sie sicher waren, nicht entdeckt zu werden?« Klar hatte er. Dreiers gesamte Mimik und Gestik deutete darauf hin. Er schien nach Worten zu suchen, die ihn nicht selbst belasteten.

Nachdem Benno Dreier beharrlich schwieg, ergriff Reinders das Wort. »Bist du noch einmal in den Stadtpark zurückgekehrt? Merlin! Mit Halbwahrheiten können wir nichts anfangen.«

Der Junkie blickte auf. Seine Augen flackerten. Er hatte Angst! Maike hielt unwillkürlich den Atem an, als er endlich zu sprechen begann. »Ja, ich ging zurück. Ich dachte: Der Typ hat das Auto nicht verschlossen. Vielleicht finde ich was, das ich zu Geld machen kann. Dann hat sich das frühe Aufstehen wenigstens gelohnt.«

Maike atmete geräuschvoll aus. »Was haben Sie gefunden?«

»Haben Sie eine Zigarette für mich?«

Maike sah Reinders fragend an. Der zog ein Päckchen mit etwa fünf Zigaretten aus seiner Hosentasche und schob sie Benno Dreier zu. »Du musst dich gedulden, bis wir hier fertig sind. Im Gebäude ist das Rauchen verboten.«

Dreier griff nach den Kippen, hielt sie sich dicht unter die Nase und atmete den Geruch des Tabaks tief ein. Dann ließ er das Päckchen schnell in seiner Umhängetasche verschwinden. »Ich sah sofort, die Frau war tot. Leere, stumpfe Augen, Sie wissen schon. Der kannst du nicht mehr helfen, hab ich gedacht. Ich hab die Leiche nicht angerührt, das schwör ich.«

»Und weiter?«

Dreier drehte nervös seinen Zauberhut zwischen den Händen. Endlich blickte er auf. »Sie haben versprochen, mich nicht zu bestrafen? Das haben Sie doch, oder?«

Maike beugte sich näher über den Tisch. »Herr Dreier! Wenn Sie das Auto durchsucht haben, dann haben wir bereits Ihre Fingerabdrücke sichergestellt. Ich vermute mal, die sind registriert. Die Ergebnisse der KTU werden uns bald vorliegen. Also können Sie es auch gleich zugeben. Was haben Sie im Wagen gefunden?«

Dreier blickte zu Sören Reinders und grinste dabei. »Ihre Kollegin ist ganz schön auf Zack, was? Da muss man aber höllisch aufpassen.«

Reinders grinste ebenfalls und nickte. »Sie ist nicht umsonst Kriminalhauptkommissarin. Also, was hast du im Auto gefunden?«

Benno Dreiers Gesicht wurde ernst. »Im Handschuhfach waren die Fahrzeugpapiere. Der Kofferraum war leer.

Ich habe nur die Handtasche der Frau vom Rücksitz mitgenommen. Ehrlich!«

✼

Es war eine schwierige Situation, in der sie steckten. Das Paar ihm gegenüber wollte den Verkauf des Hauses genauso schnell über die Bühne bringen wie Gero Krüger. Ihn lockten eine hohe Courtage und eine zusätzliche saftige Provision. Ehepaar Osterhaus würde bei Vertragsabschluss eine großzügige Schenkung erwarten können.

Das baufällige Haus der Wasmuths, um das es ging, stand auf Bauland, für das sich ein Autohändler interessierte. Ein imposantes Autohaus sollte an der Hammer Straße entstehen und dafür müsste die Bruchbude der Wasmuths weichen. Gero Krüger war nur durch Glück auf diesen Fall gestoßen, der ihm mittlerweile manch schlaflose Nacht bereitet hatte. Ein Kunde von seiner Ex Claudia Lorenz hatte ihr beim Haareschneiden beiläufig von dem Anwesen der Wasmuths erzählt, ebenfalls von dem geplanten Bau des Autohauses und den enorm in die Höhe geschnellten Grundstückspreisen. Claudia, die bei Krüger für sich eine Vermittlungsgebühr von fünf Prozent ausgehandelt hatte, brachte ihn mit ihrem Kunden in Kontakt. Der erzählte ihm bereitwillig alles, was er wissen musste. So trat Krüger zunächst auf den Autohändler zu, der zurzeit einen Gebrauchtwagenhandel an der Hammer Straße betrieb. Er legte sogar noch eine Schüppe auf die Maklercourtage drauf, sollte es ihm gelingen, den Besitzer Holger Wasmuth zu überzeugen, sein Haus zu verkaufen.

Das Autohaus sollte Dimensionen annehmen, die die Stadt Unna bisher nicht kannte. Ein Areal mit verschiedenen Marken, einer überdimensionalen Werkstatt und verschiedenen Ausstellungshallen. Krügers Einwand, was den finanziellen Rückhalt betraf, fegte der Autohändler namens Knolle beiseite. Laut seiner Aussage stand ein bekannter Autokonzern hinter ihm, der jedoch zunächst im Hintergrund agieren wollte. Krüger hatte schließlich die Provision des Autohändlers verdoppelt, sollte es ihm gelingen, Holger Wasmuth zum Verkauf zu bewegen.

So war er vor etwa drei Wochen an die alten Leute herangetreten. Leider erfolglos. Bei einem seiner Besuche hatte er Britta Osterhaus, die Tochter der Wasmuths, kennengelernt. Als sie von der Kaufsumme hörte, klingelten bereits die Eurozeichen in ihren Ohren. Sie war sofort auf der Seite ihrer Mutter Christa und bettelte den Vater an, seine Meinung zu ändern. Sie lobte die Vorzüge der luxuriösen Seniorenresidenz an der Massener Straße, in die die Wasmuths umsiedeln sollten. Mit dem Erlös des Hausverkaufs könnten sie sich dort einkaufen, seien unter ihresgleichen und wären gut versorgt, wenn das Alter seinen Tribut forderte. Denn auf Wunsch konnte man sich in der Residenz Essen kommen lassen, und auch ärztliche Versorgung sei garantiert.

Doch Holger Wasmuth blieb hart. Er knallte seine Faust auf den Tisch, dass die Tassen auf den Untertassen klirrten und die braune Brühe überschwappte. Das Haus sei seit Generationen im Besitz seiner Familie, er würde sich niemals davon trennen. Danach hatte er kein Wort mehr gesprochen. Tagelang nicht. Daraufhin hatte Gero Krüger gegenüber Britta Osterhaus scherzhaft die Idee geäußert, es gebe noch die Möglichkeit, den Vater entmündigen zu lassen. Natürlich mit der Idee im Hinterkopf, dass die Frauen darauf eingingen. Genau das war geschehen. Wenn dies die einzige Lösung sei – müsse man den Vater eben zu seinem Glück zwingen. Dieses Gespräch hatte vor etwa zwei Wochen stattgefunden. Und nun saß Britta Osterhaus mit ihrem Ehemann Michael auf der anderen Seite von Krügers Schreibtisch und starrte ihn ratlos an.

Michael Osterhaus dagegen konnte seine Wut kaum unterdrücken. »Was für ein Amateur sind Sie eigentlich?«, brüllte er. »Wie können Sie meiner Frau raten, ihren Vater *entmündigen* zu lassen?« Osterhaus sog tief die Luft ein und schnaufte dabei.

»Wenn Sie ein wenig recherchiert hätten, Herr Krüger«, fuhr er fort, »wüssten Sie, dass man in Deutschland heute niemanden mehr entmündigen kann. Einfach war das auch früher nicht. Außerdem ist mein Schwiegervater kein Pflegefall und geistig noch voll auf der Höhe. Also wenn Sie keine bessere Idee vorbringen, sollten wir uns vielleicht mit einem anderen Makler in Verbindung setzen, der mehr Kompetenzen bietet.«

Wie Krüger diese Typen hasste! Blasierte Affen! Wichtigtuer! Nur weil sie studiert hatten und sich Doktoren schimpften, meinten sie, ihnen gehöre die Welt. Okay, Krügers Empfehlung, Holger Wasmuth entmündigen zu lassen, lag daneben. Doch was konnte er dafür, wenn die Weiber seinen Scherz für bare Münze nahmen? Das konnte er Michael Osterhaus im Beisein seiner Frau natürlich nicht sagen.

Als hätte Britta Osterhaus seine Gedanken gelesen, kam sie ihm unverhofft zur Hilfe. Sie blickte ihren Mann mit liebevollem Blick aus ihren giftgrünen Augen an und säuselte: »Schatz! Der Herr Krüger hat damals nur einen Witz gemacht. Mama und ich fanden die Idee gut. Das konnte Herr Krüger nicht wissen.«

Michael Osterhaus schien wenig überzeugt. »Jedenfalls hat er euch den Floh ins Ohr gesetzt. Und jetzt ist dein Vater erst recht gegen den Hausverkauf. Wie konntet ihr ihm nur damit drohen, ihn entmündigen zu lassen? Ich an seiner Stelle würde auch kein Wort mehr reden. Und das alles wegen Ihres Dilettantismus!«

Krüger merkte die körperliche Abneigung, die aus jedem der Worte und Gesten des Chirurgen sprach. Allein, wie er ihm gegenübersaß! Mit verschränkten Armen, hochgezogenen Augenbrauen und diesem Professorenblick!

»Hören Sie, Krüger!«, sagte er mit kalter Stimme, die dem Makler einen Schauer über den Rücken jagte. »Im Grunde sind wir auf Ihre Dienste nicht angewiesen. Wir könnten uns die Maklergebühr sparen, wenn mein Schwiegervater sich zum Verkauf entschließen könnte. Da er das aber ohne Weiteres nicht zu tun bereit ist, muss man etwas nachhelfen. Sie verstehen?«

Osterhaus starrte ihn mit einem Blick an, der ein Glas Glühwein mit Schuss in Sekundenschnelle zu Eis hätte gefrieren lassen. Die Gedanken in seinem Kopf schlugen Purzelbäume. Wenn ihm nicht innerhalb der nächsten Minuten ein genialer Plan käme, könnte er die Provision vergessen. Dann hätte ihn in kürzester Zeit bereits der zweite Mediziner um einen Batzen Geld gebracht.

»Es gäbe eine Möglichkeit«, begann Krüger langsam, um Zeit zu gewinnen. Ehepaar Osterhaus sah ihn erwartungsvoll an. Konnte er das wagen? In den schlaflosen Nächten der vergangenen Tage war ihm eine Idee nicht aus dem Kopf gegangen. Allerdings eine Idee mit kriminellem Charakter. Da ihm nichts Besseres einfiel, musste er mit der Sprache heraus.

»Nun machen Sie es nicht so spannend, Herr Krüger«, meldete sich Britta Osterhaus zu Wort. »Was ist Ihr Plan?«

Der Makler rollte mit seinem Stuhl dicht an den Schreibtisch. Er legte die Unterarme auf die vor ihm ausgebreiteten Papiere und versuchte, möglichst bedeutsam rüberzukommen.

»Mein Vorschlag ist nicht legal.« Er machte eine Pause, um die Reaktion des Ehepaares abzuwarten.

Michael Osterhaus grinste. Das war das erste Mal, dass Krüger in diesem Gesicht so etwas wie Frohsinn entdeckte. »Was meinen Sie, warum wir uns ausgerechnet mit Ihnen abgeben?« Er deutete mit ausschweifender Bewegung auf das Inventar des Büros. »Glauben Sie, wir würden uns in so ein Etablissement begeben, wenn wir auf legale Weise ans Ziel kämen? Also, was haben Sie vor?«

Einen Moment verschlug es ihm die Sprache. Am liebsten hätte er diesen fiesen Sack vor die Tür gesetzt. Das konnte er sich leider nicht leisten. Egon Gieske wartete seit Monaten auf seine Miete und Krüger wollte selbst raus aus diesem Loch. Er beschloss, seine Karten offen auf den Tisch zu legen.

»Also gut.« Er ließ die Daumen umeinander kreisen. »Wir könnten es mit einer Vollmacht versuchen.« Krüger machte eine strategische Pause. Er lehnte sich in seinem Stuhl zurück und stützte die Hände auf den Armlehnen ab. Schließlich sprach er bewusst Michael Osterhaus an. »Dazu müsste Ihr Schwiegervater allerdings eine Weile von der Bildfläche verschwinden. Eventuell eine Kur, die sein angeschlagener Gesundheitszustand dringend nötig hat.«

»Mein Vater ist kerngesund«, wisperte Britta Osterhaus.

Krüger ließ die beiden nicht aus den Augen. Konnte er es wagen? Waren sie so geldgierig, dass sie seinem Vorschlag zustimmen würden? Wenn nicht, konnte er sein Büro schließen und hätte vermutlich in einer halben Stunde die

Polizei am Hals. Er sollte sie besser noch etwas zappeln lassen. »Vergessen Sie's«, sagte er mit wegwerfender Handbewegung.

Doch Krüger unterschätzte die Cleverness von Michael Osterhaus. Das Grinsen in seinem Gesicht wurde breiter. »Sie meinen, Sie helfen nach, damit es Holger vorübergehend schlechter geht?«

Der Kopf von Britta Osterhaus ruckte zur Seite. Sie starrte erst ihren Mann, dann Krüger fassungslos an. Doch ihr Gesicht hellte sich schnell auf. »Wenn das die einzige Möglichkeit ist, sollten wir nicht länger warten. Manche Menschen müssen zu ihrem Glück gezwungen werden. Irgendwann wird mein Vater dafür dankbar sein.«

Krüger atmete auf. Das sah Britta Osterhaus sicher nicht selbstlos. Beim Hausverkauf konnte sie mit einer großzügigen Unterstützung ihrer Mutter rechnen, der sie nicht nur äußerlich auffallend ähnlich sah, sondern mit der sie sich verstand wie mit einer besten Freundin.

»Wie sieht Ihr Plan aus?«, brach Michael Osterhaus die Stille.

Krüger versuchte, sich so vage wie möglich auszudrücken. »Holger Wasmuth sollte sich in einem Zustand befinden, in dem er dringend ärztliche Versorgung benötigt. Er …«

Britta Osterhaus unterbrach ihn. »Wie wollen Sie das anstellen? Ein Unfall? Oder ein Schlägertrupp? Ich möchte auf keinen Fall, dass mein Vater ernsthaft verletzt wird.«

Michael Osterhaus legte seiner Frau beruhigend die Hand auf ihr Knie. »Hör zu, Schatz: Wir haben doch alles versucht, deinen Vater zu überzeugen. Er ist ein sturer Bock. Es bleibt uns nichts anderes übrig, glaub mir. Wenn wir länger warten, wird der Autohändler sich anderes Bauland in Unna suchen. Dann ist die Hütte deiner Eltern keinen Cent mehr wert.«

Krüger rollte wieder zum Schreibtisch. »Sobald Ihr Vater im Krankenhaus ist, werde ich mich um den Schreibkram kümmern. Ich kenne da gewisse Leute. Für den Hausverkauf brauchen wir eine notariell beglaubigte Vollmacht. Das wird nicht ganz billig.«

»Ihre Spesen bekommen Sie extra bezahlt«, sagte Michael Osterhaus großzügig. »Hauptsache, es geht jetzt voran.«

Krüger blickte von Michael Osterhaus zu seiner Frau Britta. Beide schienen in Gedanken bereits das zu erwartende Geld zu verplanen. Sie fragten nicht einmal konkret, was mit Holger Wasmuth passieren würde. Der war ihnen vermutlich längst egal. Nur seine Unterschrift auf den Verkaufspapieren zählte noch. Erneut musste Krüger sich fragen, wer näher am Rande der Legalität arbeitete, er oder seine gutbürgerlichen Klienten.

*

Wie gut Max Teubner seinen Kollegen Sören Reinders mittlerweile verstehen konnte! Anstrengung pur, mit Jasmin Sauber gemeinsam Dienst zu tun. Sie redete ohne Unterlass. Endlich erreichten sie die Zahnarztpraxis an der Lessingstraße, die das Mordopfer geleitet hatte. Teubner stellte den Dienstwagen vor dem Gebäude ab und stieg aus. Er blickte auf eine sanierte Villa mit hellem Anstrich und Mansardenwalmdach, in das kleine Gauben eingelassen waren. Sprossenfenster und ein halbrunder Balkon, der sich über einem seitlichen Erker befand, gaben der Villa etwas Erhabenes. Neben dem überdachten Eingang prangte ein Messingschild mit dem Baujahr 1927. Ohne auf Jasmin Sauber zu warten, öffnete Teubner die Eingangstür des noblen Praxisgebäudes und ging über Parkettboden auf eine unbesetzte Rezeption zu, wo er die Schelle betätigte. Jasmin Sauber trat neben ihn, holte schon Luft, um einen neuen Redeschwall loszulassen, wurde jedoch von der herbeieilenden Arzthelferin aus dem Konzept gebracht.

»Guten Morgen. Sie haben einen Termin?«

Teubner zückte seinen Ausweis und stellte sich vor. »Es geht um den Mord an Frau Doktor Judith Heinemann-Schönfeld. Wir müssten mit Ihnen und Ihrer Kollegin sprechen, Frau …«, er starrte auf ihr Namensschild, »… Arndt. Hätten Sie einen Moment Zeit?«

Die Zahnarzthelferin nickte zögernd. »Wie kann ich Ihnen helfen?«

Da sich niemand im Vorzimmer der Praxis aufhielt, sprach nichts dagegen, die Befragung gleich hier durchzuführen. Allerdings fühlte Teubner sich von Kollegin Sauber gestört, die unruhig neben ihm stand und darauf zu warten schien, ihre Fragen abzuschießen. So ging das nicht! Die Tussi brachte ihn völlig aus dem Konzept. Er sah sie rügend an. Dann wandte er sich an Isabella Arndt.

»Wir können das Ganze abkürzen, wenn meine Kollegin mit Frau Dröge sprechen kann, während wir uns unterhalten.«

Frau Arndt nickte. »Natürlich. Ich bringe sie zum Sprechzimmer. Sie muss allerdings einen Moment warten, bis Herr Schönfeld die Behandlung abgeschlossen hat.«

Teubner atmete auf, als Oberkommissarin Sauber der Arzthelferin folgte. Welch eine Nervensäge! Erst jetzt wurde ihm bewusst, was er für ein Glück hatte, Maike Graf als Partnerin zu haben.

Einen Moment später stand Isabella Arndt ihm wieder gegenüber. Sie beantwortete seine Fragen kurz und knapp. Frau Doktor Judith Heinemann-Schönfeld habe die Praxis am Freitag um kurz nach sieben verlassen. Das war kurz, nachdem sie von zwei Polizisten besucht wurde, die sie wegen eines anonymen Anrufs aufgesucht hätten. Sie hätten noch kurz miteinander gesprochen, dann sei die Zahnärztin gegangen. Frau Arndt selbst habe am Freitagabend gemeinsam mit Doktor Stracke die Praxis verlassen. Es sei ihr aufgefallen, dass das Garagentor nicht verschlossen gewesen sei, sie habe sich aber nichts weiter dabei gedacht, weil es draußen ungemütlich, nasskalt und windig gewesen sei und sie dankbar war, als Stefan Stracke ihr anbot, sie nach Hause zu fahren. Auf Teubners Frage bestätigte sie, dass das Garagentor sonst immer geschlossen wäre.

Teubner unterbrach das Gespräch, um die Kollegen der Spurensicherung zu informieren, die die Garage unter die Lupe nehmen sollten. Möglicherweise war Frau Doktor Judith Heinemann-Schönfeld bereits in oder an der Garage überwältigt worden. Die Kollegen wollten sich gleich auf den Weg machen, so lauschte Teubner weiter den Ausführungen der Arzthelferin.

Isabella Arndt sei am Freitag kurz nach 20 Uhr daheim in der Eichenstraße gewesen, wo ihr Freund schon mit dem Essen auf sie gewartet habe. Nein, sie habe das Haus nicht noch einmal verlassen. Am Samstagmorgen, so gegen Viertel vor acht, sei sie zur Arbeit gefahren.

Teubner machte sich Notizen, dann sprach er die Arzthelferin auf den Vorfall mit der Freundin der Toten, Anja Wagner, an. Isabella Arndt schien überrascht, dass er davon wusste, und schwieg eine Weile, ehe sie die Geschichte bestätigte.

»Ja. Frau Wagner stürzte ins Behandlungszimmer und riss Frau Doktor an ihrem Kittel so energisch von ihrem Drehhocker hoch, dass sie fast gestürzt wäre. Eine sehr impulsive Person. Unser Patient, Herr Krawczyk ging noch dazwischen.«

Isabella Arndt habe die aufgebrachte Freundin der Doktorin schließlich aus dem Sprechzimmer zerren müssen, damit ihre Chefin die Behandlung an ihrem Patienten zu Ende führen konnte.

»Wussten Sie, dass Ihre Chefin ein Tête-à-Tête mit Herrn Wagner hatte? Als Angestellte bekommen Sie hier doch sicher so einiges mit.«

Isabella Arndt wurde etwas rot im Gesicht. »Ich war auf der Geburtstagsfeier von Guido Schönfeld eingeladen, auch Martina Dröge und Doktor Stracke waren dort. An jenem Abend sah ich, dass Frau Heinemann-Schönfeld mit dem Frank Wagner im Gartenhaus verschwand. Ich stand hinter dem Schuppen, um eine zu rauchen. Die kamen da drin schnell zur Sache, war nicht zu überhören. Aber ich will hier nicht den Moralapostel spielen, ich halte mich aus deren Privatangelegenheiten grundsätzlich heraus. Die Ehe zwischen Frau Doktor und dem Schönfeld war seit Langem kaputt.«

Teubner stützte sich auf den Tresen der Rezeption und schob seinen Oberkörper etwas vor. Der Hauch eines dezenten Rosenparfums strömte ihm entgegen. Er dämpfte seine Stimme. »Was glauben Sie, war dieser *Akt* nur die Rache von zwei gehörnten Ehepartnern?«

Isabella Arndt beugte sich nun auch zu Teubner. Er konnte in ihr dralles Dekolleté blicken und schluckte unwillkürlich.

»Für Frau Doktor war die Vögelei eine Genugtuung, es

ihrem Mann und ihrer Freundin zu zeigen. Damit war die Sache für sie erledigt. Aber der Wagner muss sich mehr erhofft haben. Jedenfalls hat er seit dem Abend mehrfach täglich hier angerufen. Ich glaube, es hatte ihn voll erwischt.« Isabella Arndts Stimme war zu einem Flüstern abgesunken. Ihre Augen blickten Teubner kokett an und sie machte keinen Hehl daraus, dass der Kommissar ihr gefiel.

Teubner mahnte sich, sein Grinsen nicht zu breit werden zu lassen. »Wer weiß? Vielleicht hatte Ihre Chefin besondere Qualitäten, die Herrn Wagner bis dahin fremd waren. Wie reagierte Frau Heinemann-Schönfeld auf seine Anrufe? Fühlte sie sich belästigt oder eher geschmeichelt?«

Isabella Arndt seufzte und verdrehte die Augen, als das Telefon schellte, und nahm das Gespräch entgegen. Einige Klicks mit der Maus, dann war der Termin des Anrufers verschoben. Sie beendete das Telefongespräch und blickte Teubner ernst an.

»Zunächst fühlte sie sich geschmeichelt, glaube ich. Aber sicher wollte sie die Freundschaft zu Anja Wagner nicht aufs Spiel setzen. Die beiden kannten sich schon aus Kindertagen. Frau Doktor versuchte, das Frank Wagner plausibel zu machen.«

»Und er?« Teubner war überrascht. Er hatte Frank Wagner kennengelernt, während er gestern auf dessen Frau und Maike gewartet hatte. Der selbstständige Innenarchitekt war ihm keineswegs wie ein Illusionist vorgekommen, sondern wie ein Mann, der mit beiden Beinen im Leben stand. Teubner konnte sich nicht vorstellen, dass Frank Wagner sich irrationalen Hoffnungen hingeben würde.

Isabella Arndt zuckte mit den Schultern. »Ich habe ja nicht jedes der Gespräche mitbekommen. Nur das eine, als Herr Wagner den Anschluss der Praxis wählte, weil Frau

Doktor ihn am Handy immer wegdrückte. Ich stand daneben, als sie mit ihm sprach.«

»Und?«

»Sie wollte nicht länger von ihm belästigt werden.«

»Das hat sie genauso formuliert?«

Frau Arndt ordnete Papiere. Ihre Bewegungen wirkten fahrig. Es war ihr eindeutig unangenehm, auf das Thema einzugehen. Endlich sah sie auf. »Sie war wütend an dem Tag. Es war einiges schiefgelaufen. Sie schrie ins Telefon: ›Bei diesem Mistwetter werde ich bestimmt nicht mit dir auf die Kirmes gehen, Frank. Die Nummer im Gartenhaus war ein einmaliger Ausrutscher. Also lass mich in Zukunft in Ruhe!‹ Dann schmiss sie den Hörer auf die Station. Ehe sie abrauschte, blaffte sie mich noch an, ich solle keine Anrufe mehr von Herrn Wagner an sie weiterleiten.«

»Wann genau war das?«

»Am Freitagabend so gegen 18 Uhr. Etwa eine Stunde, bevor Frau Doktor die Praxis verließ.«

Teubner bedankte sich und steckte sein Notizbuch ein. Unwillkürlich fragte er sich, ob Wagner womöglich allein zur Kirmes gegangen war und aus verschmähter Liebe, sozusagen als letzten Liebesgruß, ein Lebkuchenherz kaufte, mit dem er den Verdacht auf ihren Ehemann lenken wollte.

*

Die Besprechung war um 15 Uhr anberaumt. Maike blieb bis zur letzten Minute in ihrem Büro, um ja nicht allein auf Jochen Hübner zu stoßen. Sie wollte ihn nicht in Erklärungsnot bringen. Er hatte versäumt, nüchtern zu bleiben, um sie wie versprochen nach Hause zu fahren. Im betrunkenen Zustand hatte er eine andere Frau geküsst. Na und? Maike bemerkte erleichtert, dass es ihr nichts ausmachte. Um die Zeit bis zur Besprechung möglichst sinnvoll zu überbrücken, sichtete sie noch einmal fallrelevante Unterlagen. Dabei stieß sie erneut auf Kopien des Terminplaners von Guido Schönfeld. Glücklicherweise hatte Benno Dreier alias Merlin die Handtasche der Zahnärztin nicht entsorgt, nachdem er das Bargeld entwendete. Inzwischen war die Guccitasche auf dem Weg in die kriminaltechnische Untersuchung. Möglicherweise befanden sich Fingerabdrücke oder DNS-Spuren des Mörders darauf. Als Inhalt fand sich unter anderem besagter Terminplaner, der Guido Schönfeld als Besitzer auswies. Bevor auch dieses Beweisstück in die KTU wanderte, wurden die Seiten des Büchleins kopiert. Als Maike die Kopien sichtete, fiel ihr ein Eintrag bei Rechtsanwalt und Notar Günther von Freising auf, der den Kaufvertrag der Villa Schönfeld beglaubigt haben musste. Würde sich ein renommierter Notar in dubiose Machenschaften verwickeln lassen und einen Kaufvertrag beglaubigen, der auf Sand gebaut war? Wohl nicht ohne Grund. Maike beschloss, den Notar sofort danach zu befragen, zumal sowohl Eltern als auch die Kinder der toten Zahnärztin vehement bestritten, etwas vom Verkauf der Villa zu wissen. Maike war gespannt, wie von Freising auf ihre Fragen reagieren würde. Sie wählte seine Nummer und wurde kurz darauf von seiner Sekretärin mit ihm verbunden. Er beantwortete ihre Fragen kurz und knapp und sicherte der Polizei seine volle Unterstützung zu. Maike war zufrieden mit dem Ausgang des Gesprächs. Jetzt wurde es Zeit für die Besprechung. Sie schob ihre Notizen zusammen und ging damit über den Flur zum Besprechungsraum.

Als eine der letzten Mitarbeiterinnen nahm sie zwischen

Max Teubner und Sören Reinders Platz. An die 20 Mitarbeiter der Kriminalpolizei saßen dicht gedrängt. Die Luft war überheizt und stickig. Maike zog sich ihren Schal vom Hals und stopfte ihn in ihre braune Lederhandtasche.

Jochen Hübner zeichnete soeben eine Mindmap an das Whiteboard, neben ihm stand Staatsanwalt Roman Eichhorn. Außer Jasmin Sauber waren alle Mitarbeiter der Sonderkommission anwesend. Vielleicht plante sie einen Soloauftritt, um sich bei Jochen wichtig zu machen.

Der MK-Leiter beendete seine Grafik und wandte sich an seine Mitarbeiter. Sofort wurde es still im Besprechungsraum. Hübner deutete auf das Zentrum seiner Zeichnung, wo er den Namen des Opfers eingetragen und umkreist hatte. Von dort bahnten sich Linien zu verschiedenen Personen, die mit Judith Heinemann-Schönfeld in Verbindung standen.

Kurz fasste er die Ermittlungsergebnisse zusammen. Er begann mit den Kindern der Toten, die als Tatverdächtige ausschieden. Svenja war nachweislich auf der Feier ihrer Kommilitonin in Münster gewesen. Patricks Freund hatte dessen Anwesenheit bei seiner LAN-Party ebenfalls bestätigt.

Als nächsten Punkt hakte Hübner die Eltern des Opfers ab. Josef und Roswitha Heinemann waren am Freitagabend bei einem befreundeten Ehepaar in Unna Königsborn gewesen, um deren Hochzeitstag zu begießen. Jochen Hübner erwähnte in diesem Zusammenhang, dass Josef Heinemann inzwischen wieder auf freiem Fuß sei, da Guido Schönfeld keine Anzeige gegen ihn erstattet habe.

Die Angestellten der Praxis könne man wohl auch von der Liste der Verdächtigen streichen, dozierte er weiter. Martina Dröge habe bereits um 18 Uhr Dienstschluss gehabt.

Sie sei von ihrem Mann in der Praxis abgeholt worden und habe den Abend mit ihm vorm Fernseher verbracht. Isabella Arndt und Doktor Stefan Stracke hätten das Gebäude in der Lessingstraße nach 20 Uhr gemeinsam verlassen. Dabei sei Frau Arndt aufgefallen, dass das Garagentor nicht wie gewohnt verschlossen gewesen sei.

Hübner unterbrach seine Zusammenfassung und blickte Max Teubner an. »Konnten die Kollegen von der Kriminaltechnik in der Garage relevante Spuren sicherstellen?«

Max Teubner stand auf. »Ja. Die Kollegin Sauber und ich waren heute Morgen vor Ort, als die Spurensicherung an der Garagenwand Hautpartikel und eingetrocknete Blutreste fand. Ich habe telefonisch eben das Ergebnis des DNS-Schnelltests abgefragt. Die Spuren sind mit denen des Opfers identisch. Fremd-DNS wurde nicht gefunden. Auch sonst keine Spuren, die auf den Täter hinweisen könnten. Der Bericht der KTU müsste unterwegs sein.« Teubner setzte sich.

Jochen Hübner nickte und bedankte sich. »Es ist also wahrscheinlich, dass der Mörder der Zahnärztin bereits in oder an der Garage auflauerte. Danach schaffte er sie in ihren BMW und fuhr ab. Zu einem Ort, wo er ungestört handeln konnte und die Ärztin vermutlich die Nacht über gefangen hielt. Am frühen Samstagmorgen hat er sie schließlich erdrosselt. Der Mörder gab seinem Opfer nach dem Tod noch eine Art Unterschrift mit auf den Weg, indem er ihr die Pulsadern anritzte. Dem Täter blieb nach der Tat zum Ablegen der Leiche im Stadtpark ein Zeitfenster von höchstens einer halben Stunde.«

Während Hübner dozierte, deutete er auf eine Karte von Unna und Umgebung, wo in einem Radius von etwa 15 Kilometern ein Kreis um den Fundort der Leiche gezogen war. »In diesem Gebiet muss der Mörder die Tat vollzogen haben«, sagte er nun.

Hübner deutete auf das Whiteboard. Die Hälfte der Personen war abgestrichen. Nun nahm er Anja Wagner und ihren Mann ins Visier. Sie zählten zum Kreis der Verdächtigen. Obwohl sie sich gegenseitig ein Alibi gaben, wog das Motiv der Eifersucht und der verletzten Eitelkeit doch schwer. Hübner unterbrach, als die Tür sich öffnete und Kriminaloberkommissarin Jasmin Sauber den Raum betrat. Er wartete, bis sie in der letzten Sitzreihe Platz nahm, dann sprach er sie direkt an.

»Bei einer Besprechung erwarte ich absolute Pünktlichkeit, Jasmin. Sonst bist du raus aus dem Team. Hast du mich verstanden?«

Sie nickte nur.

Hübner sah Jasmin immer noch an und fuhr in milderem Tonfall fort. »Du kannst dich um Anja Wagner und ihren Mann kümmern. Befrag sie noch einmal, befrag die Nachbarn, ob ihnen etwas aufgefallen ist. Der Kollege Sören Reinders kann dich dabei unterstützen.«

Wieder nickte sie nur schweigend. Reinders seufzte unüberhörbar, sparte sich jedoch jeglichen Kommentar.

»Bleiben drei Personen, deren Alibi fragwürdig ist. Zunächst der Ehemann der Toten, Guido Schönfeld. Er behauptet, sich friedlich von seiner Frau trennen zu wollen. Die gemeinsame Villa sei bereits verkauft. Das müsste doch zu überprüfen sein.«

Maike räusperte sich und stand auf. »Ich habe heute mit Notar Günther von Freising gesprochen, der den Kaufvertrag beglaubigt hat. Nach Kenntnis der Sachlage räumte er ein, dass die Frau, die an jenem Tag als Judith Heinemann-Schönfeld auftrat, durchaus eine andere Person gewesen sein könnte. Von Freising hatte Frau Doktor Heinemann-Schönfeld zuvor über ein Jahr nicht gesehen. Sie gab an jenem Tag vor, heiser zu sein und eine Augenentzündung zu haben. Aus diesem Grund trug sie eine Sonnenbrille. Die Frau zeigte allerdings den Personalausweis des Opfers vor. Den hätte ihr Ehemann zuvor natürlich unbemerkt entwenden können.«

Staatsanwalt Roman Eichhorn mischte sich ein. Er schwitzte und sein Jackett saß noch knapper als bei der letzten Besprechung. Durch seine gebärdenreiche Sprache war zu befürchten, dass der Stoff den Strapazen nicht lange standhielt.

»Mutmaßungen, Frau Graf. Wir brauchen Fakten.«

Maike nickte und hob beschwichtigend die Hände. »Ich habe vom Notar eine Zweitschrift des Kaufvertrages angefordert. Von Freising behauptet, die Unterschrift des Opfers wirke auf den ersten Blick echt. Ein Kollege ist bereits auf dem Weg zum Notar, um das Dokument in die Kriminaltechnik zu schicken, wo die Unterschrift auf ihre Echtheit überprüft wird. Wir sollten Guido Schönfeld zunächst nicht davon in Kenntnis setzen, um zu vermeiden, dass er sich mit dem Erlös des Hausverkaufs – es handelt sich immerhin um 400.000 Euro – absetzt.«

Eichhorn wischte sich mit dem Handrücken über die Stirn. »Ist denn überprüft worden, ob das Opfer am Tag des Vertragsabschlusses in der Praxis Dienst getan hat? Wenn sie zur selben Zeit einen Patienten behandelte, wüssten wir, dass eine Doppelgängerin den Kaufvertrag unterschrieben hat.«

Max Teubner stöhnte neben Maike leise auf und flüsterte: »Hält der uns für Dilettanten oder was?«

Sofort konterte auch Jochen Hübner den Angriff des Staatsanwalts. »Das Opfer war zur fraglichen Zeit nicht in der Praxis. Der Kaufvertrag wurde an einem Mittwochnachmittag abgeschlossen. Da ist die Praxis ab 14 Uhr geschlossen.« Er würgte jeden weiteren Kommentar Eichhorns ab, indem er sich an Mika Steller und Andreas Wilms wandte.

»Was gibt's von der Kriminaltechnik? Außerdem solltet ihr Claudia Lorenz und Guido Schönfeld näher unter die Lupe nehmen.«

Wilms rutschte auf seinem Stuhl etwas zurück und griff in eine seitlich seines Stuhls stehende Aktentasche. Sein dicker Bauch ließ seine Bewegung behäbig erscheinen. Maike kannte ihn noch aus ihrer Zeit beim KK11 in Dortmund. Ein netter Kollege, auf den man sich verlassen konnte und der seine Aufgaben akribisch genau erledigte. Leider war er dabei etwas lahm. Man brauchte Geduld. Im Sommer hatte er seinen 50. Geburtstag gefeiert. Äußerlich sah er aber mindestens fünf Jahre älter aus. Er zog jetzt umständlich einen Block hervor und blätterte das Deckblatt um. Schließlich rückte er seine dunkle Brille zurecht und studierte in Seelenruhe seine Notizen.

Maike sah Staatsanwalt Eichhorn ungeduldig die Augen verdrehen. Er knöpfte sein Jackett auf und ging mit großen Schritten hinüber zur Fensterfront, um dort eines der Oberlichter zu öffnen.

Endlich war Kriminalhauptkommissar Andreas Wilms so weit. Er berichtete knapp über die Ergebnisse der kriminaltechnischen Untersuchung. Das Opfer wurde vor Eintritt des Todes mit Chloroform betäubt. Da das Betäubungsmittel rasch an Wirkung verlor – im Normalfall nach etwa einer halben Stunde – musste der Täter Judith Heinemann-Schönfeld kurz vor ihrer Ermordung mit dem Mittel chloroformiert haben. Vermutlich hatte er sie auch in ihrer Garage damit überwältigt, das ließe sich leider nicht rekonstruieren. Der Mörder habe bei der Tat Handschuhe getragen, man habe Rückstände eines hochwertigen Leders am Hals der Toten nachweisen können. Im Auto des Opfers erklärte Wilms weiter, seien außer ihren eigenen Fingerspuren noch die Abdrücke von Guido Schönfeld, Svenja Schönfeld und Benno Dreier sichergestellt worden. Der BMW sei ein neues Modell und erst seit dem Sommer auf die Tote zugelassen. Außerdem habe man im Auto eine Fremd-DNA sichergestellt, die keiner bekannten Person zugeordnet werden konnte. Es handelte sich dabei um ein feines graues Haar. Ob dies dem Täter gehöre, sei nicht sicher. Auf dem Fahrersitz seien verschiedene Faserspuren sichergestellt worden. Andreas Wilms blätterte mühsam ein Blatt seines Notizblocks um und studierte erneut sein Geschreibsel.

Staatsanwalt Eichhorn begann, unruhig auf und ab zu laufen. Er sah nervös auf seine Armbanduhr, dann zu Wilms. »Mein Gott, geht das nicht etwas schneller? Mir sitzt die Zeit im Nacken. Gleich darf ich vor die Presse treten. Die Ergebnisse, die Sie mir bisher serviert haben, sind mehr als dürftig. Also, was gibt's über die Lorenz und den Schönfeld?«

Andreas Wilms ließ sich nicht aus der Ruhe bringen. Er blickte kurz auf, dann sagte er: »Durch Recherchen im Internet und mit einem richterlichen Beschluss, hatte ich Zugriff auf die Konten von Claudia Lorenz und Guido Schönfeld. Die Friseuse ist hochverschuldet. Ihr Salon ist fast pleite. Die Sparkasse fordert einen Kredit in Höhe von 100.000 Euro mit einer Frist von vier Wochen zurück, da sind die Zinsen noch nicht eingerechnet. Das dürfte für die Frau unmöglich zu stemmen sein. Claudia Lorenz erhält monatliche Zuwendungen von Guido Schönfeld. Er überweist ihr per Dauerauftrag eine Summe von 500 Euro. Die

Leasingraten ihres Autos – ein blauer Suzuki – werden auch von dem Zahnarzt bezahlt, obwohl sie als Halterin eingetragen ist.«

Staatsanwalt Eichhorn zog die Brauen hoch, dann streifte er sich langsam sein Jackett ab. Er warf es achtlos über einen freien Stuhl und krempelte sich die Ärmel seines weißen Oberhemdes auf, das an den Achseln tellergroße Schweißflecke aufwies. »Das ist alles? Ein bisschen dürftig, was? Irgendwelche Vorstrafen? Sonstige Vergehen? Irgendetwas Illegales?«

Wilms hielt dem intensiven Blick von Staatsanwalt Eichhorn stand. »Mir ist aufgefallen, dass die Frau dem Opfer ähnlich sieht.«

»Na und?«, schrie Eichhorn. »Ist das ein Verbrechen? FAKTEN! Wir brauchen FAKTEN! Was ist mit Guido Schönfeld?«

Wilms vertiefte sich in seinen Notizblock, den er ein weiteres Mal umblätterte. »Weder Claudia Lorenz noch der Zahnarzt sind je mit dem Gesetz in Konflikt gekommen. Nicht einmal Strafzettel wegen überhöhter Geschwindigkeit. Die Zahlungen von Guido Schönfeld an seine Geliebte gingen von seinem Privatkonto ab. Ein Mitarbeiter der Sparkasse hat mir gesagt, dass er auf das Geschäftskonto sowie auf das Privatkonto seiner Frau keinerlei Zugriff habe. Er erhielt von der Praxis Heinemann-Schönfeld lediglich sein monatliches Gehalt überwiesen.«

Eichhorn schnaufte. »Ist das alles? Sind Sie fertig?«

Wilms nickte, schob den Block wieder zusammen und steckte ihn in seine Aktentasche.

Eichhorn hatte einen hochroten Kopf. Er blickte zur Mindmap, die Jochen Hübner gezeichnet hatte, und deutete auf den letzten Namen. »Was ist mit dem Dreier?«

Sören Reinders rammte Maike seinen Ellbogen in die Seite und beugte sich etwas zu ihr. »Jetzt sind wir dran. Willst du dich dem Löwen zum Fraß vorwerfen oder soll ich?«

Maike zuckte nur mit den Schultern. Sie hatte keine Hemmungen, Roman Eichhorn gegenüberzutreten. Doch Jochen Hübner nahm ihnen die Entscheidung ab, indem er den Staatsanwalt selbst in Kenntnis setzte.

»Benno Dreier gilt als Zeuge. Er hat den Täter beobachtet, als er die Leiche vor dem Denkmal drapierte. Mithilfe seiner Aussage konnte ein Phantombild angefertigt werden, das Sie der Presse gerne präsentieren dürfen, Herr Staatsanwalt.« Jochen Hübner heftete mit einem Magneten das vergrößerte Bild an das Whiteboard.

Maike hatte die Phantomzeichnung zuvor noch nicht gesehen und bekam heftiges Herzklopfen. Auf den ersten Blick kam ihr die Person bekannt vor. Und unwillkürlich musste sie in Verbindung mit der Zeichnung an den anonymen Anrufer denken, der ihr bereits vor der Ermordung der Zahnärztin prophezeit hatte, sie sei in Gefahr. Ob der Anrufer der Mörder war? Ob Maike den Täter kannte? Sie schüttelte missmutig den Kopf. Vermutlich täuschte sie sich. Außerdem war das Handy des anonymen Anrufers seit jenem Tag nicht mehr genutzt worden. Das hatte Maike im Blick behalten. Sie zuckte ratlos die Schultern und beobachtete weiter Staatsanwalt Eichhorn, der die Phantomzeichnung intensiv studierte.

Jetzt drehte er sich langsam zu Jochen Hübner. Seine Stimme klang wie das Zischen einer Schlange. »Ich werde einen Teufel tun und der Presse die Beschreibung eines Junkies präsentieren. Benno Dreier gilt für mich als Hauptverdächtiger. Ist mir ein Rätsel, warum Sie den nicht festgesetzt haben. Man hat seine Spuren im Auto sichergestellt und er war im Besitz der Handtasche des Opfers. Jeder weiß, dass Drogensüchtige für ein bisschen Stoff zu jeder Straftat fähig sind. Benno Dreier ist mehrfach vorbestraft. Da Sie heute alle so groß mit Theorien um sich werfen, werde ich Ihnen nun mal meine Theorie des Tathergangs vorstellen: Der Junkie sah die Zahnärztin im Stadtpark, als sie dort hielt, um vielleicht eine Notdurft zu verrichten. Er wollte ihr nur die Handtasche entwenden. Aber die Frau war blitzschnell bei ihm, wehrte sich, trat um sich, schrie. Da haben sich seine schlanken behandschuhten Finger um ihren Hals gelegt und er drückte zu. Ich werde Haftbefehl gegen Benno Dreier beantragen. Sorgen Sie dafür, dass er umgehend festgesetzt wird. Er soll auf Abwehrspuren untersucht werden. Finden Sie heraus, ob er Lederhandschuhe besitzt.«

Sören Reinders schnaufte neben Maike. »Der sucht doch nur einen Sündenbock! Als wenn der Merlin mit einem Fläschchen Chloroform durch die Gegend läuft. Woher sollte er das auch haben?«

Eichhorn blickte in Reinders Richtung. Seine Stimme durchschnitt wie ein Messer die Luft. »Obwohl es nicht meine Aufgabe ist, mich als Ermittler zu betätigen, habe ich diesen Aspekt natürlich vorher abgeklärt, Herr Reinders. Mit einem einzigen Telefongespräch bei der LÜSA, deren Mitarbeiter mir bestätigten, dass sich unter den medizinischen Vorräten auch Chloroform befindet. Für Notfälle.« Er knöpfte sein Hemd zu und streifte sein Jackett über. »Also sehen Sie zu, dass Sie Dreier einfangen. Alle anderen Ermittlungsansätze werden selbstverständlich weiterverfolgt. Ich wünsche noch einen angenehmen Tag.« Damit ergriff er seine Aktentasche und rauschte aus dem Raum.

*

Die Scheinwerfer der Autos, die aus der entgegengesetzten Richtung kamen, blendeten ihn. Gero Krüger starrte auf die stark befahrene Hammer Straße. Endlich fuhr der dunkelblaue Vectra von Holger Wasmuth neben das baufällige Haus und hielt. Obwohl erst halb sechs, war es schon dunkel. Immerhin hatte der Starkregen vom Nachmittag nachgelassen. Der Makler atmete auf. Seit einer halben Stunde wartete er nun auf den älteren Mann, um noch ein letztes Mal zu versuchen, ihn vom Hausverkauf zu überzeugen. Gero Krüger war inzwischen vom langen Sitzen durchgefroren. Er wollte das Auto verlassen und über die Hammer Straße eilen, als er sah, dass Holger Wasmuth nicht allein war.

Er half einem Mädchen aus dem Auto, das ein Lebkuchenherz um den Hals trug und einen großen Luftballon in Form eines Einhorns zu bändigen versuchte. Krüger fiel ein, dass Kirmes in Unna war. Heute, am letzten Tag, Familientag. Zweimal fahren, einmal bezahlen.

»Mist«, murmelte er und schloss die Autotür. Im Beisein des Kindes konnte er sein Vorhaben vergessen. Er beobachtete, wie Christa Wasmuth die Tür öffnete und das Mädchen herzlich begrüßte. Das Bimmeln seines Handys lenkte Krüger vom Geschehen auf der anderen Straßenseite ab. »Ja?«

»Hallo, Gero«, säuselte Claudia. »Soll ich gleich bei dir vorbeikommen? Wir könnten uns einen gemütlichen Abend machen. Du weißt, was ich meine.« Sie kicherte.

Krüger lag die Zusage bereits auf der Zunge, als ihm einfiel, dass Guido Schönfeld ihm seinen Anteil bringen wollte. Wäre nicht passend, wenn er seine Geliebte bei ihrem Ex antreffen würde.

Claudia lachte gekünstelt, als er sie darauf ansprach.

»Da brauchst du keine Angst haben, Bärchen«, schnurrte sie. »Guido hat mir gesagt, ich soll ihn bei dir entschuldigen. Er muss sich um seine Kinder kümmern.«

Krügers Finger krampften sich um sein Handy. »Willst du mich verarschen?«, brüllte er. »Ich bin nicht blöd! Dass ich nicht lache! Was machen die lieben Kleinen denn, wenn sich Guidoarschloch mit seinem Zaster abgesetzt hat? Dem ist doch scheißegal, was aus seinen Blagen wird! Der hat denen die Hütte unterm Hintern verkauft!«

»Ach, Bärchen!«, maulte Claudia. »Ich …«

»Du dämliche Kuh!« Krüger wurde die Luft knapp. Er riss die Autotür auf und stürmte auf die Straße. Ein Auto schoss hupend so dicht an ihm vorbei, dass der Fahrtwind seinen Mantel hochwehen ließ. Er knallte die Tür seines Autos mit Wucht zu. »Du wolltest dich darum kümmern, dass ich meinen Anteil kriege!«

»Was hast du gesagt? Ich kann dich kaum verstehen. Was ist da plötzlich für Lärm?«

Gero Krüger lehnte sich mit dem Rücken an sein Auto, schloss die Augen und legte den Kopf in den Nacken. Feiner Nieselregen wehte ihm ins Gesicht. Am Liebsten hätte er Claudia gewürgt. Er fragte sich nicht zum ersten Mal, ob sie ihm die Naive vorspielte oder ob sie so dämlich war. Er drückte das Gespräch weg und ließ das Handy in seine Manteltasche gleiten. Langsam öffnete er die Tür seines Wagens und setzte sich hinters Steuer.

Eines wurde ihm glasklar bewusst: Er *musste* Holger Wasmuth dazu bringen, seine Bruchbude zu verkaufen. Egal, wie.

*

»Irgendwo muss er sich ja verkrochen haben«, sagte Max Teubner, als er mit Maike die Dienststelle an der Husemannstraße verließ und neben ihr auf den Parkplatz zusteuerte. Böiger Wind wehte, aber immerhin regnete es nicht mehr. Sie waren zuvor gemeinsam in der LÜSA gewesen, wo Benno Dreier sich den ganzen Tag nicht hatte blicken lassen. Die Mitarbeiter der Einrichtung hatten versprochen, sich sofort zu melden, sobald Dreier in sein dortiges Zimmer zurückgekehrt sei. Seit Staatsanwalt Roman Eichhorn ›Merlin‹ als Hauptverdächtigen eingestuft hatte, war jeder verfügbare Beamte auf der Suche nach ihm.

»Reinders hat gewiss den richtigen Riecher«, entgegnete Maike, »er kennt einige Unterschlüpfe der Junkies und Penner. Für uns ist heute Feierabend. Ist erst kurz nach sechs. Vielleicht krieg ich zu Hause noch was getan.« Dabei dachte sie an ihre ungemütliche Wohnung, die nach Renovierung schrie, und an die vielen Umzugskartons, die nur im Weg standen.

Teubner seufzte. »Ich fürchte, wenn Merlin nicht gefunden werden will, dann findet ihn auch niemand. In seinen Kreisen hat man ein Gespür dafür, wann man besser von der Bildfläche verschwindet.«

Maike nickte und zog ihre Jacke am Hals enger zu. Der heftige Wind zerrte an ihren Haaren. »Außerdem glaube ich nicht, dass Dreier etwas mit dem Tod von Judith Heinemann-Schönfeld zu tun hat. Der Staatsanwalt sucht ein Bauernopfer, das er der Presse präsentieren kann. Selbst wenn Merlin das Chloroform bei sich hatte, wie hätte er sein Opfer so schnell überwältigen sollen? Und überhaupt: Warum sollte die Zahnärztin ihren Wagen in den Stadtpark lenken?«

Max hob ratlos die Schultern. »Vielleicht glaubt Eichhorn, Benno Dreier hat dem Opfer bereits an dessen Garage aufgelauert. Dann fragt sich nur, wo er sie die Nacht über festgehalten hat. Denn Dreier selbst hat in der LÜSA geschlafen. Das hat ein Mitarbeiter bestätigt. Im Kofferraum des BMW wurde jedenfalls keine DNA vom Opfer sichergestellt.«

Sie hatten das Auto von Max fast erreicht. Da Maike am Morgen von Sören Reinders zur Befragung mit Merlin abgeholt worden war, stand ihr Auto noch in der Lortzingstraße. Sie hätte ihren Heimweg gut und gerne zu Fuß bewältigen können, aber Max bestand darauf, sie nach Hause zu fahren.

»NEIN!«, schrie er jetzt, und hechtete auf seinen schwarzen VW Scirocco zu. Dann ging er seitlich des Fahrzeugs in die Hocke und fuhr mit den Fingern über die Fahrertür.

»Das darf nicht wahr sein!«, murmelte er.

Maike trat neben ihn und betrachtete das Ärgernis. Die drei Worte »FUCK YOU MAX« waren in den Lack geritzt worden.

»Da mag dich jemand besonders«, sagte Maike mit Ironie in der Stimme. Sie hatte durchaus Mitleid mit dem Kollegen. »Gehört eine Menge Mut dazu, einem Kripobeamten das Auto vor der Dienststelle zu zerkratzen. Hast du eine Ahnung, wer das war?«

Teubner kam hoch, immer noch kopfschüttelnd auf das Gekratzte starrend. »Seit einigen Tagen lauert mir ständig ein Bengel auf. Keine Ahnung, was der von mir will. Eine Scheibe im Haus meiner Tante hat er zu Bruch geschmissen und die Garage mit Farbe besprüht.« Er deutete auf die Kratzer. »Das war scheinbar sein nächster Streich.«

Maike klopfte Teubner tröstend auf die Schulter. »Du wirst ihn früher oder später erwischen. So, wie es aussieht, legt er es ja regelrecht darauf an. Ist nur eine Frage der Zeit, dann kannst du ihn in die Mangel nehmen.« Sie ging ums

Auto und wartete, dass Teubner entriegelte. Als er immer noch auf die Kratzer starrte, fuhr sie ungeduldig fort: »Ist nur ein Lackschaden, Max. Lass uns fahren.«

*

Selma Yildirim schloss die Wohnungstür der Grabowskis in der Lortzingstraße auf. Kaum hatte sie die Diele betreten, stürzte David Grabowski auf sie zu.

»Da sind Sie ja endlich! Für 20 Euro die Stunde kann ich wenigstens Pünktlichkeit erwarten, Selma!«

Die Pflegerin bemerkte, wie ihr das Blut ins Gesicht schoss. Die Straßen waren verstopft gewesen, außerdem hatte sie sich viel zu spät auf den Weg gemacht, weil eine Freundin sie am Telefon aufgehalten hatte. Sie war nicht einmal mehr dazu gekommen, etwas zu essen, bevor sie losfuhr. »Es tut mir leid, Herr Grabowski. Es wird nicht wieder vorkommen. Versprochen. Schläft Ihre Mutter?«

Grabowski riss seine Jacke von der Garderobe und starrte sie böse an. »Natürlich nicht. Sie ist heute äußerst schwierig. Ich glaube, sie hat sich eben eingemacht. Ich hatte keine Zeit, sie zu waschen.«

Selma legte ihre Tasche ab und beeilte sich, ihren Mantel aufzuhängen. »Dafür bin ich ja da, Herr Grabowski. Machen Sie sich keine Sorgen. Werden Sie lange fort sein?«

David Grabowski blickte sie irritiert an. »Das weiß ich noch nicht! Wahrscheinlich muss ich bis Mitternacht Taxi fahren. Sie sagten doch, Sie seien flexibel! Ist das ein Problem?«

Selma schüttelte eilig den Kopf. »Nein, nein. Ist schon gut. Ich bleibe so lange hier, bis Sie zurück sind.«

Grabowski nickte erleichtert. Dann seufzte er und trat

auf Selma zu. Langsam hob er seine Hand und strich ihr über die Wange. »Entschuldigung«, sagte er leise. »Ich hab's nicht böse gemeint. Manchmal wird mir alles zu viel.« Damit verließ er die Wohnung und zog die Tür leise hinter sich zu.

Selma fuhr mit den Fingerspitzen lächelnd die Stelle nach, an der David Grabowski sie berührt hatte. Er mochte sie! Sie öffnete leise die Tür zum Schlafzimmer von Brigitte Grabowski. Es roch streng nach Fäkalien. Das Malheur war bestimmt nicht erst vor fünf Minuten passiert. Die kleine Nachttischlampe brannte und beleuchtete das faltige Gesicht der alten Dame. Sie hatte die Augen geschlossen und atmete gleichmäßig. Selma beschloss, sie noch einen Moment schlafen zu lassen. Sie ging hinüber in die Küche und setzte Wasser für eine Tasse Kaffee auf. Dann griff sie in die Obstschale und biss in einen Apfel. Ihr Magen knurrte unüberhörbar. Langsam schlenderte sie ins Wohnzimmer und sah nach draußen.

David Grabowski verließ in diesem Augenblick das Haus. Gleichzeitig hielt an der Straße ein schwarzer Wagen. Selma sah die Kommissarin aussteigen und dem Fahrer hinterherwinken. Dann kam die brünette Frau ihrem Nachbarn entgegen und lächelte ihn strahlend an. Wie angeregt und bestens gelaunt er sich mit ihr unterhielt. Er lachte dabei immer wieder. Keine Eile, die ihn trieb, er plauderte in aller Seelenruhe mit der Polizistin.

Selma berührte vorsichtig den Fenstergriff und schob ihn zur Seite. Sie versuchte, das Fenster so lautlos wie möglich zu öffnen, denn sie brannte darauf zu erfahren, worüber sich die beiden unterhielten. Womöglich machten sie sich über sie lustig! Über die kleine, naive Pflegerin, die den alten Leuten den Hintern sauber wischen musste.

»Und? Dem Mörder auf der Spur, Frau Kommissarin?«, hörte Selma den unverwechselbaren dunklen Klang seiner Stimme. Maike Graf antwortete leise. Selma konnte sie nicht verstehen. Sie stand erwartungsvoll am Fenster und bemerkte kaum, wie ihre Hand sich um den Apfel krampfte, in den sie erst einmal gebissen hatte.

Jetzt lachte David. Er legte der Kommissarin die Hand auf den Oberarm und behielt ihn dort. »Wenn Sie erlauben, mach ich die Fotos und schreibe einen Artikel, wenn Sie den Mörder überführt haben. Was meinen Sie? Bekomme ich die Exklusivrechte?« Erneut lachte er über ihre kurze Antwort. »Sie sind eine faszinierende Frau, Maike. Ich bewundere Sie!«

Die Kommissarin winkte ab und erhob die Stimme, sodass Selma sie verstehen konnte. »Nein, nein. Ich mache meinen Job wie jeder andere auch. Mein Beruf macht mir Spaß. Es gibt andere Tätigkeiten, die viel mehr Energie abverlangen. Denken Sie nur an die Pflegerin Ihrer Mutter! Diese Frau kann man nur bewundern. Im Pflegedienst ist man oft rund um die Uhr im Stress. Dazu die psychische Belastung, mit kranken oder im Sterben liegenden Menschen zu tun zu haben. Dabei ist Selma freundlich und überaus sympathisch.«

Selma fühlte sich geschmeichelt. So eine hohe Meinung hätte sie von der Polizistin nicht erwartet. Sie wartete gespannt auf die Reaktion Grabowskis.

Der hob jedoch nur kurz die Schultern und sagte knapp: »Ja, sie erledigt ihre Arbeit zuverlässig. Ich muss jetzt los, Frau Kommissarin. Der Nebenjob ruft. Einen schönen Abend noch.«

Die Graf erwiderte den Gruß, ging einige Schritte auf den Eingang zu und drehte sich dann noch einmal um. »Übrigens glaube ich, Selma ist in Sie verliebt. Ihre Augen glänzen, wenn Sie von Ihnen spricht.«

David lachte laut heraus. »Ein guter Witz, Frau Nachbarin!«

Wie sollte Selma das deuten? Lachte er aus Verlegenheit oder Spott? Wieso musste die blöde Kuh sie so kompromittieren? Die Altenpflegerin schob das Fenster zu. Wütend drehte sie sich um und starrte einen Moment auf den Apfel in ihrer Hand. Dann pfefferte sie ihn mit Wucht gegen die Wohnzimmerwand.

*

Holger Wasmuth war wütend. Über zwei Stunden hatten sie ihn aufgehalten. Geldgierige Erbschleicher! Zuerst wollte Tochter Britta ihn mit Schweinebraten, Rotkohl und Klößen ködern, als er Enkelin Leonie nur an der Haustür abzuliefern gedachte. Leonie hatte mitgebettelt, Opa möge zum Essen bleiben. Was blieb Wasmuth anderes übrig? Er ließ sich breitschlagen. Zugegeben, kochen konnte seine Tochter. Aber kaum hatte er den ersten Bissen des zarten Bratenfleisches im Mund, begann sie auch schon, ihn zu bedrängen. So ein Angebot bekäme er nie wieder, er solle sich nicht so stur stellen, und so weiter. Den ganzen Abend.

Dann brachte Britta Leonie zu Bett und Schwiegersohn Michael schlug in die gleiche Kerbe. Er wirkte ausgemergelt und überarbeitet. Wasmuth fielen erste graue Fäden in seinem dicht gewellten, braunen Haar auf. Mit Leidensmiene versuchte er es auf die Mitleidstour. Sie kämen kaum über die Runden trotz seines guten Einkommens als Chirurg. Seit Leonies Geburt fehle Brittas Verdienst. Sie hätten noch den dicken Kredit vom Haus abzuzahlen, zudem stelle Britta hohe Ansprüche. Es müsse immer Markenkleidung sein, und jeden Monat mindestens ein neues Paar Schuhe für 200 Euro zahle sich auch nicht von selbst. Er könne Britta keinen Wunsch abschlagen und sie sähe einfach nicht ein, zu sparen. Die Leasingraten für zwei Autos schlügen ebenfalls große Löcher in sein Budget. Und, und, und.

Wasmuth konnte und wollte es nicht mehr hören. War *er* für die finanzielle Misere seiner Tochter und ihres Mannes verantwortlich? Wenn Britta so hohe Ansprüche stellte, könnte sie dann nicht wieder arbeiten gehen, jetzt, wo Leonie zur Schule ging? Sonst musste die kleine Familie eben lernen, nicht auf so großem Fuße zu leben. Sparen, das kannte die Generation von heute nicht mehr.

Außerdem: Hatte sich irgendeiner der Herrschaften mal Gedanken über seine – Holgers – Beweggründe gemacht? Das Land, um das es ging, befand sich seit Generationen im Besitz der Familie Wasmuth. Das konnte er nicht so einfach aufgeben. Schon gar nicht, wenn er daran dachte, wofür er das Grundstück verkaufen sollte. Ein riesiger Autohandel! Unfassbar!

Holger Wasmuth war seinem Standpunkt treu geblieben und je mehr seine Tochter und sein Schwiegersohn auf ihn einredeten, desto höher wurde seine Mauer aus Abwehr. Eigentlich müsste Britta ihn nach 44 Lebensjahren, die sie nun zählte, gut genug kennen, um zu wissen, dass sie auf diesem Wege nicht ans Ziel kommen konnte. Gegen kurz vor 20 Uhr war es Wasmuth zu bunt geworden. Er war aufgestanden, hatte sich seinen Mantel gegriffen und fast fluchtartig das Haus verlassen. »Gebt euch keine Mühe«, hatte er gerufen, »ich finde allein den Weg hinaus.«

Sie hatten resigniert, denn niemand folgte ihm. Jetzt saß Wasmuth im Auto vor dem Haus seiner Tochter. Bestimmt schon eine Viertelstunde lang. Es wurde ungemütlich kalt. Sein Atem trieb kleine Rauchwolken gegen die Windschutzscheibe, die jeweils für kurze Zeit beschlug. Er beobachtete in Gedanken versunken, wie sich die Scheibe wieder aufklarte. Noch fehlte ihm der Elan, den Motor anzulassen, um den Vectra über die dunkle Eulenstraße, die von Fröndenberg nach Unna führte, nach Hause zu lenken. Dort würde er vermutlich weiter belabert werden. Seine Frau, die garantiert bereits telefonisch über das Scheitern des Gesprächs informiert war, würde nun ihre eigenen Geschütze auffahren, um ihn zu überzeugen. Vielleicht sogar mit der Unterstützung dieses zwielichtigen Maklers, der auch ein Stück vom Kuchen abhaben wollte. Holger Wasmuth hatte das Auto von Gero Krüger auf der gegenüberliegenden Straßenseite stehen sehen, als er aufgebrochen war, um Leonie nach Hause zu bringen.

Wasmuth seufzte und blickte auf den schönen Bungalow seiner Tochter. In der oberen Etage flammte ein Licht auf. Das Zimmer von Leonie! Er erkannte es an dem bunten Clown, der im Fenster hing. Wasmuth beugte sich näher zur Windschutzscheibe, um besser sehen zu können. Tatsächlich tauchte Leonies blasses Gesicht hinter dem Vorhang auf. Kleine Kinderhände winkten ihm zu. Als er mit der Lichthupe grüßte und zurückwinkte, lachte sie fröhlich. Was war sie nur für ein liebes Mädchen! Genauso liebreizend wie Britta in Kindertagen. Ob er seiner Tochter Unrecht tat? Was war eigentlich schlecht daran, sich um Familie und Haushalt kümmern zu wollen und dafür auf den Beruf zu verzichten?

Der Rentner winkte Leonie ein letztes Mal zu, dann ließ er den Motor an. Er fasste einen spontanen Entschluss und zog sein Handy aus der Manteltasche. Der Makler schien ihm nicht wirklich glauben zu wollen, konnte seinen plötzlichen Sinneswandel nicht recht nachvollziehen und plapperte nur wirres Zeug. So richtig gönnen tat er dem die Provision nicht. Egal. Wasmuth lächelte zufrieden. Daheim würde er Christa damit überraschen, dass er nichts mehr gegen den Verkauf des Hauses einzuwenden hatte. Mit einem Mal fühlte Holger Wasmuth sich wie befreit. Warum war er nur so störrisch gewesen? Mit dem Erlös des Hausverkaufs konnten sie sich in die noble Seniorenresidenz an der Massener Straße einkaufen und zudem noch oft auf Reisen gehen. Das wünschte Christa sich schon so lange.

Wasmuth lächelte und setzte rückwärts aus der Ausfahrt auf die Straße. Im Rückspiegel sah er, etwa 30 Meter hinter sich, Scheinwerfer aufflammen. Der Rentner lenkte sein Auto an den Straßenrand, um den Wagen vorbeizulassen. Doch der Autofahrer schien noch auf jemanden zu warten. So startete Wasmuth seinen Heimweg Richtung Unna. Verwundert sah er, dass das Auto hinter ihm nun auch losfuhr. Kurz darauf befuhr Wasmuth die dunkle Eulenstraße, die um diese Uhrzeit kaum noch befahren wurde. Das konzentrierte Fahren strengte ihn an. Links und rechts von ihm taten sich graue, abgemähte Felder auf, die im fahlen Licht des Mondes trostlos und tot wirkten. Kein Auto kam ihm entgegen. Lediglich die Scheinwerfer im Rückspiegel näherten sich mit rasanter Geschwindigkeit.

Was für ein Spinner, dachte Wasmuth. Das Auto war jetzt so dicht hinter ihm, dass er die Scheinwerfer nicht mehr sehen konnte. Wieso überholte der Idiot nicht? Wasmuth wurde nervös. Er hasste es, von anderen Autofahrern bedrängt zu werden. So drosselte er seine Geschwindigkeit auf 30 Kilometer pro Stunde, obwohl 50 erlaubt waren. Das würde sich der Drängler nicht lange bieten lassen und an ihm vorbeiziehen.

Tatsächlich scherte sein Verfolger im nächsten Moment hinter ihm aus und beschleunigte. Allerdings blieb er auf gleicher Höhe wie Wasmuth und fuhr neben ihm. Der Rentner blickte überrascht zur Seite. Was wollte der Autofahrer von ihm?

Plötzlich machte das Auto einen Schlenker auf ihn zu. Um Haaresbreite hätte es gekracht! Wasmuth hupte anhaltend. Am liebsten hätte er dem Idioten den Vogel gezeigt. Er wurde wütend. Energisch drückte Wasmuth seinen Fuß auf das Gaspedal und sein Vectra schoss auf ein kleines Waldstück zu, das er durchfahren musste. Es wurde dunkler. Lediglich die Scheinwerfer des Vectra beschienen trockene Baumstämme, die dicht beieinanderstanden und wie Wächter zur Einfahrt in die Hölle wirkten. Wasmuth brauchte seine volle Konzentration, um seine Augen auf die schmale Fahrbahn zu lenken. Sein Verfolger, den er kurz abgehängt hatte, fuhr bereits wieder neben ihm, gedachte jedoch nicht, ihn zu überholen. Wasmuth trat das Gaspedal durch. Sein Auto beschleunigte auf 60 … 80 … 100 Kilometer pro Stunde. Wasmuth krallte die Finger um das Lenkrad. Schweiß stand auf seiner Stirn. Sein Herz raste.

Der Idiot ließ sich nicht abhängen! Immer war er auf gleicher Höhe! Gleich würden sie das Waldstück verlassen. Noch wenige Kilometer, dann kamen die ersten Häuser. Da würde Wasmuth einfach anhalten und warten, bis der Spinner wegfuhr. Zur Not konnte er mit seinem Handy Hilfe herbeirufen.

Die Autos schossen nebeneinander durch das Waldstück. Jetzt zeigte das Tachometer bereits auf 120 Stundenkilometer. Der kleine Wagen neben ihm beschleunigte weiter, schob sich langsam an ihm vorbei. Wasmuth atmete auf, nahm unwillkürlich den Fuß vom Gas, um den anderen vorbeizulassen.

Das Nachbarauto hatte die Nase etwa um ein Viertel vorn. Völlig unverhofft riss der Fahrer des Wagens sein Lenkrad nach rechts, trat auf die Bremse und schnitt Wasmuth den Weg ab. Wasmuth rammte seinen Fuß auf die Bremse. Sein Vectra schlingerte. Er verriss das Lenkrad und betete, nicht auf einen Baum zu prallen. Wasmuth merkte, dass sein Auto von der Straße abkam. Der Vectra holperte durch einen flachen Graben und blieb wenige Augenblicke später stehen. Wasmuths Herz pochte heftig. Ein stechender Schmerz jagte durch seinen Kopf und er lehnte erschöpft die Stirn gegen das Lenkrad.

Endlich hob er den Kopf. Die Scheinwerfer seines Autos beleuchteten trockenen Waldboden und braunes Laub. Fünf Meter vor ihm parkte ein Auto am Straßenrand. Ob das der Idiot war, der ihn abgedrängt hatte? Wasmuth konnte nicht erkennen, ob sich noch jemand in dem Fahrzeug befand. Was sollte er tun? Sich die Nummer merken und weiterfahren? Oder die Polizei rufen?

Er beschloss, zunächst der Sache auf den Grund zu gehen und öffnete die Fahrertür. Im selben Moment bemerkte er seinen Fehler. Die Tür wurde aufgerissen. Kalte Luft strömte ins Wageninnere. Eine Gestalt beugte sich zu ihm hinab und lächelte. Der Mann musste neben dem Wagen gehockt und darauf gewartet haben, dass Wasmuth die Tür entriegelte. Wasmuth blickte ihn irritiert an. Wie aus dem Nichts schoss die Hand des Fremden vor und presste ihm ein feuchtes, stinkendes Tuch auf Mund und Nase.

DIENSTAG, 6. NOVEMBER

Das Amtsgericht in Unna lag an der stark befahrenen Friedrich-Ebert-Straße, unweit des Friseursalons, den Claudia Lorenz betrieb. Ein dominantes Gebäude mit hellem Anstrich und Bruchstein verziertem Sockel. Die dicht nebeneinanderliegenden Fenster zeugten noch aus der Zeit der 60er-Jahre, da das Haus als Verwaltungsgebäude der Klöckner AG diente. Genauso der kleine, mit Grünspan bezogene Kupferturm, der sich links neben dem Eingang aus dem Dach erhob.

Jetzt war das Gerichtsgelände samt Parkplatz weiträumig bis hinten in den Kurpark hinein mit rot-weißem Polizeiabsperrband abgeriegelt. Eine Anwohnerin hatte beobachtet, wie ein heruntergekommener Mann einen offensichtlich Betrunkenen auf den Stufen des Gerichts durchsuchte. Ihr Anruf ging um kurz nach 5 Uhr früh in der Polizeidienststelle in der Husemannstraße ein. Dass der Betrunkene bereits mehrere Stunden tot war, ahnte die Frau nicht.

Maike trat nun neben Max Teubner, der bereits vor ihr am Tatort eingetroffen war. Sie blickte hinüber zum eindrucksvollen Eingang des Gerichts, der umrahmt wurde von einem Torbogen aus Sandstein.

»Unfassbar!«, sagte Teubner. »Wir befinden uns an einer der lebhaftesten Straßen Unnas und erst Stunden später wird die Polizei informiert, dass vor dem Eingang des Gerichtsgebäudes eine Leiche abgelegt wurde.«

Maike nickte. »Auch wenn der Täter sein Opfer mitten in der Nacht hierhergebracht hat: Es müssen einige Passanten an der Leiche vorbeigegangen sein.«

Maike beobachtete die Kollegen der Kriminaltechnik, die akribisch versuchten, Spuren auf der Treppe zu sichern. Rechtsmediziner Severin war inzwischen dabei, die Leiche zu untersuchen.

»Komm!«, sagte Teubner, nachdem ein Beamter der Kriminaltechnik die Treppe zum Eingang des Gerichts freigegeben hatte. Maike trat mit Max zu Werner Severin, der die erste Leichenschau gerade beendete und sich aus der Hocke erhob. Er streifte seine Handschuhe von den Fingern und kam langsam die Eingangsstufen herab.

»Guten Morgen«, grüßte er und zwirbelte mit den Fingern an seinem Kaiser-Wilhelm-Bart. »Nach Bildung der Totenflecke kann ich bestätigen, dass der Tote schon einige Stunden auf den Treppen des Gerichts gesessen hat. Die Totenstarre hat bereits eingesetzt, ist aber noch nicht völlig ausgeprägt. Unter Berücksichtigung des nasskalten Wetters und der niedrigen Temperaturen würde ich sagen, der Tod ist in der Nacht zwischen 23 und 1 Uhr eingetreten.« Severin zog sich den Schal enger um den Hals, als ihn eine scharfe Windböe erfasste. »Scheußliches Wetter«, murmelte er, »aber wenigstens regnet es nicht.«

Max Teubner deutete mit dem Kopf zur Leiche, die nach der Leichenschau nun lang vor der Eingangstür des Gerichts lag. »Er saß genauso da, wie das Opfer aus dem Stadtpark?«

Severin nickte. »Ja. Der Körper war angelehnt an die Tür des Gerichts. Der Kopf des Toten hing ihm auf der Brust. Um den Hals trug das Opfer ein Lebkuchenherz mit der Aufschrift ›Ein letzter Gruß, G.‹ Das Herz haben die Kollegen der KT bereits eingetütet.«

Severin gab Maike und Teubner die Hand, während seine Assistenten mit einem grauen Sarg die Stufen des Gerichts erklommen. »Ich muss los«, sagte er. »Der Staatsanwalt hat die sofortige Obduktion angeordnet. Zwei Morde innerhalb von vier Tagen in einem braven Städtchen wie Unna machen ihn nervös.«

»Einen Moment noch«, rief Maike, als die Assistenten Severins die Leiche in den Sarg heben wollten. Sie stieg die Stufen des Gerichts hinauf und streifte sich Handschuhe über, während sie neben dem Toten in die Hocke ging. Vorsichtig schob sie die Jacke des Mordopfers etwas zur Seite. Wie bei Judith Heinemann-Schönfeld sah man auch am Hals des älteren Mannes deutliche Würgemale. Maike griff an die Handgelenke des Toten und hob sie sachte. An den Innenseiten der Gelenke waren Schnitte zu erkennen. Das fahle Gesicht wirkte angespannt. Maike schätzte den schmächtigen Mann auf Anfang 70. Er trug eine dunkelbraune Anzughose von robuster Qualität, dazu ein weißes Oberhemd und eine braune Strickjacke unter einer gefütterten Winterjacke. Maike erhob sich und nickte Severins Assistenten zu, die den Leichnam in den Sarg hoben. Dann blickte sie zum Rechtsmediziner.

»Vermutlich wurde auch dieser Mann betäubt, ermordet und postmortal wurden ihm die Pulsadern aufgeschlitzt.«

Severin zog seine Augenbrauen hoch und hob die Schultern. Er mühte sich zu einem Lächeln, dabei hob sich sein grauer Kaiser-Wilhelm-Bart. »Natürlich könnte es so gewesen sein. Aber ich werde einen Teufel tun und mich hier festlegen. Näheres wie immer nach der Obduktion.« Damit folgte er mit wehendem Mantel seinen Assistenten.

Aus den Augenwinkeln sah Maike Jochen Hübner auf sie zustürmen. Nach einem demonstrativen Blick auf seine

Armbanduhr fuhr er sie mürrisch an. »Schön, dass die orts-
ansässigen Kollegen als Letztes hier eintrudeln. Hauptsache,
ihr hattet gestern einen netten Abend und konntet heute
Morgen ausschlafen.«

Maike lag eine bissige Antwort auf der Zunge. Ihr »netter Abend« hatte um 18.30 Uhr begonnen und darin bestanden, endlich mit dem Verputzen der Wohnzimmerwände
fortzufahren. Fertig war sie noch lange nicht. Außerdem
wurde sie erst um Viertel nach sechs zum Einsatz gerufen
und hatte sich sofort bereit gemacht. Maike schluckte ihren
Zorn herunter. Sie kannte Jochens miese Morgenlaune von
früher. Er war durch und durch ein Morgenmuffel. Wenn
der Tag dazu mit einem Mord zu so früher Stunde begann,
dann prost Mahlzeit. Maike war froh, den Kollegen Teubner an ihrer Seite zu haben. Seine Miene hatte sich ebenfalls
deutlich verfinstert, aber auch er schluckte Jochens Anspie-
lung kommentarlos.

»Ich freu mich bereits auf die Schlagzeilen«, fuhr Jochen
mit Sarkasmus in der Stimme fort. »Zwei Morde innerhalb
von vier Tagen, die wohl dem gleichen Täter zuzuschreiben
sind. Das erste Opfer eine Frau Mitte 40, jetzt ein Rentner
Anfang 70.« Er machte eine Pause und nahm die Kommissare abwechselnd ins Visier.

Maike fühlte sich unter seinem Blick unwohl. So hatte
er sie früher nie angesehen, nicht einmal an einem Montag-
morgen. Sie vergrub ihre Hände tiefer in den Taschen, als
ein eisiger Wind an ihren Haaren zerrte, und versuchte sich
auf den Fall zu konzentrieren. »Konnte das Opfer schon
identifiziert werden?«

Jochen nickte. Sein Gesicht hellte sich etwas auf. »Ja. Er
hatte Ausweis und Wagenpapiere bei sich. Bei dem Toten
handelt es sich um Holger Wasmuth, 73 Jahre alt, wohn-

haft in der Hammer Straße. Sein Auto stand unverschlossen auf dem Parkplatz vor dem Gerichtsgebäude, der Schlüssel steckte. Die KT hat den Wagen bereits mitgenommen.« Jochens anfänglicher Zorn schien zu verrauchen. »Wenn wir eine Verbindung zwischen den beiden Opfern herstellen können, sind wir dem Täter einen Schritt näher. Als Erstes möchte ich, dass ihr mit der Zeugin sprecht, die uns heute Morgen informierte. Sie heißt Sybille Rangnick und wohnt auf der anderen Seite der Friedrich-Ebert-Straße. Sie wartet auf euch. Eine Kollegin der Streife ist vor fünf Minuten bereits zu ihr gegangen, um die Personalien aufzunehmen.«

Das Mehrfamilienhaus schräg gegenüber dem Amtsgericht machte einen ordentlichen und sauberen Eindruck. Über einen kleinen Fußweg kam man zu einem seitlich vorgebauten Eingang. Maike sah sich die Umgebung an, bevor sie mit Teubner die Schelle »Rangnick« betätigte. Das Haus war der Straße ein ziemliches Stück zurückgebaut. Davor lagen Autostellplätze, die für die Hausbewohner reserviert waren, und ein breiter Bürgersteig. Zudem versperrte ein dicker Baum die Sicht, der auch jetzt im November noch Laub trug. Selbst durch die oberen Fenster wurde der Blick auf das Gerichtsgebäude durch die Baumkrone verhindert.

Maike betrat mit Teubner das Treppenhaus. Die Wohnung »Rangnick« lag gleich im Erdgeschoss. Die Tür war einen Spalt geöffnet. Teubner klopfte kurz, schob die Tür auf und trat ein. Aus einem Nachbarzimmer waren gedämpfte Stimmen zu hören.

»Frau Rangnick?«, rief Teubner.

Die Kommissare betraten eine hell gefliese, mit Halogenstrahlern beleuchtete Diele und gingen durch einen Rundbogen in ein modern eingerichtetes Wohnzimmer.

Sibylle Rangnick saß im Sessel und hatte die Beine übereinandergeschlagen. Neben ihr stand die Kollegin der Streifenpolizei und notierte die Personalien, die sie an Maike weiterreichte und sich dann verabschiedete.

Frau Rangnick begrüßte sie mit einem müden Kopfnicken, ohne von ihrem Sessel aufzustehen. Die zierliche Frau wirkte wie eine Puppe aus einem Theaterstück. Sie war höchstens einen Meter sechzig groß, etwa 55 Jahre alt und hatte ein blasses Gesicht mit vielen Falten um die stark getuschten Augen. Ihre hagere Erscheinung steckte in einem bordeauxroten Nickianzug. Dazu trug sie weiße, gefütterte Clogs aus Gummi, die ihre Füße überdimensional groß aussehen ließen. Knochige Finger fuhren nervös durch dünnes, rot gefärbtes Haar, als Maike und Teubner sich ihr gegenüber auf einem hellen Ledersofa hinsetzten.

Teubner ließ seinen Blick wandern. »Frau Rangnick, Sie haben beobachtet, wie der Tote am frühen Morgen von einem Mann durchsucht wurde. Von wo aus haben Sie Ihre Beobachtung gemacht?«, kam er gleich zur Sache und zückte sein Notizbuch.

Sybille Rangnick räusperte sich, musste husten, stand auf, murmelte eine Entschuldigung und verließ eilig das kleine Wohnzimmer. Kurz darauf hörte Maike eine Tür ins Schloss fallen. Danach erklang dumpf ein schauerlicher Hustenkrampf.

»Die sollte die Kippen aus dem Hals lassen«, murrte Teubner. »Hast du die braunen Finger gesehen? Wenn du mich fragst, pafft die mindestens drei Schachteln pro Tag.«

Maike zog die Augenbrauen hoch. »Sieh dich mal um, Max. Weiße Wände, helle Ledercouch, weiße Gardinen. Auch die Zimmerdecke ist nicht vergilbt. Das ist gewiss keine Raucherwohnung.«

Max stand auf und trat an das Fenster. »Die Wohnung liegt nicht an der Straße. Der Blick von hier geht auf einen Hinterhof. Einen Balkon gibt es nicht, wenigstens nicht im Wohnzimmer. Vielleicht geht die Dame zum Paffen an die frische Luft.«

Im Bad hörte man Wasser rauschen. Kurz darauf wurde die Tür geöffnet und leise Schritte näherten sich.

»Entschuldigen Sie, bitte«, ertönte eine raue Stimme, die nicht zu der schmalen Frau passen wollte. »Möchten Sie etwas trinken?«

Maike und Teubner verneinten.

»Sie fragten, von wo aus ich meine Beobachtung gemacht habe. Dazu muss ich Ihnen wohl eine Erklärung abgeben. Mein Mann hat sich das Rauchen abgewöhnt. Seitdem hasst er Zigarettenqualm wie die Pest. Wir haben im Frühjahr die Wohnung komplett renoviert und nun bin ich dazu verdammt, meiner Sucht im Freien zu frönen.« Wieder begann sie, zu husten. Sofort griff sie nach einer Flasche Mineralwasser, goss sich ein Glas ein und trank einen kleinen Schluck.

Teubner stieß Maike leicht in die Seite, da seine Ahnung bestätigt wurde. »Sie sind um fünf in der Früh nach draußen gegangen, um zu rauchen? Das stelle ich mir ziemlich ungemütlich vor.«

Sybille Rangnick nickte. »Das ist es auch. Aber wir haben weder Balkon noch Terrasse. Ich habe mein Rauchpensum im letzten halben Jahr schon von vier auf zwei Schachteln täglich reduziert. Aber es fällt mir nicht leicht.«

Maike sah Tränen in den Augen der Frau aufsteigen, bei dem Versuch, krampfhaft ihren Husten zu unterdrücken. Erneut brach ein Hustenschwall aus ihr heraus. Sie hielt dabei den Kopf zur Seite und keuchte in ihre Armbeuge.

Endlich bekam sie etwas Luft und trank ihr Glas in einem Zug leer. Sie zog den Ärmel ihrer Nickijacke lang und trocknete sich damit die Tränen. »Tut mir leid«, sagte sie, »dieses verdammte Nikotin.«

»Sie waren also draußen auf der Straße, als sie Ihre Beobachtung machten?«, fragte Maike.

Sybille Rangnick bejahte. »Ich hatte schlecht geschlafen. Mein Mann hat die ganze Nacht ununterbrochen geschnarcht. Um kurz vor fünf hielt ich es nicht mehr aus. Ich brauchte dringend eine Zigarette. So zog ich mich an und ging vor die Tür.«

»Und weiter?«

Frau Rangnick goss erneut Wasser in ihr Glas. Kleine Luftbläschen tanzten im Licht und zerplatzten. »Ich schaute automatisch zum Gericht. Es ist so ein schönes Gebäude. Ein wirklich imposantes Haus. Und da sah ich eine Bewegung auf den Stufen. Ich ging näher zur Straße, um besser sehen zu können.«

Sie hustete und trank in kleinen Schlucken.

»Ein Kerl beugte sich über den Mann, der auf den Treppenstufen saß. Ich sah deutlich, dass er ihn durchsuchte. Vermutlich nach Geld. Diese Penner brauchen doch jeden Cent für Alkohol.«

Teubner sah von seinem Block auf und musterte die Zeugin irritiert. »Sie meinen, es handelte sich um einen Stadtstreicher?«

Die Rangnick atmete einmal tief ein, verschränkte die Arme vor der Brust und lehnte sich entspannt zurück. Für den Moment schien sie ihren hartnäckigen Husten besiegt zu haben.

»Ach, der fällt einem doch auf hundert Meter Entfernung auf. Jeder hier in der Stadt macht einen Bogen um ihn. Sie wissen schon! Dieser Typ mit dem Umhang, den geschminkten Augen und dem Zauberhut.«

Maike wechselte einen überraschten Blick mit Teubner. Die Beschreibung passte auf Merlin. Was hatte der Junkie mitten in der Nacht am Amtsgericht zu suchen? Und was hatte er mit Holger Wasmuth zu tun? Zufall? Wo hatte er sich in der Nacht aufgehalten? In der LÜSA war er jedenfalls nicht aufgetaucht. Deren Mitarbeiter hätten sich gemeldet. Noch etwas machte Maike stutzig.

»Frau Rangnick. Sie sagen, Sie beobachteten, wie dieser Typ sich über das Opfer auf der Treppe beugte. Ich nehme an, er stand vor dem Mann. Wie konnten Sie überhaupt sehen, worüber er sich beugte? Mit seinem Umhang muss er Ihnen die Sicht versperrt haben. Oder warteten Sie, bis er mit der Durchsuchung fertig war, ehe Sie die Polizei anriefen?«

In Sybille Rangnick ging eine Veränderung vor. Sie rückte im Sessel vor bis an die Kante, ihr Gesicht lief feuerrot an und sie verkrampfte ihre Finger in ihren dünnen Oberarmen. Dann überkam sie ein neuerlicher Hustenanfall. Sie beugte sich vor, presste die Arme in den Bauch. Sie schien kaum noch Luft zu bekommen. Als sie nach dem Wasserglas greifen wollte, fiel es klirrend um und die Flüssigkeit ergoss sich über die Tischplatte, bevor sie auf den rot-blau gemusterten Orientteppich tropfte. Maike und Teubner sprangen gleichzeitig auf, um der Frau zu helfen. Doch sie rannte gehetzt aus dem Wohnzimmer, knallte die Tür zum Bad hinter sich zu und drehte von innen den Schlüssel um. Der folgende Hustenkrampf klang lebensbedrohlich.

Es dauerte über eine halbe Stunde, bis Frau Rangnick sich wieder einigermaßen beruhigt hatte. Maike klopfte mehrmals gegen die Tür des Badezimmers und fragte, ob es nicht besser sei, einen Arzt zu verständigen. Doch Sybille Rangnick lehnte dies vehement ab. Ihr Hustenanfall sei nur durch die Aufregung bedingt. Außerdem hätte sie am Nachmittag sowieso einen Termin bei ihrem Hausarzt, zu dem ihr Mann Bernd sie begleiten würde, sobald er seinen Dienst bei der Post beendet habe.

Als Frau Rangnick endlich gegenüber den Kommissaren Platz nahm, wirkte sie noch eine Spur blasser als zuvor. Sie hatte eine Tablette genommen und ihre Stimme klang nicht mehr so rau und krächzend wie vorher.

»Ich mache mir so schreckliche Vorwürfe«, begann sie nun mit Tränen in den Augen. »Sie haben natürlich recht. Ich konnte nicht sehen, worüber sich dieser Penner beugte.« Sie machte eine Pause und lehnte sich zurück. Dann senkte sie die Lider und ihre Stimme war kaum noch zu verstehen, so leise sprach sie.

»Ich brauchte nicht zu sehen, worüber der Penner sich beugte. Ich *wusste* es ja.«

Maike sah ihren Kollegen überrascht an. Auch Teubner blickte sie verständnislos an. Ehe sie eine Frage stellen konnten, öffnete Sybille Rangnick ihre Augen und fuhr fort.

»Ich wusste, da sitzt noch dieser Mann mit dem Lebkuchenherz. Und sofort meldete sich mein schlechtes Gewissen. Du hättest gleich etwas unternehmen müssen, hab ich mir gesagt. Da stimmt was nicht. Da stimmt etwas ganz und gar nicht. Deshalb lief ich ins Haus und rief die Polizei.«

»Woher wussten Sie, dass da ein Mann auf der Treppe saß?«

»Weil ich gesehen habe, wie er dorthin gebracht wurde. Es muss so gegen Mitternacht gewesen sein, als ich vor dem zu Bett gehen noch eine letzte Zigarette rauchen wollte. Wissen Sie, Bernd hat mir das Qualmen strengstens verboten, seit mein Arzt mir prophezeit hat, diese schreckliche Bronchitis könnte sich in eine Lungenentzündung auswachsen. Bernd hat Angst um mich und auch davor, dass ich meinen Job verliere.«

»Wo arbeiten Sie?«, fragte Maike und lächelte freundlich. Ihr tat die zierliche Frau leid. Es war nicht leicht, sich das Rauchen abzugewöhnen, schon gar nicht als starke Raucherin.

»Bei Lidl, meist an der Kasse. Ist kein Traumjob, aber ob Sie es glauben oder nicht, ich mach ihn ganz gerne. Jetzt habe ich seit eineinhalb Wochen einen Krankenschein. Ich werd diesen Husten nicht los. Verdammte Kippen!« Sie seufzte ergeben. »Nikotinpflaster, Kaugummi, Hypnose. Ich hab alles probiert. Ohne Erfolg. Deshalb war ich in der Nacht so spät draußen. Ich musste warten, bis mein Mann schlief, um noch heimlich eine rauchen zu können.« Sie rieb sich die Oberarme, als würde sie frieren, obwohl die Wohnung bestimmt auf 25 Grad geheizt war.

»Sie sagten, Sie beobachteten, wie der Tote zur Treppe gebracht wurde. Was genau sahen Sie?«, lenkte Teubner das Gespräch auf das Wesentliche.

»Die Friedrich-Ebert-Straße ist um diese Zeit nicht mehr so stark befahren. Ich gehe zum Rauchen immer den Fußweg bis zur Straße, so bleibe ich in Bewegung und mir wird nicht kalt. Oft schlendere ich den Bürgersteig ein Stück hinauf und hinab. So auch gestern. Nur ab und an kam ein Auto an mir vorbei. Dann sah ich, wie ein Wagen auf einen der Parkplätze vor dem Gericht fuhr. Ich glaube, es war ein dunkelblauer Opel. Ein Mann stieg aus, ging um das Auto herum und half einem Älteren heraus. Der muss aber ordentlich gebechert haben, dachte ich, denn er hing völlig leblos am Arm des anderen. Der Fahrer schleifte ihn förmlich mit sich.« Sie schluchzte, als ihr die Tragweite ihrer Worte bewusst wurde.

Maike stand auf und hockte sich neben den Sessel der Zeugin. »Sie konnten nicht wissen, dass Sie einen mutmaßlichen Mörder und sein Opfer beobachteten.«

Sybille Rangnick sah auf. »Nein, das nicht. Trotzdem mache ich mir Vorwürfe. Als ich zurück ins Haus ging, hatte ich ihn längst vergessen. Er kam mir erst wieder in den Sinn, als dieser Penner sich morgens über ihn beugte.«

Teubner räusperte sich. »Sie können uns jetzt helfen, indem Sie uns jedes Detail schildern. Sind Sie sicher, dass der Mann, der das Opfer zum Gericht zerrte, nicht Merlin war?«

Die Frau zog irritiert die Augenbrauen hoch. »Merlin?«

»Ja, dieser Penner, wie Sie ihn nennen.«

»Nein, der war es nicht. Er war ja anders gekleidet und er hatte auch eine bessere Haltung.«

Teubner klopfte unruhig mit dem Bleistift auf seinen Block. »Erzählen Sie doch einfach, was Sie beobachtet haben! Bitte!«

Sybille Rangnick schien den scharfen Ton in Teubners Stimme nicht zu bemerken. Oder aber sie ignorierte ihn. Gemächlich begann sie zu berichten. »Der Mann setzte den Alten auf die Stufen vor das Gericht. Ich sah ein Lebkuchenherz vor seiner Brust baumeln. Ich dachte: Die waren auf der Kirmes und sind danach in einer Kneipe versackt. Natürlich habe ich mich zunächst gewundert, als der Jüngere den Alten dort sitzen ließ und mit dem Fahrrad Richtung Aral-Tankstelle davonraste.«

Maike drückte sich aus der Hocke hoch und nahm wieder neben Teubner auf dem Sofa Platz. »Verstehe ich Sie richtig?

Die beiden Männer kamen mit dem Auto. Dann setzte der eine den anderen auf die Treppe und fuhr mit einem Fahrrad ab. Holte er das Rad aus dem Kofferraum oder stand es zufällig dort?«

Die Zeugin schüttelte energisch den Kopf. »Nein. Das Fahrrad war an einem Verkehrsschild vor dem Gericht angeschlossen. Ich glaube, es ist ein Parkverbotsschild.«

»Er schloss das Fahrrad auf und fuhr davon?«, fragte Teubner. »In aller Seelenruhe? Das hieße ja, er hatte geplant, den Alten zum Gericht zu bringen. Und das hat Sie nicht stutzig gemacht?« Er schüttelte verständnislos den Kopf. »Da hält ein Auto. Ein Mann schleppt einen – wie Sie glaubten – Besoffenen zum Gericht, lässt das Auto zurück und fährt mit einem Fahrrad, das er vorher dort abgestellt haben muss, davon. Also, liebe Frau Rangnick. Die Geschichte stinkt doch zum Himmel.«

Maike sah, dass Farbe in das blasse Gesicht der Zeugin schoss. Sie rutschte erregt auf ihrem Sessel vor und stützte sich mit den Händen an der Tischplatte ab. »Aber es war so! Das müssen Sie mir glauben!«

Max Teubner beugte sich ebenfalls vor und stützte seine Hände auch auf die Tischplatte. »Wenn ich das glauben soll, dann frage ich mich ernsthaft, warum Sie nicht nachgesehen haben, was mit dem Mann auf der Treppe los ist. Für einen Besoffenen sind die kalten Treppenstufen des Gerichts auch nicht gesundheitsfördernd. Wissen Sie eigentlich, wie viele Obdachlose sich über den Winter draußen den Tod holen? Weil Leute wie Sie so ignorant sind und einfach wegschauen.« Teubner hatte sich in Rage geredet. Und es stimmte, was er sagte.

Doch Frau Rangnick hielt dem Blick von Teubner stand. »Ja, Sie haben recht! Ich hätte nachsehen müssen. Aber ich verabscheue Besoffene. Außerdem galt mein Augenmerk dem Radfahrer.«

Teubner rutschte zurück und verschränkte die Arme vor der Brust. »Hat der Radfahrer bemerkt, dass Sie ihn beobachteten?«, fragte er.

Sybille Rangnick überlegte einen Moment. »Nein. Er hat mich nicht gesehen, da bin ich sicher. Das Rad war mit einem stabilen Schloss gesichert. War ein teures Fahrrad. Ich kenne mich ein wenig damit aus. Das kostete bestimmt an die 2.000 Euro. Ich bin als junge Frau selbst Radrennen gefahren. Deshalb fiel mir auch das besondere Design auf. Es war ein Rennrad, das erkannte ich durch die nach innen gebogenen Griffe am Lenker. Der Rahmen war schwarz-rot, Griffe und Sattel weiß. Der Mann raste schnell mit dem Rad davon, das war bestimmt ein Radsportler.«

»Können Sie den Mann auf dem Fahrrad auch so gut beschreiben wie sein Rad?«, fragte Teubner etwas mürrisch und Maike ahnte, was er glaubte. Frau Rangnick war so von dem Fahrrad fasziniert, dass sie den Radfahrer genauso wenig beachtete wie das Mordopfer auf der Treppe.

Das betretene Schweigen der Zeugin sprach Bände. Zaghaft schüttelte sie den Kopf. »Sein Gesicht habe ich nicht sehen können. Er trug eine dunkle Mütze und hielt den Kopf gesenkt. Der Mann war schlank und groß, vielleicht einen Meter achtzig. Wenn ich nicht irre, lugten aus der Mütze seitlich einige graue Strähnen.«

Teubner schien die Geduld zu verlieren. »Kleidung?«

Sybille Rangnick hob die Schultern. Das schlechte Gewissen stand ihr ins Gesicht geschrieben. »Dunkel«, sagte sie vage. »Jeans, Jacke und Lederschuhe. Ja, schwarze Lederschuhe.«

Teubner stand auf und stellte sich mitten ins Wohnzimmer. Er stützte die Hände in die Hüften und fragte: »Also sah der Mann auf dem Fahrrad so etwa aus wie ich?«

Tatsächlich trug Teubner – wie viele Männer im Herbst – dunkle Kleidung und schwarze Lederschuhe, auch seine Körpergröße passte. Nur die Haarfarbe nicht. Sybille Rangnick sah ihn irritiert an.

Teubner fasste in die Innentasche seiner Jacke und zog einige Fotos heraus. Dann ging er auf die Rangnick zu und legte die Fotos von Guido Schönfeld, Stefan Stracke und Frank Wagner vor ihr auf den Tisch. Das Phantombild, welches nach Merlins Angaben gefertigt wurde, legte er als Letztes daneben.

»Erkennen Sie den Mann auf einem der Fotos?«

Sybille Rangnick nahm jedes der Bilder in die Hand und sah sie sich genau an. Dann hob sie langsam den Kopf. »Es tut mir leid. Ich habe nur auf das Fahrrad geachtet.«

*

Gero Krüger erwachte mit stechendem Kopfschmerz und verfluchte sich selbst für die verdammte Sauferei. Nie wieder würde er eine Flasche Schnaps auch nur ansehen! Das schwor er sich. Er stand langsam auf, schlurfte hinüber ins Bad und löste zuerst eine Kopfschmerztablette in Wasser auf. Er schluckte den Inhalt des Glases in einem Zug herunter, stützte sich mit den Händen auf die Kante des Waschbeckens und starrte missmutig in den Spiegel. Allmählich kam die Erinnerung an den gestrigen Abend. Irgendwie konnte er noch nicht so recht glauben, dass jetzt alles gut werden sollte. Die Wendung kam zu plötzlich, fand er. Scheinbar hatte Krüger den Anruf zum Anlass genommen und eine ganze Flasche Ouzo geleert. Verdammte Scheiße! Dabei war er sicher nur verarscht worden. Jedenfalls würde er den Ball flach halten, so lange, bis er Gewissheit hatte.

Krüger seufzte, ließ sich kaltes Wasser über die Handgelenke laufen und benetzte auch sein Gesicht damit. Er blickte auf seine Armbanduhr. In knapp einer Stunde hatte er einen Termin in Kamen. Eine geräumige Wohnung, zentral gelegen. Eigentlich hatte er keine Lust, dort hinzufahren. Ohne Aussicht auf Provision! Im Moment lief einfach nichts glatt. Krüger dachte missmutig an den Anruf von Frau Sprenger.

»Herr Krüger«, äffte er ihre ätzende Stimme nach und beobachtete halb belustigt seine eigene Fratze im Spiegel. »Ich war drauf und dran, die Polizei zu informieren, nachdem ich Kevins roten Arm sah. Was haben Sie sich nur dabei gedacht? Sie können doch ein kleines Kind nicht so hart anfassen! Er hatte Albträume beim Mittagsschlaf!«

Die blöde Kuh! Dann lenkte sie ein und wollte ihm noch eine Chance geben. Er lachte abfällig. Sie habe lange mit ihrem Mann diskutiert. Urs habe die Attacke des Maklers gar nicht mitbekommen und sei völlig entsetzt gewesen, als sie ihm davon erzählte.

Krüger stieß einen verbitterten Lacher aus. Diese dämlichen Wichser! Die wollten ihn erpressen! Er hatte sich am Telefon mies gefühlt und war tatsächlich drauf eingegangen! Wie blöd kann man sein? Krüger drehte den Wasserhahn auf und wartete, bis sich die Dampfschwaden an den Spiegel setzten. Er drehte das Wasser ab und malte eine Grimasse an den beschlagenen Spiegel. Dann imitierte er Frau Sprengers Stimme.

»Wenn Sie uns eine passende Wohnung beschaffen können und auf Ihre Maklercourtage verzichten, würden wir von einer Anzeige gegen Sie absehen.« Was bildete sich die alte Kuh eigentlich ein? War er der Weihnachtsmann oder was?

Er sollte sich lieber beeilen. Krüger schluckte seinen Ärger herunter, putzte sich die Zähne, rasierte sich und zog seinen dunkelgrauen Anzug an. Dann rückte er seine silbergraue Krawatte zurecht und blickte auf seine Armbanduhr: halb neun. Es wurde Zeit, wenn er rechtzeitig in Kamen ankommen wollte. Gerade als er nach seiner Aktentasche griff und die Wohnungstür öffnete, sah er einen Brief aus seinem Postkasten hängen. Er zerrte ihn heraus und las den Namen »Egon Gieske« als Absender. Eilig riss Krüger den Umschlag auf und überflog die wenigen Zeilen.

»Scheiße!«, murmelte er. Der Giftzwerg hatte ihm die Kündigung geschickt. Wollte ihn zum Monatsende aus dem Büro schmeißen! Wer sollte für so ein dreckiges, verkommenes Loch denn sonst Miete bezahlen? Krüger las den Brief noch einmal genauer. Angeblich plante Gieske eine Renovierung. Sollte Krüger die ausstehenden Mieten zahlen und sich eine Mieterhöhung leisten können, dürfe er gerne auf Gieske zukommen. So ein mieses Arschloch!

Der Makler drehte auf dem Absatz um und knallte seine Wohnungstür mit Schwung zu. Ihm wurde immer deutlicher bewusst, wie tief er in der Scheiße saß. Wenn er nicht bald Kohle auftreiben konnte, würde er auch seine Wohnung nicht mehr bezahlen können. Er knüllte die Kündigung wütend zusammen und warf sie achtlos auf den Wohnzimmertisch. Dann setzte er sich auf die Couch, stopfte sich ein Kissen in den Nacken und legte die Füße auf den Tisch. Er runzelte die Stirn und überlegte fieberhaft.

Nach einer Weile stand sein Entschluss fest. 100.000 Euro

warteten auf ihn. Die würde er sich holen. So schnell wie möglich! Familie Sprenger konnte von ihm aus in Kamen Wurzeln schlagen. So tief würde ein Gero Krüger nicht sinken und sich von diesen Möchtegernsnobs erpressen lassen. Sollten sie ihn doch anzeigen! Das machte seine Liste an Vergehen nur unwesentlich länger. Krüger grinste verschlagen in sich hinein.

Mit einem Mal fühlte er sich beschwingt und kam schwungvoll auf die Füße. Er ging zielstrebig um den Tisch herum und kniete sich vor den Wohnzimmerschrank. Langsam zog er die unterste Schublade heraus. Er riss den Revolver, der hinter der Lade mit Klebeband befestigt war, ab und drehte ihn lächelnd in der Hand. Wie gut, wenn man Freunde aus alten Zeiten hatte.

In der Kneipe seiner Eltern hatten nicht nur unbescholtene Dorfbewohner verkehrt. Nein. Krüger kannte aus jener Zeit noch Typen, die die richtigen Beziehungen hatten. Als er beschloss, seinem Maklergeschäft durch gewisse Zusatzleistungen etwas auf die Sprünge zu helfen, hatte er sich vorsichtshalber eine Waffe beschafft. Er hatte den namenlosen Südländer, mit dem ein alter Bekannter einen Termin ausgemacht hatte, in der Nähe der Brückstraße in Dortmund getroffen. Zwei Umschläge hatten unauffällig die Besitzer gewechselt. Krüger legte den Zeigefinger um den Abzug des handlichen Revolvers und grinste breit. Der Colt Python lag kühl in seiner Hand und gab ihm gleich ein Gefühl der Überlegenheit.

*

Natürlich war die Beweislage gegen Benno Dreier erdrückend. Der Junkie hatte Kontakt mit beiden Mordopfern gehabt und Staatsanwalt Roman Eichhorn wollte diese Tatsache verständlicherweise nicht als Zufall abtun. Nachdem um kurz nach 8 Uhr ein Anruf der LÜSA eingegangen war, dass Dreier wieder in der Einrichtung aufgetaucht sei, machte Maike sich mit Teubner auf den Weg, um Merlin festzunehmen. Eigentlich hätte Sören Reinders Maike begleiten sollen, aber der Kriminaloberkommissar war an diesem Tag noch nicht zum Dienst erschienen und auch telefonisch nicht erreichbar.

Sie trafen Benno Dreier auf seinem Bett sitzend an, als er damit beschäftigt war, Bargeld zu zählen. Über 250 Euro wurden sichergestellt. Zudem fand sich in dem wenigen Hab und Gut, das Merlin sein Eigen nennen konnte, eine Kreditkarte, die auf den Namen »Holger Wasmuth« ausgestellt war, ein ausgeschaltetes Handy der Marke Sony und ein Schlüsselbund. Dreier ließ sich von Maike und Teubner widerstandslos abführen.

Nun saß er im Befragungsraum gegenüber von Staatsanwalt Eichhorn, der es sich nicht nehmen ließ, die erste Befragung selbst vorzunehmen. Teubner informierte den Junkie über seine Rechte und dieser verzichtete großmütig auf die Bereitstellung eines Anwaltes.

»Wo haben Sie sich in der letzten Nacht aufgehalten, Herr Dreier?«, begann Eichhorn die Befragung.

Merlin hatte weder Umhang noch Zauberhut abgelegt und starrte sein Gegenüber desinteressiert an. »Das sage ich nicht.«

»Woher stammt dieser Schlüsselbund?« Eichhorn hob eine Tüte mit mehreren Schlüsseln, die an einem roten Schlüsselband befestigt waren.

»Keine Ahnung.«

Der Staatsanwalt schob einen Klarsichtbeutel in Richtung Dreier, in dem sich das schwarze Handy der Marke Sony befand, das man in der Tasche des Junkies gefunden hatte. »Und dieses Handy haben Sie vom Weihnachtsmann bekommen!«

»Genau so war's.«

Eichhorn stieß abfällig die Luft aus. »Sie sind sich scheinbar nicht darüber im Klaren, in welch heikler Situation Sie sich befinden. Sie kamen mit zwei Mordopfern in Berührung und ich kann dabei nicht an Zufall glauben.«

Dreier zupfte an seinem Umhang und zog imaginäre Flusen ab. »Es war aber so, wie Sie sagen. Zufall eben.«

»Warum übernachteten Sie nicht in Ihrem Zimmer in der LÜSA?« Eichhorns Gesicht lief leicht rot an.

Der Junkie zog langsam die Schultern hoch und blickte ratlos. »Niemand kann mich zwingen, dort jede Nacht zu schlafen.«

Eichhorns Mund verzog sich zu einem gequälten Lächeln. »Nachdem Sie gestern Vormittag das Revier verließen, streiften Sie wahrscheinlich in der Stadt herum, wie Sie es so oft tun. Sie bettelten Passanten um Kleingeld an. Wir wissen beide, dass das nicht viel einbringt.« Er rutschte so nah an den Tisch, wie es sein runder Bauch erlaubte, und legte seine Unterarme darauf. »Vielleicht kam Ihnen das unbändige Verlangen nach Drogen, nachdem wir den Fehler machten und Sie freiließen. Aber das wenige erbettelte Geld reichte nicht.« Die Stimme von Eichhorn nahm einen gefährlich freundlichen Tonfall an.

»Vielleicht sahen Sie, dass der Rentner Holger Wasmuth einiges an Bargeld bei sich trug. Sie überwältigten den schmächtigen Mann gestern Abend und brachten ihn mit seinem Auto bis zum Gericht.«

Dreiers Gesicht war blass und eingefallen. Er hatte

tiefe Ringe unter den Augen und wirkte übernächtigt. Seine Stimme klang müde. »Ich hab gar keinen Führerschein.«

Eichhorn machte eine abwertende Handbewegung. »Ach, hören Sie doch auf! Um ein Auto von A nach B zu fahren, braucht man keinen Führerschein. Nun geben Sie es schon zu! Sie betäubten den Mann, damit er sich nicht wehren konnte. Sie würgten ihn und raubten ihn aus. Um Mitternacht legten Sie die Leiche vor dem Gericht ab.«

Maike wusste nicht, worauf Eichhorn hinauswollte. Sie traute dem Junkie jedenfalls nicht zu, den Rentner die Strecke vom Parkplatz bis zu den Stufen des Gerichts zu schleifen. Genauso wenig die aufwendige Planung samt Beschaffung des Fluchtfahrrades.

»Ich war um Mitternacht nicht in der Nähe des Gerichts«, hörte Maike Merlin nun sagen.

Eichhorn rutschte in seinem Stuhl zurück. »Wo waren Sie dann?«

Benno Dreier sah gleichmütig auf. »Das kann ich nicht sagen.«

»Verdammt, Dreier!«, brüllte Eichhorn, schlug mit der Faust auf den Tisch und stand auf. »Aus dieser Sache kommen Sie nicht heraus. Wir haben die Kreditkarte des Opfers bei Ihnen gefunden!«

Merlin blickte den Staatsanwalt fast belustigt an. Er beugte sich vor und schlug ebenfalls auf den Tisch. Sein Schlag wirkte jedoch viel weniger enthusiastisch. Es machte eher den Eindruck, als äffte er die Handlung des Staatsanwaltes nach. »Ich habe die Kreditkarte einem Toten geklaut. Ob Sie's glauben oder nicht.«

Roman Eichhorn seufzte und nickte Maike und Teubner zu, die mit der Befragung fortfahren sollten. Die Kommissare nahmen nebeneinander vor Dreier Platz. Maike sah den Junkie an.

»Dann erzählen Sie mal, wie und wann Sie das angestellt haben!«

Dreier lehnte sich gelangweilt zurück, schien abzuwägen, ob er sich kooperativ zeigen sollte. »Ich kam von meiner Schlafstelle und wollte zur LÜSA. Wenn ich ungesehen dort einsteigen will, muss ich vor 6 Uhr da auftauchen. Ich kam so um fünf am Gericht vorbei und sah den alten Mann auf den Stufen sitzen. Ich dachte erst, er ist nur besoffen. Doch als ich vor ihm stand, sah ich, dass er tot ist. Ich dachte, der braucht eh nichts mehr. Ich nahm ihm Geld und Kreditkarte ab und ging weiter.«

»Sie vergessen Schlüsselbund und Handy, welche sich auch in Ihrem Besitz befanden.«

Dreier beugte sich leicht vor und korrigierte Maike. »Schlüssel und Handy befanden sich schon vorher in meinem Besitz.«

Maike hätte Dreier gern aufgefordert, das Handy einzuschalten. Sie war sich sicher, dass er den Code nicht kannte. Doch das brachte sie nicht weiter. Deshalb beschloss sie, an seine Vernunft zu appellieren. »Herr Dreier, Sie können Ihre Situation um einiges verbessern, wenn Sie uns Ihren Schlafplatz nennen. Kann jemand bezeugen, dass Sie nicht bereits um Mitternacht schon einmal in der Nähe des Gerichts waren? Wie gelangten Sie an das Telefon und die Schlüssel?«

Dreier zog die Arme unter seinen Umhang, als wolle er sich verstecken. »Dazu sage ich nichts.«

In diesem Moment flog die Tür des Besprechungszimmers auf und Sören Reinders platzte herein. Er stürzte sich auf Dreier und zerrte ihn an den Schultern hoch.

»Verdammter Dieb!«, brüllte er. Er zog Dreier dicht

zu sich heran und Maike befürchtete, er würde ihm jeden Moment die Faust ins Gesicht schlagen. Max Teubner war aufgestanden und fasste Reinders an der Schulter. Dieser blickte zur Seite und ließ von Benno Dreier ab.

»Was ist das für ein Auftritt, Kriminaloberkommissar Reinders?« Staatsanwalt Eichhorns verzerrtes Gesicht spiegelte seine Verärgerung wider. Die Befragung eines Verdächtigen zu unterbrechen, war immer störend, aber es zu wagen, wenn der Staatsanwalt persönlich anwesend war, ließ sich nur als Dummheit bezeichnen.

Reinders holte tief Luft. Man sah ihm an, dass er sich nur mit Mühe beherrschen konnte. Er zischte eine leise Entschuldigung Richtung Eichhorn und wies auf Benno Dreier. »Dieser Typ hat mich beklaut und sich meiner Festnahme entzogen.«

Eichhorn zog verständnislos die Augenbrauen hoch. »Das müssen Sie uns näher erklären.«

Reinders Augen funkelten Merlin böse an. »Ich habe Benno Dreier gestern Abend um etwa 22.30 Uhr am Markt in Königsborn aufgegriffen. Ich legte ihm Handschellen an und wollte ihn zur Dienststelle bringen.«

Dreier wippte auf seinem Stuhl und begann zu grinsen.

Staatsanwalt Eichhorn war kurz davor, die Geduld zu verlieren. »Ja und? Was hinderte Sie daran?«

»Ich war seit früh morgens um 5 Uhr auf den Beinen. Meine Wohnung liegt praktisch auf dem Weg ins Revier. Ich wollte mir nur eine Packung Zigaretten holen. Dreier fragte mich, ob er meine Toilette benutzen dürfe. Ich weiß, ich hätte mich nicht darauf einlassen dürfen.«

Eichhorn trat zwei Schritte näher auf Reinders zu. »Sagen Sie nicht, Sie nahmen den Verdächtigen mit in Ihre Wohnung!«

Sören Reinders senkte den Blick. »Er trug Handschellen.«

Eichhorn schnaubte wütend. »Was ihn nicht daran hinderte, sich Ihrer Festnahme zu entziehen. Was ist passiert, Herr Reinders?«

Der Oberkommissar seufzte schuldbewusst. »Er hielt eine lange Sitzung auf meinem Klo. Mein Badezimmer hat kein Fenster, sodass ich nicht fürchten musste, dass er die Flucht ergreifen könnte. Zur Vorsicht schloss ich die Wohnung von innen ab. Danach muss ich im Sessel eingenickt sein. Als ich erwachte, lag Dreier auf meinem Sofa und schlief. Ich versuchte, ihn zu wecken. Aber er rührte sich nicht. Ich war selbst fix und fertig. So schob ich zwei Sessel zusammen und holte meine Decke aus dem Schlafzimmer. Ich wollte wirklich nur ein Stündchen ausruhen.«

Eichhorn schlug sich die flache Hand an die Stirn und verdrehte die Augen. »Sie sind ein Idiot!«, stöhnte er. »Der Verdächtige hat sich irgendwann in der Nacht von den Handschellen befreit und Ihre Wohnung verlassen, während Sie in aller Seelenruhe schliefen?! Sie wissen also nicht einmal, wann er die Flucht ergriff?«

Eine deutliche Röte durchzog das Gesicht von Sören Reinders. Maike konnte sich vorstellen, wie peinlich ihm die Situation jetzt war. Er räusperte sich und vergrub seine Hände in den Taschen seiner dunklen Jeans. »Ich habe sehr wohl bemerkt, wie dieser … Junkie meine Wohnung verließ. Es war mitten in der Nacht, genau um 4.35 Uhr.« Er warf Dreier einen giftigen Blick zu. »Ich wurde wach, als der Scheißtyp meine Wohnungstür von außen abschloss. Ich sprang auf und hämmerte von innen mit den Fäusten gegen die Tür. Aber es war zu spät. Mein Handy und mein ganzes Bargeld hat er auch mitgehen lassen.«

Oberkommissar Reinders erklärte weiter, er wohne im dritten Stock und habe dem Flüchtenden deshalb nicht durch ein Fenster folgen können. Da er keinen Festnetzanschluss für ein Telefon besäße und Dreier ja sein Handy mitgenommen hätte, habe er warten müssen, bis seine Nachbarin um halb neun von der Nachtschicht nach Hause kam.

Maike drehte den Kopf zur Seite, da sie trotz Staatsanwalt Eichhorns wütender Miene grinsen musste. Der taffe Kriminaloberkommissar Sören Reinders hatte sich von Merlin linken lassen wie ein Polizeischüler im ersten Semester. Sie hätte zu gerne gefilmt, wie er demütig sein konfisziertes Handy und seine Wohnungsschlüssel aus den Beweissicherungstüten nahm und in seine Hosentaschen stopfte. Dann könnte sie ihm seine Dummheit immer wieder vorhalten, sobald er mit seiner liebenswürdigen Lästerklappe sie oder einen der Kollegen aufzog.

*

Am frühen Morgen waren in Unna außer dem Mordfall Wasmuth noch mehrere Wohnungseinbrüche gemeldet worden. Vermutlich war eine Diebesbande am Werk, denn man hatte es nur auf teure Elektronik abgesehen. Alle verfügbaren Beamten waren im Einsatz, um Anzeigen aufzunehmen und Protokolle zu verfassen. Der Mordfall Wasmuth besaß natürlich oberste Priorität. Da bisher jedoch noch niemand Zeit gefunden hatte, die Ehefrau des Mordopfers über den Tod ihres Mannes zu informieren, machten sich Maike und Teubner um etwa halb zehn selbst auf den Weg. Gestern Abend um 23 Uhr hatte sie ihren Mann bereits als vermisst gemeldet.

»Wieso kann Kollegin Sauber nicht mit dir fahren?«, maulte Teubner. »Die Damen und Herren vom Dortmunder KK11 sind sich dafür wohl zu fein.«

»Hey!«, widersprach Maike empört. »Erstens fahre ich lieber mit dir und zweitens habe ich auch mal zu dem Verein gehört. Weißt du, wie oft ich in meiner Zeit beim KK11 den Todesengel spielen musste? Wenn ich Dienst hatte, war ich fast immer dabei.«

Teubner grinste. »Na, dann weiß ich ja, warum der Hübner dich ausgewählt hat. Du bist psychologisch vorbelastet. Und solltest du mit deinem Einfühlungsvermögen scheitern, bin ich noch da, um die 110 zu wählen.«

»Max!«, rief Maike entsetzt. »Darüber macht man keine Witze!«

Teubner schwieg geflissentlich und lenkte den Dienstwagen weiter die Hammer Straße entlang. Sie passierten die Stadthalle, ließen an der rechten Seite kleine ehemalige Zechenhäuser aus Backstein hinter sich und fuhren kurz darauf an der Einfahrt zum Tierheim vorbei. Das Haus der Wasmuths stand einsam, umgeben von Büschen und Bäumen auf einem riesigen Grundstück an der rechten Seite der Hammer Straße. Teubner parkte den Wagen am Straßenrand und stieg aus. Maike folgte ihm über einen kleinen Fußweg. Sie sahen ein graues Haus, an dem der Putz von Rissen durchzogen war und an mehreren Stellen bröckelte. Von einst weißen Fensterrahmen blätterte Farbe vom spröden Holz. Nachdem Teubner Maike mit einer ausladenden Handbewegung den Vortritt ließ, stieg sie fünf ausgetretene Steinstufen hinauf. Sie las an der einzigen Schelle den Namen »Wasmuth« und klingelte. Kaum zehn Sekunden später wurde ihnen die Tür geöffnet, als habe man sie bereits erwartet. Maike sah sich einer pummeligen Frau gegenüber, die dunkle Ringe unter den Augen hatte, als hätte sie die ganze Nacht kein Auge zugetan. Dennoch sah Maike verhaltene Hoffnung im Gesicht der alten Dame aufkeimen und es tat ihr in der Seele weh, diese gleich begraben zu müssen.

Maike hielt der Frau ihren Ausweis entgegen und stellte sich und Teubner vor. Mit mulmigem Gefühl im Magen folgte sie Frau Wasmuth, die sie durch einen dunklen Flur in ein kleines Wohnzimmer führte. Hier verwehrte eine dicht vorm Fenster stehende, dicke Eiche das Eindringen jeglichen Tageslichtes. Die altmodische Stehlampe in der Ecke des Zimmers konnte dieses Manko nur geringfügig ausgleichen. Insgesamt wirkte das Haus von innen genauso baufällig wie von außen. Davon konnten die polierten, nach Bohnerwachs riechenden Böden genauso wenig ablenken, wie die blank geputzten Möbel, auf denen kein Staubkörnchen zu sehen war. Die Wände waren schief, die einfachen Dielenböden, die bei jedem Schritt beängstigend knarrten, auch, denn unter dem rechten Fuß des alten Eichenschrankes erkannte man einen Keil, der den Schrank in Waage halten sollte. Maike sah mit einem Blick, dass die Einrichtung zwar vor 30, 40 Jahren sicher ein Vermögen gekostet haben mochte, aber inzwischen völlig aus der Mode und ziemlich verwohnt war. Im Gegensatz zum altbackenen Zustand des Hauses stand allerdings Frau Wasmuth selbst. Ihre dunkel gefärbten, dauergewellten Haare lagen perfekt frisiert wie eine Haube um ihren Kopf. Sie trug ein graues Kostüm, das ihre Pfunde überspielte, eine altrosafarbene Seidenbluse und schwarze Pumps.

Nach Aufforderung nahmen Maike und Teubner jeweils in einem von insgesamt vier Sesseln Platz.

»Das wird aber auch Zeit, dass sich jemand von Ihnen bei mir meldet. Sie haben meinen Mann gefunden, nicht wahr?

Ich hab schon selbst alle Krankenhäuser in der Umgebung abtelefoniert, leider erfolglos. Wo ist mein Mann? Geht es ihm gut?«

Maike unterbrach die ältere Dame sanft. »Ihr Mann liegt nicht im Krankenhaus. Er …«

Frau Wasmuth unterbrach Maike. »Mein Mann war gestern Abend bei meiner Tochter in Fröndenberg. Sie wohnt dort mit ihrem Mann und unserer Enkelin Leonie in einem Neubau im Fliederweg. Sicher hatte er einen Autounfall. Er sollte besser den Führerschein abgeben. Er fährt in letzter Zeit recht unsicher.« Sie konnte ihre Erregung nicht verbergen. Ihre Wangen färbten sich unter dem Make-up dunkelrot. »Wie geht es ihm? Wo ist er? Kann ich ihn sehen?«

Maike rutschte auf die vorderste Kante des Sessels und räusperte sich. »Es tut mir leid, Frau Wasmuth. Aber wir fanden Ihren Mann heute Morgen tot auf den Stufen vor dem Amtsgericht.«

Schlagartig wich alle Farbe aus dem Gesicht der Frau. Ihre Hände begannen zu zittern. »Sie machen Witze«, flüsterte sie. »Was sollte mein Mann am Gericht wollen? Er war bei meiner Tochter. Er wollte nur Leonie nach Hause bringen. Auf dem Heimweg ist er im Dunkeln sicher von der Straße abgekommen.«

Maike sah Christa Wasmuth nur traurig an und schüttelte leicht mit dem Kopf. Da sprang die ältere Frau plötzlich mit einer Geschwindigkeit aus dem Sessel, die Maike ihr nicht zugetraut hätte. »Das muss ein Missverständnis sein! Holger kann nicht tot sein!«

Maike stand ebenfalls auf, trat auf Christa Wasmuth zu und legte ihr beruhigend eine Hand auf den Arm. »Ihr Mann wurde heute Morgen gegen 5 Uhr gefunden. Jemand hat ihn erwürgt. Er wurde Opfer eines Gewaltverbrechens.«

Es dauerte einen Moment, bis Frau Wasmuth die Tragweite dieser Aussage verarbeitet hatte. Plötzlich explodierte sie wie ein Feuerwerk. Mit ungeahnten Kräften schoss sie auf Maike zu und trommelte mit Fäusten auf den Oberkörper der Hauptkommissarin ein. »Sie lügen!«, schrie sie völlig außer sich. »Sie sind eine verdammte Lügnerin!«

Maike machte unwillkürlich einen Schritt zurück und versuchte die Handgelenke der Frau zu packen. Doch die schlug um sich wie eine Furie und kreischte dabei. »Das ist nicht wahr! Holger lebt! Warum sagen Sie mir nicht, wo er ist?«

Teubner war ebenfalls aufgesprungen und versuchte sie von hinten unter Kontrolle zu bringen. Doch Frau Wasmuth mobilisierte ungeahnte Kräfte. Sie trat Teubner mit Wucht auf den Fuß, sodass dieser einen unflätigen Fluch ausstieß. Es gelang ihm dennoch, der Frau die Arme auf den Rücken zu drehen. Er war im Begriff, ihr Handschellen zu verpassen, als sie weinend in sich zusammensackte. Sie fingen sie gemeinsam auf und halfen ihr in den Sessel.

Frau Wasmuth zitterte am ganzen Körper. Jegliche Farbe war aus ihrem Gesicht gewichen. Maike nahm ihre Hand und fühlte ihren Puls. »Die hat einen Schock, Max. Ruf den Notarzt!«

Während Teubner nach seinem Handy griff, nahm Maike eine karierte Decke aus einem der Sessel und legte sie der Dame um die Schultern. Dabei redete sie beruhigend auf sie ein. Schließlich ging sie vor ihr in die Hocke und sah ihr ins Gesicht. Tränen rollten unablässig an den Wangen der Frau herab und sie zitterte beängstigend. Maike streichelte ihr sanft über die faltigen Hände.

»Gibt es jemanden, den wir benachrichtigen können? Jemand, der sich um sie kümmert?«

Christa Wasmuth nickte kaum merklich. »Meine Tochter«, flüsterte sie. »Die Nummer klebt am Telefon.«

*

Es war kalt in Gero Krügers Büro. Wahrscheinlich hatte dieser fiese Sack von Vermieter die Heizung abgedreht, damit er nicht auf unnötigen Kosten sitzen blieb. Dieser Arsch von Egon Gieske! Erst die Kündigung und jetzt das! Was sollte Krüger seinen Kunden sagen? Unbeheizt wirkte sein Büro noch abstoßender! Er würde behaupten, die Heizung sei kaputt und der Vermieter ließe sich Zeit mit der Reparatur. Außerdem könnte er den Heizstrahler mitbringen, der unterm Bett in seiner Wohnung lag. Gero Krüger seufzte, rieb sich fröstelnd die Arme und zog seinen langen Wollmantel über. Dann setzte er sich an den Schreibtisch. Zum Glück funktionierte der Strom noch und er konnte Computer und Telefon benutzen.

Krüger erledigte einige dringende Anrufe und sagte die Termine für den Nachmittag ab. Zum einen wollte er die Kunden nicht in dieser Kälte bedienen, zum anderen brauchte er Zeit. Zeit, um Guido Schönfeld auflauern zu können, wenn er in die Mittagspause verschwand. Denn heute Morgen hatte er ihn leider nicht mehr angetroffen. Der Zahnarzt war nach der freundlichen Auskunft seiner Sprechstundenhilfe in einer Behandlung und danach den ganzen Vormittag mit Terminen ausgelastet. So gegen 13 Uhr mache er meistens Pause und seit dem Tod seiner Frau gönne er sich dann einen Döner oder ein überbackenes Baguette in der City.

Ein Gutes hatte die Sache. Krüger war am Morgen gegen seine letzte Absicht doch noch nach Kamen gefahren, um den Termin mit Familie Sprenger wahrzunehmen. Und welch Glück! Ihnen gefiel die Wohnung im Parterre des Zweifamilienhauses. Der Garten hinterm Haus sei wunderschön für einen kleinen Spielplatz mit Schaukel und Sandkasten. Dazu könne Urs einen Fischteich anlegen. Frau Sprenger war kaum wiederzuerkennen, so begeistert schmiedete sie Pläne. Sie dankte Krüger mehrfach für seine Mühe und natürlich würde er auch seine Maklercourtage bekommen. Sie habe ihn nur etwas unter Druck setzten wollen. Das täte ihr jetzt leid. Kamen sei ein so wunderschönes Städtchen. Besonders der schiefe Turm von der Pauluskirche, der alte Markt und die Bücherei unter den Arkaden hätten es ihr angetan. Der Vorvertrag wurde unterschrieben. Das Ehepaar versprach sogar, ihn weiterzuempfehlen.

Er schaltete den Computer aus und rieb sich die Hände. In diesem kalten Loch konnte er keine Sekunde länger verweilen. Er würde jetzt auf der Stelle zu dem alten Gieske hinaufgehen und sich beschweren. Ob er seinen Colt Python mitnehmen sollte, um seinen Worten ein wenig Nachdruck zu verleihen? Der Makler zog die oberste Schreibtischschublade auf und griff nach dem Revolver. Im selben Moment wurde die Tür zu seinem Büro aufgerissen und ein vor Wut schäumender Michael Osterhaus stürmte herein. Krüger verbarg den Revolver in seiner Manteltasche.

»Sind Sie wahnsinnig geworden?«, brüllte Osterhaus und kam um den Schreibtisch herum. Er packte Krüger am Kragen und zerrte ihn aus seinem Schreibtischstuhl. Obwohl er kaum größer war als der Makler und von schlanker Statur, wurden Krüger die Knie weich.

»Wie haben Sie das angestellt, Sie Arschloch?« Osterhaus schüttelte ihn. »Sie sollten meinen Schwiegervater einschüchtern und nicht umbringen!«

Gero Krüger dachte an den Revolver in seiner Manteltasche, doch seine Hände zitterten und ließen sich nicht kontrollieren.

»Ich verstehe nicht«, brachte er endlich hervor.

Osterhaus ließ mit einem Ruck von ihm ab und stieß ihn zurück in den Schreibtischstuhl. Dann beugte er sich drohend über ihn und stützte sich dabei auf den Armlehnen des Stuhls ab.

»Mein Schwiegervater wurde heute Morgen tot aufgefunden. Vor dem Eingang des Amtsgerichts in Königsborn. Wen haben Sie beauftragt, um Holger einschüchtern zu lassen? Da muss ja mächtig was schiefgelaufen sein.« Michael Osterhaus richtete sich auf und lehnte sich an die Schreibtischkante, ohne den Makler eine Sekunde aus den Augen zu lassen.

Krügers Verstand arbeitete fieberhaft. Wieder ein Toter?! Warum brachte ihn in letzter Zeit jeder mit Mord und Totschlag in Zusammenhang? Er war höchstens ein Kleinkrimineller, kein Mörder! Wasmuth war also tot. Aber er hatte seinen Bekannten doch gestern zurückgepfiffen. Hatte der ihn falsch verstanden? Außerdem war nie von Mord die Rede. Da musste jemand anders dahinterstecken. Vielleicht der Autohändler selbst?

»Hören Sie, Herr Osterhaus!«, begann Krüger, froh darüber, seiner Stimme einen festen Klang geben zu können. »Mit dem Tod Ihres Schwiegervaters habe ich nichts zu tun.«

Osterhaus stieß ein abfälliges Lachen aus. »So? Was soll ich denn sonst glauben? An Zufall? Für wie naiv halten Sie mich?«

Krügers Gedanken rasten. Wenn er den Arzt nicht beschwichtigen konnte, hätte er gleich die Polizei am Hals. Er rutschte mit seinem Schreibtischstuhl etwas zurück und stand auf, um mit dem Chirurgen auf Augenhöhe zu sein.

»Der Tod Ihres Schwiegervaters tut mir leid. Das können Sie mir glauben!«

Osterhaus verschränkte die Arme vor der Brust. »Ich glaube, was ich sehe. Und das sind ein heruntergekommenes Büro und ein Makler, dem das Wasser bis zum Hals steht. Sie kamen nicht weiter und da dachten Sie, mit dem Tod Holgers wären all Ihre Probleme gelöst.«

Krüger schüttelte langsam den Kopf. Allmählich fand er zu seinem gewohnt sicheren Auftreten zurück. »Denken Sie mal nach, Herr Osterhaus! Durch den Tod Ihres Schwiegervaters rückt der Hausverkauf wohl eher in weite Ferne. Die Polizei wird ermitteln, Ihre Schwiegermutter wird womöglich einen Rückzieher machen und wer weiß, ob der Autohändler sich so lange hinhalten lässt.«

Die tiefen Falten auf der Stirn von Osterhaus glätteten sich minimal. Ihm schien einzuleuchten, dass er recht haben könnte.

»Außerdem«, fuhr Krüger triumphierend fort, »hätte ich gar keinen Grund gehabt, Ihrem Schwiegervater nur ein Haar zu krümmen.«

»Wie soll ich das verstehen?«

»Herr Wasmuth rief mich gestern Abend gegen halb neun an. Er erklärte überraschend, er habe sich nun doch für den Verkauf seines Hauses entschieden. Ihr Schwiegervater wollte sich gleich danach mit seiner Frau besprechen und sich im Laufe der nächsten Tage bei mir melden.«

*

Maike hetzte ins Kommissariat an der Husemannstraße. Hübner hatte sie am Vormittag in sein Büro geholt und gebeten, den Makler zu überprüfen, der den Hausverkauf der Villa Schönfeld vermittelt haben sollte. Seine Privat- und auch Firmenadresse hatten sie über den Notar in Erfahrung gebracht, der den Kaufvertrag der Villa beglaubigte. Sollte es sich bei dem Kaufvertrag um einen Betrug handeln, müsse der Makler davon Kenntnis haben. Maike solle mit ihren Fragen behutsam vorgehen und Hübner später in seinem provisorischen Büro über das Ergebnis in Kenntnis setzen.

Um Punkt 13 Uhr kehrte Maike nun unverrichteter Dinge ins Kommissariat zurück. Nach kurzem Klopfen öffnete sie die Tür zum Büro des MK-Leiters und war überrascht, ihn nicht allein vorzufinden. Max Teubner lehnte seitlich am Schreibtisch ihres Chefs und Reinders hatte es sich auf einem Stapelstuhl bequem gemacht. Alle drei sahen Maike fragend an.

»Und? Hast du was erreicht?«, fragte Jochen Hübner.

Maike schüttelte den Kopf. »Leider nein«, sagte sie bedauernd. »Das Maklerbüro war geschlossen. Es hing nur ein Computerausdruck an der Tür mit der Erklärung, er sei wegen eines Krankheitsfalls in der Familie am Nachmittag nicht erreichbar. Erst wieder morgen zu den üblichen Geschäftszeiten.«

»Eine Handynummer für außergewöhnliche Notfälle stand nicht zufällig dabei?«, scherzte Reinders.

Maike warf ihm einen müden Blick zu und hielt es für überflüssig, auf seine Frage zu antworten. »Aber ich konnte mit dem Vermieter von Herrn Krüger sprechen. Er heißt Egon Gieske und wohnt über dem Büro. Der hat überhaupt keine gute Meinung von seinem Mieter. Angeblich schuldet Krüger ihm sechs Monatsmieten und deshalb habe er ihm zum Monatsende gekündigt.« Sie holte tief Luft, da sie noch völlig außer Atem war.

Reinders stand auf und bot ihr seinen Stuhl an, auf den Maike sich mit dankbarem Kopfnicken erschöpft setzte. »Vom Vermieter bekam ich schließlich die Privatadresse des Maklers. Ich sag nur: Hellweg 30; neunter Stock; defekter Fahrstuhl. Den Treppenmarathon lief ich leider umsonst. War niemand zu Hause.«

Hübner bedankte sich und räusperte sich mit Blick auf Sören Reinders. »Hm. Da Kollege Reinders dem Hauptverdächtigen Benno Dreier heute Morgen unfreiwillig ein Alibi gab, müssen wir wohl weiter nach dem Täter suchen. Die These des Staatsanwalts, Dreier habe sich aus der Wohnung schleichen können, während Reinders schlief, und sei danach zurückgekommen, halte ich für unwahrscheinlich. Ich denke, Merlin ist unschuldig. Deshalb sollten wir uns dringend auf den Makler konzentrieren.«

Teubner nickte. »Wir werden ihm am Abend noch einen Besuch abstatten, ansonsten sobald er morgen in seinem Büro anzutreffen ist.«

Hübner wandte sich an Reinders. »Was macht das Rennrad?«

Reinders stand auf und legte vor Hübner einen Katalog auf den Schreibtisch. Dann deutete er auf ein Fahrrad. »Frau Rangnick hat dieses Rennrad eindeutig als das Rad identifiziert, mit dem der mutmaßliche Täter flüchtete. Es handelt sich hierbei um das Modell ›Simplon Kiaro‹, das nur etwas mehr als ein Kilo wiegt. Es hat ein längeres Steuerrohr für entspannte Sitzhaltung und zeichnet sich durch hervorragende Lenkpräzision und außergewöhnlichen Fahrkomfort aus. Das könnte dem Mann von Nutzen gewesen sein, als er davonraste.«

Maike schüttelte lächelnd den Kopf. »Sören! Du hörst dich an wie ein Fahrradverkäufer.«

Reinders ließ sich nicht aus der Ruhe bringen. »Das Rennrad ist bestens geeignet, um mit Leichtigkeit eine lange Strecke in kurzer Zeit zurückzulegen. Das gilt auch für Hobby-Athleten. Die KT hat am Auto des Opfers, und zwar an der Fahrertür, eine frische Delle gefunden. Die Untersuchung auf fremde Lackspuren läuft noch. Wir wissen ja inzwischen, dass Holger Wasmuth zuletzt lebend bei seiner Tochter und seinem Schwiegersohn in Fröndenberg gesehen wurde. Vielleicht hat der Täter ihn auf dem Heimweg mit seinem Auto von der Straße gedrängt und ist dann mit dem Opel des Opfers weitergefahren. Später könnte er mit dem Fahrrad zurückgefahren sein, um sein eigenes Auto abzuholen.«

Hübner nickte. »Das ist eine gute Theorie, Sören. Wir sollten in jedem Fall die Strecke auf Bremsspuren kontrollieren, die der Wasmuth für gewöhnlich von Fröndenberg nach Unna fährt. Das könntest du mit einem Kollegen erledigen. Gab's sonst noch was?«

Reinders blickte in seinen Notizblock. »Ich habe die Fahrradläden in der Umgebung abgefahren. Weder am Massener Hellweg noch in Königsborn, auch nicht im Laden an der Gerhart-Hauptmann-Straße wurde im letzten Jahr ein Fahrrad dieses Typs, oder eines, das diesem Typ gleicht, verkauft.« Reinders setzte sich. »Kurz vor Mittag habe ich mich schließlich auf den Weg zur Geschäftsstelle des Radsportvereins Unna gemacht. Die Sekretärin dort war sehr nett und auskunftsfreudig.« Er lehnte sich zurück und genoss die Aufmerksamkeit der Kollegen.

»Nun mach es nicht so spannend, Sören«, forderte Maike.

Reinders schlug die Beine übereinander, legte die Hände in den Nacken und reckte sich. »Die Geschäftsstelle des Radsportvereins befindet sich an der Alleestraße in Kessebüren. Man kommt auf dem Weg von Unna nach Fröndenberg praktisch daran vorbei. Das fiel mir sofort auf. Ich dachte mir: Vielleicht ist der Täter die Strecke abgefahren, bevor er beschloss, Wasmuth zu überwältigen. Möglicherweise suchte er die passende Stelle, ihn von der Straße abzudrängen. Dabei könnte ihm der Radfahrer aufgefallen sein, der sein Rad unbeaufsichtigt vor der Geschäftsstelle abstellte. Der Täter nutzte die Gelegenheit und eignete sich das Rad an. Die Sekretärin des Radsportvereins bestätigte mir, dass ein auf die Beschreibung passendes Fahrrad einem Mitglied in der vergangenen Woche gestohlen worden sei. Vor der Eingangstür, nicht abgeschlossen, deshalb würde noch nicht einmal die Versicherung bezahlen. Der Besitzer sei nur kurz bei ihr gewesen. Das habe dem Dieb gereicht.«

Jochen Hübner nickte wohlwollend. »Leider führt uns das dem Täter keinen Schritt näher. Er wird nicht so dumm sein, das Rad vor seiner Haustür abzustellen. Vermutlich hat er das Rennrad längst entsorgt. Sollte sich die Staatsanwaltschaft dazu entschließen, die Öffentlichkeit einzubeziehen, könnte das auffällige Rad uns dem Täter durchaus näher bringen. Ich werde Staatsanwalt Eichhorn bitten, auch in diese Richtung zu denken.« Hübner schob die Ärmel seines V-Pullovers hoch und stützte die gebräunten, muskulösen Arme auf seinen Hüften ab.

Unwillkürlich bekam Maike Herzklopfen, als sie daran dachte, wie zärtlich diese Arme sie früher gehalten hatten. Diese Zeiten waren vorbei. Dafür hatte sie selbst gesorgt.

Jochen griff zu einer Aktenmappe und blätterte darin. »Was haben wir noch?«, murmelte er. Dann blickte er auf.

»Zwei Morde, die innerhalb von vier Tagen geschahen. Bisher ohne erkennbare Verbindung. Zwei Lebkuchenherzen mit der Aufschrift ›Ein letzter Gruß, G.‹ Auf dem Herz des ersten Opfers wurden Fingerabdrücke sichergestellt, die allerdings keiner bekannten Person zugeordnet werden konnten. Also, Leute: Sucht nach einer Verbindung! Maike, sieh zu, ob Frau Wasmuth ansprechbar ist. Was hat ihr Mann beruflich gemacht? Hatte er Hobbys? Kannte er Judith Heinemann-Schönfeld? Irgendwo muss es einen Zusammenhang geben.«

※

Jetzt saß Gero Krüger bereits seit anderthalb Stunden vor der Protzvilla, in der sich die Zahnarztpraxis befand, und Guido Schönfeld war nicht in seinem Sichtfeld aufgetaucht. Mehrere Patienten hatten das Gebäude verlassen. Aber niemand vom Personal. Hoffentlich beschloss Schönfeld nicht ausgerechnet heute, seine Mittagspause in der Praxis zu verbringen.

Gero Krüger saß etwa zehn Meter vom Praxisgebäude entfernt, in seinem am Straßenrand geparkten Toyota und trommelte nervös mit den Fingern auf das Lenkrad. Er würde auch bis 20 Uhr hier sitzen bleiben. Dann schloss der Praxisbetrieb und Schönfeld musste aus seiner Festung kommen. Der Makler bedauerte inzwischen nur, nicht an Proviant gedacht zu haben. Eine Thermoskanne Kaffee und ein belegtes Brötchen würden seinen knurrenden Magen für eine Weile beruhigen. Das Wichtigste hatte er nicht vergessen. Er tastete in seine rechte Manteltasche und fühlte beruhigt das kalte Metall seines Revolvers. Mit dem dürfte Schönfeld bald Bekanntschaft machen.

Wieder öffnete sich die Eingangstür. Eine blonde, schlanke Frau mit geflochtenem Zopf, weißer Hose, Gesundheitslatschen und dicker Winterjacke trat auf die Straße. Sie kramte in ihrer dunklen Umhängetasche, dann zündete sie sich eine Zigarette an und ließ den Qualm sinnend durch die Nase entweichen.

Das könnte die nette Sprechstundenhilfe sein, mit der Krüger am Morgen telefoniert hatte. Die Frau schien auf jemanden zu warten, denn sie machte keine Anstalten, sich fortzubewegen. Kurz nachdem sie ihre Zigarette auf dem Boden ausgetreten hatte, öffnete sich erneut die Praxistür. Guido Schönfeld hatte sich seiner Praxiskluft entledigt und trug dunkle Jeans, seine Jacke von Wolfskin und die dazu passende Mütze.

Verdammte Scheiße! Die blonde Tussi hakte sich bei ihm ein und sie schlenderten wie ein vertrautes Liebespaar Richtung Hellweg. Krüger wartete einen Moment, dann ließ er seinen Toyota an und rollte langsam hinter ihnen her. Als sie den Hellweg überquerten und diesen dann rechts hinuntergingen, blieb der Makler abwartend stehen. Das Paar bog in die Bergische Straße. Krüger folgte. Der Zahnarzt hatte der Frau einen Arm um die Schultern gelegt. Beide schienen sich köstlich zu amüsieren. Was Claudia Lorenz wohl davon halten würde? Krüger grinste. Die würde ihrem Typen vermutlich die Augen auskratzen. Sie wäre bestimmt ein stärkeres Geschoss als der Colt Python in seiner Manteltasche. Die plötzliche Idee, mit Claudia an seiner Seite auf Schönfeld loszugehen, gefiel Krüger.

Kurz vorm Verkehrsring blieb Schönfeld stehen und drehte sich seiner Begleiterin zu. Die Blonde stand dicht vor ihm und himmelte ihn an. Sie griff mit den Händen an seinen Kopf. Blinkte da nicht ein Ehering an ihrer Hand? Jetzt küssten sie sich! Unfassbar! Was für ein Arschloch dieser Zahnarzt war! Ob der ernsthaft mit Claudia nach Brasilien flüchten wollte? Eher nicht. Vermutlich hatte er die Friseuse genauso verarscht wie ihn. Der würde keinen Cent vom Erlös der Villa teilen. Seine Hand lag nun auf dem Arsch der Mitarbeiterin und wanderte langsam unter ihre Jacke. Krüger hätte kotzen können. Die küssten sich wie verliebte Teenager!

Erst nach fünf Minuten, die Krüger vorkamen wie Stunden, setzte sich das Paar wieder in Bewegung. Sie steuerten auf das Fastfood-Restaurant vorm Ringtunnel zu. Krüger lenkte seinen Wagen auf einen der dahinterliegenden Parkplätze. Er würde jetzt handeln. Und er würde sich nicht abwimmeln lassen. Nicht von so einem Arsch wie Guido Schönfeld.

*

Maike stellte den Dienstwagen am Straßenrand der Holbeinstraße ab und fütterte die Parkuhr mit 50 Cent. Die wenigen Schritte zum evangelischen Krankenhaus lief sie zu Fuß, da der Parkplatz davor gesperrt war, und das neue Parkhaus zu nutzen, kam ihr zu umständlich vor.

Sie steuerte auf einen vorgebauten gläsernen Eingang zu, der von blauen Stahlstreben gehalten wurde und vor dem trotz des nasskalten Wetters Patienten in Jogginganzügen und Bademänteln standen und sich bibbernd an ihren Zigaretten festhielten. Als Maike die automatisch öffnenden Glasschiebetüren hinter sich ließ, empfing sie der typisch sterile Krankenhausgeruch und nahm ihr fast den Atem. Eine nette Dame an der Information am Ende der Eingangshalle wies ihr den Weg in den vierten Stock, wo man Christa Wasmuth in einem Zimmer der neurologischen Abteilung untergebracht hatte. Als Maike den Fahrstuhl erreichte, beschwerte sich eine ältere Dame mit Krücken bei einer Schwester, sie warte nun schon seit zehn Minuten auf den Fahrstuhl. Maike hielt sich nicht auf, sondern nutzte das Treppenhaus. Auf der Station angekommen, fragte sie eine kleine, rundliche Krankenschwester, die ein leeres Bett über den Flur schob, nach dem Zimmer von Frau Wasmuth.

»Warum fragen Sie nicht im Schwesternzimmer?«, blaffte diese mit mürrischem Blick. »Ich glaube 419!«, fügte sie hinzu.

Maike sparte sich ein Dankeschön, lief auf glänzendem PVC den kargen Gang entlang und wollte an besagte Zimmertür klopfen, als diese sich von innen öffnete und ein Arzt auf den Flur trat. Sie hielt ihm ihren Ausweis unter die Nase und stellte sich vor.

»Sie kommen von Frau Wasmuth? Wie geht es ihr?«, fragte sie.

Doktor Rüdiger Helling wirkte abgehetzt und übernächtigt. »Ich würde sagen, den Umständen entsprechend gut. Ihre Tochter ist bei ihr. Wir haben Frau Wasmuth etwas zur Beruhigung gegeben und sie schläft jetzt. Was die Patientin am dringendsten braucht, ist viel Ruhe. Ich bitte Sie, darauf Rücksicht zu nehmen.«

»Ich werd's kurz machen. Vielleicht kann mir die Tochter schon einige Fragen beantworten.«

Helling nickte müde. »Entschuldigen Sie mich, Schichtwechsel. Ich muss mich mit den Kollegen besprechen.«

Maike betrat das Zimmer, nachdem sie leise geklopft hatte. Christa Wasmuth lag bis zum Hals zugedeckt im Bett. Sie war blass, hatte aber im Schlaf einen entspannten Gesichtsausdruck. Ihre Tochter saß an der Bettkante, hielt die Hand der Mutter und streichelte sie sanft, wobei ihr Tränen die Wangen hinabrollten. Sie trug einen eleganten

Hosenanzug, dessen Jacke um den Bauch spannte. Maike schätzte die füllige Frau auf Mitte 40. Als sie Maike hörte, wandte sie den Kopf und stand auf. Ihre schwarzen, hochhackigen Pumps klackerten über den Boden, als sie ihr entgegenkam. Die Frauen stellten sich einander vor und auf die Frage, ob Britta Osterhaus Maike einige Fragen beantworten könnte, nickte diese schlaff.

»Wir können uns auf dem Flur unterhalten. Da stören wir Ihre Mutter nicht«, sagte Maike leise.

Britta Osterhaus nickte erneut und folgte ihr aus dem Zimmer.

»Sie und Ihr Mann waren vermutlich die Letzten, die Ihren Vater lebend sahen. Wann verließ er Ihr Haus? Gab es zuvor Streit?«

Frau Osterhaus riss die Augen auf. »Nein!«, sagte sie hastig. »Mein Vater brachte Leonie um Punkt sieben zurück. Er war mit ihr auf der Kirmes. Ich hatte Abendessen vorbereitet und wir unterhielten uns. Es muss so gegen halb neun gewesen sein, als er abfuhr.«

»Hatte Ihr Vater Feinde, von denen Sie wussten? Ein Streit vor Gericht oder Ähnliches? Ich komme darauf, weil wir ihn vor dem Amtsgericht fanden.«

Britta Osterhaus schob die Hände in die Taschen ihrer Hose und überlegte eine Weile. »Nein. Vater war ein friedliebender Mensch. In seiner Freizeit saß er oft vor Kreuzworträtseln oder widmete sich seiner Briefmarkensammlung. Seit er in Rente ist, hat er kaum noch Kontakt zu den Leuten, die er von früher kannte. Er war ein Eigenbrötler und am liebsten für sich. Natürlich kam er uns besuchen und die Zeit, die er mit Leonie verbrachte, genoss er.«

Maike hatte sich Notizen gemacht und sah nun auf. »Ihr Vater ist Rentner. Was war er von Beruf?«

»Anästhesist. Zunächst freiberuflich, später in fester Anstellung hier im Krankenhaus.«

»Freiberuflich. Hm. Arbeitete er auch für Zahnarztpraxen?«

»Das könnte sein. Sicher bin ich aber nicht. Wir haben selten über seine Arbeit geredet. Damals war ich selbst im Beruf und hatte wenig Zeit. Meine Mutter kann Ihnen da Genaueres sagen.«

Maike sah Britta Osterhaus eindringlich an. »Ihnen fällt niemand ein, der einen Grund hätte, Ihren Vater zu ermorden? Da muss eine Menge Hass im Spiel gewesen sein. Die Handgelenke wurden ihm nach dem Tod in Höhe der Pulsadern eingeritzt. Gab es mal einen Selbstmord in seinem näheren Umfeld, dessen Schuld Ihrem Vater zugeschoben werden könnte?«

Britta Osterhaus schüttelte nur ratlos den Kopf.

»Er trug ein Lebkuchenherz um den Hals mit der Aufschrift: ›Ein letzter Gruß, G.‹ Haben Sie eine Ahnung, wessen Kürzel das sein könnte?« Frau Osterhaus hob ratlos die Schultern. »Wenn Ihnen etwas dazu einfällt, rufen Sie mich bitte an.«

Maike gab der Frau ihre Visitenkarte. Die Tochter von Holger Wasmuth blickte einen Moment gedankenverloren darauf. Schließlich sah sie auf. Maike las in ihren Augen Unentschlossenheit.

»Wollen Sie mir noch etwas sagen?«

Britta Osterhaus ließ die Visitenkarte in die Tasche ihrer Jacke gleiten und reichte ihr die Hand. »Entschuldigen Sie, ich muss jetzt zu meiner Mutter. Ich möchte nicht, dass sie allein ist, wenn sie aufwacht.«

*

Als Gero Krüger das Fastfood-Restaurant betrat, sah er Schönfeld und seine Mitarbeiterin an einem der hinteren Tische sitzen. Die Zahnarzthelferin trug tatsächlich einen Ehering, das fiel ihm als Erstes auf. Was für eine Schlampe! Jetzt stand sie auf und gab dem Zahnarzt einen Kuss auf die Wange.

»Ich muss eine Bluse von P&C abholen. Mein Mann feiert heute seinen 45., deshalb wollen Dieter und ich am Abend schick essen gehen. Bis gleich in der Praxis!« Sie gab ihm noch einen leidenschaftlichen Kuss auf den Mund und schob sich mit rosigen Wangen an Krüger vorbei, ohne ihn zu beachten.

Krüger nutzte die Gunst der Stunde und ließ sich auf den frei gewordenen Sitzplatz neben Schönfeld fallen. Da dieser an der Wand saß und die Tische fest am Boden montiert waren, hatte der Zahnarzt keinerlei Fluchtmöglichkeit.

»Na, Herr Schönfeld? Der ideale Zeitpunkt, mir meinen Anteil endlich zu geben«, zischte Krüger. Bevor der Zahnarzt aufbrausen konnte, fasste er in seine rechte Manteltasche und zog seinen Colt Python ein wenig hervor. Dann ließ er ihn wieder verschwinden, hielt ihn jedoch durch den Mantel auf seinen Nachbarn gerichtet.

Schönfeld schoss das Blut in den Kopf.

»Sind Sie jetzt völlig wahnsinnig geworden?«, fauchte er. »Was soll das? Passen Sie bloß auf, dass das Ding nicht losgeht!« Seine Hände begannen zu zittern, er schien nur mit Mühe die Beherrschung wahren zu können.

Krüger drückte die Hand mit der Waffe in Schönfelds Seite. Er grinste hämisch und genoss seine Überlegenheit.

»Wir werden jetzt gemeinsam zu meinem Auto gehen. Keine Mätzchen oder ich schieße. Glauben Sie mir, ich zögere nicht.«

Krüger stand auf und fixierte den Zahnarzt mit durchdringendem Blick. Ihm war bewusst, dass sich im Restaurant viele Jugendliche befanden, die nach der Schule einen kleinen Snack zu sich nahmen. Noch beachteten sie ihn nicht. Das würde auch so bleiben. Schönfeld würde keine Aufmerksamkeit auf sich lenken. Endlich stand er auf und schob sich an ihm vorbei. »Das werden Sie bereuen, Krüger!«

Gero Krüger lächelte. »Wohl kaum, Herr Schönfeld. Ich verlange nach dem, was mir zusteht, Sie Arschloch.«

Sie verließen das Restaurant und Krüger dirigierte seine Geisel zum Parkplatz. Er warf dem Zahnarzt die Autoschlüssel zu und wies ihn an, einzusteigen. Schönfeld ließ sich Zeit. Er schien fieberhaft zu überlegen, wie er aus seiner Misere herauskommen könnte. Krüger ließ ihn nicht aus den Augen.

»Fahren Sie!«, schnauzte Krüger, als sie im Auto saßen.

Schönfeld krallte seine linke Hand ums Lenkrad und steckte mit der zitternden Rechten den Schlüssel ins Zündschloss. Er drehte den Kopf nach rechts und starrte den Makler hasserfüllt an.

»Was glauben Sie? Dass ich die Kohle in der Praxis in meinem Schreibtisch versteckt habe? Oder daheim unter meiner Matratze?«

Er sollte seine Geduld nicht überstrapazieren. So langsam kam auch Gero Krüger an seine Grenzen. Aus den Augenwinkeln sah er, dass niemand in der Nähe war. Blitzschnell riss er den Revolver aus seinem Mantel und hielt ihn Schönfeld an die Stirn.

»Keine Spielchen! Fahren Sie! Und zwar direkt zum Geld. Egal, wo Sie es vergraben haben! Verkennen Sie nicht Ihre Situation! Ich drück ab, verlassen Sie sich drauf!«

Auf Schönfelds Stirn bildeten sich Schweißtropfen. Er drehte den Zündschlüssel und lenkte den Wagen auf die Bahnhofstraße. Krüger ließ seinen Arm mit der Waffe langsam sinken, zielte jedoch weiterhin auf den Zahnarzt. Er behielt ihn im Auge, spürte geradezu, wie es in dessen Gehirnstübchen ratterte. Vermutlich suchte er verzweifelt nach einem Ausweg. Krüger würde aufpassen.

Schönfeld lenkte den Wagen in die Bergische Straße, bog rechts auf den Hellweg ab. Also befand die Kohle sich doch in der Praxis. Krüger schwieg. Der Revolver lag ruhig in seiner Hand und zielte unablässig auf den Fahrer. Wenig später hielt Krügers Toyota vor der Garage, die an das Praxisgebäude grenzte. Kaum hatte Schönfeld den Motor ausgeschaltet, drehte er seinen Oberkörper zur Seite und kramte in seiner Jackentasche.

Krüger war auf der Hut. Er sah, wie Schönfeld einen Schlüsselbund hervorzog und eine kleine Fernbedienung betätigte. Das Garagentor setzte sich mit einem Knacken in Bewegung und fuhr nach oben. Als das Tor weit geöffnet war, stieg Schönfeld aus, ohne auf Anweisung von Krüger zu warten.

Der Makler folgte dem Zahnarzt, der auf seinen silbernen SLK zusteuerte. Seine Hand umgriff den Revolver weiterhin, den er jetzt in seiner Manteltasche verbarg. »Die Kohle ist immer noch in Ihrem Kofferraum«, stellte er sachlich fest.

Schönfeld antwortete mit einem hasserfüllten Blick. »Was glauben Sie, ist das ideale Versteck für 400.000 Euro, von denen niemand wissen darf? Das Auto und die Garage sind stets verschlossen. Seit dem Tod meiner Frau habe nur ich einen Schlüssel davon.« Er öffnete den Kofferraum seines Mercedes, griff nach dem Geldkoffer und zog ihn zu sich hin. Mit beiden Händen ließ er die Schlösser aufschnappen und griff nach drei Geldbündeln.

»Dreißig!« Noch einmal drei Bündel.

»Sechzig!« Weitere vier Packen.

»Hunderttausend!« Schönfeld presste Krüger das Geld in den Arm. »Verschwinden Sie aus meinem Leben, Sie mieser Betrüger. Ich will Ihre Visage nie wiedersehen.«

Krüger sparte sich einen Kommentar, grinste zufrieden und verbarg das Geld unter seinem Mantel. Er ging mit langen Schritten zu seinem Auto und setzte kurz darauf rasant rückwärts auf die Straße.

*

Während Max Teubner sich mit Jochen Hübner und Unterstützung der Streifenpolizei auf den Weg zur Praxis Heinemann-Schönfeld machte, um die Patientenakten zu sichten, saß Sören Reinders in seinem Dienstwagen an der Seite von Jasmin Sauber. Der Oberkommissar fluchte innerlich. Warum musste er immer mit dieser blonden Schnepfe vorliebnehmen? Jasmin saß am Steuer, während er den Kopf aus dem geöffneten Fenster hielt und stur auf den Straßenrand stierte, wobei ihm der Wind den Nieselregen unangenehm ins Gesicht blies. Ständig wurden sie von erbosten Autofahrern überholt, die hupten und eindeutige Handzeichen machten. Reinders schwor sich, den nächsten Pöbler anzuhalten und mit einem saftigen Bußgeldbescheid zu beglücken.

Sie hatten inzwischen das Dorf Kessebüren hinter sich gelassen und fuhren von der Fröndenberger Straße auf die Von-Steinen-Straße. Reinders ließ den Blick nicht vom Straßenrand. Bis jetzt war ihm keine außergewöhnliche Bremsspur aufgefallen. Jasmin lenkte den Wagen langsam durch das Dorf Frömern. Erst kamen sie an einem großen Bauernhof vorbei, dann folgten Fachwerkhäuser. Bisher war die Straße überall ordentlich befestigt gewesen. Kein Hinweis darauf, was die Schlammspuren, die man im Reifenprofil von Wasmuths Opel gefunden hatte, erklären könnte.

Ein Geländewagenfahrer hupte ungeduldig hinter ihnen, da die Straße zu schmal und uneinsichtig zum Überholen war. Reinders sah zu Jasmin.

»Hier kannst du schneller fahren. Mitten im Dorf wird man den Wasmuth nicht abgedrängt haben.«

Die Kollegin beschleunigte auf 50 km/h. Sie überquerten die Kreuzung ›In der Twiete‹ und kurz darauf tat sich bereits auf der rechten Seite freies Feld auf. Kaum hatten sie Frömern verlassen, zog der Geländewagen mit röhrendem Motor an ihnen vorbei.

»Mann, könnten wir heute Kasse machen!«, brummte Reinders, wobei er den Blick zum Straßenrand wandte. »Der da wäre garantiert seinen Lappen losgeworden. Glatte 160 Euro, drei Punkte in Flensburg und einen Monat Fahrverbot.«

Als sie in das nächste Waldstück eintauchten, verlangsamte Jasmin die Geschwindigkeit. Es wurde deutlich dunkler. Sie schaltete die Scheinwerfer ein.

»Langsamer!«, rief Reinders unwirsch. »Wie soll ich bei deinem Tempo hier im Wald auf Reifenspuren achten können?«

Jasmin Sauber verdrehte die Augen und drosselte den Wagen auf 15 Kilometer pro Stunde. Reinders sah angestrengt aus dem Fenster. Sie mussten einfach etwas finden! Die Kriminaltechnik hatte Spuren von Waldboden am Reifenprofil von Holger Wasmuths Vectra gefunden. Es hatte

in den letzten Tagen dauernd geregnet, so hielt Reinders
es für unwahrscheinlich, dass die Spuren älteren Datums
waren. Natürlich wusste man nicht, wie selten oder oft Holger Wasmuth seinen Opel benutzt hatte. Bei Rentnern kam
es häufig vor, dass das Auto wochenlang in der Garage ver-
sauerte.

Reinders wurde unsanft aus seinen Gedanken gerissen,
als Jasmin unerwartet heftig auf die Bremse trat. Sein Kopf,
den er halb aus dem Fenster gehalten hatte, knallte an den
Rahmen.

»Verflucht, was soll das?«, fuhr er seine Kollegin an.

Diese überhörte seine Nettigkeit, lenkte den Dienstwagen an den Straßenrand, schaltete die Warnblinkanlage
ein und den Motor aus. Sie steuerte auf den Kofferraum
zu, holte das Warndreieck heraus, um es in angemessenem
Abstand aufzustellen.

»Ich habe da was gesehen«, sagte sie nur und ging hinüber
auf die andere Straßenseite. Langsam suchte sie am Wald-
rand entlang den Boden ab. Reinders beobachtete sie dabei.
Plötzlich schien ihr etwas aufzufallen, denn sie winkte hektisch mit beiden Händen.

»Hier!«, schrie sie. »Hier führen Reifenabdrücke in den
flachen Graben.« Sie ging die Straße weiter hinunter.

»Und hier führen andere Reifenspuren in den Wald hinein. Da ist auch das Gestrüpp platt gefahren.«

»Respekt, Kollegin!«, murmelte Reinders leise genug,
dass Jasmin Sauber ihn nicht verstehen konnte. Während er
aus dem Dienstwagen stieg, zückte er bereits sein Handy,
um sich Verstärkung von der Spurensicherung zu holen.
Die Kriminaltechniker würden herausfinden, ob das Reifenprofil zu Wasmuths Wagen passte.

Reinders knallte die Wagentür schwungvoll zu und überquerte die Straße. Am anderen Straßenrand blieb er auf Höhe der in den Graben führenden Reifenspuren stehen und wartete auf Jasmin, die langsam auf ihn zukam.

»Gute Arbeit, Kollegin«, fühlte er sich zu einem Lob genötigt. Er sah sich um. Die Straße war nicht sonderlich breit. Hohe Bäume, die fast bis an den Straßenrand wuchsen, ließen kaum Tageslicht durch. Sollte ihre Theorie stimmen, und Wasmuth war hier seinem Mörder begegnet? Wie mochte sich ein älterer Mann Mitte 70 fühlen, der in stockdunkler Nacht an dieser Stelle von einem Verfolger abgedrängt wurde? Reinders konnte sich vorstellen, dass er in ziemlicher Angst hinterm Steuer saß. Oder war die Wut über den rüpelhaften Autofahrer größer gewesen?

»Glaubst du, das sind die Spuren von Wasmuths Auto?«, fragte Jasmin, die inzwischen neben Reinders stand.

»Möglich.« Er deutete auf die tief im Waldboden sichtbaren Abdrücke, die noch deutliches Reifenprofil aufwiesen. »Bei dem Regen in den letzten Tagen wären hier keine Spuren mehr zu sehen gewesen. Das muss in der Nacht oder irgendwann heute passiert sein.«

»Die Spuren dort hinten haben ein anderes Profil«, meinte Jasmin und deutete in besagte Richtung.

»Sehen wir mal nach«, erklärte Reinders und folgte der Kollegin, die ihm auf einmal nicht mehr so stressig vorkam. Vielleicht hatte er zu vorschnell über sie geurteilt. Aber schließlich hatte Maike Graf sie auch sofort als nervige Klette vorgestellt. Wie sollte er sich da ein neutrales Bild von der Blondine machen? Reinders beschloss, Jasmin Sauber noch eine Chance zu geben. Außerdem würde die Zusammenarbeit sowieso nicht für ewig sein. Sobald die Mordfälle an Judith Heinemann-Schönfeld und Holger Wasmuth aufgeklärt wären, würden die Mitarbeiter des

Dortmunder KK11 das Feld räumen und alles wäre beim Alten im Unnaer Kriminalkommissariat 1/2.

»Siehst du?« Jasmin Sauber deutete auf Reifenspuren, die von der Straße in den Wald führten. Allerdings sah es hier so aus, als sei das Fahrzeug in den Wald gelenkt worden.

Reinders wählte genügend Abstand zu den Spuren und ging in den Forst hinein. »Geh du im gleichem Abstand auf der anderen Seite der Reifenspuren. Schauen wir mal, wie weit sie in den Wald führen.«

Jasmin nickte. »Einen Moment!« Sie sprintete zum Dienstwagen. Kurz darauf kam sie mit zwei Taschenlampen zurück.

»Also los! Vielleicht finden wir was, bevor die Truppe der KT hier auftaucht. Der Aufwand, den die treiben, soll sich doch lohnen.«

Vorsichtig, um keine möglichen Spuren zu zerstören, folgten die Kripobeamten den Reifenspuren. Wirres Gestrüpp und dichter wachsende Bäume zwangen sie immer wieder zu Umwegen.

»Muss ein kleiner Wagen gewesen sein«, rief Reinders der Kollegin zu. »Mit dem Vectra von Wasmuth hätte der Täter nicht so weit in den Wald fahren können. Vielleicht ein Smart, ein Twingo oder so was in der Art.«

»Kann s…«, setzte Jasmin Sauber an. Dann verfing sich einer ihrer Füße im Gestrüpp, sie strauchelte und fiel der Länge nach hin. »Scheiße!«, fluchte sie. »Verdammt! Tut das weh!«

»Brauchst du Hilfe?«, rief Reinders besorgt.

»Lass nur! Geht gleich wieder! Kann ja nicht mehr weit sein. Sieh nur alleine nach, ich bleib sitzen, bis der Fuß sich beruhigt hat.«

Sören Reinders war kaum zehn Meter gegangen, da

endeten die Spuren vor einem dicken Baumstamm. Reinders leuchtete die tiefen Riefen ab. Die Räder mussten im schlammigen Waldboden durchgedreht haben, denn die Spuren gruben sich in den Boden. Der Täter hatte schließlich Äste herbeigeschafft und sie vor und hinter die Räder gelegt, um doch noch rückwärts aus dem Wald setzen zu können. Reinders ließ den Strahl der Lampe zurückwandern. An einigen Stellen überschnitten sich die Reifenspuren vom Vor- und Rückwärtsfahren. Meist verliefen sie jedoch parallel nebeneinander. Auch tiefe Fußabdrücke waren deutlich sichtbar.

Reinders leuchtete die Stelle vorm Baum, wo der Täter den Wagen für einige Zeit abgestellt haben musste, genau ab. Da blitzte doch etwas im Schein der Lampe! Auf der Seite, die Jasmin zuvor abgegangen war. Da der Oberkommissar keine Spuren zertrampeln wollte, beschloss er, einen großen Bogen um den Baum herum zu machen. Ein Blick auf die Uhr bestätigte ihm, dass es in gut eineinhalb Stunden – also um spätestens halb sechs – dunkel sein würde. Die Kollegen der Spurensicherung waren es gewöhnt, im Licht von Strahlern zu arbeiten.

»Hast du schon was?« Die Stimme von Jasmin Sauber klang schmerzverzerrt.

»Moment, ich glaub, da ist was! Was macht der Fuß?«

»Tut höllisch weh! Ist wohl verstaucht oder gezerrt! So ein verdammter Mist! Ausgerechnet jetzt!«

»Geht's denn noch?« Reinders hoffte es. Sonst müsste er der KT die weitere Spurensuche überlassen. »Soll ich den Notarzt rufen?«

»Um Himmels willen! Nein! Mach deine Arbeit und dann hilf mir gleich bis zum Auto!«

Reinders hatte den Baum, vor dem die Spuren endeten, jetzt etwa zehn Meter hinter sich gelassen. Er wollte im

Bogen umkehren, als er knapp neben sich etwas Helles auf dem Boden liegen sah. Er bückte sich und pfiff durch die Zähne. »Sieh einer an«, murmelte er.

Da war der Beweis, dass sie an der richtigen Stelle suchten. Die Kriminaltechnik würde einiges zu tun haben. Zeit, sich um die verletzte Kollegin zu kümmern. So machte er kehrt und lief den Weg auf der anderen Seite der Spuren zurück. Jasmin Sauber saß mit schmerzverzerrtem Gesicht auf dem Boden. Sie hatte ein Bein angewinkelt und stützte das Kinn auf dem Knie ab.

»Schöne Scheiße, was?«, sagte sie mit gequältem Lächeln.

Reinders ging neben ihr in die Hocke. Auch ohne fachärztliche Kenntnisse sah er, dass der Fuß dick angeschwollen war.

»Na, komm, Kollegin. Ich trag dich zum Auto.«

Ehe Jasmin protestieren konnte, nahm er sie mit Leichtigkeit auf den Arm, wie der Bräutigam, der die Braut über die Schwelle trug. So hob er auch sein Töchterchen Luisa oft ins Bett, wenn sie bei ihm im Wohnzimmer vorm Fernseher eingeschlafen war. Zum Glück war Jasmin fast einen Kopf kleiner als Reinders selbst und dazu ein Fliegengewicht. Dennoch keuchte er, als er den Dienstwagen endlich erreichte. Er stellte sie auf dem gesunden Fuß ab und schob den Beifahrersitz, so weit es ging, zurück. Gerade als sie stöhnend auf den Sitz fiel, sah Reinders die Karawane der Kriminaltechnik näher kommen. Schnell wies er die Kollegen ein und erklärte ihnen, welche Spuren zu sichern seien. Dann ließ er sich neben Jasmin hinter dem Steuer des Dienstwagens nieder.

»Jetzt sag schon! Was hast du gefunden?«, platzte Jasmin heraus und schien den Schmerz für den Moment zu vergessen.

Reinders blickte triumphierend zu ihr herüber. »Volltreffer!«, sagte er. »Du hast dir den Fuß nicht umsonst verknackst.«

»Nun mach es nicht so spannend! Was war da im Wald?«

Reinders grinste geheimnisvoll, ließ den Motor an und schaltete die Scheinwerfer ein. Die Kollegen der Kriminaltechnik bauten bereits ihre Strahler auf.

»Etwa zehn bis zwölf Meter hinter dem Baum, vor dem die Reifenspuren endeten, lag etwas auf dem Boden. Es war nur dürftig mit Ästen und losem Waldboden zugedeckt. Dem Täter fehlte wohl die Zeit, um es ganz zu vergraben.«

»Was?!«

»Ich bin zu 99 Prozent sicher, dass ich das Fahrrad gefunden habe, mit dem der mutmaßliche Täter vom Gericht aus geflüchtet ist.«

*

Da hatte Max Teubner ihr eine nette Arbeit aufgehalst. »Mehr Akten konntest du nicht finden?«, fragte Maike Graf mit deutlicher Ironie in der Stimme. Sie blickte über den Schreibtisch ihren Kollegen an, der wie sie einen Stapel Patientenkarteien und Akten vor sich liegen hatte. Mithilfe eines richterlichen Beschlusses hatte er sie aus der Praxis Heinemann-Schönfeld mit ins Kommissariat gebracht.

Teubner sah auf und grinste. »Ich habe mich zunächst mit dem Material der letzten zwei Jahre begnügt. Kann gut sein, dass wir tiefer graben müssen, wenn die Morde von einem Patienten oder Angehörigen verübt wurden, der sich falsch behandelt fühlte.«

Maike lehnte sich zurück, reckte sich und rieb sich die brennenden Augen. »Meine Güte, Max! Glaubst du wirklich, wegen einer schlecht sitzenden Prothese oder einer Wurzelentzündung wird man zum Mörder?« Sie schüttelte unwirsch den Kopf und sah auf die Uhr. »Mir reicht's für heute! Ist gleich halb acht und ich muss unbedingt zu Frau Wasmuth ins Krankenhaus. Vielleicht habe ich Glück und sie ist allein. Willst du dich noch weiter durch die Aktenberge kämpfen, Max? So wie ich das sehe, ging es bei den meisten Klagen, die die Praxis geführt hat, um nicht bezahlte Rechnungen. Patienten, die sich für viel Geld die Kauleiste verschönern ließen und nur nach einem fadenscheinigen Grund suchten, um die beachtlichen Summen nicht zahlen zu müssen. In fast allen Fällen, die ich durchgeblättert habe, ging die Praxis Heinemann-Schönfeld als Sieger bei Gericht hervor. So wie ich das sehe, auch mit völliger Berechtigung.«

Sie stand auf und zog ihre Jacke über. »Ich wünsch dir noch viel Spaß beim Sichten der Akten!«, sagte sie grinsend und klopfte ihm freundschaftlich auf die Schulter, während Max sich bereits wieder in einen Ordner vertieft hatte. »Ach, sag mal: Hast du schon herausgefunden, wer dir die netten Worte in den Lack deines Wagens geritzt hat?«

Teubner sah auf und schob den Ordner unwillkürlich von sich. »Komisch, dass du danach fragst. Mir geht dieser Bengel, der mich auf dem Kieker zu haben scheint, nicht mehr aus dem Kopf. Als ich in der Praxis Heinemann-Schönfeld das Büro der Frau Doktor untersuchte, fiel mir in einer Schublade eine Mappe mit Fotos in die Hände. Auf einem davon war Patrick Schönfeld mit dem Jungen abgelichtet, der mich in den letzten Tagen attackiert. Meinst du, der hat mit dem Fall zu tun? Aber mir will einfach kein Zusammenhang in den Kopf.«

Maike schlang sich in Gedanken ihren Schal um den Hals. »Das ist wirklich merkwürdig. An deiner Stelle würde ich

Patrick Schönfeld danach fragen. Hast du das Foto mitgenommen?«

Teubner nickte. »Ja, hab ich. Ich werde mir Patrick Schönfeld in nächster Zeit noch einmal vorknöpfen.«

»Ich wünsch dir viel Glück dabei, Max! Bis Morgen!«

Maike verließ das Kommissariat und steuerte auf dem Parkplatz ihren Clio an. Als sie einsteigen wollte, hielt Kollege Reinders mit seinem Dienstwagen neben ihr.

»Na, Sören? Wo ist denn die Kollegin Sauber?«, feixte sie. »Hast du sie rausgeschmissen, weil sie dir alles recht machen wollte und doch nichts auf die Reihe kriegte?«

Reinders blickte sie genervt an. »Mensch, halt die Klappe, Maike! Du kennst Jasmin gar nicht! Sie ist eigentlich eine nette Kollegin. Also nimm dich in Zukunft mit deinem blöden Sarkasmus ein bisschen zurück!«

Maike blieben vor Überraschung die Worte weg und sie starrte Reinders nur mit offenem Mund an. Welche Laus war dem über die Leber gelaufen? Sie blickte ihm nach, bis er mit großen Schritten hinter der Eingangstür des Kommissariats verschwunden war, dann stieg sie kopfschüttelnd in ihr Auto und fuhr auf direktem Wege zum evangelischen Krankenhaus.

Christa Wasmuths Wangen hatten eine rosige Farbe angenommen. Sie lag nicht im Bett, sondern saß mit dunkelrotem Frotteemantel bekleidet auf der Bettkante. Maike hatte Glück. Tochter Britta hatte sich um 18 Uhr verabschiedet, weil sie für Ehemann Michael und Töchterchen Leonie noch Essen kochen musste. Die Bettnachbarin war, genau wie am Mittag, unterwegs. Vielleicht frönte sie ihrer Lust und paffte vorm Eingang des Krankenhauses eine Zigarette nach der anderen. Maike bemerkte mit einem zufriedenen Blick, dass das Tablett mit dem Abendbrot völlig geleert war, und bot an, das dreckige Geschirr auf den Flur zu bringen. Doch Frau Wasmuth winkte energisch ab, das könne sie nachher selbst erledigen. Sie wäre schließlich nicht krank. Die Ärzte wollten sie vorsichtshalber bis zum Morgen dabehalten, dann könne sie nach Hause.

»Es graut mir davor, in das leere Haus zu kommen«, sagte sie nun. »In dem Bewusstsein, man ist allein und bleibt es auch.« Sie drehte den Kopf zur Seite und wischte sich mit dem Handrücken die aufkommenden Tränen aus den Augen. »Versprechen Sie mir, den Mörder von Holger zu fassen, Frau Kommissarin! Bitte! Sie müssen alles tun, um diesen Kerl hinter Gitter zu bringen.«

Maike drückte ihre Hand und setzte sich zu ihr auf die Bettkante.

»Sie können uns dabei helfen, Frau Wasmuth. Darf ich Ihnen einige Fragen stellen? Es wäre sehr wichtig.«

»Natürlich. Nur zu!«

»Ihre Tochter sagte mir, Ihr Mann habe vor seinem Rentendasein als Anästhesist gearbeitet. Tat er das auch in Zahnarztpraxen? Gibt es einen Bezug zu der Zahnärztin Frau Doktor Heinemann-Schönfeld? Sie wurde auf die gleiche Weise wie Ihr Mann ermordet.«

Christa Wasmuth schüttelte langsam den Kopf. »Holger hat in den letzten Jahren, bevor er in Rente ging, nur im Krankenhaus gearbeitet.«

»Wann genau?«

»Hm.« Die Frau rieb sich das Kinn und dachte nach. »Holger wäre nächstes Jahr 74 geworden. Er ist mit 65 in Rente gegangen. Die letzten Jahre seiner Berufstätigkeit hat er hier im EK gearbeitet.«

»Davor hat er auch in Zahnarztpraxen als Anästhesist gearbeitet?«

»Ja, das kam vor. Die Praxen hatten meist nur einmal die Woche OP-Termine. Die haben sie mit ihm abgesprochen.«

»Hat Ihr Mann für die Praxis Heinemann-Schönfeld gearbeitet?«

Christa Wasmuth hob ratlos die Schultern. »Das weiß ich nicht. Ist so lange her. Außerdem hasste Holger die Arbeit mit den Zahnärzten. Es lief selten so, wie er es sich wünschte, immer gab es Probleme und gezahlt haben die Praxen auch nicht sonderlich gut. Deshalb hat er sich schließlich um einen festen Job bemüht.«

»Haben Sie Unterlagen aus jener Zeit, wo man nachsehen könnte, für welche Praxen er gearbeitet hat?«

»Nein. Holger sagte, man könne die Akten nach zehn Jahren vernichten. Irgendwann hat er sie hinten im Garten ins Osterfeuer geschmissen. Glauben Sie, seine Zeit als freiberuflicher Anästhesist hängt mit seinem Tod zusammen? Das ist doch ewig her!«

Maike hob die Schultern. »Wir suchen nach einer Verbindung zwischen den Mordopfern. Es muss eine geben, denn beide Opfer trugen ein Lebkuchenherz mit der Aufschrift ›Ein letzter Gruß, G.‹ um den Hals. Fällt Ihnen jemand ein, der einen Grund haben könnte, Ihrem Mann zu schaden? Haben Sie eine Ahnung, wer G. ist?«

Christa Wasmuth zog ruckartig ihre Hand zurück, die Maike immer noch gehalten hatte, und stand auf. Langsam schlenderte sie auf das Fenster zu und starrte in die Dunkelheit.

»Frau Wasmuth?« Maike stellte sich neben die Dame. »Wenn Sie etwas wissen, das mit dem Mord an Ihrem Mann zu tun hat, dann müssen Sie das sagen! Sie wollen doch, dass wir den Mörder fassen?«

Langsam drehte sich Christa Wasmuth zu Maike. Sie

war eine Spur blasser geworden. »Ja«, sagte sie leise, »da gibt es jemanden. Wir haben eine Dummheit begangen, meine Tochter und ich.« Tränen rollten ihr die Wangen herab.

»Ist eine lange Geschichte, Frau Kommissarin«, sagte sie. »Gehen wir ein wenig auf den Flur? Da fällt mir das Reden leichter.«

*

Gero Krüger lenkte seinen Toyota über den Hellweg Richtung Dortmund. Er hatte sich den Abend so schön vorgestellt! Auf dem Beifahrersitz lag ein dicker Blumenstrauß. 50 Euro hatte er dafür hingeblättert! Er war ein Idiot! Gut, dass er den Strauß im Auto gelassen hatte, als er Claudia vom Friseursalon abholen wollte. Auf seine Frage, ob sie ihn zum Abendessen in den »Wittekindshof«, eines der nobelsten Restaurants in Dortmund, begleiten wolle, hatte sie nur bedauernd den Kopf geschüttelt. Diese Schlampe!

»Nein, Schatzi. Tut mir leid. Guido holt mich ab«, äffte Krüger ihre piepsige Stimme nach. Im selben Moment war der Zahnarzt mit seinem dicken SLK bis auf den Bürgersteig vorgefahren und hatte anhaltend gehupt. Claudia hatte den Makler überhaupt nicht mehr beachtet und war sofort zu Schönfeld gestöckelt, der ihr seine Zunge gleich tief in den Hals steckte. Dieses Arschloch!

Krüger trat hart auf die Bremse, als eine der zahlreichen Ampeln am Hellweg auf Rot wechselte. Egal, dachte er. Dann wird das Geld eben woanders investiert. Er würde sich heute einen schönen Abend machen, auf seinen neuen Reichtum anstoßen und dabei voll auf seine Kosten kommen. Auch ohne Claudia. Die würde ihn nie wiedersehen! Das schwor er sich. Die Ampel sprang auf Grün und der Makler lenkte den Toyota auf den Dortmunder Wall. Als der Hauptbahnhof in Sicht kam, fuhr er den Wagen auf die rechte Spur und bog auf die Parkplätze des Bahnhofs ab. Das letzte Stück konnte er zu Fuß gehen.

Kurze Zeit später schlenderte er über die Linienstraße – mit dickem Blumenstrauß in der Hand. Die Hure, für die er sich entscheiden würde, sollte sich freuen. Die Bordellstraße Dortmunds war bei Weitem nicht so imposant wie die Reeperbahn in Hamburg, aber um seine Bedürfnisse zu stillen, reichte die schmale Straße mit den tristen Häusern allemal. Um nicht erkannt zu werden, hatte Krüger sich die Mütze mit der gelben Tatze von Schönfeld, die dieser in seinem Auto vergessen hatte, tief ins Gesicht gezogen. Langsam schlenderte er von Schaufenster zu Schaufenster, taxierte die hinter den Scheiben sitzenden Frauen in Lackstiefeln, in String und Netzstrümpfen, wie sie ihren Körper als Ware unter roten Laternen darboten. Krüger rieb sich in Gedanken die Hände. Meine Güte, wie lange war es her, dass er das letzte Mal einer Hure Geld gegeben hatte? Er war kein regelmäßiger Bordellbesucher. Das hatte er nicht nötig, aber manchmal schien es unkomplizierter, einfach für Sex zu bezahlen und sich nicht über die Konsequenzen einer Nacht den Kopf zerbrechen zu müssen.

Keine fünf Minuten später entschied Krüger sich für Ronja aus Russland. Schlank mit blonder Mähne, nicht mehr ganz jung – er schätzte sie auf knapp 30 – dafür mit Qualitäten, die er bereits einige Male getestet hatte. Ihre knallroten Lippen strahlten, als er das Papier vom Blumenstrauß riss und ihr das kostbare Gestrüpp entgegenhielt. Für 500 Euro nahm sie ihn mit aufs Zimmer, wo sie sich gleich breitbeinig auf eine Leopardendecke fläzte und ihm eine Nacht versprach, die er nicht so schnell vergessen werde.

*

Als Maike das evangelische Krankenhaus verließ, rauschte ihr der Kopf von der Geschichte, die Christa Wasmuth ihr erzählt hatte. Einen Moment blieb sie hinterm Steuer ihres Renaults sitzen und ordnete ihre sich überschlagenden Gedanken. Der Makler Gero Krüger war auch für die Wasmuths tätig gewesen. Lag hier die Verbindung zwischen den beiden Mordfällen? Immerhin begann sein Vorname mit G. War er so dreist, seinen Opfern seine Visitenkarte um den Hals zu hängen? Christa Wasmuth schien ihm das durchaus zuzutrauen. Denn der Makler war dafür berüchtigt, unwilligen Klienten nachzuhelfen, wenn sich Schwierigkeiten beim Verkauf der von ihm zu veräußernden Immobilien ergaben.

Maike brannte darauf, diesen Gero Krüger kennenzulernen, um sich ein eigenes Bild von ihm zu machen. Sie überlegte, ob sie Jochen Hübner über den neuen Stand der Ermittlungen informieren sollte, entschied sich schließlich dagegen. Möglich, dass sie Krüger zur Fahndung ausschreiben würden, aber Maike glaubte, verantworten zu können, damit bis zum nächsten Tag abzuwarten. Sie hatte seine private Rufnummer recherchiert und notiert. Sie wählte seinen Privatanschluss. Nachdem der Makler das Gespräch nach zehnmaligem Bimmeln nicht entgegennahm, beschloss Maike spontan, dem Maklerbüro einen Besuch abzustatten. Sie startete den Motor und lenkte ihren Wagen vom evangelischen Krankenhaus durch verwinkelte Gassen am Verkehrsring vorbei bis zur Hertinger Straße. Fünf Minuten später stand sie vor der verschlossenen Tür des Maklerbüros. Im fahlen Licht der Hausbeleuchtung sah sie, dass das Büro leer und verlassen war, genau wie am Mittag. Auch das Din-A4-Blatt mit dem Hinweis, Krüger sei morgen zu den gewöhnlichen Geschäftszeiten wieder erreichbar, befand sich nach wie vor an der Eingangstür.

Maike drückte den Klingelknopf über dem Schild des Maklerbüros, auf dem der Name »Egon Gieske« stand. Kurz darauf erstrahlte die Flurbeleuchtung und jemand polterte die Treppe hinunter. Ein Schlüssel wurde umständlich ins Schloss gesteckt und unter lautem Klimpern zweimal gedreht.

Der Hausbesitzer strahlte, als er die Kommissarin erkannte. »Ah, guten Abend! Die Frau Hauptkommissarin! Kommen Sie herein!«

Maike betrat ein schummriges Treppenhaus mit gelbblauen Specksteinfliesen im Schachbrettmuster auf dem Boden. Die Wände in Hüfthöhe grün verputzt, darüber in schrecklichem Rautenmuster tapeziert. Sie nahm den Duft von gebratenen Kohlrouladen wahr. »Ich will nicht lange stören. Sicher wartet Ihre Frau mit dem Essen«, begann Maike nach kurzem Gruß. »Nur zwei Fragen.«

Gieske winkte ab. »Sie stören nicht. Ich bin ledig und gerade fertig mit meinem Mahl. Mögen Sie Kohlrouladen mit Salzkartoffeln? Ich habe reichlich gekocht.«

»Vielen Dank, das ist nett von Ihnen. Leider habe ich gleich noch einen Termin«, wich Maike aus. »War Herr Krüger seit unserem Gespräch mittags im Büro? Wir müssen dringend mit ihm sprechen.«

Gieske nickte erregt und steckte den Schlüsselbund in

seine Hosentasche. »Ja, Frau Kommissarin. Am Nachmittag hat er bei mir geschellt. Er hat mir die ausstehenden Mieten bezahlt und noch 100 Euro draufgelegt. Man muss manchmal nur ein bisschen Druck machen. Ich hatte ihm gestern die Heizung abgedreht.«

»Wann genau war das? Hat er Ihnen gesagt, woher er plötzlich das Geld hatte?«

»Vielleicht hat er endlich die Provision bekommen, auf die er angeblich so lange wartet. Ich wollte nicht indiskret sein und fragen.« Gieske blickte auf seine Armbanduhr. »Lassen Sie mich überlegen! So gegen halb fünf hat der Krüger geschellt.«

»War er danach in seinem Büro?«

Gieske schüttelte den Kopf. »Das war ihm zu kalt. Er hat mir gesagt, jetzt, wo ich die Miete hätte, könnte ich die Heizung anstellen, damit er seine Kunden morgen vernünftig bedienen könne. Das habe ich sofort erledigt.«

»Sie haben keine Ahnung, was er danach vorhatte?«

Erneut schüttelte Gieske mit dem Kopf und fuhr sich verlegen durch die lichten Haare. »Nee, Frau Kommissarin. Privat haben wir kaum ein Wort gewechselt. Der Krüger kommt sich ein bisschen vor, als sei er was Besseres. Als er mir die Miete hinblätterte, habe ich ihm angeboten, er könne sein Büro noch bis zum Frühjahr behalten, danach will ich renovieren. Da hat er gleich gesagt, das sei nicht nötig. Er habe etwas Größeres und Moderneres in Aussicht.«

Maike hielt dem älteren Mann ihre Hand hin. »Machen Sie sich nichts draus, Herr Gieske. So können Sie früher mit der Renovierung beginnen. Ich danke Ihnen vielmals, dass Sie sich am späten Abend Zeit für mich genommen haben. Könnten Sie mir einen Gefallen tun?«

Die Augen ihres Gegenübers begannen zu leuchten. »Aber immer. Einer hübschen Kommissarin werde ich keinen Wunsch abschlagen.«

Maike überhörte das Kompliment und grinste. »Würden Sie mich morgen früh anrufen, sobald Herr Krüger in sein Büro kommt? Das wäre eine enorme Hilfe für uns.« Sie zog eine Visitenkarte aus ihrer Umhängetasche und hielt sie ihm entgegen.

Fast ehrfurchtsvoll nahm er sie an. »Sowie der Makler mit seinem Auto vorfährt, melde ich mich bei Ihnen. Versprochen.«

Maike bedankte sich und ging zu ihrem Wagen. Egon Gieske eilte erstaunlich flink hinter ihr her und öffnete ihr galant die Autotür, als sie diese mit der Fernbedienung entriegelt hatte.

»Eines ist mir noch aufgefallen, Frau Kommissarin. Fällt mir gerade ein, wie ich Sie so zum Auto begleite. Ich bin dem Krüger auch zu seinem Wagen gefolgt. Er hatte seinen Schirm in meiner Wohnung vergessen.«

Maike befestigte den Gurt und sah Gieske abwartend an. Sie hatte keine Chance, die Autotür zu schließen, da er direkt neben ihrem Sitz stand und sich vertraulich zu ihr hinunterbeugte.

»Als ich den Schirm hinten in seinen Wagen legte, sah ich einen Blumenstrauß auf dem Beifahrersitz.« Er wölbte seine Arme, als umschließe er damit eine Tonne. Dann zwinkerte er mit den Augen und fuhr fort: »Der hatte gewiss eine Verabredung mit einer hübschen Frau. Er sah auch ziemlich gestylt aus, wenn ich so drüber nachdenke. Mit dunklem Zwirn, den ich noch nie bei ihm gesehen hab und Krawatte aus Seide. Sah teuer aus, was der anhatte. Sonst trägt er immer Klamotten von der Stange, die schnell verknittern.«

Maike lächelte. »Sie sind ein scharfer Beobachter und Kombinierer! Es sei dem Herrn Krüger gegönnt. Vielen Dank, Herr Gieske, Sie haben mir sehr geholfen.«

»Ehrensache.« Er machte keine Anstalten, die Autotür freizugeben.

»Ich müsste jetzt los, Herr Gieske.«

»Natürlich.« Er trat beiseite und legte seine Hand an den Griff der Autotür. »Einen schönen Abend, Frau Kommissarin!«

Maike mühte sich um ein freundliches Lächeln. Sie wollte nach Hause. Mittlerweile war es Viertel vor zehn. Im Kühlschrank wartete ein Rest Lasagne. Dazu würde sie sich ein Glas Rotwein gönnen. Endlich schob Gieske die Tür zu, trat zurück und hob zum Abschied die Hand. Er wirkte wie ein Mann aus vergangenen Zeiten mit seinen Filzpantoffeln, den labberigen Cordhosen und der handgestrickten braunen Jacke, dabei mochte er kaum die 50 überschritten haben.

Maike konnte seine begehrlichen Blicke spüren, als sie sich beeilte, den Wagen rückwärts auf die Hertinger Straße zu setzen. Sie erwiderte das freundliche Winken des Mannes, ehe sie den Weg in die Lortzingstraße einschlug.

MITTWOCH, 7. NOVEMBER

»Der Kirmesmörder geht um!«, schrie Jochen Hübner, den Maike selten so aufgebracht erlebt hatte, und knallte mit Wucht ein Boulevardblatt auf den Konferenztisch.

»Wir haben eine Schlagzeile auf der Titelseite, Leute! Ist das nicht ein Grund zum Feiern?« Seine Stimme triefte voller Sarkasmus. »Was glaubt ihr, wie lange es dauert, bis wir uns vor besorgten Anrufen aus der Bevölkerung nicht mehr retten können? Staatsanwalt Eichhorn hat mir am Telefon die Hölle heißgemacht. Ihr könnt froh sein, dass er heute früh zu einem Gerichtstermin muss.«

Jochen Hübner blickte auf seine Armbanduhr. »Wir fangen jetzt an. Auch ohne den Kollegen Reinders, der es nicht auf die Reihe kriegt, hier pünktlich um halb neun zu erscheinen.«

Hübner setzte sich an den Kopf des Tisches und griff erneut nach der Zeitung. Das Papier raschelte, als er umständlich die erste Seite umblätterte und das Blatt faltete. Seine Stirn lag in Falten, die sich bis zur Nasenwurzel bohrten. Ein Zeichen dafür, dass seine Laune den absoluten Tiefpunkt erreicht hatte. Etwa 15 Beamte widmeten Jochen ihre Aufmerksamkeit. Im Besprechungsraum war es mucksmäuschenstill, als er begann, aus der Zeitung zu zitieren.

»*Unna. In der beschaulichen Hellwegstadt, auch als Eselsstadt bekannt, geht der Kirmesmörder um. In der Nacht von Montag auf Dienstag wurde bereits ein zweiter unbescholtener Bürger Unnas Opfer eines Gewaltver-*

brechens. Holger W. hatte seine Enkelin nach einem Kir-
mesbesuch nach Hause gebracht und war danach spurlos
verschwunden. Man fand am frühen Dienstagmorgen seine
Leiche vor dem Amtsgericht in Königsborn. Er hatte ein
Lebkuchenherz um den Hals, genau wie zuvor die Zahn-
ärztin Judith H., die am Samstag vor dem Kriegerdenk-
mal im Stadtpark ermordet aufgefunden wurde. Bei beiden
Opfern befanden sich an den Innenflächen der Handge-
lenke Einritzungen. Zeichen eines vorgetäuschten Suizid-
versuchs? Die zuständige Mordkommission tappt noch völ-
lig im Dunkeln.«

Hübner blickte kurz auf.

»Der Reporter geht ins Detail, er zitiert Britta und
Michael Osterhaus, die Holger Wasmuth als liebenswürdigen Menschen beschreiben. Ähnlich beruft sich der Journalist auf Guido Schönfeld über seine Frau Judith. Ich lese
euch den Schluss des Berichts vor. Der grenzt an Unver-
schämtheit. *Bleibt zu hoffen, dass der Mörder mit der Kir-*
mes die Stadt verlassen hat, denn so, wie es aussieht, hat
die Kriminalpolizei noch keine heiße Spur. Hat Unna den
Namen ›Eselsstadt‹ tatsächlich nicht ohne Grund?«

Jochens Augen funkelten, als er wütend aufstand. Sein
Stuhl scharrte laut über den Boden. Er stützte sich mit den
Händen auf dem Tisch ab, beugte sich vor und blickte in
die Runde der Kollegen.

»Der Bericht ist gespickt mit Bildern vom Amtsgericht
und Kriegerdenkmal, denen ein Passfoto der unkenntlich
gemachten Opfer beigefügt ist. Ich frage mich, woher die
detaillierten Informationen kommen. Von den Schnitten an
den Handgelenken dürfte die Presse nichts wissen. Andreas, ich möchte, dass du dir diesen Journalisten zur Brust
nimmst.«

Der stämmige Andreas Wilms saß mit kariertem Flanellhemd am Ende des Konferenztisches. Er hatte die Arme vor dem Bauch verschränkt und nickte nur.

Hübner fuhr fort: »Glücklicherweise wurde die Aufschrift der Herzen nicht erwähnt. Wobei wir beim Thema wären.«

Er schlug mit der Faust hart auf den Tisch, sodass einige der Kollegen zusammenzuckten.

»Verdammt, Leute! Hat sich einer von euch die Mühe gemacht und die Kirmesleute befragt? Das hätte gleich am Samstag oder Sonntag passieren müssen. Staatsanwalt Eichhorn persönlich hat diesen Impuls bereits nach dem ersten Mord in den Raum geworfen. Aber niemand von euch hat sich die Mühe gemacht, die Herkunft der Herzen zu erforschen. Jetzt sind die Kirmesleute weitergezogen. Ich will, dass man sich damit beschäftigt und den Budenbesitzer findet, von dem die Herzen stammen! Wer weiß, wie viele Lebkuchenherzen mit der Aufschrift ›Ein letzter Gruß, G.‹ noch existieren!«

Maike sah Hübner an, der sich immer mehr in Rage zu reden schien. Sie wagte als Erste, ihn zu unterbrechen. »Du glaubst aber nicht, dass einer der Kirmesleute hinter den Morden steckt, oder?«

Jochen blickte Maike einen Moment mit undefinierbarem Blick an. Dann mühte er sich um einen ruhigen Tonfall. »Nein. Das glaube ich nicht. Und ich lasse mich auch nicht von Hobbydetektiven eines Boulevardblattes unter Druck setzen. Dennoch ist es wichtig, den Budenbesitzer zu finden. Gut möglich, dass wir Hinweise über den Täter vom Verkäufer erlangen. Wer kümmert sich darum?«

Max Teubner hob die Hand. »Ich könnte das machen. Die meisten Fahrgeschäfte und Budenbesitzer ziehen von

Unna zur Allerheiligenkirmes nach Soest, wo jedes Jahr laut Veranstalter die größte Innenstadtkirmes Deutschlands stattfindet. Vielleicht kann mir der zuständige Beamte vom Stadtmarketing weiterhelfen, die haben ja die Standpläne und kennen die Namen der Budeninhaber.«

Hübner nickte, setzte sich und blätterte in seinen Unterlagen.

»Noch etwas«, fuhr er fort. »Ich habe heute Morgen einige Laborergebnisse bekommen.« Er studierte einen Moment seine Akten, dann sah er auf. »Die Vergleichs-DNA von Benno Dreier alias Merlin stimmt nicht mit der Täter-DNA überein. An den Armen von Judith Heinemann-Schönfeld wurden Hautpartikel sichergestellt, die nicht von Dreier stammen. Vermutlich trug der Täter beim Ritzen der Handgelenke keine Handschuhe. Damit scheidet der Junkie als Mörder aus. Als Staatsanwalt Eichhorn das erfuhr, ist er fast durchs Telefon gesprungen. Er brüllte nur: ›Dann krieg ich diesen kleinen, miesen Fixer eben wegen Leichenschändung dran.‹ Dreier sitzt bereits in Dortmund in der U-Haft.«

Hübner klappte die Aktenmappe zu und blickte in die Runde seiner Mordkommission. »Die weiteren Laboruntersuchungen laufen noch. Von meiner Seite gibt es sonst nichts Neues zu berichten. Die Akten, die ich mit Kollege Teubner aus der Praxis Heinemann-Schönfeld gesichtet habe, waren bisher nicht ergiebig. Wie sieht es bei euch aus? Irgendwelche Fortschritte?«

Maike räusperte sich und ergriff das Wort. »Ich habe gestern mit Christa Wasmuth gesprochen. Sie hat mir eine sehr interessante Geschichte erzählt. Der Makler Gero Krüger, der den Verkauf der Villa Schönfeld arrangiert hat, wurde auch mit dem Verkauf des Hauses der Wasmuths betraut.«

Sie berichtete, was sie von Christa Wasmuth erfahren hatte. »Der Immobilienmakler trat auf die Wasmuths zu. Ein Autohändler bot für deren Grundstück eine immense Summe. Wir sprechen von einer halben Million aufwärts. Das ist für ein baufälliges Haus fast wie ein Sechser im Lotto. Christa Wasmuth freute sich, schmiedete bereits Pläne mit ihrer Tochter, die sich endlich raus aus ihren Schulden sah. Doch Holger Wasmuth weigerte sich, zu verkaufen. Das Haus und das Land seien seit Generationen in Familienbesitz und so solle es auch bleiben.«

Hübner hatte interessiert zugehört. »Damit hat Christa Wasmuth sich selbst ein Motiv geliefert und auch Britta und Michael Osterhaus werden verdächtig.«

Maike nickte, rutschte bis an die Kante ihres Stuhls und stützte die Unterarme auf den Tisch. »Nachdem abzusehen war, dass Holger Wasmuth nicht in den Verkauf des Hauses einwilligen würde, informierten sich Christa Wasmuth und ihre Tochter zunächst, ob sie Wasmuth entmündigen lassen könnten. Der Makler Gero Krüger soll sie auf diese abstruse Idee gebracht haben.«

Maike vernahm unter den Kollegen abwertendes Kopfschütteln.

»Der alte Mann kam dahinter und sprach seitdem kein Wort mehr mit Ehefrau und Tochter. Das sei bereits zwei Wochen her.«

Teubner mischte sich ein. »Du glaubst, dass die Frauen den Mann auf dem Gewissen haben?«

Maike schüttelte den Kopf. »Nein. Die Geschichte geht noch weiter. Jetzt kommt der Makler Krüger ins Spiel. Auch er merkte, dass Wasmuth nicht umzustimmen war. Er bot Britta und Michael Osterhaus eine Lösung des Problems an. Er verriet keine Details, aber es lief darauf hinaus, dass

Holger Wasmuth sich in einem Zustand der Handlungsunfähigkeit befinden müsse. Danach sollte der Hausverkauf mit einer gefälschten Vollmacht abgewickelt werden.«

Maike beendete ihren Vortrag mit der Erklärung, sie habe gestern versucht, Gero Krüger aufzusuchen, er sei jedoch weder im Büro noch in seiner Wohnung gewesen. Ab 10 Uhr heute früh sei er vermutlich geschäftlich anzutreffen.

Die Tür zum Besprechungsraum wurde aufgerissen. Ein abgehetzt wirkender Sören Reinders trat ein, murmelte eine Entschuldigung und setzte sich auf den letzten freien Stuhl am Ende des Konferenztisches, direkt neben Maike.

Jochen Hübner konnte seinen Ärger über die Verspätung nicht verbergen. Seine Augen blitzten, wie zu Beginn der Besprechung.

»Sören! Schön, dass du doch noch den Weg zu uns gefunden hast. Hoffentlich bist du wenigstens ausgeschlafen!«

Statt sich reumütig zu entschuldigen, ballte Reinders die Hände zu Fäusten und verkrampfte sie so, dass sie zu zittern begannen. Maike sah, wie ihm das Blut in den Kopf schoss und wie schwer es ihm fiel, sich zu beherrschen.

»Nein, ich bin nicht ausgeschlafen!«, sagte er mit gepresster Stimme. »Ich ackere bereits seit 7 Uhr in meinem Büro. Und ich habe mir nicht die halbe Nacht mit Ermittlungen um die Ohren geschlagen, um hier blöd angemacht zu werden.«

Maike blickte ihn entsetzt an. »Sören!«, flüsterte sie und trat ihm leicht vor den Knöchel, um ihn zu bremsen. Sie kannte Sören Reinders als liebenswerten Kollegen, manchmal aufbrausend, der sich dennoch meist unter Kontrolle hatte.

Jochen Hübner zog überrascht die Augenbrauen hoch.

»Na, dann dürfen wir gespannt sein«, sagte er ruhig.

Reinders holte tief Luft, lehnte sich entspannt zurück und stützte seinen Kopf in seine im Nacken gekreuzten Hände. Er berichtete von Reifenspuren in einem Waldstück zwischen Unna und Fröndenberg, die mit hoher Wahrscheinlichkeit vom Auto Holger Wasmuths stammten. Weitere Spuren würden in den Wald hineinführen. Dort hätte er das Rennrad gefunden, welches der Täter vermutlich zur Flucht nutzte. Schließlich brachte Reinders den Unfall von Jasmin Sauber zur Sprache.

»Zum Glück ist ihr Fuß nur verstaucht. Sie wird dennoch die nächsten Tage ausfallen. Nachdem ich der Kollegin gestern Abend ihre persönlichen Sachen geholt habe, fuhr ich sie nach Hause. Mir ließ jedoch eine Spur im Wald keine Ruhe, der ich aufgrund des Unfalls nicht mehr nachgehen konnte. Es war schon 20 Uhr durch, als ich noch einmal in das Waldstück fuhr, wo die Kollegen der Kriminaltechnik gerade ihre Sachen zusammenpackten.«

Reinders stand auf und nahm einen losen Hefter mit, den er vor Jochen Hübner auf den Tisch legte. Er blätterte einige Seiten um, dann deutete er auf eine bestimmte Stelle.

»Mir war neben den tiefen Spuren der Reifen, die beim Versuch, rückwärts aus dem Wald zu setzen, durchdrehten, etwas Blankes aufgefallen. Die Kriminaltechniker hatten den Gegenstand bereits sichergestellt. Es handelt sich um eine Radkappe in Silber Metallic für Mini-Cooper-Modelle mit Fünfzehn-Zoll-Stahlfelgen. In der Mitte der Radkappe befindet sich ein ›Mini‹-Logo in Schwarz mit Chrom. Es ist anzunehmen, dass der Mini-Fahrer beim Versuch, rückwärtszusetzen, einen Baumstumpf übersah und mit dem Rad dagegenfuhr. Dabei muss die Radkappe abgefallen sein.«

Sören Reinders blätterte einige Seiten des dünnen Hefters zurück.

»Ich habe gleich heute Morgen eine Halterabfrage gemacht. Die Lackspuren, die an Wasmuths Opel gefunden wurden, waren dunkelgrün. Man kann also davon ausgehen, dass es sich beim Täterfahrzeug um einen dunkelgrünen Mini Cooper handelt. Im Kreis Unna sind 22 solcher Fahrzeuge gemeldet. Hier ist die Halterliste.«

Reinders ließ den Hefter bei seinem Vorgesetzten auf dem Tisch liegen und begab sich zu seinem Platz. Jochen Hübner studierte die Unterlagen aufmerksam. Schließlich sah er auf.

»Das sind erfreuliche Erkenntnisse. Leider ist unter den Haltern weder ein Gero Krüger noch sonst einer der verdächtigen Personen unseres Falls. Sonst könnten wir die beiden Mordfälle wohl zu den Akten legen. Wir müssen dringend mit diesem Makler reden. Den möchte ich heute Vormittag hier in der Dienststelle haben. Maike und Max, das erledigt ihr zuerst. Sören, du kümmerst dich mit zwei oder drei Kollegen um die Alibis der Mini-Fahrer. Mika, du nimmst dir diesen Autohändler vor, der angeblich eine halbe Million für ein Grundstück ausgeben will. Ich möchte Hintergrundinformationen, bevor du den Mann persönlich befragst. Wenn ihr nichts anderes von mir hört, ist die nächste Besprechung morgen früh.«

Unter allgemeinem Stuhlrücken löste sich die Versammlung auf. Maike war im Begriff, ihre Jacke anzuziehen, als ihr Diensthandy bimmelte. Egon Gieske hielt sein Versprechen und gab Report. Sie zupfte den Kollegen Max Teubner am Arm.

»Wir können los, Max. Der Makler ist in seinem Büro eingetroffen.«

*

Eine wohlige Wärme empfing Gero Krüger. Lange musste er diese dreckige Bude nicht mehr aushalten. Ein Objekt in der Bahnhofstraße würde im nächsten Jahr zu seinem Büro werden. In der Fußgängerzone! Die 1-A-Lage in Unna. Krüger konnte es immer noch nicht glauben. Auf halber Höhe würde zum Jahresende ein kleines Ladenlokal frei. Erschwingliche Miete. Und die Renovierungskosten hielten sich auch in Grenzen. Neuer Teppichboden, Glasfasertapete an den Wänden und anständiges Mobiliar, mehr musste er nicht investieren. Auf einen Mitarbeiter wollte er sich zunächst beschränken. Wenn die Geschäfte erst einmal anliefen, konnte er immer noch expandieren.

Gero Krüger saß hinter seinem Schreibtisch und blätterte in einem Ordner nach einem geeigneten Objekt für das junge Paar Anfang 30, welches ihm gegenübersaß. Eine Empfehlung von Familie Sprenger, die mit ihrer Wohnung in Kamen voll und ganz zufrieden waren. Das hätte er sich im Leben nicht träumen lassen, dass ausgerechnet die schnippische Tussi sein Geschäft ankurbeln würde. Aber ihm sollte es recht sein.

Während er den Ordner mit den Eigentumswohnungen Seite für Seite nach einem günstigen Objekt für das junge Paar durchging, schob sich plötzlich das Gesicht von Ronja vor seine Augen. Allein der Gedanke an die vergangene Nacht trieb ihm einen wohligen Schauer über den Rücken. Fast fühlte er noch ihre vollen Brüste in seinen Händen und ihre feuchten Lippen, die wirklich jeden Zentimeter seines Körpers erforscht hatten.

»Was ist denn nun? Haben Sie etwas für uns?«

Die ungeduldige Stimme des jungen Mannes riss Krüger aus seinen Träumen und er blickte auf. »Einen Moment noch, ich bin gleich durch. Zwei attraktive Objekte in Unnas unmittelbarer Umgebung sind schon für Sie markiert.«

Krüger konzentrierte sich auf seinen Ordner. Er wollte das Paar gerne zufriedenstellen. Die Grundlage, um einen erfolgreichen Job zu machen, hatte er jetzt mit dem Geld von Guido Schönfeld. Er hatte sich fest vorgenommen, ein anständiger Makler zu werden, den seine Kunden ohne Bedenken weiterempfehlen konnten. Endlich hatte er seine Mappe durch.

»So! Da habe ich doch das Passende für Sie gefunden.« Krüger lächelte das Paar aufmunternd an und schob ihnen den Ordner zu. Einige Seiten waren mit bunten Markierungsstreifen gekennzeichnet. Die Exposés jedes seiner Objekte hatte er sorgfältig mit viel Bildmaterial erstellt.

»Lassen Sie sich Zeit. Ich habe Eigentumswohnungen bis 100 Quadratmeter herausgesucht, die Ihren Anforderungen entsprechen sollten. Wenn Ihnen ein Objekt zusagt, machen wir gern einen Besichtigungstermin.«

Während das Paar den Ordner sichtete, fiel Krügers Blick durchs Fenster. Erstaunt sah er, wie ein Wagen hinter seinen schwarzen Toyota rollte. Ein Mann und eine Frau stiegen aus. Sie war schlank, Anfang bis Mitte 30 und hatte schulterlanges, dunkles Haar und trug einen braunen Cord-Blazer. Er sah durchtrainiert aus, nur etwas größer, um die 40 Jahre alt, mit dunkelblondem Kurzhaarschnitt und Dreitagebart. Beide kamen zielstrebig auf Krügers Büro zu. Der Makler bekam ein mulmiges Gefühl in der Magengegend. Einen weiteren Termin hatte er für den Vormittag nicht vergeben. Eine innere Stimme kategorisierte das Paar als Bullen. Krügers Nervosität wuchs. Was wollte die Polizei von ihm? Plötzlich war er sicher: Guido Schönfeld hatte als Racheakt für die verlorenen 100.000 Euro den Bullen einen Tipp gegeben. Vielleicht glaubte er sogar tatsächlich, dass Krüger etwas mit dem Tod seiner Frau zu tun hatte! Er hatte es mehrfach betont. Waren die Bullen hier, um ihn als mutmaßlichen Mörder mitzunehmen? Bleib ruhig, sagte eine innere Stimme. Du hast nichts zu befürchten. Doch seine Nervosität sprach mit einer anderen Stimme. Womöglich kamen die Bullen mit einem Durchsuchungsbeschluss. Verdammt, warum hatte er die Ordner mit den delikaten Aufträgen nicht woanders untergebracht? Wenn die Polizei ihn erst einmal in ihren Fängen hätte, würde Krüger eine Zeitlang im Knast versauern. Wie lange saß man für Betrug? Oder gar für Mord? Dunkle Visionen schossen an seinem inneren Auge vorbei und ließen seine Hände zittern. Sollte das Paar da draußen seine rosige Zukunft zerstören? War die Chance, ein Maklerbüro in der Fußgängerzone zu eröffnen, vertan? Ihm wurde unerträglich heiß. Krüger rieb sich mit dem Ärmel seines Jacketts über die Stirn, dann schob er seinen Stuhl zurück und stand auf. Er musste unbedingt Zeit gewinnen. Vielleicht war seine Angst umsonst und es handelte sich bei den vermeintlichen Bullen lediglich um Wohnungssuchende.

»Entschuldigen Sie mich bitte einen Moment«, sprach er seine Kundschaft nervös an. »Lassen Sie sich Zeit. Ich bin gleich zurück.«

Er verließ das Büro und betrat die angrenzende Gästetoilette. Während er die Tür von innen zusperrte, schnackte bereits das Schloss der Haustür. Die unangemeldeten Besucher waren kurz davor, sein Büro zu betreten. Krüger setzte sich auf den Toilettendeckel. Er hörte, wie sich die Bürotür öffnete.

»Guten Morgen«, sagte eine weibliche Stimme. »Maike Graf, Kriminalpolizei! Wir möchten mit Herrn Krüger sprechen. Ist er da?«

Die Kripo! Er hatte es geahnt. Alles in ihm drängte zur Flucht. Nur kurz meldete sich die Vernunft mit dem Gedanken, er würde sich dadurch erst recht verdächtig machen. Als machten sich seine Beine selbstständig, stand er schon auf der Toilettenschüssel und schob das kleine Toilettenfenster leise auf. Als er sich hochhievte und mühsam durch die Öffnung zwängte, hörte er, wie jemand laut an die Toilettentür klopfte.

»Öffnen Sie die Tür, Herr Krüger! Sofort!«

Wieder die Polizistenschlampe!

Krügers Nervenkostüm fiel in sich zusammen. Er wollte nur noch weg. Einen Moment überlegte er, ob er es zu seinem Wagen schaffen könnte. Zum Glück fiel ihm ein, dass sich die Autoschlüssel in seiner Manteltasche befanden und der lag im Büro. Er sprang in den Hinterhof. Aus den Augenwinkeln sah er, dass der männliche Bulle bereits ums Haus ging. Krüger nahm die Beine in die Hände und lief. Die Absätze seiner neuen, schwarzen Lederschuhe klackerten laut über das Pflaster. Er hechtete mit gekonntem Sprung über den Jägerzaun zum Nachbargrundstück. Als er den nassen Rasen überquerte, schoss ihm tatsächlich der Gedanke durch den Kopf, dass das Regenwasser der vergangenen Tage seine Schuhe völlig ruinieren würde.

»Bleiben Sie stehen!«, brüllte der Beamte hinter ihm.

Krüger beschleunigte und rannte weiter.

»Der Makler flüchtet Richtung Innenstadt!«, hörte er den Bullen schreien. Ob er mit Handy oder Funkgerät kommunizierte, oder ob seine Kollegin ebenfalls die Verfolgung aufgenommen hatte, konnte Gero Krüger nicht sehen. Er rannte, als ginge es um sein Leben. Kurzfristig beschloss er, die Straßenseite zu wechseln. Ungeachtet des dichten Verkehrs lief er auf die Fahrbahn. Autofahrer hupten. Bremsen quietschten. Dann knallte es. Egal! Weiter! Er erreichte die Kampstraße und bog ab in den Bergpfad. Seine Kondition war noch recht gut. Er konnte hinter sich keine Schritte mehr hören, wagte jedoch nicht, sich umzudrehen. Vermutlich lief der Bulle auf leiseren Tretern, als seine scheißlauten Lederschuhe.

Es ging bergab. Keine 20 Meter bis zum Verkehrsring. Einfach auf die Fahrbahn rennen! Die Autos würden schon bremsen. Einen Fahrer aus seiner Karre zerren und mit dem Auto flüchten.

Die Idee gab ihm Auftrieb. Krüger verlangsamte sein Tempo. Völlig planlos auf die Straße zu stürzen, glich doch eher einem Selbstmord. Manchmal bretterten die Autos mit siebzig Sachen über den Ring. Als Krüger fast den Bürgersteig erreichte, der den Bergpfad vom Verkehrsring trennte, sprang ihm eine Frau vor die Füße. Sie hielt eine Waffe im Anschlag und brüllte: »Hände hoch! Gero Krüger! Sie sind vorläufig festgenommen!« Dann hörte er seine Rechte.

Im selben Moment wurde er von hinten gepackt und ihm wurden die Arme auf den Rücken gedreht, bevor sich kaltes Metall mit einem Klacken um seine Handgelenke schmiegte.

*

Makler Gero Krüger erwies sich während der Vernehmung als wenig kooperativ. Obwohl er weder für die Tatzeit der Ermordung Judith Heinemann-Schönfelds noch für die Nacht, in der Holger Wasmuth erdrosselt wurde, ein Alibi hatte, verzichtete er auf einen Anwalt. Er schien sich seiner Sache sicher zu sein. Aber irgendwie hing der dubiose Makler mit drin, das stand für Maike außer Frage.

»Noch mal von vorn«, seufzte Maike. »Seit wann üben Sie den Beruf des Immobilienmaklers aus und wie kamen Sie dazu?«

Krüger setzte sich aufrecht auf seinen Sitz und zog die Ärmel seines Jacketts gerade. »Ich bin seit Anfang des Jahres Makler. Ich absolvierte bei der IHK einen Lehrgang und erhielt ein Zertifikat. Ich habe mein Gewerbe ordnungsgemäß angemeldet und nach Paragraf 34c der Gewerbeordnung eine Zulassung zur Ausübung der Maklertätigkeit. Glauben Sie, ich mache illegale Geschäfte?«

Maike überhörte die provokante Frage des Maklers, denn genau das glaubte sie. Vielleicht durfte Gero Krüger Immobilien veräußern, aber sicher nicht mithilfe von ungesetzlichen Druckmitteln.

»In einem vierzehntägigen IHK-Lehrgang wird man gewiss nicht fundiertes, umfangreiches Wissen erlangen, das ausreicht, um erfolgreich die Tätigkeit eines Maklers ausüben zu können. Gibt es andere Qualifikationen?« Sie schien einen empfindlichen Nerv bei Krüger getroffen zu haben, denn Zornesröte verdunkelte sein Gesicht.

»Sie trauen mir nicht viel zu, was? Weswegen haben Sie mich hergeschleppt? Um meine Qualifikation zu überprüfen?«

Teubner mischte sich ein, während Jochen Hübner das Geschehen auf dem Bildschirm im Nachbarraum verfolgte.

»Herr Krüger! Ich glaube, Sie verkennen Ihre Lage. Es steht Ihnen jederzeit frei, einen Anwalt hinzuzuziehen. Aber wenn Sie darauf verzichten, sollten Sie unsere Fragen beantworten. Haben Sie außer dem IHK-Lehrgang weitere Qualifikationen?«

Krüger lehnte sich zurück und verschränkte die Arme vor der Brust. Er fixierte Maike und Max abwechselnd mit seinen dunkelgrünen Augen. Schließlich beugte er sich etwas vor.

»Ich weiß wirklich nicht, was meine Ausbildung zur Sache beitragen sollte. Ich habe nach der Realschule eine

Lehre zum Bankkaufmann gemacht. In der Zeit arbeitete ich auch im Immobiliencenter. Nach Abschluss der Lehre war ich noch zwei Jahre für die Bank tätig. Ein guter Job. Leider musste ich kündigen, weil meine Eltern mich in ihrer Dorfkneipe brauchten.«

»Sie waren Kneipier?«, fragte Teubner erstaunt.

»Wohl eher Laufbursche.«

»Und nun benötigen Ihre Eltern Ihre Hilfe nicht mehr?«

Krüger grinste breit. »Schon mal was vom Kneipensterben gehört? Außerdem haben sich meine Eltern getrennt. Die Kneipe gibt's nicht mehr und zu meinen Erzeugern habe ich kaum Kontakt.«

»Was kam danach?«

»Ich war arbeitslos, jobbte im Baumarkt und wurde dort später fest angestellt. Ende letzten Jahres hatte ich genug gespart, um mich selbstständig zu machen.«

»Gab es Schwierigkeiten, als Makler Fuß zu fassen?«

»Sie meinen, weil ich mir kein anständiges Büro leisten kann?« Krüger lachte abfällig. »Ja. Zunächst lief es nicht so. Dann traf ich meinen alten Bekannten Michael Fellner. Der verschaffte mir durch den Verkauf seines Hauses den ersten großen Auftrag. Und er empfahl mich weiter. Ist wirklich ein guter Freund, der Michael. Ich verdanke ihm viel, denn von da an ging es aufwärts. Ab Januar werde ich in einem exklusiven Büro in der Bahnhofstraße arbeiten.«

Teubner stand auf und ging um den Tisch herum. Er setzte sich dicht vor Krüger auf die Kante des Schreibtischs.

»Nun reden wir mal Klartext. Sie haben von heute auf morgen eine große Summe Geld zur Verfügung. Woher kommt der Geldsegen, Herr Krüger? Sie bezahlen Mietrückstände. Sie können sich ein Büro in der Bahnhofstraße leisten. Sie tragen einen maßgeschneiderten Anzug und teure italienische Lederschuhe.«

Krüger wurde unruhig. Maike bemerkte, dass sich Schweiß auf seiner Stirn bildete und er begann, seine Finger zu kneten.

»Ich habe in letzter Zeit einige gute Abschlüsse gemacht.«

»Die Sie uns belegen können?«

»Natürlich kann ich das.«

Teubner setzte sich neben Maike und beugte sich zu ihr herüber. Er flüsterte laut genug, dass Krüger ihn verstehen konnte. »Wir sollten Staatsanwalt Eichhorn empfehlen, sich um einen richterlichen Durchsuchungsbeschluss für die Büroräume sowie die Privatwohnung des Maklers zu bemühen.«

Maike nickte und machte sich eine Notiz. Dann sah sie auf. »Herr Krüger. Sie wurden mit dem Verkauf der Villa Heinemann-Schönfeld und dem Haus des Ehepaars Wasmuth betraut. Bei beiden Verkäufen traten Schwierigkeiten auf. Plötzlich sind die Zahnärztin und der Rentner tot. Ich kann da nicht an einen Zufall glauben.«

Krüger stierte zu Boden, als seien die Spitzen seiner Lederschuhe interessanter, als die Fragen der Kripo zu beantworten. Er schwieg.

»Wo waren Sie in der Nacht von Freitag auf Samstag?«

»Ich weiß es nicht. Ich war betrunken«, murmelte der Makler, ohne aufzublicken. Endlich schien er sich zu besinnen und sah auf. Sein blasses, eingefallenes Gesicht nahm etwas Farbe an. »Aber von Montag auf Dienstag war ich zu Hause. Ich habe ferngesehen. Gegen 20 Uhr – die Nachrichten liefen gerade – klingelte mein Handy. Holger Wasmuth rief an. Er hatte seine Meinung geändert und wollte plötzlich verkaufen. Warum hätte ich ihn umbringen sollen?« Krügers Augen funkelten triumphierend.

Maike sah ihn mit undurchdringlicher Miene an. »Wir können nachprüfen, ob und wann Sie mit Holger Wasmuth gesprochen haben. Aber wer sagt uns, was Sie besprochen haben? Vielleicht hatte der alte Mann sich so sehr über seine Tochter und den Schwiegersohn geärgert, die ihn den ganzen Abend zum Verkauf drängten, dass er seine Wut an Ihnen ausließ. Brüllte er Sie an, Sie sollen ihn endlich in Ruhe lassen? Drohte er Ihnen? Vielleicht wurde Ihnen genau durch diesen Anruf klar: Holger Wasmuth musste aus dem Weg geschafft werden. Immerhin lockte Sie eine immense Provision. Seine Frau hat Ihren schwarzen Toyota an jenem Abend vor ihrem Haus gesehen, als ihr Mann die Enkelin heimbrachte. Frau Wasmuth beobachtete sogar, wie Sie Ihren Wagen wendeten und Holger Wasmuth folgten. Dabei führten Sie doch etwas im Schilde!«

»Verdammt!«, schrie Krüger und sprang auf. Er lockerte seine dunkelrote Seidenkrawatte und öffnete den obersten Knopf seines blütenweißen Hemdes. Dann setzte er sich und fuhr sich mit den Händen durch die dunklen, nach hinten gekämmten und von Gel und Haarwachs glänzenden Haare. Einen Moment schloss er die Augen und atmete tief. Dann schien er sich zu fangen.

»Hören Sie, Frau Kommissarin! Ich gebe zu, ich bin dem Wasmuth nach Fröndenberg gefolgt. Ich wollte ihn zur Rede stellen. Aber der kam überhaupt nicht mehr aus dem Haus seiner Tochter heraus. Ich habe eine halbe Stunde gewartet, dann wurde es mir zu kalt und ich bin nach Hause gefahren. Das ist die Wahrheit.«

Maike beobachtete den Makler. Seine Augen flackerten ängstlich. Seine Gestik wirkte nicht gestellt. Er schien die Wahrheit zu sagen. Außerdem war Holger Wasmuth von einem dunkelgrünen Mini Cooper abgedrängt worden. Krüger dagegen fuhr einen schwarzen Toyota.

Teubner schaltete sich ein. »Sie behaupten, Holger Wasmuth habe Sie am Abend angerufen, um Ihnen mitzuteilen, er befürworte plötzlich den Hausverkauf. Von Wasmuths Tochter Britta Osterhaus wissen wir, dass Holger Wasmuth noch vehement dagegen war, als er sich von ihr verabschiedete. Und keine zehn Minuten, nachdem er das Haus verließ, ruft er Sie an und ändert seine Meinung. Wie begründete er seinen Sinneswandel?«

Gero Krüger schluckte mehrmals. Er schien zu merken, wie unglaubwürdig seine Geschichte klang. Er räusperte sich kurz und bat um ein Glas Wasser, das Teubner ihm großzügig gewährte. Krüger leerte es in einem Zug. Dann sah er die Kommissare an.

»Ich war ja selbst ganz baff. Wasmuth erklärte mir, seine Enkelin hätte ihm die Augen geöffnet. Sie habe ihm aus ihrem Zimmer freundlich zugewunken, als er noch regungslos und müde vom Gespräch mit Tochter und Schwiegersohn hinter dem Steuer gesessen habe und aufs Haus stierte. Da sei er sich plötzlich wie ein alter, sturer Bock vorgekommen.«

»Das klingt mir aber ein bisschen dünn, Herr Krüger.« Maike nahm einen Hefter zur Hand und blätterte in den Unterlagen. Irgendetwas an der Aussage des Maklers war ihr aufgefallen. Als sie die Namen der Halter vor sich hatte, die einen grünen Mini Cooper fuhren, wusste sie, was es war.

»Sie erklärten zuvor, Ihr Bekannter Michael Fellner habe Ihnen den ersten großen Auftrag verschafft, indem er Sie beauftragte, sein Haus zu verkaufen. Wie gut sind

Sie mit dem Mann befreundet, Herr Krüger?« Maike sah auf ihre Notizen und blickte Krüger dann intensiv an. »Ich zitiere Sie, Herr Krüger: ›Ist wirklich ein guter Freund, der Michael. Ich verdanke ihm viel, denn von da an ging es aufwärts.‹ Hat Ihr guter Freund Michael Ihnen seinen grünen Mini Cooper geliehen, den Sie am Montag dazu nutzten, Holger Wasmuth von der Straße zu drängen? Genug Zeit, die Autos zu tauschen, hatten Sie. Sie sagten selbst, Wasmuth sei lange bei seiner Tochter im Haus gewesen. War doch praktisch, dass Herr Fellner auch in Fröndenberg wohnt, praktisch gleich um die Ecke, nicht wahr?«

Gero Krüger schüttelte nur stumm den Kopf.

Ehe Maike mit der nächsten Frage nachsetzen konnte, wurde die Tür geöffnet und Sören Reinders betrat den Raum. Er grinste Krüger breit an und wedelte mit einem Hefter.

»Sie haben sich eine Menge Ärger eingehandelt, guter Mann. Bei Ihrer planlosen Flucht über die Hertinger Straße waren Sie der Verursacher eines Auffahrunfalls. Ein nagelneuer Golf ist in einen Mercedes gebrettert. Hoffentlich sind Sie gut versichert.« Reinders legte den Hefter vor Maike und Teubner ab.

»Was glaubt ihr, was ich hier habe?«, fragte er triumphierend und wedelte mit einem Papierausdruck. »Den Bericht der grafologischen Untersuchung. Die Unterschrift von Judith Heinemann-Schönfeld auf dem Kaufvertrag der Villa ist zu 100 Prozent gefälscht. Bin mal gespannt, welche Erklärung der Herr Krüger dafür hat.«

*

Sören Reinders hatte Maike bei der Befragung abgelöst und sie stand nun neben Jochen Hübner im Nebenraum und verfolgte das Geschehen. Staatsanwalt Eichhorn war bereits über den neuesten Stand der Ermittlungen informiert und bemühte sich um einen richterlichen Beschluss zur Durchsuchung der Privat- und Büroräume des Maklers.

»Sie sollten ein Geständnis ablegen«, hörte Maike den Kollegen Teubner sagen. »Das kann sich für Sie als Vorteil erweisen.«

Krüger schlug fest mit der Faust auf den Tisch.

»Ich bin kein Mörder!«, schrie er. »Kapieren Sie das endlich!«

Maike wurde abgelenkt, als Jochen Hübner ihr freundschaftlich seine Hand auf die Schulter legte. »Willst du nicht wieder zurück ins KK11 wechseln? Du warst eine meiner besten Mitarbeiterinnen. Du fehlst in meinem Trupp. Lass uns vergessen, was war. Man muss Job und Privatleben auseinanderhalten können.«

Maike drehte sich erstaunt um. Im Halbdunkel des Zimmers konnte sie die Konturen seines Gesichtes nur unscharf erkennen. Mit allem hätte sie gerechnet, aber nicht mit dieser Bitte.

»Jochen«, begann sie zögernd, »ich bin dabei, mich in Unna einzurichten. Ich habe mir eine Eigentumswohnung gekauft und bin voll mit der Renovierung beschäftigt. Außerdem fühle ich mich hier im Kommissariat sehr wohl.«

Jochen Hübner zog seine Hand zurück. Hoffentlich hatte sie ihn nicht wieder verletzt. Doch seine Stimme hatte einen festen Klang, als er weitersprach. »Versteh mich nicht falsch, Maike. Natürlich kannst du in Unna wohnen bleiben. Mit dem Auto bist du in 20 Minuten in Dortmund im Polizeipräsidium. Ich möchte dich zurück im KK11 haben. Du bist eine hervorragende Mordermittlerin. Du versauerst doch hier in der Provinz unter all den Kleinkriminellen.«

Maike schüttelte leicht den Kopf und versuchte sich auf das Geschehen auf dem Bildschirm zu konzentrieren, obwohl Jochen den Ton leiser gestellt hatte. Sie sah Krüger, der mit verschränkten Armen und verschlossenem Gesicht auf seinem Stuhl saß. Der würde so schnell kein Geständnis ablegen, dachte sie, bevor sie sich wieder ihrem Exfreund zuwandte.

»Unna ist keine Provinz. Wenn meine Arbeit sich hier auch nicht jeden Tag um Mord und Totschlag dreht, macht sie mir dennoch Spaß. Auch Kleinkriminellen muss das Handwerk gelegt werden. Und wie du siehst, schreckt ein Mörder auch vor deiner sogenannten Provinz nicht zurück.« Sie lächelte ihn an. »Wer weiß, vielleicht musst du dich mit deinem Trupp noch öfter in unserem Kommissariat einrichten.«

Jetzt grinste Jochen und es tat Maike gut, das zu sehen. »Versprich mir, dass du darüber nachdenken wirst.« Als Maike nicht sofort reagierte, schickte er ein »Maike?« hinterher.

»Ja. Ich denke drüber nach. Versprochen. Aber mach dir nicht allzu viele Hoffnungen.«

Jochen Hübner nickte nur und wandte sich zum Bildschirm. »Wir sollten der Farce dort ein Ende bereiten. Der Makler wird die beiden Morde heute nicht mehr gestehen. Die Indizien, die gegen ihn vorliegen, reichen für einen richterlichen Haftbefehl. Sag nebenan Bescheid, dass Krüger zunächst nach Dortmund in die U-Haft kommt. Sobald wir den DNS-Abgleich haben, sehen wir weiter.«

*

Maike nutzte die Zeit, die es dauern würde, bis der Richter den Beschluss zur Durchsuchung der Privat- und Büroräume des Maklers erteilt hatte, um mit Teubner einen mittäglichen Snack zu sich zu nehmen. Der Kollege hatte den Dienstwagen in eine Miniparklücke in der Gesellschaftsstraße gequetscht und nun saßen sie in einem kleinen Döner-Fastfood-Laden in der Schäferstraße.

Teubner mühte sich mit der XXL-Ausgabe seiner Fleischtasche ab, während Maike den Rest ihres gemischten Salats vom Teller kratzte. Sie ließ den Blick aus dem Fenster schweifen. Von ihrem Sitzplatz aus konnte sie bis in die Bahnhofstraße sehen, wo zahlreiche Passanten durch die Fußgängerzone liefen, um möglichst schnell dem grauen Nieselregen zu entfliehen.

»Was meinst du, Max. Ist Gero Krüger unser Mann?«

Teubner würgte den letzten Rest seines Döners hinunter und spülte mit Cola nach. Er hob die Schultern und wischte sich gleichzeitig den Mund mit einer Serviette ab.

»Keine Ahnung, ob die Morde auf sein Konto gehen. Aber Dreck hat der am Stecken, da bin ich sicher. Zu viele Widersprüche bei der Vernehmung. Das hat er zum Schluss selbst bemerkt und eingesehen, dass er ohne Anwalt wohl doch nicht auskommen wird.«

Maike warf einen Blick auf ihre Armbanduhr. Seit dem Ende der Befragung war kaum eine Stunde vergangen. Dennoch wurde sie unruhig. »Wir sollten ins Kommissariat fahren, Max. Vielleicht hat Staatsanwalt Eichhorn den Durchsuchungsbeschluss schon.«

Max lehnte sich zurück. »Langsam, Maike. Die Kollegen werden uns verständigen. Ich muss erst den Dönergiganten sacken lassen.«

Unwillkürlich musste Maike grinsen. Obwohl Teubner schlank und drahtig war, konnte er Unmengen in sich hineinstopfen. Das begann bereits jeden Morgen mit Brötchen,

Rührei mit Speck und Würstchen, wie er behauptete. Sie hatte keine Ahnung, wie er das schaffte.

»Ich gebe dir fünf Minuten, Max Teubner.«

Er nickte, schob seinen Stuhl etwas zurück, streckte die Beine aus und legte seine Hände auf seinen Bauch, als könne er dadurch seine Verdauung beschleunigen. Sein Blick fiel träge aus dem Fenster.

»Nicht einschlafen, Max«, grinste Maike und zuckte zusammen, als er plötzlich wie von der Tarantel gestochen in die Höhe schnellte und sich dicht an die Fensterscheibe stellte.

»Das gibt's doch nicht!«, rief er aus und griff gleichzeitig nach seiner Jacke, die über der Stuhllehne hing. Sein Finger zeigte auf die andere Straßenseite, wo ein etwa 16-jähriger Junge mit Schlabberjeans einherschlenderte.

»Siehst du den?«, schrie Teubner. »Das ist der Typ, der mich in den letzten Tagen verfolgt. Den werde ich mir vorköpfen.«

Als Maike verwundert aufblickte, sprintete er bereits durch den Ausgang auf die Straße. Der Junge blickte auf. Als er Teubner auf sich zurasen sah, kam Leben in ihn. Erstaunlich schnell flüchtete er über die Gesellschaftsstraße zur Fußgängerzone. Maike beobachtete, wie ihr Kollege die Verfolgung aufnahm. Sie hörte, wie er schrie: »Bleib stehen, verdammt noch mal!«

Der Teenager zeigte nur seinen Mittelfinger und bog rechts in die Bahnhofstraße ein. Kurz darauf waren beide aus ihrem Blickwinkel verschwunden. Sie dachte nicht daran, hinter ihnen herzurennen. Das war Teubners Privatangelegenheit und da würde sie sich schön heraushalten. Sie trank den Rest ihrer Cola aus. Hoffentlich vergaß Teubner über seinen Privatkrieg nicht, dass gleich eine Durchsuchung anstand. Maike würde genau zehn Minuten auf ihn warten und sich sonst allein auf den Weg ins Kommissariat machen.

Bereits fünf Minuten später sah sie den Kollegen mit mürrischem Gesicht über die Straße humpeln. Abgehetzt ließ er sich kurz darauf auf seinen Stuhl fallen.

»Dieses kleine, miese Arschloch!«, schimpfte er. »Bis zum Kirchplatz hatte ich ihn fast eingeholt. Da bin ich gestolpert und umgeknickt. Ich hab laut geflucht und bin trotz der Schmerzen im Knöchel weitergerannt. Der Bengel hat genau gemerkt, dass ich mich verletzt hab, und drehte sich mehrmals dreist grinsend zu mir um. Hinter der Kirche, wo man über die Stadtmauer auf den Ostring gucken kann, ist er schließlich auf ein Fahrrad gesprungen, das ihm gewiss nicht selbst gehört, und über die Voßkuhle Richtung Stadtpark geflüchtet. Dabei hat er sich tatsächlich noch einmal umgedreht und mir den Mittelfinger gezeigt.«

Maike konnte sich ein Grinsen nicht verkneifen. »Er legt es echt darauf an, deine Aufmerksamkeit zu erregen. Scheint ihm richtig Spaß zu machen! Hast du schon mit Patrick Schönfeld gesprochen?«

Teubner schüttelte den Kopf. »Das werde ich noch heute tun.«

Maike grinste. »Früher oder später schnappst du ihn dir und dann wirst du wissen, was er von dir will. Was ist denn mit deinem Fuß? Kannst du laufen?«

Teubner schnaufte erbost. Er drehte den verletzten Fuß vorsichtig von links nach rechts und von oben nach unten.

»Geht schon wieder.«

Seufzend lehnte er sich zurück. »Wenn ich den erwische«, murrte er, »gnade ihm Gott!«

Maike wollte zu einer Antwort ansetzen, als fast synchron ihre Diensthandys bimmelten. Staatsanwalt Eichhorn hatte den Durchsuchungsbeschluss und erwartete die Kollegen in den Büroräumen des Maklers an der Hertinger Straße.

Der Mann lehnte kopfschüttelnd am Eingang seines Hauses. Sein Gesicht wirkte grau und eingefallen, er stand in gebeugter Haltung, völlig mit der Situation überfordert.

»Das können Sie doch nicht machen, Frau Hauptkommissarin! Was sollen die Nachbarn denken?« Er zog ein kariertes Stofftaschentuch aus seiner Tasche und wischte sich damit den kalten Schweiß von der Stirn. »Der Hof steht voller Polizeifahrzeuge. Gab es keine Möglichkeit, diskreter vorzugehen?«

Maike Graf fasste den Mann leicht am Oberarm und lächelte aufmunternd. Gänsehaut kroch ihr den Rücken hoch. Seit Tagen dieses nasskalte, graue Novemberwetter. Langsam Zeit, den Blazer gegen die gefütterte Winterjacke auszutauschen. Am liebsten wäre sie ihren Kollegen ins Haus gefolgt, um ihre Arbeit zu machen. »Ich glaube nicht, dass Ihre Nachbarn so naiv sind, Herr Gieske. So, wie ich Sie einschätze, gelten Sie gewiss als redlicher, aufrichtiger Mann. Ich denke eher, man wird mit Ihnen fühlen und Sie bedauern, weil Sie solche Unannehmlichkeiten haben. Sie sollten sich nicht allzu sehr sorgen.«

Gieske schüttelte resigniert den Kopf. »Sie haben ja keine Ahnung!« Er erzählte von einer alten Schachtel, die gleich nebenan wohne und eine Klatschbase sei. Er holte weit aus mit seiner Story. »Die wartet nur darauf, mir eins reinzuwürgen. Spricht seit Jahren kein Wort mit mir, weil ich sie damals verklagt habe. Lässt sich ne Doppelgarage bauen, 20 Zentimeter auf mein Grundstück. Natürlich kam ich vor Gericht zu meinem Recht. Da konnte die Schnepfe ihre Luxusgarage abreißen und musste sich mit einer stinknormalen Einzelgarage begnügen. Hätte sie mich vorher gefragt, wären wir uns gewiss irgendwie einig geworden.«

Maike spürte ihre Füße vor Kälte kaum noch. Die leichten Turnschuhe sollte sie ab morgen auch gegen gefütterte Winterschuhe tauschen. Sie trat von einem Fuß auf den anderen und versuchte, das Bibbern zu unterdrücken.

»Was geschieht denn nun mit dem Krüger? Der wandert doch in den Knast, oder? Und ich sitze hier auf dem ganzen Krempel von dem Typen. Ich wollte das Erdgeschoss renovieren und neu vermieten. Das darf alles nicht wahr sein.« Gieske stopfte das Taschentuch in seine Hose und fuhr sich mit den Händen durchs graue Haar.

Maike verdrehte innerlich die Augen, während sie die Kollegen von der Streife beobachtete, die kistenweise Akten aus dem Büro des Maklers holten, die später gesichtet werden sollten.

»Was mit Herrn Krüger geschieht, wird nach den Ermittlungen ein Richter entscheiden. Noch steht überhaupt nicht fest, ob oder was er verbrochen hat.« Allmählich gingen ihr die Quengeleien des Vermieters auf die Nerven. Wenn sie sich wenigstens im Haus aufhalten könnten. Doch im Flur stünden sie den Kollegen im Weg, ins Büro durfte Gieske nicht und in seine Wohnung war er nicht bereit zu gehen.

»Ich werde die Drecksmöbel zur Kippe nach Ostbüren bringen müssen. Das kostet wieder ein Heidengeld. Haben Sie gesehen, wie schäbig allein der Schreibtisch ist? Der tätigte sicher überwiegend Schwarzgeldgeschäfte. Kriminelle achten nicht aufs Mobiliar.«

So langsam verging Maike das nette Lächeln. Sie sah Sören Reinders, der in den Flur trat und ihr grinsend ein Auge zudrückte. In seiner Hand befand sich ein Asservatenbeutel mit einem Revolver.

Gieske verlor vollends die Fassung. Seine Hände zitterten, als er an sein Herz griff. »Eine Waffe? Oh, Gott!«

Reinders kam auf ihn zu, drückte Maike unauffällig den Beutel in die Hand und nahm Egon Gieske bei den Schultern.

»Kommen Sie! Auf den Schreck genehmigen Sie sich erst mal einen ordentlichen Kognak. Den haben Sie doch bestimmt im Haus.«

Gieske sah Reinders an und nickte zaghaft. »Eigentlich greif ich um diese Zeit noch nicht zu Alkohol.«

Maike sah Reinders, der eine wegwerfende Handbewegung machte und Gieske zur Treppe führte. Sie hörte, wie er beruhigend auf den Hausbesitzer einredete. Das schlechte Gewissen meldete sich bei ihr, weil sie so abfällig von dem Mann gedacht hatte, für den es, als in die Jahre gekommenen Single, bestimmt nicht leicht war, sein Haus in Schuss zu halten. Sie schüttelte die trüben Gedanken beiseite und betrat endlich selbst das Büro. Heruntergekommene Absteige wäre die zutreffendere Bezeichnung. Von den jetzt leeren Regalen blätterte vergilbte weiße Farbe. Ein einfacher Schreibtisch, verblichen und voller Macken, unter dessen Beinen Ausgleichshölzer hervorlugten, damit er nicht wackelte. Die gardinenlose Fensterscheibe duldete nur einen verschwommenen Blick durch staubverwischte Regentropfen. Maike trat über knarrenden Parkettboden an den Schreibtisch und öffnete Schublade für Schublade. Sie waren alle leer.

»Die Mühe können Sie sich sparen, Frau Graf. Wir sind

hier fertig«, vernahm sie die herrische Stimme von Staatsanwalt Eichhorn, der gleich darauf das Büro verließ.

Teubner stand im Türrahmen. »Kommst du? Wir sollen uns die Wohnung von Krüger ansehen, während die Kollegen die konfiszierten Akten sichten.«

Maike nickte. »Einen Moment noch, Max.« Sie ging vor dem Schreibtisch in die Hocke. Ihr war etwas aufgefallen. Teubner wartete und Maike zog die Laden noch einmal eine nach der anderen auf. Ganz langsam, mit Gefühl. Die untere Lade ließ sich schwerer ausziehen, verursachte dabei ein schleifendes Geräusch. Maike sah sich den Mechanismus an.

»Hast du mal einen Schlitzschraubenzieher, Max?«

Teubner zog die Augenbrauen hoch. »Was hast du vor?«

Er kramte ein Taschenmesser aus seiner Hose und reichte es ihr. Maike löste zwei Schrauben, die die Schienen befestigten, und konnte die Lade vollends rausziehen. Sie drehte die untere Seite nach oben und hörte den Kollegen überrascht durch die Zähne pfeifen.

»Respekt, Kollegin. Das nennt man weibliche Intuition.«

Maike löste ein DIN-A5-großes, in abgenutztem Leder gebundenes Büchlein, das mit Klebeband befestigt war. »Das nennt man kriminalistischen Spürsinn, Herr Kollege. Ein Adressbuch«, stellte sie fest und schlug es auf. Schwarze Tinte, in säuberlichen, leicht schräg gestellten, hochgezogenen Buchstaben. Maike blätterte einige Seiten flüchtig um und stieß dabei auf Namen, hinter denen jeweils der Bekanntheitsgrad vermerkt war. Die Adresse der Mutter in Nürnberg, die des Vaters in der Grabengasse in Unna. Einige Adressen wiesen einen akkuraten Diagonalstrich auf, zum Beispiel die ehemalige Kneipe der Eltern in Unna-Mühlhausen. Maikes Augen flogen über die Namen des übersichtlich geführten Buches. Mini-Cooper-Besitzer Michael Fellner befand sich auch darunter. Plötzlich stockte sie.

»Sieh einer an«, murmelte sie. Die Brüder Vladimir und Stanislaw Dombrowski. Soweit sie wusste, saß Stanislaw wegen schweren Raubes in der Dortmunder Justizvollzugsanstalt ein, mindestens noch zwei Jahre. Aber Vladimir. Sie war fast sicher, dass der sich unter Bewährungsauflagen auf freiem Fuß befand. Eigentlich konnte er sich keinen Fauxpas leisten. Sie sah sein Strafregister vor sich. Körperverletzung. Autodiebstahl. Raub. Zuletzt als Geldeintreiber für einen fragwürdigen Kredithai tätig. Vladimir verstand es, auf eindrucksvolle Weise seine Mitmenschen unter Druck zu setzen. Und das mit einem aalglatten Lächeln im Gesicht. Möglich, dass er für Krüger die Drecksarbeit erledigte. Maike notierte seine Telefonnummer. Wäre interessant herauszufinden, wann der Makler zuletzt Kontakt zu ihm hatte.

*

Diese ewige Warterei! Sie hatte die Verbindungsliste von Krügers Telefonanbieter angefordert. »Mit etwas Glück am nächsten Tag«, hörte Maike noch die säuselnde Stimme der Angestellten des Callcenters. Das war das Leidige an ihrem Beruf: Bestimmungen einhalten, richterliche Beschlüsse abwarten und warten. Also endlich Feierabend für heute.

Sie fand tatsächlich einen Parkplatz direkt vorm Haus und schlug die Autotür mit Wucht zu. Immer noch Nieselregen. Inzwischen stockdunkle Nacht, obwohl Maike bereits um 18 Uhr das Kommissariat verlassen hatte. Gleich konnte sie ihren Frust an dem Putz der Wohnzimmerwände auslassen.

Im Treppenhaus schallte ihr die Döring'sche Blasmusik entgegen. Dagegen würde der iPod mit Aufnahmen aus den 90ern helfen. Als Maike das Treppenpodest erreichte, wurde die Wohnungstür der Nachbarn aufgerissen. Selma Yildirim blickte sie mit gerötetem Gesicht an. Mit einer hilflosen Geste steckte sie die Hände in die Taschen des weißen Kittels, unternahm einen kläglichen Versuch, ihre Enttäuschung zu verbergen.

»Ach, Frau Graf«, murmelte sie, senkte den Blick und wollte die Tür zuschieben. Dann hielt sie in der Bewegung inne, trat einen Schritt vor und holte tief Luft, als müsse sie sich selbst ermutigen. Endlich fragte sie nach David Grabowski. Maike hob ahnungslos die Schultern. Ihr Nachbar war ihr keinerlei Rechenschaft schuldig.

»Ich wollte längst zu Hause sein. Herr Grabowski ist seit einer Stunde überfällig. Sein Handy ist ausgeschaltet. Ich kann die alte Dame aber nicht alleine lassen.« Selma seufzte. »Hoffentlich kommt er gleich.«

Die Pflegerin machte einen müden, abgekämpften Eindruck. Als läge eine Last auf ihr, die sie nicht mehr tragen könne. Dunkle Ringe umrahmten ihre hübschen Augen, ihr eben noch gerötetes Gesicht wirkte plötzlich erschreckend blass. Vermutlich war sie ohne anständige Mahlzeit seit 5 Uhr auf den Beinen. Auch Maike musste oft Überstunden schieben. Doch die psychische und physische Belastung einer Altenpflegerin brauchte sie nicht tragen.

»Wissen Sie was, Selma? Ich werde mit Frau Grabowski Karten spielen, bis ihr Sohn nach Hause kommt. Machen Sie sich ruhig auf den Heimweg.« Das Strahlen in Selmas Gesicht entschädigte ein wenig für die Tatsache, dass die Renovierung ihrer Wohnung sich immer mehr zu einer unendlichen Geschichte entwickelte.

DONNERSTAG, 8. NOVEMBER

Die Zeit auf Egon Gieskes Hof bei nasskaltem Nieselwetter zeigte Wirkung. Ein Kratzen im Hals und der Anflug leichter Kopfschmerzen veranlassten Maike Graf dazu, den Morgen mit dampfendem Zitronentee und einer Aspirin Plus C zu beginnen. Nach heißer Dusche, zwei Toasts und starkem Kaffee fühlte sie sich endlich arbeitsfähig und begann, in ihren Umzugskartons nach Wollsocken, gefütterten Schuhen, Winterjacke und Schal zu suchen.

Fünf Minuten vor Dienstbeginn zog sie ihre Wohnungstür zu und drehte den Schlüssel zweimal um. Dabei hörte sie die lautstarke Stimme David Grabowskis aus der Nachbarwohnung. Er war am Abend erst gegen 22 Uhr heimgekehrt. Mit tiefen Sorgenfalten und dunklen Ringen unter den Augen hatte ihm die Erschöpfung ins Gesicht geschrieben gestanden. Dennoch hatte er gelächelt, als er Maike sah, wie sie zu später Stunde mit seiner Mutter Rommé spielte, die dabei regelrecht aufblühte und keine Spuren von Müdigkeit zeigte. Er hatte sich mehrfach entschuldigt. Ein Taxifahrer sei ausgefallen, deshalb habe er eine weitere Schicht übernommen, im Glauben, Selma Yildirim sei dankbar, sich am Abend etwas dazuverdienen zu können. Das mache sie schließlich fast täglich und habe sich bisher nie beschwert. Grabowski zeigte sich zerknirscht, als Maike ihn ermahnte, dass er wohl versäumt habe, die Schwester über seine Pläne in Kenntnis zu setzen. Darauf bot er an, mit Selma, Maike und seiner Mutter am Wochenende einen gemütlichen Abend zu verbringen. Er habe ein Vier-Gänge-Menü im Sinn mit gefülltem Truthahn und Crème brulée. Maike freute sich auf das gemeinsame Essen, das gewiss eine nette Unterbrechung ihres Arbeitsalltags und ihrer Renovierungswut bot. Als Brigitte Grabowski lautstark zu gähnen begann, hatte sie sich schnell verabschiedet.

Ein lauter Seufzer entwich ihr, als sie jetzt die erregte Stimme David Grabowskis ins Treppenhaus schallen hörte. Sie konnte seine Worte zwar nicht verstehen, aber es schien sich nicht um einen Streit mit seiner Mutter zu handeln, da die alte Dame keinen Laut von sich gab. Ein pünktliches Erscheinen im Kommissariat war sowieso unmöglich, so kam es auf fünf Minuten früher oder später nicht mehr an. Maike trat energisch auf die Wohnungstür ihrer Nachbarn zu und betätigte die Schelle. Grabowski öffnete die Tür mit hochrotem Kopf, den Telefonhörer zwischen Ohr und Schulter geklemmt, in der einen Hand eine Flasche Körperpflege, die andere vor Creme triefend weit von sich haltend. Als er Maike erblickte, huschte ein knappes Lächeln über sein Gesicht. Er machte mit der Cremeflasche eine einladende Bewegung und verschwand im Bad. Man hörte noch ein mürrisches »Das ist wohl nicht zu ändern«, bevor etwas scheppernd zu Boden knallte, vermutlich sein Telefon.

In der überhitzten Wohnung roch es nach medizinischer Seife und Pflegemittel. Maike spürte eine Hitzewallung in sich aufsteigen und öffnete ihre Winterjacke. Außer dem plätschernden Wasserhahn im Bad hörte sie keinen Laut. Offensichtlich schlief Brigitte Grabowski. Endlich trat David zu ihr. Er wirkte abgespannter denn je, als habe er in der Nacht kaum geschlafen.

»So langsam mache ich mir Sorgen«, begann er, nachdem er Maike mit sanftem Händedruck begrüßte und ihre

Hand etwas länger als nötig hielt. »Selma ist seit zwei Stunden überfällig. Sie ist weder über Handy noch über Festnetz und auch nicht beim Pflegedienst erreichbar. Krankgemeldet hat sie sich dort ebenfalls nicht. Das sei überhaupt nicht ihre Art, hat mir ihre Chefin gesagt. Einen Ersatz können die mir so kurzfristig aber nicht schicken.« Er stöhnte, dass er keine andere Wahl hatte, als einen Fototermin abzusagen. Dass ihm die Einnahme fehlte, erwähnte er nicht, doch Maike konnte sich vorstellen, dass er jeden Cent dreimal umdrehen musste, um über die Runden zu kommen.

»Ausgerechnet heute hat Mutter ihren Termin beim Logopäden. Selma sollte sie begleiten. Brigitte hatte vor Wochen einen derben Rückschlag. Der Umzug, die kleine Wohnung, die ungewohnten Lebensumstände, all das war ein bisschen viel für sie. Das Sprechen fällt ihr seitdem schwerer, ihre Aphasie ist intensiver ausgeprägt. Dabei hatte sie schon tolle Fortschritte gemacht. Sie leidet darunter. Und auch das Laufen ist in Mitleidenschaft gezogen. Sie konnte schon kleine Strecken in unserem alten Garten zurücklegen, hier kann sie nicht einmal ohne Hilfe vor die Tür. Über kurz oder lang muss ich eine andere Lösung für sie finden.«

Ob diese Lösung ein weiterer Umzug oder die Unterbringung in einem Pflegeheim beinhaltete, ließ er offen. Tiefes Mitgefühl für die alte Dame erfasste Maike. Sie kannte sie seit ihrem Einzug und in dieser Zeit hatte sie viel über ihr Leiden in Erfahrung gebracht. Was genau den Schlaganfall seinerzeit auslöste, darüber sprachen David und Brigitte Grabowski nicht. Maike wusste nur, dass der Schlaganfall nicht wie in den meisten Fällen durch einen Hirninfarkt, also infolge mangelnder Blutversorgung des Hirns verursacht wurde, sondern wegen einer Hirnblutung. Ob die

Blutung krankheitsbedingten Bluthochdruck oder den plötzlichen Riss eines Blutgefäßes, vielleicht bei enormer Aufregung, als Ursache hatte, wusste Maike nicht.

Der Schlaganfall lag jetzt ungefähr 14 Jahre zurück. Brigitte Grabowski musste es damals sehr schlecht gegangen sein. Es grenzte an ein Wunder, dass sie den Anfall, dank des beherzten Eingreifens ihres inzwischen verstorbenen Ehemannes, überlebte. Maike hatte an einem Abend, an dem David sehr spät vom Taxifahren nach Hause kam, ein intensives Gespräch mit Brigitte Grabowski geführt. Die Symptome benannte die alte Dame mit plötzlich auftretenden, starken Kopfschmerzen, einer Sehstörung wie ein Tunnelblick, der Verlust der Kontrolle ihrer Sprache, gleichzeitige Sprachverständnisstörung und halbkörperliches Taubheitsgefühl. Seitdem kam sie kaum aus dem Rollstuhl heraus. Nur zu Hause brachte sie wenige Schritte mit ihrem Krückstock fertig. Gestern Abend hatte Maike bemerkt, wie sehr die alte Dame darunter litt. Sie wollte aufstehen und mit dem Öffnen der Balkontür für etwas Frischluft sorgen, aber es gelang ihr nicht. Erst als Maike ihr unter die Arme griff und sie mit einem Ruck hochzog, kam sie zitternd auf die Beine. Dann standen sie beide auf dem Balkon und blickten eine Weile sinnend über eine hohe Birke, die hinter dem Haus stand, in einen pechschwarzen Nachthimmel.

»Ist es möglich, dass Sie mir helfen, meine Mutter zum Auto zu bringen? Der Termin beim Logopäden ist in einer halben Stunde. Sie ist so weit fertig und hat auch schon gefrühstückt. Leider ist sie mir eben beim Eincremen ihres Gesichts eingeschlafen.«

Maike warf einen Blick auf ihre Armbanduhr. »Ich müsste längst im Kommissariat sein. Ich wollte nur sehen, ob mit Ihrer Mutter alles in Ordnung ist.« Als sie seinen enttäuschten, fast verzweifelten Gesichtsausdruck sah, fügte sie hinzu: »Aber egal. Ich helfe gern.«

Es dauerte über 20 Minuten, ehe Brigitte Grabowski abfahrbereit im Rollstuhl saß. Obwohl David seine Nervosität zu unterdrücken versuchte, wirkten seine Bewegungen hektisch und unkonzentriert. Mehr als einmal fasste er seine Mutter so heftig am Arm, dass sie sich beschwerte. Beim Verschließen der Wohnungstür fiel ihm zweimal der Schlüssel mit lautem Geklimper auf den Boden. Endlich schleppten sie die alte Dame samt Rollstuhl die Treppe hinab, wobei Maike trotz des Leichtgewichts, das Frau Grabowski war, ordentlich ins Schwitzen kam. Der dankbare Blick und ihr fröhliches Winken, als sie neben ihrem Sohn im Auto saß, entschädigten dafür. Erneut griff David nach Maikes Händen und bedankte sich. Zögernd schickte er die Frage hinterher, ob sie seiner Mutter am Abend ein oder zwei Stunden Gesellschaft leisten könne. Er hätte noch eine dringende Angelegenheit zu erledigen. Maike gab ihm nur eine vage Antwort. Das Kratzen im Hals hielt sich hartnäckig und sie wollte nicht wissen, wie sie sich nach mindestens acht Stunden Arbeitszeit fühlte. Sie zog ihren Schal enger um den Hals, weil sie trotz der bewältigten Strapaze bereits wieder fröstelte.

*

Die Luft im Büro roch stickig, als wäre seit Wochen nicht gelüftet worden. Max Teubner riss ein Fenster auf und setzte sich an seinen Schreibtisch. Wo blieb Maike Graf nur? Wenn er den irritierten Blick Hübners bei der Besprechung auf ihren leeren Stuhl richtig deutete, hatte sie sich auch nicht entschuldigt. Teubner zog den Reißverschluss seiner Jacke bis zum Hals zu, starrte auf das Logo der Kripo, das über den Bildschirm seines Computers wanderte, und atmete die nasskalt einströmende Luft ein. Seine Gedanken schweiften zum Vorabend. Er hatte Patrick Schönfeld nach telefonischer Absprache noch einen kurzen Besuch abgestattet, um ihm das Foto zu zeigen, auf dem er mit dem »Attentäter« abgelichtet war, der es in letzter Zeit auf Teubner abgesehen hatte.

»Das ist mein Freund, Raffael Teichert. Wir kennen uns schon seit dem Kindergarten. Hat er etwas verbrochen?« Natürlich musste Teubner eine Erklärung abliefern. Sein spätes Erscheinen in der Villa Schönfeld hatte die Dringlichkeit der Angelegenheit unnötig hochgespielt. Die Wahrheit wollte der Hauptkommissar in diesem Fall für sich behalten, es handelte sich schließlich um seine Privatangelegenheit. So hatte er Patrick weisgemacht, ein Junge, auf den die Beschreibung seines Freundes passe, sei am Abend des Verschwindens seiner Mutter in der Nähe der Zahnarztpraxis gesehen worden. Daraufhin hatte Patrick sofort vehement protestiert. Wenn die Polizei glaube, sein Freund könne mit dem Mord an seiner Mutter zu tun haben, sei sie aber völlig auf dem Holzweg. Raffael sei ein liebenswerter, hilfsbereiter Mensch, der keiner Fliege etwas zu Leide tun könne. Für ihn würde er seine Hand ins Feuer legen. Teubner hatte sich freundlich bedankt und nur mit viel Überredungskunst die Adresse von Raffael erfahren.

Teubner seufzte laut und stellte das Fenster auf kipp. Raffael Teichert. Vor vielen Jahren hatte Teubner einmal eine Emilia Teichert gekannt. Inzwischen hatte er recherchiert, dass sie die Mutter des Jungen war. Hatte sie nie geheiratet? Teubner dachte an die Trennung, an seinen Aufbruch nach Köln. Ein wahnwitziger Gedanke schoss ihm durch den Kopf. Vielleicht ein Grund, warum der Junge ihn verfolgte. Aber warum gerade jetzt? Ein mulmiges Gefühl beschlich Teubner.

Jetzt war Maike bereits über eine Stunde überfällig. Ans Handy ging sie auch nicht. Vielleicht wieder ein Alleingang mit dem Versäumnis, sich abzumelden. Dann würde Teubner die Kirmesleute eben alleine befragen. Dazu die verlockende Möglichkeit, einen Abstecher in den Obermassener Kirchweg zu machen, wo Emilia und Raffael Teichert gemeldet waren. Wäre doch gelacht, wenn er diesem Bürschchen nicht allmählich ein Schnippchen schlagen könnte.

Eine Viertelstunde später parkte er den Dienstwagen vor einem weiß gestrichenen Mehrfamilienhaus. Um halb zehn dürfte der Junge die Schulbank drücken, sofern er seine schulischen Pflichten ernst nahm und nicht schwänzte. Auf Teubners Schellen reagierte niemand. Lediglich aus der Nachbarwohnung drang die gedämpfte Stimme eines Fernsehsprechers. Impulsiv drückte der Kommissar die Schelle der Nachbarn. Eine alte Frau öffnete die Tür.

Ihr roséfarbenes Kostüm mochte vor Jahrzehnten der Mode entsprochen haben. Inzwischen hing es schlapp und blass an ihrem dürren Körper herab, sodass die Gefahr lauerte, der Rock könnte jeden Augenblick der Schwerkraft nachgeben. Die Füße steckten in Filzpantoffeln, die knochigen Finger umkrallten den Türknauf. Im Gegensatz zu ihrer gebrechlichen Erscheinung blickten Teubner zwei wache Augen über den Rand einer Nickelbrille an. Nachdem er seinen Ausweis gezückt hatte, um etwas über Emilia Teichert zu erfahren, verschloss sich ihr Gesicht und die Augen nahmen eine dunklere Nuance an. Sie strich sich nervös eine weiße Strähne aus dem Gesicht, die sich aus dem sonst ordentlich geknoteten Dutt gelöst hatte.

»Ich lebe sehr zurückgezogen und habe wenig Kontakt zu den Nachbarn. Das Einzige, was ich Ihnen sagen kann, ist, dass Emilia Teichert seit einiger Zeit im Krankenhaus liegt. Ich glaube, im Katharinenhospital. Ihr Sohn Raffael versorgt sich derweil selbst, wird ab und zu von einer Dame vom sozialen Dienst betreut. Er bekocht sich, wäscht, bügelt, putzt und tätigt die notwendigen Einkäufe.«

Sie lobte den Jungen und seine Selbstständigkeit in höchsten Tönen und Teubners Zweifel wuchsen, dass es sich um den Bengel handeln konnte, der sein Hab und Gut attackierte. Sie nutzte schmeichelnde Adjektive, wie liebevoll, aufmerksam, hilfsbereit und fürsorglich, die so gar nicht zu dem Bild passten, das Teubner sich von Raffael gemacht hatte. Immerhin entlockte er ihr noch die Information, dass der gute Junge das Pestalozzi-Gymnasium besuchte und bei Rot-Weiß Unna Fußball spielte. Zwei Orte mehr, an denen Teubner Gelegenheit finden könnte, sich den Bengel zu schnappen.

Zehn Minuten später lenkte er den Dienstwagen Richtung Werl über die alte B1 und sah links und rechts kahle Felder und triste Höfe an sich vorbeiziehen. An diesem trüben Novembermorgen schien der nassgraue Himmel die Erde zu berühren. Teubners Gedanken schweiften in die Vergangenheit. So blass wie die Landschaft im Novemberdunst war auch seine Erinnerung. Emilia. Er glaubte damals, sie sei die Frau fürs Leben. Dann ein Streit, so unwichtig, dass er heute nicht einmal mehr wusste, worum es ging. Mit ihrem südländischen, nicht zu bremsenden Temperament hatte sie die Beziehung beendet und die Tür geknallt. Vermutlich in der Erwartung, er würde ihr folgen, sich entschuldigen. Aber dieser verdammte Stolz. Sein verletztes Ego. Am gleichen Abend hatte er die Bewerbung nach Köln geschickt, die seit Wochen in seinem Schreibtisch lauerte. Dann vier Wochen Urlaub. Wieder zu Hause die Zusage im Briefkasten. Sein sofortiger Aufbruch nach Köln glich einer Flucht. Er hatte nie wieder etwas von Emilia gehört. Spontan beschloss er, ihr am Abend einen Krankenbesuch abzustatten. Sie musste doch eine Ahnung davon haben, was den Jungen so aggressiv gegen ihn aufbrachte. Ob der Bengel sein ...? Teubner mochte den Gedanken nicht zu Ende denken.

Genug gegrübelt. Kurz vor Werl wechselte Teubner von der alten B1 auf die Autobahn Richtung Soest. Bereits weit vor der Ausfahrt fiel sein Blick auf ein gigantisches Riesenrad, das sich links der Fahrbahn aus dem Häusermeer der Stadt erhob. Der Typ vom Stadtmarketing hatte stolz erwähnt, dass sich heiratswillige Paare dort in luftiger Höhe von 50 Metern das Jawort geben konnten.

Die Allerheiligenkirmes von Soest galt als größte Altstadtkirmes Europas mit einer Tradition von inzwischen fast 700 Jahren. Von Mittwoch nach Allerheiligen an dauerte das Spektakel mit Festzelten und viel Radau fünf Tage. Auch Teubner hatte sich als Jugendlicher hier vergnügt. Das war lange her.

Heute wirkte die Innenstadt Soests auf ihn fremd. Eine Kirmesstadt zwischen Fachwerkhäusern und antiken Kirchen. Es schien wie ein Angriff der Neuzeit auf die jahrhundertealten engen Gassen und Winkel, die sonst das Stadtbild prägten. Man sah kaum noch die Silhouette der Stadt, die neben der mittelalterlichen Stadtumwallung und sehenswerten Profanbauten aus dem für Soest typischen Grünsandstein dominiert wurde. Krakenarme aus Stahl, Technomusik und blecherne Marktschreier verschluckten hübsche Fachwerkzeilen und romantische Gässchen eines sonst idyllischen Stadtkerns. Vor der mittelalterlichen Kulisse drängten sich rund 400 Geschäfte in den engen Gassen der Altstadt, davon allein 40 Fahrgeschäfte; unter ihnen natürlich die neuesten Attraktionen der laufenden Saison.

Teubner quetschte seinen Dienstwagen in eine Parklücke und studierte den Plan der Buden und Fahrgeschäfte, den das Soester Stadtmarketing ihm freundlicherweise zugefaxt hatte. Ein lauter Seufzer entwich ihm. Mit Pech konnte sich der Kirmesaufenthalt zu einer kilometerlangen Odyssee entwickeln. Wie dumm, dass es jetzt fester zu regnen begann und er versäumt hatte, einen Schirm mitzunehmen.

*

Durch ihre Verspätung wurde Maike davon verschont, im Regen über die Soester Kirmes zu laufen und nach dem Verkäufer der Lebkuchenherzen zu suchen. Das Kratzen in ihrem Hals sollte es ihr danken und sich weder zu einer Mandelentzündung noch zu einer Grippe entwickeln.

Der Zeiger der runden Bahnhofsuhr an ihrer Bürowand zeigte bereits auf kurz vor zehn, als sie ihren Arbeitsbereich betrat und von einem eiskalten Windzug gestreift wurde. Teubner neigte mit seiner Frischluftphobie zeitweise zur Übertreibung. Vermutlich hatte er das Fenster über längere Zeit weit aufgerissen. Von warmer Heizungsluft keine Spur. Die Kommissarin schloss das gekippte Fenster und sperrte den Lärm vom Verkehrsring aus. Dann setzte sie sich mit Winterjacke und Schal an den Schreibtisch und studierte das Protokoll der Morgenbesprechung, das MK-Leiter Jochen Hübner ihr wortlos in die Hand gedrückt hatte.

Viele Neuigkeiten hielt das Papier nicht bereit. Die Befunde aus der Kriminaltechnik standen noch aus. Dabei wartete Staatsanwalt Eichhorn so sehnsüchtig darauf, den Immobilienmakler Gero Krüger mit einem DNS-Treffer festzunageln und ihm eine Mordanklage an den Hals zu hängen. Wo er schon Merlin alias Benno Dreier nicht als Täter überführen konnte. Auch die Durchsuchung der Akten der Praxis Heinemann-Schönfeld brachten keine neuen Erkenntnisse. Maike überflog den Bericht.

Sie konnte sich ein Grinsen nicht verkneifen, als sie von der Befragung des Journalisten, der für den netten Zeitungsartikel verantwortlich war, durch Andreas Wilms las. Der Kollege vom KK11 mochte im Allgemeinen als gemütlicher Knuddelbär durchgehen. Falls er aber Informationen brauchte, die sein Gegenüber nicht auszuspucken gedachte, wurde aus dem Knuddelbär im Nu der Geldeintreibertyp. Schließlich gab der Journalist zu, die Info über die Schnitte an den Handgelenken von einer Kollegin von der Streife bekommen zu haben. Er habe seine Fragen so geschickt gestellt, dass die Dame sich verplapperte. Die Kommissaranwärterin konnte sich auf eine ausführliche Belehrung gefasst machen.

Mika Steller hatte den Automobilhändler mit Kaufinteresse am Wasmuth'schen Grundstück in der Hammer Straße ausfindig gemacht. Gar nicht weit vom Haus der Wasmuths entfernt. Seinen Recherchen zufolge handelte sich um einen Martin Knolle, der seit etwa 15 Jahren einen seriösen Gebrauchtwarenhandel unterhielt. Allerdings machte der Betrieb laut Steller einen eher primitiven Eindruck. Schwer zu glauben, dass Knolle einen millionenschweren Konzern im Rücken hatte. Der Gebrauchtwagenhändler sollte laut Anordnung von Jochen Hübner schnellstmöglich im Kommissariat befragt werden.

Immerhin konnten Anja und Frank Wagner, das befreundete Ehepaar der Schönfelds, inzwischen von der Liste der Verdächtigen gestrichen werden. Sie gaben an, an jenem Freitagabend mit Kunden von Frank zum Essen aus gewesen zu sein. An dem Abend wäre ein Vertragsabschluss begossen worden, da Frank als Innenarchitekt den Zuschlag für die Innenausstattung eines Bürokomplexes erhalten habe. Die Kunden sowie der Restaurantbesitzer hatten inzwischen bestätigt, dass die beiden Ehepaare von etwa 19 Uhr abends bis um circa 22.30 Uhr zusammengesessen hatten.

Nach dem Ergebnis der grafologischen Untersuchung über die gefälschte Urkunde des Hausverkaufs der Villa Schönfeld rückte allerdings Guido Schönfeld wieder in den Kreis der Tatverdächtigen. Mindestens wegen Betruges würde er sich verantworten müssen. Außerdem sollte seine DNS mit der gefundenen Täter-DNS verglichen werden. Sein Alibi, das ihm seine Geliebte Claudia Lorenz gab, war dünn. Denn sollte seine Frau hinter den Schwindel des illegalen Hausverkaufs gekommen sein, hatte Schönfeld ein eindeutiges Mordmotiv. Er musste dringendst im Kommissariat befragt werden. Sören Reinders würde sich darum kümmern.

Die Heizung brachte allmählich Wärme. Maike löste den Schal vom Hals, öffnete ihre Jacke und beschloss, in ihrem persönlichen Nachrichtenfach nachzusehen, ob Krügers Telefonanbieter bereits die Verbindungsliste gefaxt hatte. Sollte der Makler in den letzten Wochen Kontakt zu Stanislaw oder Vladimir Dombrowski aufgenommen haben, wäre interessant zu erfahren, ob die Brüder von Krüger auf Holger Wasmuth und Frau Doktor Heinemann-Schönfeld angesetzt worden waren.

Als Maike den Flur betrat, lief sie geradewegs in die Arme von Jochen Hübner. Er wirkte sichtlich genervt von seinem

Begleiter, der intensiv auf ihn einredete und dabei scheinbar auf taube Ohren stieß. Maike konnte sich des Eindrucks nicht erwehren, dass Hübner sein Anhängsel schnellstens loswerden wollte, und fühlte sich mit seinen ersten Worten bestätigt.

»Das ist Herr Kneiphof. Er vermisst seine Frau und befürchtet, sie könnte Opfer eines Verbrechens geworden sein.« Hübner schob den Mann an Maike vorbei in ihr Büro.

Kneiphofs Augen funkelten erregt, als er Jochen anblitzte. »Haben Sie mir überhaupt zugehört? Ich bin sicher, dass Sandra in die Hände dieses verrückten Kirmesmörders gefallen ist. Warum unternehmen Sie nicht endlich etwas?«

Jochen blickte, für Kneiphof nicht sichtbar, genervt zur Decke. Es war deutlich, was er dachte: Noch so ein Spinner, der völlig hysterisch und überzogen auf das Gekritzel dieses Reporters reagiert. Mit gequältem Lächeln verkündete er, mit Betonung auf *die Kriminalhauptkommissarin* Maike Graf, sie würde sich als im Fall involviert und bestens qualifiziert um ihn kümmern. Danach verließ er in rasantem Tempo das Büro.

Peter Kneiphof nahm unsicher Platz und den angebotenen Kaffee dankbar an. Als er merkte, dass er ihr Interesse geweckt hatte und sie ihm ihre volle Aufmerksamkeit schenkte, wurden seine zitternden Hände allmählich ruhiger und seine erst stotternde Stimme bekam einen festen Klang. Er nippte vorsichtig an dem dampfenden Milchkaffee und schien seine Gedanken zu sortieren. Dabei fiel Maike auf, dass er zu Hause überstürzt und unkonzentriert aufgebrochen sein musste. Der Knoten seiner grauen Krawatte hing schief, ein Knopf des blütenweißen Oberhemdes war nicht verschlossen und am Ohrläppchen schimmerte ein Rest Rasierschaum.

Nach Maikes Aufforderung lehnte er sich zurück und erzählte seine Lebensgeschichte. Er lernte seine Frau Sandra mit 21 Jahren kennen. Da sei sie gerade 19 gewesen und habe als frischgebackene Prophylaxehelferin in der Praxis Wilms an der Massener Straße seine Zähne gesäubert. Sie seien sich auf Anhieb sympathisch gewesen und man habe sich spontan verabredet. Drei Jahre später Hochzeit, ein weiteres Jahr darauf die Geburt von Marco, der im April seinen zehnten Geburtstag gefeiert habe. Kneiphof erwähnte nicht ohne Stolz, dass er selbstständiger Versicherungskaufmann sei. Das Büro sei im eigenen Haus am Massener Hellweg, wo er mit der Familie lebe. Nach Kneiphofs Aussage führe er eine Bilderbuchehe und das Glück würde im Frühjahr nächsten Jahres vollkommen sein, wenn Töchterchen Alina das Licht der Welt erblicken sollte. Er stockte, als er sich vor Augen hielt, dass mit dem Verschwinden seiner Frau auch die Geburt seiner Tochter gefährdet war.

Maike sah, wie er mit den Tränen kämpfte. Sie konnte Peter Kneiphof gut verstehen. Doch zunächst musste sie herausfinden, wie weit seine Sorge berechtigt war. Was brachte ihn dazu zu glauben, seine Frau sei in die Hände des Kirmesmörders gefallen? Sie beobachtete ihn genau, während sie ihm die Frage stellte.

Er holte tief Luft und verschränkte die Arme vor der Brust. »Sandra machte ihre Ausbildung vor etwa 14 Jahren beim alten Josef Heinemann. Seine Tochter Judith hatte zu jener Zeit gerade promoviert. Sandra glaubt, die Morde hätten mit der Vergangenheit der Praxis zu tun. Sie fühlte sich dort nie wohl und hat sich nach der Ausbildung einen neuen Arbeitsplatz gesucht. Sie hat nicht oft über ihre Ausbildungszeit gesprochen. Nur in den letzten Tagen vermehrt. Ich glaube, sie hatte sogar einen bestimmten Verdacht. Ich meine, was der Auslöser für diese Morde sein könnte. Ich muss zugeben, ich habe ihre Ängste als hysterische Fantastereien abgetan und nicht ernst genommen.« Kneiphof rieb sich die Augen, als Versuch, die aufkommenden Tränen niederzudrücken.

Maike hatte sich Notizen gemacht. Es war ihr ein Rätsel, warum Jochen Hübner die Bedenken von Peter Kneiphof nicht als wichtig empfand. Hatte er dem Mann überhaupt zugehört? Immerhin kannte die Vermisste das erste Opfer, hatte nach Angaben ihres Ehemannes sogar etwa drei Jahre mit ihr zusammengearbeitet. Vielleicht kannte sie auch Holger Wasmuth. Warum nur war Frau Kneiphof mit ihrem Verdacht nicht zur Polizei gegangen?

»Herr Kneiphof«, begann sie zunächst vage. »Verstehen Sie mich nicht falsch, aber wir sollten alle Eventualitäten abwägen. Schwangere Frauen können sehr empfindlich sein. Wann haben Sie Ihre Frau zum letzten Mal gesehen? Gab es Streit, sodass sie eventuell bei einer Verwandten oder Freundin Unterschlupf gesucht haben könnte?«

Der Versicherungsagent lehnte sich resigniert zurück und schloss kurz die Augen. »Sie glauben mir nicht«, seufzte er.

Plötzlich riss er mit hektischem Griff an seiner Krawatte, um freier atmen zu können. Seine Stimme schwoll deutlich an, als habe er neue Kraft getankt. »Wir hatten keinen Streit! Unsere Ehe ist harmonisch! Sandra fuhr gestern Mittag mit dem Linienbus zur Arbeit, wie gewohnt, so um 13.30 Uhr. Sie gab mir zuvor wie immer einen Abschiedskuss und setzte Marco eine Haltestelle vor ihrem Ziel bei einem Freund ab. Ihr Dienst geht bis um 19 Uhr. Sieben Minuten später nimmt sie den Bus und ist normalerweise so gegen halb acht zu Hause.« Er stockte. »Aber gestern kam sie nicht. Nicht um acht. Nicht um zehn. Nicht um zwölf.« Er rutschte vor, griff nach der Kaffeetasse und trank den Rest aus. Dann fixierte er die Kommissarin in Erwartung einer Stellungnahme.

Maike überlegte, wie sie ihn am geschicktesten beruhigen könnte. Obwohl Staatsanwaltschaft und viele Kollegen sich darin einig waren, mit dem Makler Gero Krüger den Mörder festgesetzt zu haben, gab es immer noch die Möglichkeit seiner Unschuld. Auch wenn er sich selbst mit seiner Flucht mehr als verdächtig gemacht hatte. Sollte jedoch Sandra Kneiphof das nächste Opfer des von der Presse titulierten Kirmesmörders sein, hätte Krüger das perfekte Alibi. Er saß im Knast. Oder hatte doch einer der Brüder Dombrowski auf seinen Auftrag hin agiert? Wie wahrscheinlich war es überhaupt, dass Sandra Kneiphof in die Mordserie passte?

»Sie sollten dennoch bei Freunden und Verwandten anrufen, Herr Kneiphof. Wir konnten im Rahmen der Ermittlungen einen Verdächtigen festnehmen, der jetzt in U-Haft sitzt. Vielleicht hat das Verschwinden Ihrer Frau eine andere Ursache.«

Kneiphof sprang aus seinem Stuhl hoch und lief unruhig im Büro auf und ab. »Meinen Sie nicht, das hätte ich nicht längst getan?«, rief er verzweifelt. »Bereits gestern habe ich all unsere Freunde abtelefoniert. Meine Schwiegereltern befinden sich auch in großer Sorge. Sie teilen im Übrigen meine Annahme, dass mit Sandra etwas Schreckliches passiert sein muss. Meine Frau hat mit niemandem von ihnen Kontakt aufgenommen. Sie würde nicht so ohne Weiteres über Nacht wegbleiben. Niemals!«

Er erwähnte, er habe Sohn Marco bereits gestern am späten Abend zu seinen Schwiegereltern gebracht und er sei heilfroh, dass sie sich in dieser schwierigen Situation um ihr Enkelkind kümmerten. Kneiphof sei gestern Nacht auf dem Nachhauseweg noch zur Polizeistelle gefahren, um Sandra als vermisst zu melden. Aber man habe ihn fortgeschickt, wie ein überdrehtes Muttersöhnchen.

Maike hielt dem vorwurfsvollen Blick Kneiphofs stand. Wie weit war seine Sorge berechtigt? Zwei Tote mit Lebkuchenherz innerhalb weniger Tage, was sprach dagegen, dass der Mörder sich ein weiteres Opfer holte? ›Ein letzter Gruß, G.‹ Würde auch Sandra Kneiphof dieses Lebkuchenherz tragen? Maike fragte Kneiphof, ob er sich vorstellen könne, bei wem es sich um G. handelte.

Der Mann überlegte einen Augenblick angestrengt, dann zog er langsam die Schultern hoch. »Nein. Ich habe keine Ahnung.«

»Hat Ihre Frau jemals den Namen ›Holger Wasmuth‹ erwähnt?«

Aus dem Blick Kneiphofs sprach pure Verzweiflung. Als würde er mit seiner Antwort das Leben seiner Frau aufs Spiel setzen. Er räusperte sich und versuchte seiner Stimme einen festen Klang zu geben, was ihm nicht gelang. »Nein. Von einem Holger Wasmuth hat sie nie gesprochen.«

Maike seufzte. Seine Angaben waren für eine groß angelegte Suche recht dürftig. Sie versprach Herrn Kneiphof dennoch, alles in ihrer Macht Stehende zu tun, um seine Frau zu finden. Ob Hübner und Staatsanwalt Eichhorn aber ihre Besorgnis teilen würden? Konnte man wirklich von einer Straftat ausgehen? Maike hoffte, ihre Vorgesetzten davon überzeugen zu können. Das war die Voraussetzung, um den Verwaltungsapparat in Gang zu setzen.

*

Die Telefonliste von Gero Krüger zeigte in den vergangenen Wochen mehrere Kontakte zu Vladimir Dombrowski. Den letzten Anruf tätigte der Makler am Tag vor der Ermordung Holger Wasmuths um genau 20.21 Uhr. Maike pfiff leise durch die Zähne. Das musste eine Bedeutung haben. Mit wenigen Telefonaten erfuhr sie, dass Stanislaw seit zwei Jahren in der Justizvollzugsanstalt Dortmund einsaß. Ausgerechnet für heute hatte er Hafturlaub beantragt, da die Mutter der Brüder am vergangenen Freitag einem Krebsleiden erlag und er der heutigen Beisetzung um 12.30 Uhr auf dem Südfriedhof beiwohnen wollte. Eine gute Gelegenheit, sich die Brüder gemeinsam vorzunehmen, dachte Maike.

Als sie auf den Flur trat, um Jochen Hübner über ihre Unternehmung aufzuklären, sah sie Peter Kneiphof, der mit verschränkten Armen vor ihrem Büro saß. In stiller Demonstration bekundete er, nicht eher das Feld zu räumen, bevor die Polizei nicht endlich in Richtung Aufklärung des Verschwindens seiner Frau tätig wurde. Maike seufzte innerlich, obwohl sie den Mann verstehen konnte, dann meldete sie sich bei Hübner ab.

Um Licht in die Vermisstensache Sandra Kneiphof zu bringen, machte sie sich zunächst gemeinsam mit Peter Kneiphof auf den Weg zur Arbeitsstelle seiner Frau. Vielleicht ließe sich feststellen, ob sie nach Dienstschluss den Bus nach Massen genommen hatte. Man könnte den Busfahrer ausfindig machen, eventuell bekannte Fahrgäste befragen. Möglicherweise hatte jemand eine Beobachtung gemacht.

Die Praxis Wilms befand sich in der ersten Etage eines Eckhauses an der Massener Straße, die Bushaltestelle genau davor. Das Haus machte einen vernachlässigten Eindruck. An der weißen Fassade blätterte Farbe ab und dünne Risse zogen sich durchs Mauerwerk. Die Holzstufen ins erste Stockwerk knarrten, sahen blass und abgetreten aus. Einen Fahrstuhl für Gehbehinderte und Kinderwagen suchte man vergebens. Die Praxisräume wirkten etwas gediegener. Grauer Teppichboden, mit dem auch der Empfangstresen umhüllt war, und orange gestrichene Wände, an denen in regelmäßigem Abstand quadratische Bilder hingen, sollten den Patienten in ein Wohlgefühl versetzen. Maikes Blick wurde automatisch von den auffälligen Bildern angezogen. Sie stellten Illusionen mit Effekten dar: optische Täuschungen. Eines zog die Kommissarin besonders in ihren Bann. Es hieß »Rotierende Scheiben« und bestand aus dicht nebeneinanderliegenden Kreisen mit Ornamenten, die nach innen hin kleiner wurden. Das erzeugte beim Betrachter den Eindruck, als würden die Kreise sich drehen. Das nächste Bild zeigte einen Rahmen aus kleinen schwarzweißen Würfeln mit jeweils ein oder zwei »Augen«. Die Ausrichtung der »Augen« ließ den Rahmen wellig erscheinen, obwohl die Linien schnurgerade verliefen.

Trotz der heimeligen Atmosphäre kam die Einrichtung nicht im Mindesten an die vor Modernität und neuester Technik strotzende Praxis der Familie Schönfeld heran. Ob Sandra Kneiphof ihren Arbeitsplatzwechsel je bereut hatte?

Maike stellte sich in angemessenem Abstand an den Tresen, da die Sprechstundenhilfe, deren Namensschild sie als »Frau Mertens« auswies, soeben die Terminwünsche eines Patienten bearbeitete. Eine digitale Datums- und Uhranzeige an der Wand bedeutete ihr, dass bis zur Beerdigung Frau Dombrowskis noch knapp eine Stunde Zeit blieb. Fünf Minuten später hämmerte die Praxismitarbeiterin weiterhin auf die Computertastatur, fluchte dabei mehrfach, bevor sie Maike zunächst mit einem Laserblick durch ihre Goldrandbrille fixierte. Danach zog sie die Stirn kraus und ließ lediglich das knappe Wort »Bitte?« ihren schmalen Lippen entweichen. Ihre Gestik machte deutlich, dass unangemeldete Patienten hier unerwünscht waren.

Die Kommissarin hielt der arroganten Zicke stumm ihren Dienstausweis entgegen, den die Dame ihr in Erwartung der Krankenkassenkarte förmlich aus den Fingern riss und dann stockte.

»Oh, die Polizei!« Ihre Unnahbarkeit wandelte sich in Neugier. »Wie kann ich Ihnen helfen?«

Maike stützte ihre Unterarme auf den Tresen und nickte Richtung Peter Kneiphof, der sich im Hintergrund hielt. Das Kratzen in ihrem Hals trieb ihr Tränen in die Augen. Sie unterdrückte den Hustenreiz und mühte sich um eine klare Aussprache. Sie stellte Kneiphof vor, da Frau Mertens nicht den Eindruck machte, bereits mit ihm bekannt zu sein, und erklärte die Sachlage.

»Können Sie mir sagen, wann Frau Kneiphof die Praxis gestern Abend verlassen hat?«

Die Antwort kam wie aus der Pistole geschossen, ohne Peter Kneiphof dabei eines Blickes zu würdigen. Ihr Tonfall klang dominant und rechthaberisch. Mit dem streng im Nacken geknoteten Haar und der hochgeschlossenen Bluse unter der weißen Praxiskluft kam die schätzungsweise Mittfünfzigerin wie eine Schulrektorin aus den Nachkriegsjahren rüber.

»Na, wie immer. Fünf Minuten vor Feierabend, also 18.55 Uhr, damit sie ihren Bus um kurz nach sieben noch erwischt. Glauben Sie ja nicht, die bleibt auch eine Minute länger. Da kann das Wartezimmer proppenvoll sein oder sich der Schreibkram stapeln, selbst wenn eine Kollegin krank ist, der pünktliche Feierabend ist Frau Kneiphof heilig.« Ihr Lächeln wirkte gezwungen und völlig fehl am Platz.

»Haben Sie zufällig beobachtet, ob sie in den Bus gestiegen ist?«

Die Augen von Frau Mertens funkelten voller Entrüstung. »Glauben Sie, ich habe nichts Besseres zu tun, als hinter den Kollegen herzuschnüffeln? Ich war gestern bis um halb neun damit beschäftigt, ausstehende Rechnungen anzumahnen. Da fragt keiner, ob mein Bus fährt oder jemand zu Hause auf mich wartet.«

Aus ihren Worten sprachen Verbitterung und Sarkasmus. Das Verhältnis zu Sandra Kneiphof schien nicht das Beste zu sein. Bevor Maike ihre nächste Frage stellen konnte, öffnete sich eine Tür links des Tresens und eine etwa 40 Jahre alte Frau in weißem Kittel betrat das Vorzimmer in Begleitung eines älteren Mannes. Sofort behandelte Frau Mertens Maike wie Luft und widmete ihre Aufmerksamkeit der Chefin und dem Patienten.

Maike wartete einen Moment, dann schob sie sich vor die Ärztin und hielt ihr ihren Dienstausweis entgegen. Aus den Augenwinkeln sah sie Frau Mertens aufspringen, um dazwischenzugehen.

»Sie können Frau Doktor Wilms jetzt nicht belästigen. Wir haben das Wartezimmer voller Patienten.«

Ungeachtet der Worte ihrer Sprechstundenhilfe nahm Frau Doktor Wilms Maike beiseite und nickte Peter Kneiphof grüßend zu. Sie führte Maike in ein kleines Büro, wo sie sogleich ein Fenster weit öffnete, sich an die Fensterbank lehnte und eine Zigarette anzündete. Lauter Verkehrslärm schallte in Begleitung stinkender Abgase herein. »Worum geht es, Frau Hauptkommissarin Graf?«, fragte die Zahnärztin, während sie mit geschlossenen Augen einen tiefen Zug Rauch inhalierte.

Maike gab in kurzen Worten die Besorgnis von Peter Kneiphof wieder, der es aus unerfindlichen Gründen vorgezogen hatte, weiterhin dem Praxisdrachen Mertens Gesellschaft zu leisten.

Doktor Wilms blickte Maike überrascht an. »Ich habe mich schon gewundert, warum Sandra nicht zur Arbeit erschienen ist. Ist nicht ihre Art, unentschuldigt zu Hause zu bleiben. Auch telefonisch ist sie nicht erreichbar. Seit gestern Abend, sagen Sie, ist sie verschwunden?« Sie nahm noch einen tiefen Zug, dann drehte sie sich um und schaute aus dem Fenster. »Kommen Sie, Frau Graf!« Sie deutete auf die Straße. Linie 41 hielt gerade an der Haltestelle. An der Seite des Busses die überdimensionalen Werbezüge des Stadtblattes »Hellweger Anzeiger«. Die Zahnärztin erklärte Maike, dass Sandra Kneiphof mit genau diesem Bus täglich nach Hause fahre.

»Gestern ist sie allerdings nicht eingestiegen.«

Sie drückte ihre Zigarette aus und schloss das Fenster. Mit federnden Schritten durchquerte sie das Büro, wusch und desinfizierte sich die Hände, bevor sie ein Mentholbonbon in den Mund schob. »Ich machte gerade eine kleine Pause …« Sie hob erklärend die Zigarettenschachtel hoch, »… und sah, wie gerade eben, aus dem Fenster. Sandra wartete an der Haltestelle. Plötzlich stellte sich ein Mann zu ihr. Sie sprachen gewiss eine Zigarettenlänge. Sandra schüttelte mehrfach den Kopf, wirkte etwas überfordert. Schließlich nickte sie und ging mit dem Mann Richtung Innenstadt.« Frau Doktor Wilms setzte sich an den Schreibtisch und bedeutete Maike, ihr gegenüber Platz zu nehmen. »Ich hätte vielleicht stutzig werden müssen, aber Sandra ist eine erwachsene Frau. Dummerweise war ich in der Nacht weder übers Festnetz noch auf meinem Handy zu erreichen. Vermutlich hat Peter Kneiphof versucht, mich anzurufen.«

»Aus welchem Grund waren Sie nicht erreichbar?«

Doktor Wilms blickte zunächst erstaunt, schien sich dann aber bewusst, dass die Frage wohl zur Routine gehörte. »Ich habe bei einem Freund übernachtet und hatte mein Handy ausgeschaltet.«

»Kannten Sie den Mann, den Sandra Kneiphof begleitete, oder können Sie ihn beschreiben?«

Doktor Wilms hob ratlos die Schultern. »Nein. Nie zuvor gesehen. Es schien mir auch nicht, als sei er Sandra bekannt. Wenn ich darüber nachdenke, ging sie widerwillig mit ihm. Er muss ein überzeugendes Argument gehabt haben, denn Frau Kneiphof ist ein eher vorsichtiger Mensch.« Sie schob die Zigarettenschachtel nervös auf dem Tisch hin und her. »Beschreiben … Ich habe ihn nur von hinten aus der Vogelperspektive gesehen. So um die 50 Jahre alt. Etwa einen Meter achtzig groß, schlank mit kurzem Haar. Ein unscheinbarer Typ, den man schnell vergisst.«

Auf die Frage, ob sie ihn bei einer eventuellen Gegenüberstellung wiedererkennen würde, schüttelte die Zahnärztin zaghaft den Kopf und erklärte, das Gesicht des Mannes kaum beachtet zu haben. Ob er in Begleitung Sandra Kneiphofs in ein Auto gestiegen sei, habe sie nicht mehr beobachten können, da noch eine Patientin auf eine Zahnfüllung gewartet habe.

Maike bedankte sich und stand auf. Sandra Kneiphof war also gegen ihre Gewohnheit mit einem ihr vermutlich fremden Mann mitgegangen. Sollte sich der Verdacht ihres Mannes bestätigen und sie war in die Hände des Kirmesmörders gefallen? Zumindest dürfte die Aussage der Zahnärztin ausreichen, um eine polizeiliche Suche nach Sandra Kneiphof in Gang zu setzen. Denn immerhin passte die Beschreibung zur Aussage Merlins, der den Täter am Kriegerdenkmal beobachtet hatte, und auch zu der vagen Beschreibung der Zeugin Rangnick, die den Täter am Gericht beobachtet hatte.

Peter Kneiphof saß mit verschränkten Armen auf einem Besucherstuhl gegenüber des Tresens. Ein Blick zur Praxisuhr bedeutete Maike, es blieben ihr noch 20 Minuten bis zur Beerdigung von Frau Dombrowski. Im Begriff, Kneiphof zur Eile zu mahnen, erkannte sie in seinem Gesichtsausdruck eine gewisse Zufriedenheit, die sie etwas irritierte. Frau Mertens dagegen stierte mit hochrotem Kopf auf den Bildschirm ihres Computers und reagierte erst, als Frau Doktor Wilms sie zum zweiten Mal ansprach, sie könne nun die nächste Patientin in den Behandlungsraum schicken.

Als Maike hinter Kneiphof die knarrenden Stufen des Treppenhauses hinabstieg, wurde sie ob der eisigen Vorzimmerstimmung aufgeklärt. »Dieser blöden Schnepfe musste ich endlich meine Meinung sagen!«, schimpfte der Versicherungsagent. »Wie abfällig sie über Sandra geredet hat, und genauso behandelt die unterbelichtete Kuh sie, als sei meine Frau ein naiver Lehrling. Mit 32 Jahren. Außerdem hat Sandra ihren pünktlichen Feierabend mit Doktor Wilms geregelt. Der nächste Bus kommt erst eine Stunde später. Und dann wird es für Marcos Abendessen zu knapp.« Er blieb auf der Treppe stehen und drehte sich lächelnd um. »Ich habe dem Tresenluder erklärt, wenn Sandra das nächste Mal zur Arbeit kommt, soll sie sich formvollendet bei ihr entschuldigen. Sonst könnte es passieren, dass ich Frau Doktor Wilms über gewisse Lästereien in Kenntnis setze. Wie oft hat die Mertens schon über die Wilms hergezogen, weil sie in ihrem Büro raucht. Auch sonst lässt sie bei ihren Kollegen kaum ein gutes Wort an der Zahnärztin. Bei Sandra kommt sie mit ihrer Hetze allerdings nicht an. Und genau deshalb mag sie meine Frau nicht. In Zukunft wird sie netter sein.« Er grinste. Scheinbar war seine Drohung erfolgreich gewesen.

Als Maike ihn daraufhin über ihr Gespräch mit Doktor Wilms informierte, verflog das Grinsen und wich einem ängstlichen Gesichtsausdruck.

»Mein Gott«, murmelte er nur. »Ich wusste es.«

*

Maike erreichte den Friedhof erst, als die Trauerfeier für Frau Dombrowski bereits begonnen hatte. Auf dem Umweg über Massen, wo sie Kneiphof vor seinem Haus absetzte, zeigte sich jede Ampel rot. Die Kommissarin mochte die Zeremonie nicht stören und wartete auf dem Vorplatz der Trauerhalle. Die Trauergemeinde bestand nur aus den in Schwarz gekleideten Brüdern Dombrowski, einem Kollegen vom LKA, der auf Stanislaw aufpasste, und drei älteren Frauen, die bitterlich weinten. Die kleine Prozession führte an Gräbern vorbei über Pflaster-, Kies- und Trampelpfade zu einem kleinen Urnenfeld. Maike folgte in angemessenem Abstand, wartete die Versenkung der Urne und die Grabrede ab, ehe sie den Brüdern kondolierte. Der Pfarrer und die drei mit Kopftuch und fast bodenlangem Mantel bekleideten Russinnen gingen schweigend ab.

Maike zog den Schal enger um ihren kratzenden Hals. Sie wünschte sich in ihr warmes Büro bei einem heißen Tee. Die Atmosphäre an diesem regnerisch grauen Novembertag auf dem Friedhof ließ sie frösteln. Hohe Bäume, an deren Astgerippe sich letzte gelbe Blätter klammerten und deren Kronen durch dichten Dunst im Nichts verschwanden. Dunkle Gräber mit verwitterten Grabsteinen, die sich unter einer dichten Laubdecke versteckten. Das alles drückte auf ihre Stimmung. Sie kam sich vor wie in einer fremden, düsteren Welt, die ab und zu von einem flackernden Grablicht in Szene gesetzt wurde.

Maike wies sich bei ihrem Kollegen als Hauptkommissarin aus und bat um einige Informationen von den Brüdern Dombrowski. Der LKA-Mann stellte sich als Hauptkommissar Stenzel vor und schien froh zu sein, die Verantwortung für Stanislaw einen Moment nicht allein tragen zu müssen. Er nickte stumm, vergrub seine Hände tief in den Taschen seiner verwaschenen Jeans und trottete mit gesenktem Kopf neben ihnen her, als sie langsam den Rückweg zum Parkplatz antraten. Maike schob sich zwischen die Brüder, die sie beide um fast einen Kopf überragten. Eine gewisse Ähnlichkeit mit den Klitschko-Brüdern ging nicht nur von ihrer Größe, sondern auch von ihren markanten osteuropäischen Gesichtszügen aus. Ob die Dombrowski-Brüder ihr ohne Anwesenheit des LKA-Kollegen auch so höflich entgegengetreten wären, blieb irrelevant, jedenfalls zeigte Vladimir sich äußerst gesprächsbereit. Er nickte, als sie die Sprache auf Gero Krüger brachte, und gab zu, mit ihm bekannt zu sein.

»Haben Sie je für den Makler gearbeitet? Oder ihm einen … Gefallen getan? Wann hatten Sie zuletzt Kontakt?«

Vladimir blieb nachdenklich stehen und rieb sich das glatt rasierte Kinn. Er machte einen distinguierten und gepflegten Eindruck, wirkte wie der erfolgreiche Geschäftsmann. »Man könnte unser Verhältnis zu Gero Krüger durchaus als freundschaftlich bezeichnen. Seine Eltern unterhielten eine Kneipe in Mühlhausen … Wann habe ich das letzte Mal mit ihm gesprochen? Hm, ich glaube, vor etwa drei, vier Tagen. Gero bat mich, in einer etwas delikaten Angelegenheit vorläufig nicht in Aktion zu treten.« Er setzte seinen Weg fort, bedächtig darauf achtend, mit den blank polierten Lederschuhen nicht auf eine Pfütze zu treffen.

»Diese delikate Angelegenheit lässt sich doch gewiss konkreter definieren, Herr Dombrowski.« Sie sah von Vladimir zu Stanislaw. »Vielleicht hat Ihr Bruder eine Idee?«

Der Russe blickte gehetzt auf. In seiner Erregung sprach er mit deutlichem Akzent. »Stani saß im Knast. Den lassen Sie schön aus dem Spiel, Frau Kommissarin. Also gut. Gero hatte mich um einen Gefallen gebeten. Wir kennen uns von früher, als er in der Kneipe seines Vaters arbeitete. Meine Familie wohnt im gleichen Dorf. Ich sollte jemandem bei einer Entscheidung auf die Sprünge helfen. Nichts Dramatisches. Das mag ungefähr eine Woche her sein. Genaue Instruktionen wollte Krüger mir noch zukommen lassen.«

Mit anderen Worten, der Kantenmann sollte Holger Wasmuth unter Druck setzen. Namen würde Maike von dem Russen nicht erfahren. Dass er sich überhaupt gesprächsbereit zeigte, lag vermutlich an seiner melancholischen Stimmung kurz nach der Beisetzung seiner Mutter. Maike wich einem großen Blätterhaufen aus, den ein Angehöriger ordentlich vor dem Grab getürmt hatte, obwohl der nächste Grünschnittbehälter nicht einmal zehn Meter entfernt lag.

»Und tat er das?«

Vladimir schüttelte langsam den Kopf, wobei sich eine tiefe Denkerfalte in seine Nasenwurzel bohrte. »Nein. Er rief mich am Montagabend an und sagte mir, die Sache sei

vermutlich erledigt. Er habe einen Anruf seines Klienten bekommen, bei dem dieser sich als einsichtig erwies.«
Er blieb erneut stehen und griff in die Innentasche seines Ledermantels.

Der LKA-Kollege stutzte und fasste sofort an seine im Holster steckende Waffe. Nur nicht Wilder Westen spielen, dachte Maike, hielt unbewusst die Luft an und schüttelte leicht mit dem Kopf. Stenzel fixierte die Dombrowskis mit Adleraugen, jederzeit bereit, die Waffe zu ziehen und einzusetzen. Vladimir riskierte nur einen müden Seitenblick und zog langsam ein iPhone aus seinem Mantel. Als er begann, darauf einzutippen, entspannte sich die Lage. Schließlich hielt er sich das iPhone ans Ohr und lauschte einen Moment. Danach hob er den Kopf und hielt Maike das Gerät entgegen.

»Hier! Hören Sie selbst! Ich zeichne zu meiner eigenen Sicherheit und Kontrolle viele meiner Telefonate auf. So auch das von Gero. Ich wollte nicht vergessen, den Gefallen aus meinem Terminkalender zu streichen.«

Maike nahm das Gerät entgegen und lauschte der Stimme, die sie eindeutig als die des Maklers identifizierte. Krüger lallte etwas und duzte den Russen, als seien sie beste Freunde. Schließlich kam er zum Punkt und teilte Vladimir mit, er möge den Rentner in Ruhe lassen. Der sei von selbst zur Vernunft gekommen. Er beendete das Telefonat, indem er dem Russen lautstark zuprostete und grölend versprach, ein Glas Schampus für ihn mitzutrinken. Maike kontrollierte die Übereinstimmung der Zeit und des Datums. Dann reichte sie Vladimir das Telefon mit der Gewissheit zurück, dass Holger Wasmuth zwar vor einem brutalen Schläger verschont wurde, dafür jedoch seinem Mörder in die Arme lief.

Inzwischen hatte das Quartett den Friedhof hinter sich gelassen. Maike öffnete die Verriegelung ihres Dienstwagens. Die kalte Novemberluft zog ihr trotz winterlicher Kleidung bis in die Knochen.

LKA-Kollege Stenzel schien in ähnlicher Verfassung, denn er legte Stanislaw Dombrowski Handschellen an und verfrachtete ihn auf den Rücksitz seines Wagens. Nachdem Maike ihm freundlich zunickte und Vladimir seinem Bruder letztmalig auf die Schulter klopfte, was so viel heißen sollte wie: Halt die Ohren steif, Alter, brauste Stenzel davon. Ehe der Russe ebenfalls in seine schwarze Luxuslimousine steigen konnte, hielt Maike ihn zurück.

»Wo befanden Sie sich am Montagabend ab 20 Uhr, Herr Dombrowski?«

Ein Grinsen zog sich durch das blasse Gesicht des Mannes. Er knöpfte langsam seinen Mantel auf, faltete ihn sorgsam zusammen und legte ihn auf den Rücksitz seines Wagens. Dann setzte er sich hinters Steuer, ließ den Motor an und betätigte den automatischen Fensterheber der Fahrerseite. Mit funkelnden Augen schob sich sein Kopf aus dem Fenster.

»Ob Sie das wirklich wissen wollen, Frau Kommissarin?« Sein glatt zurückgekämmtes Haar glänzte vor Pomade. »Montags finden Sie mich im Saunaklub.« Er zwinkerte mit den Augen. Sein Grinsen nahm jetzt das gesamte Gesicht ein. »Es gibt viele Zeugen. Explizit eine schlanke Blondine.« Er formte mit den Händen die Kurven der Blondine nach. »Sie können das gern überprüfen.«

Maike trat zur Seite, als er mit quietschenden Reifen rückwärts aus der Parklücke schoss und Sekunden später ihren Blicken entschwand.

*

313

Da die Allerheiligenkirmes ab 10 Uhr ihre Tore öffnete, schallten ihm bereits laute Discomusik und blecherne Lautsprecherstimmen entgegen. In den Trubel getaucht, war Max Teubner beim Fahrgeschäft »Rocket« am Bahnhofsvorplatz. Ein 60 Meter hohes Stahlgerüst, an dem je fünf giftgrüne, kreischendrote, ozeanblaue und sonnengelbe Raketen hingen, die dem Fahrgast ein unvergessliches Erlebnis in schwindelerregender Höhe ermöglichen sollten. Der Kick für jeden Vergnügungssüchtigen. Laut Veranstalter überschlugen sich die Gondeln mit 60 km/h um die eigene Achse und würden den Besucher in einen »völligen Zustand der Verwirrung« versetzen.

Max Teubner versuchte die Fahrgeschäfte zu ignorieren und lenkte seine Konzentration auf die Verkaufsbuden. Neben dem Breakdancer am Brüdertor, wo Kirmesbesucher sich bei Discofeeling und Flashlight durchschütteln ließen, fand er den ersten Stand, der Süßwaren anbot. Nachdem geklärt war, dass die Bude auch auf der Kirmes in Unna stand, stellte Teubner seine Fragen. Doch keiner der Verkäufer erkannte Gero Krüger oder erinnerte sich daran, Lebkuchenherzen mit der Aufschrift »Ein letzter Gruß, G.« verkauft zu haben.

Teubner drängte sich zwischen Besuchertrauben über die für den Autoverkehr gesperrte Nötten-Brüder-Wallstraße und versuchte, seinen Fokus auf Lebkuchenherzen zu lenken. Doch seine Aufmerksamkeit wurde von rasanten Fahrgeschäften abgelenkt, die sich immer wieder in den Himmel katapultierten, und von Menschen, die in Gondeln dicht an Fachwerkhäusern vorbeiflogen.

Er fühlte sich in die Jugendzeit zurückversetzt, als ihm keines der Karussells wild genug sein konnte. Bis eine Freundin von ihm den Alkoholgenuss auf dem Rummel übertrieben hatte. Während der Achterbahnfahrt hatte sie sich übergeben müssen und an dem Erbrochenen verschluckt. Die Fahrt war Teubner wie eine Ewigkeit vorgekommen. Danach hatte er die inzwischen Bewusstlose zu den Sanitätern geschleppt. Im Krankenhaus musste er ihr die Hand halten, als ihr der Magen ausgepumpt wurde. Erst Wochen später hatte das Mädchen sich von dem Schock erholt. Seitdem wirkten der Trubel und die Enge von Jahrmärkten auf Teubner beklemmend, besonders hier, auf den kleinen Straßen und Plätzen der historischen Altstadt von Soest. Auf 50.000 Quadratmetern tummelten sich an die 400 Schausteller. Am heutigen Donnerstag zum traditionellen Pferdemarkt, wo man bei Marktschreiern alles kaufen konnte, was man nicht brauchte, sogar weitaus mehr.

Nach über einer Stunde Fußmarsch hatte Teubner an die zehn Süßwarenbuden abgeklappert und nur Kopfschütteln geerntet. Seine Füße brannten wie die Hölle, doch er war keinen Schritt weitergekommen. Nachdem er die Dominikanerstraße und die Fußgängerzone in der Brüderstraße erfolglos abgegrast hatte, gönnte er sich zwischen Musikexpress und Babyflug am Marktplatz einen Mantateller. Er postierte sich an einem der wackeligen Stehtische mit Blick auf »Potts historischen Jahrmarkt«, wo altertümliche Klänge von einer kleinen Bühne herüberschallten. Die Currywurst schmeckte scharf, die Pommes ertranken in rot-weißer Tunke. Teubner sah erste Opfer von übermäßigem Konsum des Kultgetränks »Bullenauge« an sich vorbeitorkeln. Ein köstliches Gesöff, das in den 60er-Jahren in Soest erfunden worden war und aus Edelmokkalikör mit einem Schuss Soester Schlagsahne bestand. Teubner hielt sich an alkoholfreies Pilsener.

Gerade als er sich einen tiefen Zug davon genehmigte, wurde er von einem vermeintlichen Bullaugenopfer angerempelt. Der Inhalt des Alkoholfreien ergoss sich über seine graue Flanelljacke und er fluchte laut. Der Angetrunkene begann sofort zu pöbeln, stürzte sich lallend auf den Kommissar und riss ihn mit sich zu Boden. Teubner spürte eine Faust im Bauch. Er stöhnte überrascht auf. Sogleich standen zahlreiche Schaulustige um sie herum. Der Junge schlug wild um sich und brüllte, als sei er von Sinnen. Endlich gelang es Teubner, sich aus dem Griff des Jungen zu befreien und sich rittlings auf ihn zu setzen. Er atmete kurz durch, um sich von dieser unliebsamen Überraschung zu erholen, dann stand er auf und zerrte den Angreifer im Polizeigriff auf die Beine. Security-Leute bahnten sich einen Weg durch die Wand der Schaulustigen und nahmen den Bengel in Gewahrsam. Auf die Frage, ob Teubner Anzeige erstatten wollte, schüttelte er nur den Kopf. Endlich löste sich die Menschentraube um ihn auf.

Teubner tupfte sich die Jacke trocken, bestellte sich ein neues Pils und vertiefte sich erneut in den Kirmesplan. Ungefähr die Hälfte der Altstadt hatte er jetzt abgelaufen. Blieb noch das Kirchenviertel. Sankt Petri, die älteste Kirchengründung Westfalens, dessen Turmhelm typisch barocke Züge trug, thronte zwischen dem Hightechkarussell »Shake & Roll« und dem »Star Flyer«. Gleich gegenüber der Fußgängerzone in etwas ruhigerem Terrain lag Sankt Patrokli, ein romanischer Bau. Vier Ecktürmchen flankierten den etwa 80 Meter hohen »Turm Westfalens«. Überall versteckt zwischen den aggressiven Fahrgeschäften duckten sich Fressbuden. Teubner mühte sich, keine zu übersehen, und erlebte jedes Mal ein Hochgefühl, wenn es sich um eine Bude handelte, die auch Lebkuchenherzen anpries. Leider blieben seine Befragungen bisher erfolglos.

Vor dem historischen Rathaus sah er die nächsten Stände. Das Rathaus, eines der wenigen repräsentativen Barockbauten mit Bogengang, über dem der Schutzpatron der Stadt, St. Patroklus, thronte. Teubner hatte keinen Blick mehr für die geschichtsträchtigen Bauten Soests. Er steuerte auf die erste Fressbude zu, hielt dem einzigen Verkäufer seinen Ausweis unter die Nase und ratterte seine Fragen herunter.

»Standen Sie am letzten Wochenende mit Ihrer Bude in Unna auf der Katharinenkirmes?« Teubner merkte selbst, wie genervt seine Stimme klang. Er spürte seine Füße kaum noch und stützte sich mit den Armen auf der Taschenablage der Bude ab.

Der etwas dickliche Mann nickte mit rosigen Wangen. Er rieb sich die Hände an seiner weißen Kittelschürze ab und griff nach dem Foto von Gero Krüger, das Teubner ihm entgegenhielt.

»Haben Sie diesen Mann schon einmal gesehen, vielleicht als Kunde bedient?«, fragte Teubner.

Der Verkäufer sah sich das Bild konzentriert an. Kleine Falten durchzogen dabei seine Stirn. Als er endlich aufblickte, erkannte Teubner bereits am Gesichtsausdruck des Mannes, dass er wieder keinen Erfolg hatte.

»Tut mir leid, den Mann habe ich nie gesehen. Ich habe ein gut funktionierendes Personengedächtnis. Wenn ich dem jemals eine Tüte Mandeln verkauft hätte, würde ich mich erinnern.«

Teubner steckte das Foto Krügers wieder in die Innentasche seiner nach Bier stinkenden Winterjacke. »Der Kunde, den wir suchen, hat Lebkuchenherzen gekauft. Mindestens

zwei Herzen mit der Aufschrift »Ein letzter Gruß, G.«.
Erinnern Sie sich, solche Herzen verkauft zu haben?«

Jetzt kam Leben in den Dicken. Er drehte sich hinterm
Tresen um, sodass Teubners Blick auf seinen breiten Rücken
fiel. Der Mann trug unter dem Kittel eine dicke Strickjacke,
die sich hochgeschoben hatte und halb über den Schürzen-
bändern hing. Als er sich umdrehte, hielt er ein Lebkuchenherz mit der Aufschrift »Für Mama« in der Hand.

»Nach dieser Vorlage sollte ich die Herzen anfertigen,
Herr Kommissar. Ich erinnere mich genau. Der Kunde kam
kurz nachdem die Katharinenkirmes am letzten Freitag
eröffnete, und verlangte vier Herzen mit der Aufschrift
»Ein letzter Gruß, G.«. Eine ungewöhnliche Bestellung
zwar, aber der Mann legte sogleich 100 Euro auf die Theke
und fragte, ob ich dafür in einer halben Stunde fertig sei.
Natürlich war ich das.«

Teubners Lebensgeister erwachten. Sein stundenlan-
ges Latschen über das nasse Straßenpflaster von Soest
sollte nicht umsonst gewesen sein. »Können Sie den Mann
beschreiben, Herr …?«

»Hufschmied, Hans Hufschmied. Natürlich kann ich
das. Er war etwa 50 Jahre alt und einen Meter achtzig groß,
von schlanker Statur, hatte dunkles Haar mit einzelnen
grauen Strähnen, und auffallend blasse Gesichtshaut. Bei
dem Wetter bekommt fast jeder eine rote Nase, der Mann
dagegen wirkte aschfahl.«

Natürlich passte die Beschreibung auf eine Vielzahl von
Menschen. Leider nicht auf Gero Krüger. Schon eher auf
Guido Schönfeld, Stefan Stracke oder Frank Wagner. In
Teubner machte sich ein Verdacht breit. Er zückte sein
Handy und ließ sich mit Kollege Reinders verbinden. Nach
kurzem Gespräch schickte ihm der Oberkommissar die

gewünschte Datei und Teubner hielt dem Süßwarenhändler sein Smartphone entgegen, auf dem deutlich eine Bilddatei zu sehen war.

»Könnte es sich um diesen Mann gehandelt haben, Herr Hufschmied?«

Der Dicke kramte umständlich seine Lesebrille hervor. Sie hing an einer groben Gliederkette um seinen Hals und hatte sich unter der Schürze in den Maschen der Strickjacke verheddert, sodass sich ein langer Faden aus dem Gestrick zog. Hufschmied versuchte mit seinen dicken Fingern, den Faden vom Nasensteg zu befreien. Teubner trommelte währenddessen nervös auf die Taschenablage. Endlich saß die Sehhilfe korrekt auf der Nase und Hufschmied studierte das Foto. Dann reichte er Teubner das Telefon zurück.

»Ja. Das könnte der Mann sein, dem ich die Herzen verkauft habe. Ein ruhiger, unauffälliger Typ. Hat er etwas angestellt, dass Sie seinen Spuren bis nach Soest folgen?«

Teubner behielt für sich, dass der Mann vermutlich zwei Morde begangen hatte und zwei weitere zu planen schien. »Ist Ihnen noch etwas aufgefallen? War der Mann in Begleitung? Wohin ist er gegangen?«

Hans Hufschmied hob ratlos die Schultern. »Es war voll in Unna. Die Leute drängten sich an meinem Stand. Einen Begleiter hatte der Kunde glaube ich nicht. Wenn ich mich recht erinnere, ging er Richtung Marktplatz. Sicher bin ich aber nicht.«

Teubner bedankte sich, notierte Namen und Adresse von Hufschmied und kaufte eine große Tüte gebrannter Mandeln. Dann machte er Platz für eine Gruppe Jugendlicher, die lautstark rote Zuckeräpfel forderten. Der Landregen hatte sich für den Moment verzogen. So nahm Teubner den Weg zurück zum Auto am Rande des Trubels durch verwinkelte Gassen, wobei er immer wieder in die Mandeltüte griff. Mit etwas Süßem zwischen den Zähnen ließ es sich besser denken. Während er langsam vorwärts schlenderte, gab er Sören Reinders telefonisch die Anweisung, das Phantombild, das nach Merlins Angaben gefertigt wurde, an die Presse weiterzuleiten, um es am nächsten Tag der Öffentlichkeit zu präsentieren. Vielleicht konnte man auf diesem Weg den Mörder bald dingfest machen.

*

»Vier Lebkuchenherzen«, sinnierte Maike Graf laut, als sie mit heißem Zitronentee ihrem kratzenden Hals etwas Entlastung verschaffte. Vier Herzen konnten nur bedeuten, dass der Mörder von Judith Heinemann-Schönfeld und Holger Wasmuth zwei weitere Opfer ins Visier genommen hatte. Peter Kneiphof befürchtete, seine Frau Sandra sei dem Kirmesmörder in die Hände gefallen. Würde sie das dritte Mordopfer sein? Lebte sie noch? Wenn ja, wo hielt der Täter sie versteckt?

Die Nachricht von Max Teubner über die Herkunft von vier verkauften Lebkuchenherzen mit der Aufschrift »Ein letzter Gruß, G.« hatte Unnas Polizei und insbesondere die Mordkommission in höchste Alarmbereitschaft versetzt. Sandra Kneiphofs Verschwinden wurde nun völlig neu eingestuft. Ihren Aufenthaltsort zu ermitteln, besaß oberste Priorität. Was Kneiphof nicht mitbekommen hatte: Bereits gleich nach der Vermisstenmeldung seiner Frau wurden ihre Daten in den INPOL – das Informationssystem der Polizei – eingespeist und sie somit zur Fahndung ausgeschrieben. Nachdem man jetzt definitiv von einer Straftat, also einer unmittelbaren Gefahr für Leib und Leben ausgehen konnte, hatte man umgehend das BKA eingeschaltet. Eine Großzahl der Beamten der Mordkommission unterstützte die Suche gemeinsam mit einer angeforderten Hundertschaft der Bereitschaftspolizei. Ein Hubschrauber überflog den Stadtkern von Unna, würde seine Suche auch nach Einbruch der Dunkelheit mithilfe einer Wärmebildkamera fortsetzen. Das Naherholungsgebiet Unnas – der Bornekamp – wurde mit dem Einsatz von Suchhunden durchkämmt, ebenso die Massener Heide und der Kurpark in Königsborn. Zahlreiche Streifenwagen durchfuhren die Straßen in Unna und Umgebung, die lokalen Rettungsdienste des Roten Kreuzes, der Feuerwehr und des THW wurden zur Unterstützung der Suche mobilisiert. Bisher konnte jedoch noch keine Erfolgsmeldung erbracht werden. Eine kleinere Gruppe Beamter arbeitete weiter an den Mordermittlungen. Dazu zählte auch Maike Graf.

Sie saß mit leichtem Fieber und einer sich ankündigenden Erkältung in ihrem völlig überhitzten Büro und studierte wieder und wieder akribisch die Fakten des Falls.

Maike legte den Bleistift, den sie gedankenverloren zwischen ihren Fingern gedreht hatte, zur Seite und nahm einen weiteren Schluck des Zitronentees. Das erste Opfer wurde am Kriegerdenkmal im Stadtpark gefunden, grübelte sie, das zweite in Königsborn vor dem Amtsgericht. Dazwischen lagen knapp zwei Kilometer. Hatte der Täter mit seiner Demonstration der Leichen an öffentlichen, gut sichtbaren Plätzen, eine bestimmte Absicht verfolgt? Sollte das Denkmal auf einen Kampf hindeuten, den er geführt und verloren hatte? Gab der Fundort Holger Wasmuths vor dem Gericht den Hinweis auf eine gescheiterte oder ungerechte Gerichtsverhandlung? Welchen Ort hielt der Mörder für Sandra Kneiphof parat, wenn er sie tatsächlich in seine Gewalt gebracht hatte?

Maike seufzte laut und schob den leeren Kaffeepott von sich, der ihre kalten Finger nicht mehr wärmen konnte. Sie stand auf, trat zur Heizung und drehte sie bis zum Anschlag auf, obwohl die Luft im Büro bereits stickig und verbraucht war. Das innere Frösteln wollte einfach nicht weichen. Sie zog sich ihren Wollschal enger um den Hals und setzte sich, als die Bürotür aufgerissen wurde und Teubner eintrat. Mit drei Schritten erreichte er das Fenster und riss es weit auf.

»Abgestandene Heizungsluft ist nicht gut für deine Gesundheit«, mahnte er und reichte ihr ihre gefütterte Jacke. Der Herbstwind wehte frische Luft in den Raum und Maike zog rasch die Jacke an und den Reißverschluss bis hoch zum Kragen zu. Erleichtert bemerkte sie, wie angenehm die Frischluft ihren Atemwegen tat. Teubner lehnte sich gegen die Schreibtischkante und wies auf den letzten Laborbericht, den er in seiner Hand hielt.

»Die kriminaltechnische Untersuchung bestätigt mit einem Spur-Spur-Treffer den Verdacht auf denselben Mörder unserer beiden Todesopfer.« Er blätterte den Bericht um und überflog die nächste Seite. »Jedoch kann man die Täterschaft des Maklers Gero Krüger genauso ausschließen wie die des Junkies Benno Dreier. Wir stehen mit den Ermittlungen also wieder am Anfang.« Er seufzte und ließ den Laborbericht sinken. »Die Suchtrupps haben auch noch nichts. Dein Freund Hübner und Staatsanwalt Eichhorn springen im Dreieck. Wenn wir morgen die Leiche der Kneiphof vor dem Portal der Stadtkirche, dem Eselsbrunnen oder einem anderen bekannten Ort in Unna finden, bricht hier die Hölle los. Verdammt, Maike! Irgendetwas müssen wir übersehen haben!«

Maike verschränkte die Arme vor der Brust, da ihr die kalt einströmende Frischluft inzwischen unangenehme Schauer über den Rücken jagte. »Vielleicht haben wir Glück und Sandra Kneiphof lebt noch. Immerhin lagen zwischen dem Verschwinden und Auffinden der ersten beiden Toten nicht mehr als zehn Stunden. Man fand die Leichen jeweils am frühen Morgen des folgenden Tages. Die Zahnarzthelferin wird nun seit 21 Stunden vermisst und es ist schon Nachmittag.«

Teubner setzte sich hinter seinen Schreibtisch und kreuzte die Hände im Nacken. »Das kann ein gutes Zeichen sein. Das kann aber auch gar nichts bedeuten. Vielleicht wurde der Täter einfach aufgehalten und nun hindert ihn die auffällig hohe Polizeipräsenz daran, seine Tat zu vollenden. Falls die Kneiphof noch lebt, müssen wir schnell sein. Lass uns einmal die Fakten zusammenfassen. Eine Zahnärztin wird ermordet, kurz darauf ein ehemaliger Anästhesist. Beide Opfer sind im medizinischen Bereich tätig. Dennoch konnte bisher in ihrem beruflichen Umfeld keine Spur auf einen Täter gefunden werden. Verdächtig macht sich der Immobilienmakler Gero Krüger, der kurz vor den Morden mit der Veräußerung der Immobilien der Opfer beauftragt wird, obwohl diese mit dem Verkauf ihrer Häuser nicht einverstanden zu sein scheinen. Im Falle der Zahnärztin wusste diese nicht einmal, dass ihr Ehemann ihr die Hütte unterm Arsch weg verkaufen wollte. Hier ergaunerte sich der dubiose Makler eine Urkunde, indem er die Unterschrift der Zahnärztin von der Geliebten des Guido Schönfeld – der Friseuse Claudia Lorenz – fälschen ließ.«

Maike sah auf und unterbrach ihren Kollegen. »Ist die Angelegenheit eigentlich schon beim Betrug?«

Max hob die Schultern. »Ich denke nicht. Reinders hatte den grafologischen Bericht zuletzt in der Hand, als er uns bei der Befragung von Krüger darüber informierte. Ich denke, der Bericht liegt noch bei ihm im Büro, solange nachweislich nicht ausgeschlossen werden kann, dass der Schönfeld und die Lorenz etwas mit den Morden zu tun haben. Mindestens für den Betrug wird das Pärchen jedenfalls zur Rechenschaft gezogen.«

Maike zog sich ihre Notizen heran, die sie aus den Aktenstapeln zusammengefasst hatte. »Was haben wir noch?«, begann sie. »Das zweite Opfer – der Rentner Holger Wasmuth – sollte zunächst von den Dombrowskis unter Druck gesetzt werden. Doch plötzlich pfeift Krüger die Brüder zurück, weil Wasmuth angeblich in den Hausverkauf einwilligen wollte. Ein aufgezeichneter Anruf bestätigt diese These. Krüger selbst scheidet laut DNS-Analyse als Täter aus. Auch scheint bewiesen, dass er die Morde nicht in Auftrag gegeben hat, um sich die lukrative Provision der Verkäufe zu sichern.« Maike rieb sich ihre kalten Hände, stand auf, schloss das Fenster und lehnte sich gegen die heiße Heizung. »Ich bin dennoch davon überzeugt, dass die Hausverkäufe in einem Zusammenhang mit den Verbrechen stehen.«

Teubner nickte. »Da gebe ich dir recht. Das kann kein Zufall sein. Aber wie passt die Immobiliensache ins Bild? Wo ist die Verbindung? Bevor wir nicht wissen, wer hinter den Morden steckt, werden wir darauf keine Antwort bekommen. Vielleicht findet der Kollege Steller bei dem Autohändler, der das Wasmuth'sche Grundstück erwerben wollte, etwas heraus. Er soll ihn heute noch befragen.«

Maike blätterte in ihren Notizen, studierte dabei wiederholt die Aussage von Peter Kneiphof. Er war sich gewiss, dass seine Frau zum nächsten Opfer des Kirmesmörders wurde. Als Grund gab er an, sie habe einst in der Praxis Heinemann gearbeitet, also bei dem Vater von Frau Doktor Judith Heinemann-Schönfeld. Sandra Kneiphof habe unter Angst einen Verdacht geäußert, dem ihr Ehemann aber keine Beachtung schenkte, sich noch nicht einmal daran erinnerte, um was es sich konkret handelte. Dieser Verdacht musste also in jener Zeit seinen Ursprung haben, als die Frau ihre Ausbildung in der Praxis Heinemann absolvierte. Maike blickte auf.

»Max! Du hast doch mit einigen Kollegen die Akten und Patientendateien der Praxis Heinemann-Schönfeld gesichtet. Wie weit seid ihr da zurückgegangen?«

Teubner hob zögernd die Schultern. »Ziemlich weit. Ich glaube, an die zehn Jahre.«

Maike sprang auf und griff nach ihrer Tasche. »Das reicht nicht. Sandra Kneiphof absolvierte ihre Ausbildung dort vor über 15 Jahren. Wenn die Taten etwas mit der Praxis zu tun haben, müssen wir tiefer graben. Vielleicht kann uns ja auch der damalige Chef weiterhelfen. Fragen wir doch den alten Josef Heinemann. Vielleicht hat er ja eine Ahnung, wer G. ist und warum der Unbekannte einen letzten Gruß auf einem Lebkuchenherz gesandt haben könnte.«

*

Gero Krüger stand vor dem »Lübecker Hof«, umgangssprachliche Bezeichnung für die JVA Dortmund, da sie an der Lübecker Straße in der City lag. Er lehnte an der roten Backsteinmauer des Gebäudes und schaute auf seine nachgemachte Rolex, die man ihm vor einer halben Stunde zusammen mit seinen wenigen Habseligkeiten ausgehändigt hatte. Eine Viertelstunde würde er noch warten müssen. Ein Schauer der Erregung und Vorfreude durchströmte seinen Körper. Er lächelte trotz des grauen Nieselwetters.

Er war frei. Raus aus dieser engen Zelle, diesem dunklen Loch mit dem kleinen vergitterten Fenster. Wo er die Nacht auf einer ungemütlichen Pritsche verbringen musste, die keine Elle entfernt von der Kloschüssel stand. Noch das Geräusch der klimpernden Schlüssel in den Ohren, wenn er hinter den Schließern über schmale Gänge mit Eisengeländern herschlurfte, um einmal den Innenhof des Knasts begutachten zu dürfen. Der pure Albtraum. Krüger hatte sich in diesem Kerker bereits verrotten sehen. Doch dann kam die plötzliche Wende. Scheinbar konnte widerlegt werden, dass er etwas mit den Morden an der Frau Doktor und dem Rentner zu tun hatte. Man hatte ihm zwar eine Erklärung vorgelesen, aber Krüger war viel zu aufgewühlt gewesen, um den Inhalt der Worte zu erfassen. Aber eines hatte er schnell kapiert. Er durfte raus aus dem Knast. Vorläufig.

Das dunkle Kapitel seines Lebens schien vorbei. Wenn es auch nicht mehr als 35 Stunden angedauert hatte, nie mehr wollte er ein Gefängnis von innen sehen. Absolut nicht. Die Morde an der Zahnärztin und dem alten Wasmuth konnten die Bullen ihm zwar nicht anhängen, aber wegen Urkundenfälschung und Betrugs saß er in der Klemme. Ein gnadenloser Richter – und er säße erneut im Bau. Bei stickiger Luft in einer Zelle, wo man glaubte, die eng beieinanderstehenden Wände würden einen zerquetschen. Nach seiner Hafteinweisung gestern war Krüger am Boden zerstört gewesen. Keine Lebensperspektive in Sicht. Sein Ruf als Makler ruiniert. Kein Büro, überhaupt keinen Job. Nichts.

Doch schon am Abend kam die überraschende Wende zum Positiven. Ein Lichtlein am Ende des Tunnels in Person von Stanislaw Dombrowski, den Krüger bei seinem ersten Hofgang traf und vor dem er, als gutem Freund, alle Karten offen auf den Tisch legte. Der Russe bot ihm Hilfe an. Gegen ordentliche Bezahlung, das verstand sich von selbst. Daran sollte es nicht scheitern.

Krügers Handy vibrierte. Er sah am Display, dass Claudia ihn sprechen wollte. Seit sie ihn trotz seiner Einladung in den »Wittekindshof« abserviert hatte, war sie bei ihm untendurch. Einen Moment zögerte er, dann nahm er das Gespräch dennoch entgegen.

»Gero, … gut, dass ich dich endlich erreiche. Du musst mir helfen, Schatzi. Die Bullen waren hier. Haben das mit der gefälschten Urkunde rausgekriegt. Du und Guido, ihr habt mir versprochen, die Sache sei völlig risikolos. Was mach ich denn nur? Ich soll morgen zu einem Kommissar Sören Reinders ins Kommissariat und eine Aussage machen. Und ihnen eine Speichelprobe geben. Die sind doch bescheuert! Als wenn ich eine Mörderin wäre. Guido suchen sie auch. Der Typ von der Kripo hat mir gesagt, wenn ich ihm verschweige, wo Guido ist, kann ich mich strafbar machen. Aber ich weiß gar nicht, wo er ist. Ich versuche pausenlos, ihn anzurufen, und erreiche nur die Mailbox. Er meldet sich nicht. Schon seit gestern ist er wie vom Erdboden verschluckt. Gero, Schatzi, … hilfst du mir?«

Jetzt war er also wieder ihr Schatzi. Krüger hatte dem Redeschwall seiner Ex mit einer gewissen Genugtuung gelauscht. So wie es aussah, hatte sich der Herr Schönfeld ohne Claudia abgesetzt, als er merkte, die Situation geriet außer Kontrolle. Warum sollte sich der Zahnarzt auch eine Friseuse als Anhängsel ans Bein binden? Das Risiko, sich ohne sie vom Acker zu machen, war bedeutend geringer.

Und wie viel ihm ihre Liebe bedeutete, hatte Krüger ja gesehen, als Schönfeld seiner Mitarbeiterin die Zunge in den Hals steckte.

»Gero? Bist du noch dran? Was ist nun? Was soll ich tun?«

Krüger beendete das Gespräch, ohne eine Silbe an seine Ex zu verschwenden. Er schaltete das Handy aus, entfernte die SIM-Karte und warf sie in den nächsten Gulli.

Als er aufsah, hielt ein unauffälliger blauer VW Polo älteren Modells mit polnischem Kennzeichen am Straßenrand und eine kurzhaarige Brünette lächelte ihn vom Steuer aus freundlich an. Der Makler beeilte sich einzusteigen, damit die Frau das Auto noch vor der sich nähernden Straßenbahn in den Verkehr einfädeln konnte. Ronja hatte ihre blonde Mähne im Bordell zurückgelassen, der dunkle Haarschnitt stand ihr sowieso viel besser, fand Krüger. Mit Jeans, Turnschuhen und Wolljacke wirkte sie richtig normal, was ihn ausgesprochen freute. Auf dem Rücksitz sah er einen kleinen Koffer, der scheinbar all ihre Habseligkeiten enthielt.

Etwa 20 Minuten später lief Krüger das kalte Treppenhaus des gelben Plattenbaus Hellweg Nummer 30 empor, da wieder einmal der Fahrstuhl kaputt war. Er nahm jede Stufe in dem Bewusstsein, sie das letzte Mal hinaufzulaufen. In seiner Wohnung packte er nur die Klamotten in einen Koffer, die er sich von Schönfelds Geld neu gekauft hatte. Ihm fiel sofort auf, dass die Bullen seinen Computer konfisziert hatten. Sollten sie. Auf der Festplatte befanden sich sein Kundenstamm und dazu teilweise delikate Informationen. Es würde eine Weile dauern, bis die Kripo das Material auswerten konnte – Krüger benutzte ein sicheres Passwort – und schon bald befand er sich hoffentlich außer

Reichweite. Bevor er die Wohnungstür zuzog, griff er sich den Zweitschlüssel seines Wagens. Kurz darauf dirigierte er Ronja in die Hertinger Straße und bat sie, am Rande der Hauptstraße mit laufendem Motor zu warten. Man konnte nie wissen.

Er stieg aus und betrat das Grundstück Egon Gieskes. Der schwarze Toyota des Maklers parkte tatsächlich noch vor dem Büro. Sein Vermieter schien sein Renovierungsvorhaben ernst zu meinen, denn vor der Fassade des Hauses stand ein Gerüst und im Hof ein Bauschuttcontainer. Der Makler beeilte sich. Er spürte förmlich die neugierigen Augen seines Vermieters auf seinem Rücken, als er den Toyota öffnete und unter die Fußmatte im Fahrraum griff. Krüger atmete auf. Der Schließfachschlüssel befand sich noch dort. Seine Idee, das Geld von Schönfeld am Unnaer Hauptbahnhof zu deponieren, erwies sich als genial. Krüger verschloss das Auto. Als er aufblickte, meinte er, im Obergeschoss die Bewegung einer Gardine zu registrieren. Dieser alte Schnüffler! Sollte er ruhig bei den Bullen petzen. Die hatten gewiss andere Sorgen. Krüger blickte auf die Uhr. Alles verlief nach Plan, er konnte sich Zeit lassen.

Um Punkt 16 Uhr stand er auf dem Parkplatz des Unnaer Bahnhofs vor seinem Freund Vladimir Dombrowski. Er überreichte dem Russen ein Bündel Geldscheine, insgesamt 5.000 Euro, das gleich in dessen Jackeninnentasche verschwand. Vladimir reichte ihm die Hand.

»Ich wünsche dir viel Glück, Krüger«, sagte er mit seinem dunklen, russischen Akzent und übergab dem Makler einen Umschlag. »War nicht ganz einfach, das in so kurzer Zeit zu organisieren. Aber für gute Freunde ist alles möglich. Jetzt musst du nur noch unterschreiben, Gero.«

Krüger griff nach einem ordentlich ausgefertigten Dokument, überflog das Schriftstück und nickte zustimmend. Mit seiner Unterschrift übertrug er sein gesamtes Vermögen – also sein abbezahltes Auto, das Inventar seiner Wohnung samt Flachbildschirm und Computer, den er sich von den Bullen zurückholen konnte, etc. – an den Russen. Der Wert würde sich immerhin auf etwa 10.000 Euro summieren.

»Danke, Vladimir. Ich hoffe, du kommst mich besuchen.«

Der Russe nickte. »Ganz sicher im nächsten Sommerurlaub.«

Als Ronja den alten polnischen VW, den Vladimir organisiert hatte, auf die Autobahn lenkte, schloss Krüger entspannt die Augen. Obwohl seine Flucht kurzfristig geplant werden musste, war er sich gewiss, die richtige Entscheidung getroffen zu haben. Mit den 80.000, die von Schönfelds Geld noch übrig waren, ging die Reise nun über Polen und die Ukraine nach Russland ans Schwarze Meer. Ronja war dort in einem Ort namens Sotschi aufgewachsen. Sie hatte ihm oft davon vorgeschwärmt und immer gesagt, sobald sie genug Geld zusammengespart hätte, würde sie dorthin zurückkehren. Sotschi war ein beliebter Bade- und Kurort Russlands. Es wimmelte das Jahr über vor Touristen. Die Universitätsstadt wurde bekannt als Austragungsort der Olympischen Winterspiele im Jahr 2014. Und auch bei der Fußball-Weltmeisterschaft 2018 würde das Fernsehen live aus dem dortigen Olympiastadion übertragen. Da sollte das Handeln mit Immobilien für Krüger recht lukrativ sein. Denn der Große Preis von Russland der Formel 1, ebenfalls in Sotschi stationiert, zog gewiss betuchte Mieter an. Vielleicht konnte er eine Wohnung in der Nähe der Rennbahn erwerben und sie später teuer vermieten.

Krüger malte sich seine Zukunft rosig aus. Ein ordentliches Startkapital als Makler besaß er. Eine süße Dolmetscherin und Sekretärin saß neben ihm. Was also sollte schiefgehen? Einmal im Leben musste auch Gero Krüger Glück haben. Er war sich sicher, seine spontan organisierte Flucht war dreimal besser als der Abgang von Guido Schönfeld.

*

Während Sören Reinders versuchte, den Aufenthaltsort von Guido Schönfeld ausfindig zu machen, um ihn mit der Urkundenfälschung zu konfrontieren, stand Maike Graf mit Kollege Teubner im Rotdornweg in Unna-Uelzen vor der Villa seiner Schwiegereltern. Josef Heinemann sollte zu den Berufsjahren, in denen er Sandra Kneiphof beschäftigte, befragt werden. Vielleicht erinnerte er sich an einen Vorfall, den man mit den Geschehnissen der vergangenen Tage in Verbindung bringen konnte.

Das Haus der Heinemanns lag im Dunkel der einsetzenden Abenddämmerung. Weder war eines der zahlreichen Fenster erleuchtet noch brannte die Außenbeleuchtung. Lediglich das Licht der erglimmenden Straßenlaternen fiel in die Einfahrt des Grundstücks. Auch nach mehrmaligem Schellen rührte sich nichts. Die Kripobeamten beschlossen, ihr Glück auf dem Nachbargrundstück zu versuchen. Staatsanwalt Eichhorn hatte bereits gestern die Leiche von Judith Heinemann-Schönfeld freigegeben, ihre Beerdigung sollte am morgigen Freitag stattfinden. Möglich, dass die Heinemanns bei ihren Enkelkindern verweilten und Trauerbewältigung zelebrierten, denn Vater Guido plagten ja andere Sorgen. Zu Hause hielt er sich jedenfalls nicht auf. Das hatte Kollege Reinders telefonisch von Tochter Svenja erfahren.

Als Maike neben Teubner die benachbarte Auffahrt hochschritt, sah sie die Haustür der Villa offen stehen. Laute Stimmen schallten ihnen entgegen. Maike beschleunigte ihre Schritte, erinnerte sich augenblicklich an das Desaster, als Josef Heinemann seinen Schwiegersohn mit der Waffe bedrohte. Sie betätigte kurz die Schelle und betrat den hell erleuchteten Flur der Villa. Der Senior stand mit hochrotem Kopf etwas hilflos der Friseuse Claudia Lorenz gegenüber, die völlig aufgelöst zu sein schien. Ihre Stimme überschlug sich, als sie den alten Mann ankeifte.

»Wo ist Guido? Wo versteckt sich dieser Schweinehund?«

Heinemann hob nur die Schultern. Als er die Kripobeamten eintreten sah, entspannte sich seine Haltung etwas. Er zog ein Taschentuch aus seiner Cordhose und wischte sich den Schweiß von der Stirn. Sein Blick traf Maike, als er sagte: »Die Dame hier möchte sich nach dem Aufenthaltsort meines Schwiegersohnes erkundigen. Leider kann ich ihr darüber keine Auskunft geben, weil er sich nicht bei mir abgemeldet hat und mir auch keinerlei Rechenschaft schuldig ist. Zu Hause bei seinen Kindern – wo er in dieser schweren Zeit eigentlich hingehört – ist er jedenfalls nicht.«

Claudia Lorenz ließ die Schultern hängen und senkte den Kopf. Als sie kurz danach aufsah, liefen dicke Tränen aus ihren Augen und verwischten das ordentlich aufgetragene Make-up. »Dieser Mistkerl«, schluchzte sie. »In den Süden wollte er mit mir. Nach Brasilien. Hat mir das Blaue vom Himmel versprochen mit seinem ergaunerten Geld. Und jetzt ist er ohne mich abgehauen. Für die Drecksarbeit war ich gut. Hab mich für ihn strafbar gemacht. Und jetzt darf ich die Suppe alleine auslöffeln. Ich hoffe, Sie finden dieses Arschloch, bevor er im Flieger sitzt.«

Maike betrachtete die Friseuse mit einem Hauch von Mitleid. »Was macht Sie so sicher, dass er sich ohne Sie abgesetzt hat?«

Claudia Lorenz lachte verbittert auf. »Ich habe ihn ja selbst gewarnt. Ihr Kollege, der Kommissar Reinders hat mich für morgen aufs Kommissariat bestellt. Wegen der Urkundenfälschung. Da hab ich natürlich versucht, Guido anzurufen. Er meldete sich nicht. Doof, wie ich war, hab ich ihm auf die Mailbox gesprochen. Ich konnte ja nicht ahnen, dass er danach sofort die Flucht ergreift.«

Als sie ihn nach mehreren Versuchen nicht ans Telefon bekam, sei sie gleich nach Ladenschluss mit ihrem Suzuki zuerst in die Praxis und dann nach Uelzen gefahren, um ihn zu sprechen. Seine Arbeitsstelle hatte er bereits am frühen Mittag verlassen. Josef Heinemann teilte ihr schließlich mit, dass Guido Schönfeld sich zu Hause mit einem Koffer verabschiedet habe und seine Kinder den schweren Gang zur Beerdigung der Mutter allein gehen lasse. Das sei genug Beweis für seine überstürzte Flucht.

Claudia Lorenz tupfte sich mit einem Papiertuch vorsichtig die Augen. Ihre Figur straffte sich, als beginne sie, sich mit der neuen Situation abzufinden. »Ich werde morgen pünktlich bei Ihnen im Kommissariat sein«, versprach sie, verließ mit eiligen Schritten die Villa und steuerte auf ihr Auto zu.

Laut Josef Heinemann befand sich seine Frau Roswitha auf dem Weg in die City, um mit Enkel Patrick einen dunklen Anzug für die morgige Beerdigung zu kaufen. Maike und Teubner bekamen von ihm und Svenja Schönfeld jedoch sofort die Erlaubnis, ohne richterlichen Beschluss die privaten Sachen von Guido Schönfeld zu durchsuchen. Die Kripobeamten hofften, einen Hinweis auf den Aufenthaltsort des Witwers zu finden.

Während Max sich das Schlafzimmer der Eheleute vornahm, durchforstete Maike das Büro des Zahnarztes. Es empfing sie ein Schreibzimmer der Extraklasse mit antiken, handgefertigten Holzmöbeln, verziert mit Intarsien und Schnörkelei in Kirschoptik. Eine klassische Möbellinie gepaart mit modernen Akzenten, wie Glaselementen und Registerauszügen, denen Maike sich als Erstes widmete. Ihre Hoffnung, etwas zu finden, schwand, als sich sogar die oberste verschließbare Lade ohne Weiteres aufziehen ließ. Pikante Unterlagen hätte der Zahnarzt gewiss nicht für jedermann zugänglich liegen lassen.

Was brachte einen Familienvater nur dazu, seine engsten Verwandten dermaßen zu hintergehen und seine Kinder – wenn auch fast erwachsen – in der schwersten Zeit ihres Lebens von jetzt auf gleich im Stich zu lassen? Ergriff er die Flucht nur wegen der Urkundenfälschung und des damit illegal erworbenen Geldes? Oder steckte mehr dahinter? War Guido Schönfeld der Mörder seiner Frau, weil sie ihm wegen des illegalen Hausverkaufs auf die Schliche kam? Hatte er ihr ein Lebkuchenherz mit der Aufschrift »Ein letzter Gruß, G.« um den Hals gehängt? War er wirklich so dreist, die Initiale seines Vornamens zu nutzen? Doch wie passte der Rentner Wasmuth ins Bild? Kannte Schönfeld den Anästhesisten? Welches Motiv sollte er haben, den Mann zu ermorden? Und was war mit Sandra Kneiphof? Wo könnte er sie versteckt halten, gesetzt den Fall, er hätte sie auch in seine Gewalt gebracht?

Maike seufzte und schob die letzte Lade des Schreibtisches zu. Der Zahnarzt hatte keinerlei verdächtige Formulare zurückgelassen. Jedenfalls nicht in diesem Büro. Da sich weder im Schrank noch hinter den Kunstdrucken von Monet ein Safe befand, brach Maike ihre Suche ab. Sie wollte dringend mit Josef Heinemann reden. Alle Theorien ergaben keinen Sinn, solange nicht eine Verbindung zwischen den Opfern hergestellt werden konnte. Und die musste in der entfernten Vergangenheit liegen.

Als Maike auf den Flur des Obergeschosses hinaustrat, kam ihr Teubner entgegen. Auch im Schlafzimmer fanden sich keine Hinweise auf Schönfelds Fluchtziel. Laut Svenja fehlten ein Teil der Kleidung des Zahnarztes, seine Ausweispapiere und andere persönliche Dinge, die auf eine längere Reise schließen ließen. Teubner eignete sich eine alte Zahnbürste Guido Schönfelds für einen DNS-Abgleich an und veranlasste daraufhin gleich die Fahndung nach ihm. Man würde die umliegenden Flughäfen informieren. Sollte er sich von dort ins Ausland absetzen wollen, hätte er kaum eine Chance. Sein Vorsprung betrug weniger als eine Stunde. Die Aussichten, ihn zu schnappen, waren ausgezeichnet.

Im Wohnzimmer der Villa Schönfeld roch es nach Kaffee. Auf dem exklusiven Glastisch befanden sich vier Kaffeepötte der Marke Tchibo, die wie ein Stilbruch wirkten. Als Svenja die Beamten kommen sah, erhob sie sich lächelnd von der Sitzgruppe und schenkte die Tassen aus einer silbernen Thermoskanne voll. Ein schwarzes Kostüm umhüllte ihre zarte Figur und unterstrich ihre ungewöhnliche Blässe. Die dunklen Ringe unter den geröteten Augen zeugten von vielen Tränen und gaben ihr dazu einen Anflug von Zerbrechlichkeit.

Maike begann die Unterhaltung mit unverfänglichen Fragen zur Berufstätigkeit Josef Heinemanns. Der Rentner gab höflich Antwort, machte jedoch einen müden, abgespannten Eindruck. Der 76-Jährige erzählte, dass er sich eigentlich schon vor sechs Jahren endgültig zur Ruhe setzen wollte, dennoch immer wieder eingesprungen sei, um die Tochter und den Schwiegersohn zu entlasten. Mit einem Lächeln in Svenjas Richtung fügte er hinzu, dass die Praxis nun noch etwas länger mit einem Rentner vorliebnehmen müsse. Zumindest so lange, bis Svenja ihr Studium beendet habe und die Leitung übernehmen könne. Als Teubner schließlich zum Kern ihres Kommens vordrang und ihn auf einen Vorfall in der weiter zurückliegenden Vergangenheit ansprach, verschlossen sich die Gesichtszüge des Seniors. Seine Reaktion wirkte ruppig und übereilt.

»Was wollen Sie mir unterstellen?«, knurrte er, während sein Gesicht hochrot anlief. »Nur weil ich seinerzeit ein Mädchen namens Sandra als Auszubildende beschäftigte, heißt das noch lange nicht, dass ihr Verschwinden etwas mit dem Mord an meiner Judith zu tun hat. Sie glauben doch nicht wirklich, dass der Ursprung des Verbrechens fast 15 Jahre zurückliegt?«

»Wir können es jedenfalls nicht ausschließen. Sandra Kneiphof hatte einen Verdacht. Und der lag in der Zeit, in der sie ihre Ausbildung bei Ihnen absolvierte. Es muss ein Ereignis gewesen sein, das sich in ihrem Kopf eingeprägt hat. An so etwas Außergewöhnliches müssten Sie sich doch erinnern, Herr Heinemann! Denken Sie nach! Wollen Sie, dass der Mörder Ihrer Tochter überführt wird? Oder möchten Sie lieber das Leben eines weiteren Menschen aufs Spiel setzen? Was ist damals passiert? Reden Sie endlich! Irgendetwas muss gewaltig schiefgelaufen sein!«

Die Röte im Gesicht des Rentners wich einer fahlen Blässe. Er lehnte sich zurück und schloss die Augen.

Teubner setzte nach. »Kannten Sie Holger Wasmuth? Er arbeitete zu jener Zeit als freiberuflicher Anästhesist und wurde jetzt auf die gleiche Weise wie Ihre Tochter ermordet. War er damals für Ihre Praxis tätig? Wir suchen eine Verbindung zwischen den Mordopfern. Helfen Sie uns!«

Josef Heinemann öffnete die Augen langsam, ließ die Schultern sinken und verschränkte die Arme vor der Brust. »Hören Sie«, begann er leise. »Diese Zeit liegt an die 15 Jahre zurück. In den vergangenen Jahren waren gewiss 20 verschiedene Narkoseärzte für uns tätig, wenn nicht mehr. Glauben Sie, die kenne ich alle mit Namen? Da muss ich passen.«

Maike setzte die dampfende Kaffeetasse vorsichtig zurück auf den Glastisch. Sie sah, wie es in dem alten Mann arbeitete. Er wusste etwas. Warum redete er nicht endlich? Warum half er ihnen nicht? Was hatte er zu verbergen? Was war damals nur passiert? »Es lässt sich anhand der alten Unterlagen doch bestimmt feststellen, ob Herr Wasmuth je für Ihre Praxis gearbeitet hat, richtig?«, fragte sie.

Svenja Schönfeld legte ihrem Großvater beschwichtigend die Hand auf den Unterarm, als er aufbrausend antworten wollte. »Lass nur, Opa«, sagte sie. »Frau Graf und Herr Teubner machen nur ihren Job.« Dann wandte sie sich an Maike. »Natürlich kann man das feststellen. Allerdings arbeitete die Praxis damals noch überwiegend mit Karteikarten und Ablageordnern. Auf PC haben meine Mutter und mein Großvater erst viel später im Rahmen einer Praxisrenovierung umgestellt. Sie müssten zig Akten aus jenen Jahren sichten, wenn Sie fündig werden wollen.«

Teubner trank den Rest seines Kaffees aus und stand auf. »Das macht uns überhaupt nichts. Richten Sie doch bitte Ihren Angestellten aus, dass sie die Akten aus der Zeit, als Sandra Kneiphof für Sie tätig war, zusammenstellen. Wir werden sie noch heute von den Kollegen abholen lassen.«

Maike stand ebenfalls auf, trat jedoch dicht auf den Rentner zu und ging vor ihm in die Hocke. »Herr Heinemann! Sie wissen doch etwas! Was ist damals passiert? Ist eine Operation fehlgeschlagen? Wir werden das früher oder später in Ihren Unterlagen finden. Dann ist es aber vielleicht zu spät, um Sandra Kneiphof zu retten. Wollen Sie sich wirklich für den Tod der Frau mitverantworten?«

Heinemann beugte sich langsam vor, stützte die Unterarme auf seine Knie und schlug die Hände vors Gesicht. Ein lauter Seufzer entwich ihm. Dann stand er plötzlich auf. Kerzengerade stand er da, als wolle er endlich Verantwortung übernehmen.

»Ja. Damals ist etwas sehr Schreckliches passiert. Ein Kind starb in unserer Praxis. Der Anästhesist hatte falsch dosiert. Es war Holger Wasmuth. Als ich von seinem Tod in der Zeitung las, kam mir gleich der Verdacht, dass die Geschichte von damals mit den Morden zu tun hat. Wir haben Fehler gemacht. Und wir haben versucht, diese zu vertuschen. Ich wollte vermeiden, dass der Name von Judith, jetzt wo sie tot ist, in den Dreck gezogen wird. Deshalb habe ich geschwiegen. Der Junge, der starb, hieß Benjamin, seine Mutter nannte ihn Benny. Ich zerbreche mir seit Tagen den Kopf über den Nachnamen, aber ich komme einfach nicht darauf.«

*

Nachdem Sören Reinders telefonisch herausfand, dass Guido Schönfeld mit einer Lufthansamaschine von Düsseldorf nach Brasilien starten wollte, informierte er die dortigen Kollegen, die den Zahnarzt in Gewahrsam nehmen sollten. Da er in dieser Angelegenheit von Unna aus nicht weiter agieren konnte, beschloss er den Autohändler aufzusuchen, der sich für das Wasmuth'sche Grundstück interessierte. Kollege Mika Steller, dem diese Aufgabe eigentlich zugeteilt war, hatte sich kurzfristig krankgemeldet. Reinders lenkte seinen zivilen Dienstwagen nördlich aus der Unnaer Innenstadt. Er passierte die Stadthalle und Eissporthalle und im Anschluss die kleinen, restaurierten Zechenhäuser. Nicht weit entfernt vom Haus der Wasmuths, auf der gegenüberliegenden Straßenseite, befand sich das Areal des Autohändlers Martin Knolle, der laut Gero Krüger für das Grundstück eine halbe Million Euro geboten haben sollte.

Reinders fuhr auf den Platz des Gebrauchtwagenhändlers und schaltete den Motor aus. Er beschloss, sich zunächst nicht als Polizist zu outen. Oft flossen sachdienliche Informationen leichter über die Lippen der Befragten, wenn sie nicht einen Kripobeamten als Gesprächspartner vermuteten.

Der Oberkommissar ging mäßigen Schrittes auf eine grün getünchte Werkstatt zu, in dessen Mitte sich eine Hebebühne befand. Die Art des Baus ließ auf eine ehemalige Scheune schließen: keine Fenster, ein noch vorhandener Heuboden, der scheinbar als Ersatzteillager diente, und ein hohes halbrundes Tor als Eingang. Ein kräftiger Mann mit Blaumann und ölverschmierten Händen schlurfte ihm entgegen.

»Wo finde ich den Chef?«, fragte Reinders.

Der Mann nickte wortlos nach rechts, krempelte sich die Ärmel hoch und betätigte den Schalter der Hebebühne. Unter lautem Getöse wurde ein alter Opel Astra in die Höhe befördert. Reinders bedankte sich und schlenderte langsam über den Vorhof, an den sich ein Platz mit schätzungsweise 50 Gebrauchtwagen anschloss. Er tat interessiert, während er auf einen weißen Bauwagen am Ende des

Platzes zusteuerte. Bevor er klopfte, blickte er durch das einzige Fenster. Ein Mann im Blaumann, der dem in der Werkstatt verblüffend ähnlich sah, hackte nervös auf eine Computertastatur und blickte genervt auf den Bildschirm. Dann hob er den Kopf, sah in Reinders Richtung und deutete ihm mit aufgerichteter flacher Hand, er möge draußen warten.

Reinders seufzte und kramte ein Päckchen Zigaretten aus seiner Lederjacke. Der böige Wind verhinderte trotz vorgehaltener Hand, dass ihm das Anzünden des Glimmstängels gelang. Fluchend drehte er sich zum Bauwagen, wo er nach weiteren fünf Versuchen endlich den ersten Zug inhalieren konnte. Sein Blick fiel über die Ansammlung der Autos, deren Dächer im Schein von mehreren Laternen in der Dunkelheit glänzten. VW Golf, Polo und Passat; Fiat Punto und Panda; Ford Fiesta, Ka und Escort; Opel Astra und Corsa; Renault Clio und Twingo. Am Rand des Platzes standen zudem zwei ältere BWM-Modelle und ein Mercedes Coupé, die allerdings nicht mit einem Preisschild ausgezeichnet waren. Überwiegend Kleinwagen und Mittelklassemodelle älteren Jahrgangs, erkannte Reinders. Hier suchten Kunden das billige Schnäppchen, vermutete er. Fahranfänger oder Zweitwagen für Hausfrauen. Nichts deutete darauf hin, dass diese Firma ein Geschäft im Millionenbereich plante.

Sören Reinders zuckte zusammen, als er über sich ein Klopfen vernahm. Martin Knolle winkte ihn herein. Der Kommissar trat seine Zigarette aus, stieg zwei Stufen aus quietschendem Metallgitter hinauf, betrat den Bauwagen, der offenkundig als Büro diente, grüßte freundlich und bekam den festen Händedruck des Chefs des Unternehmens zu spüren. Gemeinsam mit seinem Bruder Hans tätigte er den Gebrauchtwagenhandel allein, erzählte er nicht ohne Stolz. Für Angestellte werfe der Betrieb nicht genug Gewinn ab. Die Zeiten nach der Wende, wo man für einen zwölf Jahre alten Golf mit normaler Ausstattung noch dreieinhalbtausend D-Mark verlangen konnte, seien lange vorbei, gab Knolle freimütig zu. Und damit lieferte er Reinders eine astreine Überleitung zu seinem eigentlichen Anliegen.

Der Kommissar räusperte sich, und tat etwas verlegen. Dann sagte er: »Hm … dann scheine ich eine falsche Information bekommen zu haben. Mein Bekannter – der Immobilienmakler Gero Krüger – behauptet, Sie hätten für ein Grundstück in der Nähe über eine halbe Million Euro geboten, weil Sie Ihren Betrieb erweitern wollen.«

Martin Knolle wurde blass und ließ sich schnaufend auf dem Drehstuhl vor seinem Schreibtisch nieder. »Dieser Schwätzer! Sind Sie von der Presse?«

Reinders schüttelte den Kopf und wies sich als Kriminalkommissar aus, der in zwei Mordfällen ermittele. »Es stimmt also? Sie müssen ja einen ordentlichen Geldsegen geerntet haben. Eine halbe Million für das Wasmuth'sche Grundstück, und der Neubau kostet sicher noch dreimal so viel. Können Sie belegen, woher der plötzliche Reichtum kommt? Vielleicht eine vermögende Erbtante aus Amerika?«

Knolle lehnte sich zurück und schloss einen Moment die Augen. Dann schüttelte er langsam den Kopf. »Nein«, sagte er nur.

Reinders trat auf den Autohändler zu und drehte dessen Stuhl mit heftigem Ruck in seine Richtung. Dann stützte er seine Arme auf den Armlehnen ab und fixierte den Mann mit bohrendem Blick.

»Hören Sie, Herr Knolle: Wir sind auf der Suche nach einem Doppelmörder, der sein drittes Opfer bereits ins Visier genommen hat. Sie sollten Ihre Karten offen auf den Tisch legen, wenn Sie sich nicht noch tiefer in den Schlamassel reiten wollen. Ich hetz Ihnen die Spurensicherung auf den Hals! Was haben Sie mit Holger Wasmuth zu tun? Kennen Sie die Zahnärztin Judith Heinemann-Schönfeld? Wo halten Sie Sandra Kneiphof versteckt?«

»Sie sind ja verrückt!«, japste Martin Knolle und versuchte sich zurückzudrücken. Dabei presste er fest die Lippen aufeinander. Reinders gab dem Drehstuhl einen Stoß, dass dieser voller Wucht gegen den Schreibtisch knallte.

»Oder steckt Ihr Bruder Hans dahinter? Vielleicht haben Sie auch gemeinsame Sache gemacht?! Ich denke, es wird das Beste sein, ich informiere die Kollegen und lasse Sie vorläufig in Gewahrsam nehmen. Vielleicht hängen Sie zuvor noch ein Schild an den Maschendrahtzaun: Vorübergehend geschlossen.«

Sören Reinders zückte sein Handy. Er glaubte zwar nicht, dass Martin Knolle in die Morde verwickelt war, dazu wirkte er viel zu verstört und überrascht. Dennoch musste er ihn aus der Reserve locken. Sein Plan schien zu funktionieren, denn Knolle sprang auf.

»Warten Sie!« Er rieb sich mit dem Hemdsärmel des Blaumanns den Angstschweiß von der Stirn. »Ich kann alles erklären!«

Und dann folgte eine Geschichte, von der Reinders nicht sicher war, ob er sie glauben sollte. Martin Knolle berichtete von einem Freund, dem er angeblich einen Gefallen schuldig gewesen sei. Dieser alte Kumpel aus Schultagen sei vor etwa vier oder fünf Wochen an ihn herangetreten. Er sei von Gero Krüger übers Ohr gehauen worden und wolle dem Makler einen ordentlichen Denkzettel verpassen. Er habe das passende Objekt bereits ins Auge gefasst. Ein Grundstück an der Hammer Straße, unweit dem des Autohändlers. Der Besitzer sei ein alter sturer Bock, den der Freund von Martin Knolle von Berufswegen kenne und der sein Grundstück nie und nimmer verkaufen würde. An ihm sollte sich Gero Krüger, mit Aussicht auf ein Millionengeschäft verbunden mit einer satten Maklerprovision, die Zähne ausbeißen. Der Autohändler diente lediglich als Köder, den Krüger augenblicklich gefressen hätte. Knolle habe mit Krüger persönlich nur ein- oder zweimal Kontakt gehabt, sein Bruder Hans wisse von der Angelegenheit gar nichts.

Sören Reinders hatte den Ausführungen Knolles aufmerksam gelauscht und ihn dabei genau beobachtet. Mit seinem Smartphone hatte er das Gespräch aufgezeichnet. Der Gestik und Mimik Knolles nach zu schließen, sagte er die Wahrheit. »Wurde Makler Krüger überhaupt nicht misstrauisch, als er an Sie herantrat?« Reinders machte eine umschweifende Bewegung. »Das hier sieht nicht nach Reichtum aus.«

Knolle zuckte die Schultern. »Klar hat er mich gefragt, wie ich mir die Finanzierung vorstelle. Er ließ sich allerdings mit einer einfachen Erklärung zufriedenstellen. Ich sagte ihm, ich habe geerbt.« Knolle grinste. »Zwar nicht von einer Tante aus Amerika, sondern von meinem Bruder aus Bayern, der dort ein gut gehendes Landhaus betrieb und plötzlich und unerwartet an einem Schlaganfall starb. Das hat der geschluckt, der Herr Krüger und fragte nicht weiter nach. Ich sah die Gier in seinen Augen aufblitzen und spürte förmlich, wie er in Gedanken schon das viele Geld ausgab, das ihm die Maklerprovision einbringen würde.«

Reinders nickte und zückte Stift und Notizbuch.»Okay. Geben Sie mir Namen und Adresse Ihres Freundes, der dem Krüger eins auswischen wollte. Ich werde Ihre Angaben überprüfen.«

Martin Knolle schüttelte langsam den Kopf.»Tut mir leid, Herr Kommissar. Aber ich habe Stillschweigen gelobt. Im Grunde habe ich schon zu viel ausgeplaudert. Den Namen verrate ich nicht. Auch wenn Sie mich aufs Polizeirevier schleppen und mich in eine Zelle stecken.« Dabei überkreuzte er die Handgelenke und streckte sie ihm entgegen, um zu demonstrieren, dass er sich freiwillig Handschellen anlegen lassen würde.

*

Der schnelle Fahndungserfolg nach Guido Schönfeld, den man am Düsseldorfer Flughafen abfing, als er auf die mit Verspätung gelistete Maschine der Lufthansa nach Brasilien wartete, hob die Laune der ermittelnden Beamten nur minimal. Die Schnellanalyse der Kriminaltechniker würde nachweisen, ob die DNS des Zahnarztes zur sichergestellten DNS des Täters passte. In seinem Reisegepäck fanden sich knapp 300.000 Euro Bargeld, die mutmaßlich aus dem illegalen Verkauf der Villa stammten. Da Fluchtgefahr bestand, stellte ein Richter ohne großes Bohei einen Haftbefehl aus und Schönfeld wurde in die JVA nach Dortmund überstellt. Ob und wie er in die Morde verwickelt war, würden die weiteren Ermittlungen zeigen.

Inzwischen waren alle verfügbaren Beamten der Mordkommission damit beschäftigt, die Akten der Praxis Heinemann zu wälzen. Josef Heinemann hatte den Zeitraum immerhin auf zwei Jahre eingrenzen können. Jochen Hübner und Sören Reinders widmeten sich derweil intensiv dem Autohändler Martin Knolle, der jedoch entschlossen den Namen seines Freundes verschwieg, der angeblich in großem Stil Rache an Gero Krüger nehmen wollte.

Max Teubner klappte die nächste Patientenakte zu und seufzte. Wieder nichts! Mit Blick auf die Wanduhr im Büro, dessen Zeiger auf 20 Uhr zuwanderte, erhob er sich und griff nach seiner Jacke. Er reckte seine müden Glieder und sah zu Maike, die mit dickem Schal um den Hals nach dem nächsten Ordner griff.

»Ich mach Feierabend für heute. Ich möchte eine alte Bekannte im Krankenhaus besuchen. Hoffentlich lassen die mich um diese Zeit da überhaupt rein. Du solltest auch nach Hause fahren, Maike. Heiße Dusche, eine Tasse Zitronentee und morgen geht's dir wieder besser.«

Maike sah mit geröteten Augen und müdem Blick auf. Sie wirkte krank, als begänne sie, bereits leicht zu fiebern. »Eine Stunde häng ich noch dran, dann ist Schluss. Versprochen, Max.«

Teubner verließ mit schlechtem Gewissen die Dienststelle. Es wäre selbstloser, nein, es wäre seine Pflicht gewesen, Maike die Akte aus den Händen zu nehmen und sie nach Hause zu schicken. Aber eine innere Stimme befahl ihm, den Krankenbesuch von Emilia Teichert nicht aufzuschieben. Auf dem Weg zu seinem Auto zog er fröstelnd den Reißverschluss seiner Jacke bis zum Hals zu. Den kurzen Weg zum katholischen Krankenhaus legte er in weniger als fünf Minuten zurück. Die Turmuhr der Stadtkirche schlug achtmal, als er den leicht abschüssigen Weg zum Eingang des Katharinenhospitals zurücklegte. Seine Schritte schallten unnatürlich laut in der großen Eingangshalle. Ein erregtes Kribbeln durchlief seinen Körper, als die freundliche

Dame an der Information den Namen »Emilia Teichert« in ihren Computer eintippte. Er merkte erstaunt, dass er sich auf den Besuch freute. Natürlich ließen sich die letzten 18 Jahre nicht ungeschehen machen, aber vielleicht könnte man eine neue Freundschaft aufbauen. Die Dame vor ihm blickte ihn mit gerunzelter Stirn an.

»Sind Sie ein naher Verwandter von Frau Teichert?«

Max schüttelte langsam den Kopf. »Nein. Eher ein alter Bekannter. Was ist denn mit ihr? Kann ich sie nicht besuchen?«

Die Trauermine der Dame ließ Max das Schlimmste befürchten. Er stand regungslos, wie angewachsen, als sie endlich den Mund aufmachte. »Es tut mir leid, Herr Teubner. Aber Frau Teichert ist in der Nacht von Samstag auf Sonntag auf unserer Palliativstation verstorben.«

Teubner nickte nur und drehte sich um. Er kniff die Augen zu, um die aufkommenden Tränen wegzudrücken. Sein Hals war wie zugeschnürt und er musste sich bremsen, nicht ins Freie zu rennen.

Das Wort »Palliativstation« wollte ihm nicht aus dem Kopf. Emilia war zwei Jahre jünger als er selbst gewesen, also musste sie heute 40 sein. Welch tückische Krankheit hatte sie mitten aus dem Leben gerissen? Natürlich benahm sich ihr Sohn Raffael aufgrund ihres Todes so daneben. Seine Attacken begannen genau in der Nacht, als seine Mutter starb. Ein Verdacht setzte sich immer stärker in Teubners Kopf fest, doch er wagte nicht, ihn zu Ende zu denken.

Minuten später saß er in seinem schwarzen Scirocco und lenkte ihn gedankenverloren aus Unna heraus. Die Scheinwerfer seines Wagens beleuchteten eine nasse Fahrbahn. Links und rechts von ihm flogen Wiesen und abgemähte Felder an ihm vorbei, als er mit überhöhter Geschwindigkeit über die Iserlohner Straße raste. Er passierte den Bismarckturm, der auf der Wilhelmshöhe als Grenze zwischen Unna und Fröndenberg galt. Teubner drosselte sein Tempo. Schon zu oft war er dem Blitzer am Ende der Unnaer Straße zum Opfer gefallen. Kurz darauf parkte er sein Auto vor der Garage und betrat das Haus seiner Tante. Belinda ging jeden Donnerstagabend zum Kegeln und heute war Teubner froh darüber, ein wenig allein sein zu können. Er stieg, ohne Licht zu machen, die Treppe hinauf zu seinem eigenen Reich und blickte durch ein Flurfenster hinaus in die Dunkelheit.

Plötzlich nahm er einen Schatten neben seinem Wagen wahr. Er ging näher ans Fenster heran. Da! War das nicht der Junge? Er hantierte am Kofferraum seines Autos! Teubner drehte sich auf dem Absatz um und polterte die Holzstufen hinab. Er riss die Haustür auf und rannte quer über den Rasen zu seinem Scirocco. Raffael bemerkte ihn zu spät, wollte die Flucht ergreifen, doch da hatte Teubner ihn bereits am Schlafittchen. Er packte ihn an seiner Kapuze und zog ihn hinter sich her ins Haus, wo er ihn im Wohnzimmer seiner Tante auf die Sitzgruppe schubste. Schweigend öffnete er eine Flasche Saft und stellte zwei Gläser auf den Tisch. Dann setzte er sich dem Jungen gegenüber und beobachtete ihn.

Raffael wirkte fast erleichtert. Weder senkte er den Blick noch zeigte er eine Spur schlechten Gewissens. Seine Augen funkelten trotzig, seine Locken hingen klamm und verzottelt am Kopf. Teubner wartete. Raffael griff nach dem Saft und trank sein Glas in einem Zug leer. Dann wischte er sich mit dem Handrücken über den Mund und stützte seine Unterarme auf den Oberschenkeln ab. Eine Weile saßen sie sich gegenüber wie zwei Tiger auf der Lauer, die abwarteten, wer als Erstes den Angriff wagen würde. Nach fünf Minuten beendete Teubner das sture Schweigen. Jetzt, da er Raffaels Situation kannte, brachte er Verständnis für den Jungen auf. Er musste endlich Gewissheit haben.

»Ich hoffe, wir können uns wie zwei erwachsene Menschen unterhalten, Raffael«, begann er. »Ich habe inzwischen herausgefunden, dass du der Sohn von Emilia Teichert bist, mit der ich einmal eng befreundet war. Deine Mutter ist vergangen Samstag gestorben. Ist das der Grund für deine Wut gegen mich?«

Mit dieser Offensive schien er Raffael zum einen überrascht, zum anderen den Wind aus den Segeln genommen zu haben. Der Junge lehnte sich im Polster zurück, allmählich wich die Anspannung aus seinen Gesichtszügen. Endlich begann er leise zu erzählen.

»Mum und ich waren ein perfektes Team. All die Jahre haben wir zusammengehalten. Sie hat sich für mich abgerackert, damit es mir an nichts fehlt, ist neben ihrem Job noch putzen und Zeitungen austragen gegangen.« Er stockte, rutschte vor und goss sich von dem Saft nach.

»Alles lief super, bis sie vor einem Jahr die schreckliche Diagnose bekam. Brustkrebs. Ein dicker Knoten. Beidseitige Amputation. Chemo. Reha. Eine Weile ging es ihr besser. Dann der Rückfall. Die Metastasen hatten bereits gestreut. Im Juli gaben die Ärzte ihr noch vier Wochen. Daraus wurden immerhin fast vier Monate. Eine Woche vor ihrem Tod gab sie mir deinen Namen.« Erneut trank er das Glas Saft in einem Zug aus. Er stellte es übertrieben langsam zurück auf den Tisch. »Sie meinte, ich solle dir nicht böse sein. Du und sie, ihr hättet in der Vergangenheit beide Fehler gemacht.« Er lachte verbittert auf. »Sie hat dich wirklich in Schutz genommen, obwohl du sie damals im Stich gelassen hast. Sie hatte in ihrem Krankenbett viel Zeit zum Nachdenken und sich deine Person auf einmal in rosaroten Farben ausgemalt. Sie meinte, wenn sie nur mehr Zeit hätte, würde sie noch Kontakt zu dir aufnehmen.« Raffaels Gesicht nahm wieder den abweisenden Ausdruck an, den Teubner bereits gut kannte. Raffaels Stimme klang sarkastisch, als er seine Erzählung schloss: »Sie hat mir das Versprechen abgenommen, dich aufzusuchen. Sie meinte, es wäre für meine Zukunft wichtig, zu wissen, wer mein Vater ist.«

*

Maike ließ die Haustür leise ins Schloss fallen und schleppte sich langsam die Stufen zu ihrer Wohnung hinauf. Jetzt bloß nicht die alte Frau Döring in den Flur locken. Nach einem Disput mit der Klatschbase, weil sie das Laub in der Auffahrt nicht gefegt hatte, stand ihr nicht der Sinn. Endlich erreichte sie das Podest vor ihrer Wohnung. Sie fühlte sich hundsmiserabel, konnte kaum noch einen klaren Gedanken fassen. Bei der letzten Akte, die sie im Kommissariat in Händen gehalten hatte, waren immer wieder die Buchstaben verschwommen, sodass sie die Mappe schließlich resigniert zugeklappt hatte. Ihr Hals kratzte, die Gelenke schmerzten und obendrein plagte sie ein Bärenhunger, den ihr leerer Kühlschrank nicht würde stillen können. Gerade als sie den Schlüssel in ihre Wohnungstür stecken wollte, musste sie daran denken, dass David Grabowski sie am Morgen gebeten hatte, ob sie abends auf seine Mutter aufpassen könne. Maike seufzte und schaute auf die Uhr. Es war bereits zwanzig vor zehn. Zu spät für ihre Hilfe, die sie sowohl körperlich als auch geistig nicht mehr in der Lage zu geben war. Dennoch beschloss Maike, kurz bei den Grabowskis zu schellen.

Gleich nach Ertönen des Türgongs öffnete David Grabowski. Sein Gesicht wirkte grau und abgespannt. Aus seiner Wohnung wehte ihr der Duft von einem überbackenen Ofengericht entgegen, der ihren Magen laut zum Knurren brachte. Bevor sie sich entschuldigen konnte, lächelte ihr Nachbar.

»Kommen Sie doch herein, Maike. Mutter schläft bereits. Ich habe die Küche gerade fertig, aber wenn Sie möchten, kann ich Ihnen einen Teller Schweinelendchen mit Champignons in Kräutersahnesoße warm machen. Dazu gibt's Spätzle und Kopfsalat.«

Maike lief bei der Aussicht auf ein ordentliches Abendessen das Wasser im Mund zusammen. »Eigentlich wollte ich mich nur entschuldigen, dass ich nicht auf Ihre Mutter aufpassen konnte. Ich komme gerade erst vom Kommissariat. Zudem scheint sich eine Grippe bei mir anzumelden. Mir fehlt eine heiße Dusche und ein warmes Bett.«

»Auch eine Hauptkommissarin braucht eine ordentliche Mahlzeit. Sie haben doch einen wichtigen Fall aufzuklären und wollen nicht mitten in den Ermittlungen schlappmachen. Nicht wahr?«

Zögernd nickte Maike und trat ein. Er hatte recht. Sie spürte, dass sie der Lösung des Falls heute einen Riesenschritt näher gekommen waren. Hoffentlich fand sich in den alten Patientenakten der Praxis Heinemann bald ein Hinweis auf die Identität Bennys.

Während Maike David in der Küche hantieren hörte, setzte sie sich auf sein Geheiß hin ins Wohnzimmer. Sie blickte auf einen Couchtisch, der überfüllt war mit Akten, Papieren, Fotografien, einer Kamera und einem Laptop.

Müde ließ sie sich auf die helle Couch fallen und streckte die schmerzenden Füße von sich. Dem Chaos auf dem Tisch nach zu urteilen, musste David über den Tag fleißig zu Hause gearbeitet haben. Neugierig rutschte Maike vor und griff nach einer Fotografie. Überrascht blickte sie auf ein Foto im DIN-A5-Format der Villa Schönfeld und stand abrupt auf. Was hatte Grabowski mit den Schönfelds zu tun?

»Sie können die Schnüffeleien auch am Feierabend nicht lassen, nicht wahr?« Maike zuckte ertappt zusammen und ließ das Foto auf den Tisch fallen. Grabowski sah sie mit einem Lächeln an, das die Schärfe seiner Stimme nur wenig abschwächte. Mit großen Schritten erreichte er den Tisch und schob Akten, Papiere und Fotos auf einen Stapel, den er fahrig in den Wohnzimmerschrank räumte. »Setzen Sie sich doch bitte an den Esstisch. Ich arbeite momentan an einer Recherche über den Häuserbau in NRW. Ist für die Fotoreportage einer Zeitschrift. Was meine Arbeit angeht, bin ich ziemlich pingelig.«

Maike nickte pikiert und setzte sich in das angrenzende Esszimmer. Durch den Durchbruch konnte sie beobachten, wie er auch Kamera und Laptop in den Schrank räumte und diesen danach abschloss. Bevor er in die Küche ging, zog er den Schlüssel ab. In Maikes Kopf rotierte es. Das merkwürdige Verhalten David Grabowskis ließ sämtliche Alarmglocken bei ihr läuten. Die fadenscheinige Erklärung, er arbeite an einer Reportage über den Häuserbau Nordrhein-Westfalens, nahm sie ihm nicht ab. Was steckte dahinter? War ihr Nachbar hinter der Story des Kirmesmörders her? Witterte er mit exklusiven Fotos das große Geschäft? War er deshalb ständig an Informationen den Fall betreffend interessiert? Oder steckte sogar mehr dahinter? War er dem Mörder vielleicht selbst auf der Spur? In Maikes Kopf rauschte es. Die sich anbahnende Grippe machte jeden klaren Gedankengang unmöglich. Maike beschloss, die Sache für heute auf sich beruhen zu lassen. Aber sie würde auf der Hut sein und Grabowski im Auge behalten.

Müde schlenderte sie zu dem großen Fenster des Esszimmers und ließ ihren Blick in die Dunkelheit schweifen. In der Ferne sah man die Straßenlaternen der angrenzenden Mozartstraße und die hell erleuchteten Fenster des dort ansässigen Bonifatius-Alten- und Pflegeheims. Ob David sich nicht besser damit stellen würde, seine Mutter in die Hände qualifizierten Pflegepersonals zu geben? Er wirkte stetig überarbeitet und abgespannt. Das war sicher mit ein Grund für sein merkwürdiges Verhalten zuvor. Wie lange wollte er diesen Spagat zwischen Privatem und Beruf noch durchhalten? Maike beschloss, ihn ein anderes Mal darauf anzusprechen. Ein Fettnäpfchen für den Abend reichte.

Fünf Minuten später betrat er das Esszimmer und servierte ihr einen reichlich gefüllten Teller, der sie für sein zuvor befremdliches Verhalten entschädigte. Während die Kommissarin sich über zarte Schweinelendchen hermachte, öffnete David eine Flasche Chardonnay Pinot Noir und füllte zwei Gläser. Ein teurer Qualitätswein für einen nichtigen Anlass, wunderte sich Maike. Ob er sein barsches Benehmen gutmachen wollte? Seine Gesichtszüge wirkten jetzt völlig entspannt und er lächelte verschämt, als er ihr das Weinglas entgegenhielt. »Zum Wohl«, sagte er leise.

Maike fühlte eine leichte Beklemmung in sich aufsteigen. Sie konnte seinen Stimmungswechsel nicht recht deuten.

»Wie kommen Sie in Ihrem Fall voran?«, unterbrach er das peinliche Schweigen mit unverfänglichem Tonfall.

Maike hob den Blick und sah ihn reserviert an. Er verfolgte mit seiner übertriebenen Nettigkeit also das Ziel, sie auszuhorchen. Die Schweinelendchen bekamen einen schalen Beigeschmack. Wollte er ihr polizeiinterne Informationen entlocken, damit er zu seinen Fotos die passende Story schreiben konnte? Hinter ihrer Stirn hämmerte ein stechender Kopfschmerz. Sie schob die letzte Gabel Spätzle in den Mund. Zeit, sich allmählich diskret zurückzuziehen.

»Sie wissen, ich darf über laufende Ermittlungen nicht reden«, beantwortete sie endlich seine Frage, »aber wir verfolgen mehrere vielversprechende Spuren.« Ohne den Wein angerührt zu haben, schob sie ihren Stuhl zurück, um aufzustehen.

Er nippte an seinem Glas und drehte es danach zwischen den Fingern. »Ist ein köstlicher Tropfen, Maike. Den sollten Sie nicht stehen lassen.« Dann fuhr er übergangslos fort: »Bei ›Antenne Unna‹ brachten sie heute Vormittag die Nachricht, die Polizei habe einen Immobilienmakler inhaftiert.«

Maike stand auf. Sie kam sich vor wie bei einem Verhör. Sie wusste nicht, ob es an der aufkeimenden Grippe lag, aber mit einem Mal fühlte sie sich unwohl unter dem stechenden Blick David Grabowskis. Sie sehnte sich nach ihrem Bett. Die Pressekonferenz am Vormittag, die Grabowski ansprach, hatte sie leider verpasst. Vermutlich fühlte Staatsanwalt Eichhorn sich genötigt, der Presse völlig überstürzt einen saftigen Happen vor die Füße zu schmeißen. Denn mittlerweile konnte man die Täterschaft Krügers ausschließen.

»Es handelte sich lediglich um Verdachtsmomente«, sagte sie zu Grabowski, der sein Weinglas nun mit einem Zug leerte und ebenfalls aufstand. »Der Makler ist wieder in Freiheit. Das können Sie morgen schon in der Zeitung lesen, David.«

»Hm«, murmelte er und ging um den Tisch herum auf sie zu. »Gibt es sonst interessante Spuren in Ihrem Fall?«

Merkte er nicht, dass sie sich elend fühlte? Sein Interesse klang nicht nach höflichem Smalltalk. Es drängte Maike danach, die Unterhaltung möglichst unverfänglich zu beenden. »Mehr darf ich Ihnen zu unseren Ermittlungen wirklich nicht verraten. Nehmen Sie es mir nicht übel, aber ich hatte einen langen Tag, David. Vielen Dank für das köstliche Essen. Sie sind ein hervorragender Koch.«

David Grabowski legte ihr freundschaftlich eine Hand auf die Schulter und lächelte gequält. »Entschuldigen Sie, Maike. Ich wollte Sie nicht bedrängen. Sie sehen tatsächlich überarbeitet aus. Gute Nacht. Schlafen Sie gut. Und gute Besserung.«

FREITAG, 9. NOVEMBER

Die Euphorie des vergangenen Tages, an dem sich alle Beamten der Mordkommission sicher waren, kurz vor dem großen Durchbruch zu stehen, wich bei der Morgenbesprechung einer gewissen Ernüchterung. Bislang konnte in den Patientenakten der Praxis Heinemann kein Hinweis auf die Identität Bennys gefunden werden. Man würde weitersuchen müssen. Jochen Hübner leitete die Besprechung in fahriger Eile, da er um 9.30 Uhr einen Gerichtstermin in Dortmund hatte. Als auch noch Staatsanwalt Eichhorn dazustieß und energisch Ergebnisse forderte, nicht zuletzt, weil die Presse ihm im Nacken saß, schien das Chaos perfekt. Teubner fasste die Ermittlungsergebnisse zusammen, wirkte dabei aber nicht wie gewohnt bei der Sache.

Der DNS-Abgleich von Guido Schönfeld hatte keinen Treffer ergeben. Er schied demnach endgültig als Mörder aus und würde sich »nur« wegen Unterschlagung, Urkundenfälschung und Betrugs verantworten müssen. Der Autohändler Martin Knolle schwieg weiterhin beharrlich und rückte nicht den Namen seines Freundes heraus, der den Rachefeldzug gegen Gero Krüger inszeniert haben sollte. Inzwischen hatte man auch seinen Bruder Hans befragt, der von der Geschichte jedoch keinen blassen Schimmer zu haben schien. Immerhin lieferte er dem Autohändler für die Mordzeiten ein wasserdichtes Alibi. Am vergangenen Freitag, als die Zahnärztin Judith Heinemann-Schönfeld ermordet wurde, hatten die Brüder zusammen einen

Kegelabend verbracht. Dafür gab es mehrere Kegelbrüder als Zeugen. In der Nacht von Montag auf Dienstag, in der Holger Wasmuth ermordet wurde, hatte Martin Knolle eine Darminfektion, mit so hohem Fieber, dass Hans den Notarzt rufen musste. Der schellte in der Tatnacht so ziemlich genau zur Tatzeit bei den Brüdern Knolle und lieferte das Alibi für den zweiten Mord.

Sandra Kneiphof blieb nach wie vor verschwunden. Die Chancen, sie noch lebend zu finden, sanken rapide. Nachdem man Massener Heide, das Naherholungsgebiet Bornekamp und den Kurpark in Königsborn mit Suchtrupps durchforstet hatte, wurde die Suche nun auf das größere Umfeld Unnas ausgeweitet. Insbesondere das Waldstück Richtung Fröndenberg, wo man das Rennrad des Täters gefunden hatte, sollte genauer unter die Lupe genommen werden. Auch für heute wurde die Unterstützung der Suche durch einen Hubschrauber von oberster Stelle genehmigt. Der einzige Hoffnungsschimmer für Sandra Kneiphof zeigte sich darin, dass ihre Leiche bislang noch nicht aufgefunden wurde. Peter Kneiphof, der sich der verzweifelten Situation immer deutlicher bewusst wurde, musste von einem Polizeipsychologen betreut werden. Denn nicht nur das Leben seiner Frau, auch das des ungeborenen Kindes stand auf dem Spiel. Sein Sohn Marco blieb in der Obhut der Großeltern.

Die Überprüfung der Mini Cooper-Fahrer, deren Fahrzeuge im Kreis Unna gemeldet waren, zeigte sich ergebnislos. Keines der grünen Minis kam als Täterfahrzeug infrage. Die Suche des Halters sollte nun auf den Kreis Hamm und den Großraum Dortmund ausgedehnt werden. Das kostete natürlich Zeit und eine Vielzahl von Beamten.

Nachdem Teubner mit seiner Zusammenfassung geendet hatte, suchte Hübner fluchtartig das Weite, um noch pünktlich bei Gericht zu erscheinen, und überließ dem Staatsanwalt das Feld. Dieser fackelte nicht lange und teilte die Aufgaben des Tages zu. Persönlich wollte er sich dem Autohändler Martin Knolle widmen. Es wäre doch gelacht, behauptete er mit verschwitztem Gesicht und geöffneter Krawatte, wenn der den Namen seines angeblichen Freundes nicht innerhalb kürzester Zeit herausrücken würde.

Mit Sichtung der Akten der Zahnarztpraxis Heinemann waren jetzt die Unnaer Kripobeamten Maike Graf, Max Teubner und Sören Reinders betraut. Unterstützt wurden sie allerdings von Jasmin Sauber, die sich trotz Krücken am Morgen zum Dienst meldete. Für leichte Bürotätigkeit sei sie durchaus zu gebrauchen, behauptete sie, solange sie nur das verletzte Bein hochlegen könne.

Mit dieser Einstellung stieg sie in Maikes Achtung um mehrere Prozentpunkte. Sie selbst fühlte sich heute besser als am Tag zuvor. Vielleicht lag es daran, dass sie tief und fest von halb elf bis halb sieben durchschlafen konnte. Jedenfalls war das Kratzen im Hals verschwunden und die Schlappheit fast aus den Knochen gewichen.

Nach Akte Nummer zehn am heutigen Tag lehnte sie sich in ihrem Bürostuhl zurück und reckte sich ausgiebig. Dann blickte sie zum gegenübersitzenden Kollegen Teubner, dessen Kopf hinter mehreren Aktenstapeln verschwand.

»Auch einen Kaffee zur Stärkung, Max? Was meinst du, wie viel Material haben wir jetzt gesichtet?«

Teubner zog die Stirn kraus und zuckte mit den Schultern. »Keine Ahnung. Ein Viertel, denke ich. Den Kaffee nehm ich übrigens gern. Sonst hörst du mich gleich schnarchen bei meiner Reise ins Albtraumland von Karies und Parodontose.«

Maike grinste und schob ihren Stuhl zurück. Im selben Moment wurde die Bürotür aufgerissen und Sören Reinders stürmte herein.

»Ich hab was, Leute!«, rief er und knallte einen dicken Ordner so heftig auf den Schreibtisch, dass der Turm Akten vor Teubner bedrohlich ins Wanken geriet. Reinders schnappte sich den Stapel und lehnte ihn auf dem Boden an die Wand.

»Brauchen wir nicht mehr«, rief er und klappte seine Mappe auf dem neu geschaffenen Platz auf. »Hier! Seht mal!«

Er blätterte einige Seiten um. »Benjamin Schenk. Das muss der Junge sein, von dem der alte Heinemann erzählt hat. Dem Kind wurden vor 14 Jahren unter Vollnarkose vier Milchzähne herausoperiert. Die OP war nötig, weil sein Kiefer zu klein war. Benny starb kurz nach dem Eingriff, den Judith Heinemann-Schönfeld vorgenommen hat. Als Anästhesist war Holger Wasmuth tätig. Sandra Kneiphof hat assistiert.«

Maike und Teubner blickten erleichtert auf, die Suche schien ein Ende zu haben. Jetzt fehlte nur noch die Adresse der Eltern.

Reinders fuhr euphorisch fort: »Ich habe noch recherchiert und mich über die Hintergründe des Falls schlaugemacht. Sandra Kneiphof war damals erst im zweiten Lehrjahr und hätte bei so einer Operation nicht allein assistieren dürfen. Hat sie vermutlich aber. Die Mutter des Jungen hat die Praxis später verklagt. Sie beschuldigte den Anästhesisten sogar, er habe eine Alkoholfahne gehabt, als er Benny unter Narkose stellte, konnte das jedoch nicht beweisen.« Reinders machte eine kleine Atempause, bevor er fortfuhr: »Ich habe daraufhin mit Christa Wasmuth telefoniert. Sie bestätigte mir den Vorfall in der Praxis und sagte, ihr Mann habe danach eine Entziehungskur gemacht und sei nie wieder freiberuflich tätig geworden. Holger Wasmuth habe nach dem Tod des Kindes unter schweren Depressionen gelitten. Er wollte zu seinem Fehler stehen, aber Josef Heinemann habe darauf bestanden, die Sache zu vertuschen. Im Prozess hat Wasmuth daraufhin gelogen und Roswitha Heinemann behauptete, bei der OP mitassistiert zu haben, was aber definitiv nicht stimmte.«

Maike pfiff durch die Zähne. Das war natürlich ein astreines Tatmotiv. War der Vater des Jungen der Mörder? Der Verlust des Kindes, der verlorene Prozess, aber warum erst jetzt? Nach über 14 Jahren? Warum nicht gleich nach der verunglückten Operation oder zumindest nach der Gerichtsverhandlung? Maike sah Reinders erwartungsvoll an und fragte nach der Adresse der Eltern.

Der Name des Vaters tauchte in der Patientenakte nicht auf. Möglicherweise war Susanne Schenk, die Mutter, alleinerziehend. Die in der Akte vermerkte Adresse befand sich in Unna-Massen. Laut Reinders wohnte die Frau dort immer noch. Maike und Teubner machten sich auf den Weg, während Reinders sich die Gerichtsakte beschaffen wollte und Jasmin Sauber die Patientenakte von Benjamin Schenk gründlich unter die Lupe nehmen würde.

*

Die Fahrt nach Massen verlief schweigsam. Teubner hatte Maike das Steuer überlassen, hing seinen Gedanken nach und mühte sich mehrfach, ein Gähnen zu unterdrücken. Mehr als zwei Stunden Schlaf waren letzte Nacht nicht zusammengekommen. Grund war die Aussprache mit seinem Sohn – später in Gesellschaft von Tante Belinda, die behauptete, sich so etwas Ähnliches gedacht zu haben. Typisch Frau, die wusste oder ahnte immer alles. Wenn er ehrlich war, hatte er die Möglichkeit, Raffaels Vater sein zu können, selbst in Erwägung gezogen und sich hundertmal gefragt, warum Emilia ihn diesbezüglich nie kontaktiert hatte. Vermutlich wollte sie ihn mit der Vaterschaft nicht unter Druck setzen. Jedenfalls verlief das Gespräch am Vorabend im Gegensatz zu den vorangegangenen Attacken Raffaels relativ harmonisch. Tante Belinda pries ihr großes Haus an, in dem auch Platz für einen aufmüpfigen Teenager wäre. So einigte man sich darauf, dass Raffael so bald wie möglich vom Obermassener Kirchweg in den Ohlweg nach Fröndenberg-Langschede umziehen sollte. Um die schulischen Zuständigkeiten und Notwendigkeiten sollte sich Belinda kümmern. Immerhin war Raffael im Sommer erst von der Realschule in die Oberstufe des Pestalozzi-Gymnasiums gewechselt und wollte einen weiteren Schulwechsel vermeiden.

Teubner wurde aus seinen Gedanken gerissen, als Maike ihn durch eine scharfe Bremsung am Massener Hellweg in den Sicherheitsgurt drückte. Vor dem Autohaus Opel Jonas blockierte ein Autotransporter einen Teil der Fahrbahn und brachte einen ungeduldigen Autofahrer zu ausdauerndem Hupen mit riskantem Überholmanöver. Maike schimpfte erbost, bog nach rechts ab und erwähnte einen tragischen Unfall an dieser Kreuzung, der einem alten Mann vor einigen Jahren beim Überqueren der Straße das Leben gekostet hatte.

Kurz darauf lenkte sie das Fahrzeug entlang der S-Bahn-Linie, die hinter einer angehäuften, bepflanzten Halde verlief. Die Adresse von Susanne Schenk lautete Massener Bahnhofstraße 81. Sie waren fast am Ziel. Der zivile Dienstwagen rollte langsam an der Häuserreihe vorbei, während Teubner versuchte, die Hausnummern zu entziffern. Das Haus war das Letzte vor einem großen umgepflügten Acker. Maike parkte vor einem verwitterten Jägerzaun und stieg gleichzeitig mit Teubner aus. Sie blickten auf ein freistehendes Gebäude, das die guten Zeiten lang hinter sich gelassen hatte. Es wirkte verlassen. Die Fassadenfarbe blätterte, einzelne Risse zogen sich durchs Mauerwerk, die geschlossenen Blendläden aus Holz hingen in rostigen Angeln. Umgeben wurde das Haus von einem verwilderten Garten mit hüfthohem, unkrautdurchzogenem Gras, ausladenden Büschen und mehreren Koniferen und Fichten, die das Dach überragten.

Teubner schritt voran. Weder an der Klingelanlage, die für zwei Wohneinheiten ausgerichtet war, noch am mit Werbeblättern vollgestopften Briefkasten befand sich ein Namensschild. Als Teubner die Schelle betätigte, erklang ein durchdringender Klingelton, der an eine Pausenglocke erinnerte.

»Der Strom ist nicht abgestellt worden«, murmelte er. »Sieht dennoch unbewohnt aus. Vielleicht ist die Dame für längere Zeit verreist.« Er schellte noch einmal, diesmal anhaltender. Nichts geschah. Teubner zuckte die Schultern, drehte sich um und sah Maike fragend an. Die Enttäuschung stand ihr ins Gesicht geschrieben.

»Scheint niemand da zu sein. Wir sollten die Nachbarn befragen. Vielleicht gießt jemand die Blumen oder hat einen Hausschlüssel. Irgendwer wird hoffentlich wissen, wohin es Frau Schenk verschlagen hat.«

Teubner nickte. Er schellte ein letztes Mal und wollte sich gerade resigniert abdrehen, als aus dem Kellergeschoss des Hauses ein lautes Scheppern zu ihnen hochschallte. Die Beamten verharrten alarmiert und lauschten. Jetzt hörten sie leises Scharren. Teubner nickte Maike zu. Es war jemand im Haus. Zunächst mussten sie sich einen Überblick verschaffen.

»Ruf Verstärkung. Ich sehe mich hinterm Haus um«, flüsterte Teubner, nahm seine Walther P 99 aus dem Holster und schlich an der seitlichen Hauswand entlang. Das rückwärtige Grundstück zog sich gewiss an die 100 Meter in die Tiefe. Gleich zu Beginn stand eine rostige Kinderschaukel, daneben ein Sandkasten, dessen Rand, einst Sitzplatz für spielende Kinder, morsch und schwarz wirkte. Im Sand befanden sich Müll und Tierkot. Hinter einer verwilderten Wiese erkannte Teubner ein verwittertes Gartenhaus. Da das Gras nicht platt getreten war, ging der Kommissar weiter entlang des Hauses. Er sah eine Kellertür, die man über eine seitlich zum Haus abführende Treppe erreichen konnte. Rechts oberhalb der Tür befand sich ein Kellerfenster. Das Trittschutzgitter davor lag abgebrochen im Kellerloch. Teubner ging daneben in die Hocke und inspizierte die herausgebrochene Verankerung. Sie glänzte an den Bruchstellen, als sei sie erst vor Kurzem eingetreten worden. Er versuchte, durchs Fenster ins Kellerinnere zu blicken, aber es war mit einem Handtuch verhangen. Die Kellertür fand er verschlossen vor. Kein Laut drang nun mehr aus dem Inneren. Teubner umrundete den Rest des Gebäudes, entdeckte jedoch keinen Einstieg. Auch die ans Haus grenzende Garage fand er verriegelt vor.

Als er die Front erreichte und nach Kollegin Maike Graf Ausschau hielt, sah er sie vor der einen Spalt geöffneten Haustür stehen. »Einfaches Schloss«, grinste sie. »Dafür reicht eine Scheckkarte.«

Sie traten in einen dunklen Flur, von dem aus eine Holztreppe ins Obergeschoss sowie ins Kellergeschoss führte. Eine Geruchsmischung von Exkrementen, Medizin und Verwesung schlug ihnen entgegen. Kein Tageslicht drang durch die verschlossenen Blendläden. Teubner betätigte einen Lichtschalter, der jedoch nicht funktionierte. Als er mit seiner Taschenlampe zur Decke leuchtete, sah er, dass in sämtlichen Lampen die Glühbirnen fehlten. Im Strahl ihrer Taschenlampen erkundeten die Beamten leise das Erdgeschoss. Hier befanden sich Wohnzimmer, Esszimmer, ein Bad mit behindertengerechter Dusche und herabsenkbarem Waschbecken. Daneben ein Zimmer mit Medizinschrank, der Windeln, Salben und Medikamente enthielt. Eine freie Stelle an der Wand mit einem länglich helleren Abdruck an sonst vergilbter Tapete wies auf ein hohes Bett hin, das später entfernt worden war. An vier Stellen des Linoleumbodens waren Riefen zu sehen, die auf Rollen schließen ließen, wie sie bei Krankenhausbetten üblich waren. Hier musste jemand auf längere Zeit gepflegt worden sein. Susanne Schenk? Befand sie sich jetzt in einem Heim oder Krankenhaus?

Im Flur traf Teubner auf Maike. Sie schüttelte den Kopf und flüsterte: »Hier unten ist niemand. Die Küche ist aufgeräumt und sauber und seit Monaten nicht benutzt worden. Der Kühlschrank läuft zwar, ist aber leer, genau wie das Gefrierfach. In der Küche befindet sich noch eine weitere Tür, die seitlich abgeht. Sie ist verschlossen. Sicherheitsschloss. Muss der Zugang zur Garage sein.« Sie hielt einen Schlüsselbund mit etwa zehn Schlüsseln hoch, mit dem sie leise klimperte. »Davon wird hoffentlich einer passen.«

Teubner nickte. »Wir sollten jedoch zunächst im Keller nachsehen. Das Geklapper kam von dort.«

Gemeinsam schlichen sie die ausgetretene Holztreppe zum Keller hinab und stießen gleich am Ende der Treppe auf eine verschlossene Tür. Maike inspizierte das Schloss und zückte den Schlüsselbund. Beim dritten Versuch war sie erfolgreich und öffnete eine weiß lackierte Holztür, die unnatürlich laut in den Angeln quietschte.

Dahinter lag ein langer Flur, an dessen Seitenwänden sich Gerümpel stapelte. Getränkekästen, Umzugskartons, dazwischen altes Kinderspielzeug und Wäschekörbe voll mit aus der Mode gekommener Kleidung. Nach einigen Metern weitete sich der Gang zu einem Waschkeller. Zumindest befanden sich an der rechten Wand zwei Waschmaschinen und ein Trockner. Vor Kopf die Außentür. Ein dicker Riegel war nicht vorgeschoben. Max tastete sich vorsichtig vor und drehte den Türknauf. Doch wie bereits bei seinem Versuch von außen, ließ die Tür sich auch von innen nicht öffnen. Max wandte sich langsam um. Maike deutete stumm auf eine weitere Tür gegenüber den Waschmaschinen, links von Max. Er nickte, drückte bedächtig die eiserne Klinke hinunter und schob die Tür lautlos auf.

Sein Blick fiel auf Wände voller Regale. Einmachgläser, Werkzeuge, Krimskrams. Helle Fliesen an Wänden und am Boden. Rechts das verhangene Kellerfenster. Ein umgestürzter Wäscheständer mit Handtüchern, der vermutlich den Lärm verursacht hatte. Daneben lag eine gefesselte und geknebelte Frau in gekrümmter Haltung am Boden. Sie trug unter einer dunkelblauen Strickjacke die weiße Kleidung einer Krankenpflegerin. Ihre Augen waren geschlossen, sie schien ohne Bewusstsein. Teubner steckte seine Waffe zurück ins Holster, eilte auf die leblos wirkende Frau zu und kniete sich neben sie. Mit leichtem Druck fühlte er ihre Halsschlagader und konnte deutlich ihren Puls fühlen. Langsam drehte er ihren Kopf, der schwer in seinen Händen lag.

Maike kam hinter ihm in den Kellerraum und beugte sich über die Frau. »Selma!«, rief sie überrascht und kniete sich neben Teubner. »Das ist die Krankenpflegerin meiner Nachbarin! Was ist mit ihr?«

»Sie lebt«, antwortete Teubner. »Du musst den Notarzt verständigen und sieh mal, wo die Verstärkung bleibt!«

Während Maike verschwand, bettete Teubner den Kopf Selmas auf seine Jacke, zog ein Taschenmesser aus der Hosentasche und trennte der Bewusstlosen vorsichtig die Fesseln durch.

*

Der Notarzt traf gleichzeitig mit der Verstärkung und den Mitarbeitern der Spurensicherung ein. Ein Beamter der Kriminaltechnik fotografierte die Schuhsohlen von Maike und Max, um sie als Vergleichsproben zu sichern. Dann betrat er mit seinen Kollegen das Haus. Maike und Kollege Teubner griffen sich Tyvek-Overalls, die sie über ihre Kleidung zogen, und schützten ihre Schuhe mit Überziehern, bevor sie den Technikern folgten. Während sich die Männer und Frauen der KT in Erdgeschoss und Keller ausbreiteten, stiegen Maike und Teubner die knarrenden Stufen ins Obergeschoss hinauf. Mit allem hätte Maike beim Eindringen in das Haus gerechnet, aber nicht damit, die Pflegerin von Brigitte Grabowski bewusstlos im Keller zu finden. Was war geschehen? Wie kam Selma in den Keller dieses Hauses? Hatte es mit David Grabowski und den Fotografien zu tun, die sie gestern auf seinem Tisch gesehen hatte? Maike spürte, dass ihr Nachbar immer tiefer in ihre Ermittlungsarbeit rutschte. Steckte er gar selbst hinter den Morden? Das mochte Maike dem liebenswürdigen Nachbarn einfach nicht zutrauen.

Sie hatten das Obergeschoss nun erreicht. Eine Etagentür aus Buchenholz mit einer schmal eingelassenen, undurchsichtigen Scheibe aus Sicherheitsglas versperrte ihnen den Zutritt. Maike öffnete sie mit einem der Schlüssel des gefundenen Bundes. Als sie die Tür aufschob, schlug ihnen der Gestank von Fäulnis und Verwesung entgegen.

Sie versuchte, sich auf ihre Arbeit zu konzentrieren. Als Erstes fiel ihr die modernere Einrichtung im Obergeschoss auf, die völlig im Gegensatz zu den alten Möbeln im Erdgeschoss stand. Flokatiteppiche anstelle von Persern, Ikeamöbel anstatt Eichenschränken. Es schien sich um eine separate Wohneinheit zu handeln, denn auch hier befanden sich Wohnzimmer, Essbereich, Küche und Bad sowie ein Kinderzimmer. Maike hielt sich ihren dicken Wollschal vor den Mund, als sie das Schlafzimmer des ersten Stocks betrat, um den ekelerregenden Fäulnisgestank zu dämpfen, der ihnen entgegenschlug. Fliegen surrten durch den Raum. Käfer krabbelten über das Bett, in dem eine stark verweste Leiche lag. Der Madenbefall der Person, die dort zugedeckt unter einer Bettdecke lag, ließ auf einen fortgeschrittenen Verwesungsprozess und eine lange Liegedauer schließen. Die Kommissarin sah, dass die Augenhöhlen gänzlich zerfressen waren. Die Gesichtshaut graubraun, fast ledrig. Halblange blonde Haare deuteten auf eine weibliche Leiche hin. Vermutlich handelte es sich um Susanne Schenk. Teubner hob mit Latexhandschuhen vorsichtig die Bettdecke hoch. Auch dort krabbelten Käfer und krochen Maden. Doch was Maike ins Auge fiel, war das dunkel gefärbte Bettlaken. Getrocknetes Blut im Bereich des linken Handgelenkes, dachte sie und gleichzeitig schoss ihr der Verdacht auf Suizid durch den Kopf.

Obwohl sie schon einige Tote in ihrer Laufbahn bei der Kriminalpolizei gesehen hatte, schockierte sie der Anblick. Wie konnte es sein, dass ein Mensch über Wochen, wenn nicht Monate, unentdeckt blieb? In ihrem Magen rumpelte es und Maike trat den Rückzug an. Sollte Teubner sich das Zimmer vornehmen. Den weißen Kleiderschrank im Biedermeierstil und die zwei Nachttische hatte er hoffentlich schnell durchsucht. Erneut schossen Maike Fragen durch den Kopf. Was hatte Selma mit diesem Haus zu tun? Wie passte David Grabowski in das Puzzle? Noch etwas kam ihr in den Sinn: Wenn die Person in dem Bett sich durch Aufschneiden der Pulsadern das Leben genommen hatte, war das der Auslöser für die Taten des Kirmesmörders? Immerhin wurden Frau Doktor Heinemann- Schönfeld und Holger Wasmuth posthum die Pulsadern angeritzt. Als Hinweis auf den sinnlosen Selbstmord eines geliebten Menschen?

Die Kommissarin betrat das angrenzende Zimmer, in dem der Gestank, der sich mittlerweile durchs ganze Haus zog, einigermaßen auszuhalten war. Der Raum war als Kinderzimmer ausgestattet. Die freundlich hellgelben Wände wurden von einer Bordüre aus bunten Teddybären aufgelockert. An der rechten Wand ein Kinderbett in Form eines Rennautos, mit Bettwäsche von Cars, den sprechenden Autos aus dem Animationsfilm um »Lightning McQueen«. Darüber mehrere Bilder eines Jungen an der Wand, manche im DIN-A3-Format. Das musste Benny sein. Ein Kerlchen von drei bis vier Jahren, mal lachend auf der Schaukel, mal planschend im Schwimmbecken, mal Schokolade essend auf dem Schoß der Mutter. Unter dem einzigen Fenster des Zimmers befand sich eine Spielecke mit

Tisch und Kinderstuhl, jede Menge Lego und Playmobil. Auf dem Boden gegenüber des Bettes eine Carrera-Bahn. Außer einer Staubschicht, die sich in den letzten Monaten gebildet hatte, wirkte das Zimmer, als sei es bewohnt. Selbst im Kleiderschrank lag säuberlich gefaltet die Kleidung des Jungen. Der einzige Störfaktor im Zimmer war eine vergammelte Torte mit 18 Kerzen auf dem Fenstersims. Die dicke, jetzt graue Schokoladenschicht hatte den Schimmelbefall wohl verhindert.

Susanne Schenk musste einen Kult betrieben haben, um den kleinen Benjamin in ihrer Erinnerung am Leben zu erhalten. Scheinbar wurde in diesem Zimmer seit dem Tod des Jungen vor mehr als 14 Jahren nichts verändert. Maike wollte sich gerade abwenden, um den Raum zu verlassen, als ihr Blick auf die Wand neben der Zimmertür fiel. Hier waren zahlreiche Zeitungsartikel angepinnt, ordentlich mit jeweils vier Heftzwecken. Ein Bericht des »Hellweger Anzeiger« über den Tod Bennys mit seinem Foto. Daneben ein ähnlicher Bericht der »Westfälischen Rundschau«. Außerdem Zeitungsartikel über die Gerichtsverhandlung, die in Unna hohe Wellen geschlagen haben musste. Die Bildzeitung hatte die Story besonders groß aufgemacht. *Junge stirbt beim Zahnarzt.* Leider fand sich in keinem der Artikel ein Bild des Vaters. Entweder war Bennys Porträtfoto zu sehen oder er war mit Susanne Schenk abgelichtet. Der leise Verdacht, der in Maike aufkeimte, wurde jedoch immer stärker.

Maike verließ das Kinderzimmer und blickte vom Flur ins Schlafzimmer zu Teubner, der mit der Durchsuchung einer Kommode beschäftigt war. Ob ihm der Gestank zusetzte, ließ sich nicht feststellen, jedenfalls deutete er Maikes Zögern mit vor Mund und Nase gehaltenem Schal richtig.

»Ich schaff das hier allein. Bisher keine Hinweise auf die Identität des Vaters. Er muss alle Unterlagen mitgenommen haben. Wohin auch immer. Es deutet jedenfalls einiges darauf hin, dass er hier mit Susanne Schenk gelebt hat. Im Kleiderschrank befindet sich sowohl männliche als auch weibliche Kleidung. Vielleicht wohnte er sogar bis zu ihrem Tod hier, wenn das da vorn ihre Leiche ist. Möglich, dass sie sein erstes Opfer war. Ob das fehlende Krankenbett im Erdgeschoss zu ihr gehörte oder zu einer dritten Person, wird uns die Rechtsmedizin sagen können. Doktor Severin ist bereits unterwegs. Ich werde hier auf ihn warten.«

Maike nickte nur und wandte sich ab. Der Verdacht, der sich in ihr festgesetzt hatte, ließ sich nicht mehr abschütteln. Das fehlende Krankenbett im Erdgeschoss könnte Brigitte Grabowski gehört haben. Vielleicht hatte Susanne Schenk sich früher um die alte Dame gekümmert. Vielleicht kannte Selma das Haus noch aus der Zeit, bevor David mit seiner Mutter umgezogen war. Das geschah nach seiner Aussage vor etwa sechs Monaten. Das könnte zeitlich mit dem Tod Susanne Schenks zusammenpassen. Plötzlich kam Maike das Phantombild in den Sinn. Sie hatte geglaubt, die Person zu kennen. Jetzt wusste sie, woher. Sie musste *ihn* jetzt fragen. Sie würde sofort zu David Grabowski fahren. Sie stieg die Treppe zum Erdgeschoss hinab und sog tief die Frischluft ein, die durch die weit geöffnete Haustür ins Hausinnere strömte. Unverhofft legte ihr jemand von hinten die Hand auf die Schulter. Maike zuckte zusammen und wirbelte herum. Erleichtert erkannte sie Jochen Hübner, den man nach seinem Gerichtstermin über den aktuellen Ermittlungsstand informiert hatte und der sich daraufhin sofort zum Tatort begeben hatte. Maike wollte ihn über ihren Verdacht informieren, als sie einen Asservatenbeutel in seiner Hand sah, in dem ein DIN-A4-Blatt steckte.

»Was ist das?«, fragte sie und deutete auf den Beutel.

Der Leiter der Mordkommission schob Zeigefinger und Daumen auseinander. Maike erkannte, dass es sich um zwei Beutel handelte. Zwei DIN-A4-Blätter. Marmoriertes Briefpapier, eines davon mit akkurater, schräg gestellter Schrift dicht mit Tinte beschrieben.

»Das werden wir gleich sehen«, erklärte Hübner. »Der Kollege von der Kriminaltechnik hat es mir in die Hand gedrückt und behauptet, es könnte wichtig für unsere Ermittlungen sein. Die Blätter wurden im Wohnzimmerschrank gefunden.« Er hob das dicht beschriebene Blatt und überflog die Zeilen. Dabei murmelte er leise vor sich hin.

»Ein Abschiedsbrief. Unterzeichnet mit Susanne. Sie schreibt, ihr Leben ohne Benny mache keinen Sinn und die letzten Jahre seien Verschwendung gewesen. Sie habe sich täglich gequält. Der achtzehnte Geburtstag ihres Sohnes gäbe ihr den perfekten Anlass. Sie wolle ihrem Liebsten, den sie nicht beim Namen nennt, nicht länger im Weg stehen und hofft auf sein Verständnis.«

Er reichte Maike den Beutel und sie blickte selbst auf das Blatt. Schwarze Tinte in einer Handschrift, die verriet, dass die Schreiberin mit äußerster Sorgfalt und Überlegung ihre Formulierungen vorgenommen hatte und es ernst meinte. Susanne Schenk wusste genau, was sie tat. Ihre Identifizierung schien reine Formsache zu werden. Ihr Tod schien nicht auf das Konto des Kirmesmörders zu gehen, war aber dennoch vielleicht der Auslöser seiner Taten.

Andreas Wilms stieß zu ihnen, sein Handy zwischen Kopf und Schulter geklemmt. »In der Garage steht ein grüner Mini«, begann er an Hübner gewandt. »Am linken Hinterrad fehlt die Radzierkappe. Gleiches Modell wie das aus dem Wald in Fröndenberg. Der Wagen ist in Köln zugelassen. Die Halterabfrage läuft.«

Das mulmige Gefühl in Maikes Magengegend verstärkte sich. Es ließ sich nicht länger verleugnen. David Grabowski fuhr einen grünen Mini, der in Köln zugelassen war. Er hatte ihr erzählt, sein Auto sei auf den Namen seiner Schwester zugelassen, die in Köln wohne und die die Finanzierung des Autos übernähme, weil er sich um die gemeinsame Mutter kümmere. Sie blickte Jochen Hübner an und wies auf die Asservatenbeutel.

»Was ist mit dem zweiten Beutel?«, fragte sie.

Er zeigte ihr ein Blatt unter dem Zellophan, auf dem drei Namen untereinandergeschrieben standen: Heinemann-Schönfeld, Wasmuth, Kneiphof. Die Schrift war dunkelrot und dick, als habe Susanne Schenk ihr Blut als Tinte genutzt und mit dem Finger geschrieben. Hinter jedem der Namen hatte sie ein lang gezogenes Kreuz gemalt.

Das muss für ihn wie eine Aufforderung zum Töten gewesen sein, schoss es Maike durch den Kopf.

Andreas Wilms beendete sein Telefonat. »Wir haben den Halter. Eine Frauke Grabowski, wohnhaft in Köln-Deutz. Was die mit unseren Morden zu tun hat oder wie ihr Wagen nach Unna kommt, ist mir schleierhaft. Gestohlen gemeldet hat sie den Mini jedenfalls nicht.«

Er war es also. Sogar die Inschrift auf dem Lebkuchenherz passte. »Ein letzter Gruß, G.« G. wie Grabowski. Ihre Ahnung bestätigte sich und doch war es völlig unfassbar. Jetzt, wo Maike Gewissheit hatte, überkam sie leichter Schwindel. Das merkwürdige Verhalten Davids am Abend zuvor, als sie das Foto der Villa Schönfeld in Händen hielt, hätte ihr eigentlich schon Gewissheit geben müssen. Doch scheinbar war ihre Wahrnehmung durch die aufkeimende Grippe arg in Mitleidenschaft gezogen gewesen und sie hatte sich von einem netten Abendessen ködern lassen, dabei noch seine Kochkünste gelobt. Sie hätte früher stutzig werden sollen, als er sie immer wieder nach den Ermittlungsergebnissen der Mordfälle befragte.

Nimm dich zusammen, mahnte Maike sich. Selbstvorwürfe halfen niemandem. Jetzt galt es, David Grabowski zu finden, zu überwältigen, und das Leben Sandra Kneiphofs zu retten. Sie räusperte sich und sah dann Jochen Hübner und Andreas Wilms an.

»Der grüne Mini Cooper wurde nicht gestohlen«, sagte sie. »Der Bruder von Frauke Grabowski nutzt das Auto. Er heißt David Grabowski, ist mein Nachbar und wohnt in der Lortzingstraße.«

*

David Grabowski musste umgezogen sein, nachdem seine Lebensgefährtin sich das Leben nahm. Der Schock musste ihn völlig überwältigt und zu überstürzten Handlungen getrieben haben. Warum sonst hatte er seine Freundin nicht ordentlich beerdigt? Was hatte er seiner Mutter erzählt? Denn Maike war sicher, dass die alte Dame keinerlei Ahnung von den Aktivitäten ihres Sohnes hatte.

Die Hauptkommissarin saß neben ihrem Exfreund und Kollegen Jochen Hübner auf dem Beifahrersitz. Sein Dienstwagen – ein dunkler BMW mit Dortmunder Kennzeichen – jagte mit Blaulicht über den Massener Hellweg Richtung Unna. Es war ein seltsames Gefühl, wieder gemeinsam mit ihm auf Einsatz zu sein. Im Dortmunder KK11 waren sie lange das perfekte Team gewesen. Maike spürte plötzlich, wie wichtig es ihr war, Jochens Freundschaft zu erhalten, auch ohne dass sie als Liebespaar unter einem Dach lebten.

Sie kamen zur Hansastraße, bogen hinter dem Ceresit-Werk mit quietschenden Reifen in die Hochstraße. Beim Einbiegen in die Mühlenstraße kam es hinter der von ihnen überfahrenen roten Ampel vor der Eisenbahnbrücke fast zum Crash mit einem Kleintransporter. Hübner fluchte, als der Wagen sich quer stellte. Doch er gab sofort Vollgas und bog hinter der Brücke in die Lortzingstraße ein. Sie sprangen gleichzeitig aus dem Auto.

Maikes Zuhause. Sie schloss die Haustür auf und stürmte vor Hübner die Treppe hinauf, die sie seit ihrem Einzug vor zwei Monaten Hunderte Male erklommen hatte. Sie betätigte den Klingelknopf und mühte sich, ihrem Gesicht einen normalen Ausdruck zu verleihen, für den Fall, dass Grabowski durch den Türspion sah. Nervös stützte sie ihre Hand am Türrahmen ab und trommelte mit den Fingern darauf, während Hübner in der Treppe wartete. Nach einer kleinen Unendlichkeit näherten sich Schritte. Die Tür wurde geöffnet und eine in Weiß gekleidete Schwester vom Pflegedienst, die Maike heute zum ersten Mal sah, blickte sie fragend an. Maike räusperte sich, gab sich als Nachbarin aus und verlangte nach David Grabowski.

Der Sohn ihrer Patientin habe bereits am frühen Morgen das Haus verlassen, verkündete die Schwester leise und hob einen Finger vor ihre geschlossenen Lippen. Frau Grabowski sei gerade eingeschlafen. Sie habe eine unruhige Nacht gehabt, hätte ihr Sohn behauptet. Er habe bei ihrer Ankunft müde und gedankenlos gewirkt. Wann er zurückkäme, konnte die Pflegerin nicht sagen. Maike zückte daraufhin ihren Dienstausweis, Hübner trat neben sie. Sie erklärten der Schwester die abgeschwächte und leicht veränderte Version der Sachlage, wobei sie sich auf das Wesentliche beschränkten. Die Schwester wich erschrocken zurück, als sie hörte, David Grabowski würde im Fall des sogenannten Kirmesmörders als Zeuge gesucht. Daraufhin bot die Schwester an, ihn über sein Handy zu kontaktieren. Ehe Maike oder Hübner eingreifen konnten, hatte sie schon die Nummer gewählt, brach das Telefonat jedoch kurz darauf ab, da Grabowskis Handy ausgeschaltet sei.

Maike zog für einen Augenblick in Erwägung, Brigitte Grabowski nach einem möglichen Versteck Davids zu fragen. Sie verwarf den Gedanken. Warum sollte sie die alte Dame unnötig aufregen? Vermutlich konnte sie ihnen sowieso nicht weiterhelfen. So steuerte die Kommissarin zielstrebig das Wohnzimmer an. Die Akten, die Grabowski am Vorabend so fürsorglich verstaut hatte, schienen von großer Bedeutung für ihn zu sein.

Den Schlüssel für besagten Schrank fand Maike in einer leeren Kaffeedose in der Küche. Sie schloss die Schranktür auf und hievte den Aktenstapel, den ihr Nachbar gestern so überstürzt verschwinden hatte lassen, auf den Couchtisch, während Hübner sich Laptop und Fotoapparat vornahm. Sie setzten sich nebeneinander auf die Couch und begannen mit der Durchforstung des Materials.

Die Ordner waren sorgsam beschriftet. Drei davon befassten sich mit der Recherche über seine jeweiligen Opfer. Grabowski musste sie im Vorfeld seiner Verbrechen angelegt haben. Darin hatte er akribisch Buch geführt: Adresse der Zielperson mit Fotos rund um Haus und Grundstück; Tagesablauf chronologisch dokumentiert, über mehrere Wochen hinweg; Hobbys, Eigenschaften, Bekannte und Verwandte. Grabowski agierte wie ein Privatdetektiv und hatte alles Wissenswerte gesammelt. Mit diesen Informationen konnte er den perfekten Plan schmieden, um seine Opfer zu überwältigen.

Der Ordner von Judith Heinemann-Schönfeld war mit einer Eins deklariert. Hier begann der ausgeklügelte Racheplan, den er fast fünf Monate vorbereitete. Beim Recherchieren des Umfelds der Zahnärztin fand Grabowski heraus, dass ihre Ehe mit Guido Schönfeld einem Trümmerhaufen glich. So stieß er auch auf die Geliebte ihres Mannes, Claudia Lorenz. Fortan besuchte Grabowski einmal wöchentlich deren Friseursalon, um aktuelle Informationen aus der Friseuse herauszukitzeln. Dabei wurde er eines Tages Zeuge des Gesprächs der Lorenz mit dem Immobilienmakler Gero Krüger, bei dem es um den Betrug um die Villa Schönfeld ging. Grabowski zog seine Schlüsse. Hinter diesem Eintrag hatte er den Vermerk: »Himmlische Fügung«, eingefügt. Maike las gebannt weiter.

Grabowski beschloss, diese Intrige für sich zu nutzen. Er fand heraus, wann der Notartermin stattfinden sollte und beschattete Guido Schönfeld an diesem Tag, genau wie am Tag der Geldübergabe mit dem Vertreter eines schwedischen Investors. Als es im »Café Extrablatt« nach der Geldübergabe zum Streit zwischen dem Zahnarzt und dem Makler kam, bei dem es offensichtlich um Judith Heinemann-Schönfeld ging, war Grabowski gerüstet. Wenn die Zahnärztin heute zu Tode käme, würde die Polizei mit dem richtigen Wink zunächst in völlig falscher Richtung recherchieren. Um dem nachzuhelfen, ließ er sich bei seinem anonymen Anruf explizit mit Maike verbinden. Mit etwas Glück würde die Kommissarin in die Ermittlungen einbezogen. Grabowski erhoffte sich dadurch polizeiinterne Informationen von seiner Nachbarin. Er bezeich-

nete sie in seinen Aufzeichnungen als kompetente Hauptkommissarin.

Maike klappte den Ordner zu. Sie fühlte sich benutzt.
Sie hatte ihren Nachbarn falsch eingeschätzt und überlegte
einen Moment, ob sie ihm tatsächlich zu Polizeiinterna ver-
holfen hatte, konnte das aber guten Gewissens mit Nein
beantworten.

Die Informationen, die Grabowski zurückgelassen hatte,
waren einem Geständnis gleichzusetzen. Allerdings liefer-
ten die Papiere keinerlei Hinweis auf seinen Aufenthaltsort. Es hatte wenig Sinn, hier weiterzusuchen. Maike blickte
zu Hübner, der mit dem Versuch beschäftigt war, das Passwort des Laptops zu knacken.

»Wir sollten den Papierkram zusammenpacken und später im Kommissariat sichten«, sagte sie.

Jochen Hübner sah mit hochgezogenen Brauen auf. »Da
bin ich anderer Meinung, Maike. Die Fahndung nach David
Grabowski läuft. Wir können im Moment nichts machen
als abwarten. Wenn es einen Hinweis auf seinen Aufenthaltsort gibt, dann finden wir den entweder hier oder in seinem Haus in Massen. Du solltest die Ordner weiter sichten. Vielleicht entdeckst du doch etwas.«

Maike seufzte und griff nach Ordner Nummer zwei,
der sich mit Holger Wasmuth beschäftigte. Grabowskis
Aufzeichnungen nach zu urteilen, waren Vorbereitung und
Ausführung für diesen Mord weit aufwendiger. Um eine falsche Fährte zu legen, hatte er seinen Freund Martin Knolle
gebeten, Interesse am Wasmuth'schen Grundstück zu zeigen. Dazu musste er an den Immobilienmakler Gero Krüger herankommen, der den imaginären Verkauf vermitteln
sollte. Grabowski hoffte, damit den Makler in Verdacht
zu bringen. Er manipulierte bei einem seiner Friseurbesu-

che die Friseuse Claudia Lorenz mit der Erwähnung, dass bei der Vermittlung dieses Grundstücks eine fette Maklergebühr winke.

Wie ausdauernd David Grabowski doch an seinem Racheplan gefeilt hatte, dachte Maike, überflog die folgenden Seiten und klappte dann auch diesen Ordner zu. Sie griff nach dem Ordner über Sandra Kneiphof, als Jochen Hübner leise mit der Zunge schnalzte.

»Na also!«, rief er aus. »Benny1006. Das Passwort. Name und Geburtstag des Jungen.« Er öffnete den Ordner »Dokumente« und durchsuchte die abgespeicherten Dateien.

Maike schlug die Akte Sandra Kneiphofs auf. Sie war deutlich dünner als die der Zahnärztin und des Anästhesisten. Als habe Grabowski eine gewisse Rangfolge eingehalten und sein letztes Opfer als nicht so wichtig eingestuft. Die akribisch gelegte falsche Fährte, die zu dem Makler Gero Krüger führte, fehlte hier. Vermutlich sollte sie ihm nur Zeit verschaffen, für Opfer Nummer drei und vier. Der Inhalt der Akte Kneiphof gab dementsprechend wenig her. Grabowski hatte den Tagesablauf der Zahnarzthelferin festgehalten und war zu dem Schluss gekommen, sie nach Feierabend an der Bushaltestelle abzufangen. Beigefügt war das Foto, das Grabowski als Lockmittel verwendet hatte. Er in gemeinsamer Vertrautheit mit Peter Kneiphof.

»Ein merkwürdiger Zufall, dass David Grabowski mit Peter Kneiphof während der Schulzeit befreundet war«, murmelte sie.

»Kein Zufall«, widersprach Hübner und drehte den Laptop zu ihr. »Grabowski ist professioneller Fotograf. Für ihn ist es ein Kinderspiel, eine täuschend echt aussehende Fotomontage anzufertigen.«

Ein Fotobearbeitungsprogramm war geöffnet. Maike sah das Originalfoto, auf dem ihr Nachbar mit einer Frau in die Kamera lächelte. Sie erkannte Susanne Schenk von den Fotografien aus Bennys Zimmer. In mehreren Versuchen hatte Grabowski, anstelle der Schenk, den Ehemann Sandra Kneiphofs in das Foto eingefügt. Das Endergebnis war ihm so gut gelungen, dass ein Laie kaum bemerken würde, auf eine Fälschung zu blicken.

»Er ist wirklich Profi auf seinem Gebiet«, sagte Maike. »Er hat für große Blätter wie den Spiegel und den Stern gearbeitet. Schade, dass dieses Talent bald in einer Zelle versauern wird.«

Sie klappte den Ordner von Sandra Kneiphof zu, der auch keine Erkenntnisse über den Aufenthaltsort David Grabowskis hergab. Ordner Nummer vier. Welcher Name mochte sich hinter dem Deckblatt verstecken? Wer war seiner Meinung nach vor über 14 Jahren noch für den Tod seines Sohnes verantwortlich?

Maike klappte den Deckel der Akte auf und schluckte. Das konnte nicht sein. Der Ordner enthielt den Lebenslauf von Brigitte Grabowski. Unfassbar! Die Frau, die ihm das Leben geschenkt hatte, die er seit Jahren pflegte, sollte mitverantwortlich für den Tod seines Sohnes sein? Das passte nicht zusammen. Vielleicht gab die Akte Aufschluss. Maike vertiefte sich in dicht beschriebene Blätter. Sein eigener Lebenslauf vermischte sich mit dem seiner Mutter. Die Aufzeichnungen begannen mit dem Jahr, als Grabowski mit Susanne Schenk zusammenzog. Er charakterisierte sein aufregendes Leben als fotografierender Weltenbummler nur kurz. Sein Glück schien perfekt, als Benny geboren wurde. Grabowski machte den Taxischein, um von nun an näher bei seiner Familie sein zu können.

Den Tag der verhängnisvollen Zahnoperation beschrieb Grabowski auf über vier Seiten. Benny hatte einen zu kleinen Kiefer. Die hintersten Backenzähne schoben das Gebiss zusammen, sodass die Zähne sich voreinander schieben würden. Mit dem Entfernen der Backenzähne sollte Platz geschaffen werden, damit die anderen Zähne gerade nebeneinander wachsen konnten. Dies sollte bei dem Kleinkind unter Vollnarkose geschehen.

Grabowski erwähnte wiederholt, dass seine Eltern ihm die Empfehlung für die Praxis Heinemann gaben, in der sie selbst seit Jahrzehnten Patienten seien und immer gut behandelt wurden. Der Zuspruch, die OP dort durchführen zu lassen, habe Susanne Schenk und David Grabowski Vertrauen in die Praxis gegeben. Wie hätte er ahnen können, dass Doktor Judith Heinemann-Schönfeld so kurz nach ihrer Approbation die erste Operation an seinem Jungen vornahm, die eigentlich Josef Heinemann ausführen sollte, der aber wegen eines Magen-Darm-Infekts außer Gefecht gesetzt war. Wie hätte er ahnen sollen, dass der Anästhesist Holger Wasmuth unter starkem Alkoholeinfluss stand und deshalb die Narkose falsch berechnete, auf die Benny zudem allergisch reagierte. Wie hätte er ahnen sollen, dass die Sprechstundenhilfe Sandra Kneiphof, die der Ärztin assistierte, erst Anfang des zweiten Lehrjahres war und für solch eine Aufgabe allein nicht legitimiert? All dies konnten weder Susanne noch er – David – wissen. Aber seine Eltern hätten ihn warnen können. Stattdessen gaben sie eine untaugliche Empfehlung, die zum Tod des geliebten Benny führte.

Maike blickte auf und rieb sich die Augen. Die Schuldzuweisung, die David Grabowski seinen Eltern zuschob, war ungerecht. Auch seine Eltern konnten nichts von diesen unglücklichen Verkettungen widriger Umstände wissen. Grabowski legte die Sache fast so aus, als hätten seine Eltern das Enkelkind in den Tod geschickt. Ob er damit einen Sündenbock suchte? Maike nahm den Ordner wieder auf und blätterte zur nächsten Seite.

Auch über die Zeit kurz nach dem Tod Bennys berichtete Grabowski ausführlich. Den Schock, den seine Eltern bekamen, als sie vom Tod ihres Enkels erfuhren. Er beschrieb seine Bestürzung, als seine Mutter einen schweren Schlaganfall erlitt, nachdem er seine Eltern lautstark mitverantwortlich für den Tod Bennys machte. In seinen nächsten Sätzen wurde jedoch mehr und mehr deutlich, dass er begann, ihr Schicksal als gerechte Strafe Gottes anzusehen.

Ein weiteres Kapitel des Ordners widmete sich einer fatalen Gerichtsverhandlung. Grabowski schrieb von Lüge und Intrige, Ungerechtigkeit, Justizirrtum und unterschlagenen Beweismitteln. Er erwähnte auch die Vorfreude auf die Genugtuung, den versoffenen Anästhesisten nach dessen Tod auf den Stufen des Gerichts abzulegen. Dann brachte er den Fokus seiner Gedanken wieder auf seine Mutter.

Über Jahre verbrachte sie ihre Zeit abwechselnd in Krankenhäusern, Rehabilitationszentren und bei ihrem Mann, mit dem sie eine kleine Eigentumswohnung in der Lortzingstraße besaß. Als Wolfgang Grabowski starb, nahmen Susanne Schenk und David Grabowski die alte Frau zu sich. Seine Freundin kümmerte sich rührend um die Schwiegermutter in spe. Dass auch diese Pflege ihr den Tod Bennys vor Augen hielt, sah David Grabowski, als sie ihren ersten Selbstmordversuch unternahm. Grabowski selbst nahm in jener Zeit immer längere und weiter entfernte Fototermine wahr, um der depressiven Stimmung zu Hause zu entfliehen. Als er an dem Tag, an dem Benny

18 geworden wäre, nach Hause kam, fand er seine Freundin im Sterben liegend vor. Sie hatte sich die Pulsader aufgeschnitten. Er hielt ihre Hand, bis sie für immer die Augen schloss. Er entschied, einen Schlussstrich zu ziehen. Endgültig. Er flüchtete mit seiner Mutter aus dem Haus in Massen und zog in die kleine Wohnung der Eltern, in der all die Jahre nichts verändert worden war. Er begann, seinen Rachefeldzug zu planen.

Maike lehnte sich zurück und rieb sich erneut die Augen. Sie glaubte kaum, was sie da gelesen hatte. Warum hatte Grabowski es so weit kommen lassen? Seine Freundin Susanne hätte gleich nach dem Tod des gemeinsamen Kindes in psychologische Betreuung gehört. Und Brigitte Grabowski wäre in einem Pflege- und Altenheim sicher genauso gut, wenn nicht besser aufgehoben gewesen. Mit seinen erfolgreichen Fototouren und der Rente der Mutter hätte David Grabowski dies dreimal finanzieren können. Maike seufzte und klappte auch diesen Ordner zu. Sie fragte sich unwillkürlich, ob zu diesem Ordner tatsächlich das vierte Lebkuchenherz gehören konnte. Wollte Grabowski wirklich seine eigene Mutter ermorden, die er seit langer Zeit pflegte? Über die Motivation ihres Nachbarn hatte sie einiges in Erfahrung bringen können, nichts jedoch über seinen derzeitigen Aufenthaltsort.

*

Doktor Severin hatte die erste Leichenschau beendet. Die übliche Vorgehensweise mit Fiebermessen, Totenflecken sichten und wegdrücken sowie Leichenstarre überprüfen waren hier nicht mehr nötig, geschweige denn machbar gewesen. Seiner Einschätzung nach lag die Tote – dass es sich um eine Frau handelte, hatte er feststellen können – zwischen vier und sechs Monaten in diesem Raum. Severin packte seine Sachen zusammen und überließ den Kriminaltechnikern das Schlafzimmer.

Max Teubner begleitete den Rechtsmediziner ins Erdgeschoss, froh darüber, dem widerlichen Fäulnisgestank entfliehen zu können. Vor dem Haus entledigte er sich endlich des Tyvek-Overalls und der Schuhüberzieher, mit denen er sich stets vorkam, wie ein Wesen vom anderen Stern. Er fischte in der Innentasche seiner Jacke nach einem Pfefferminzkaugummi und atmete gierig die nasskalte Novemberluft ein. Es würde noch eine Weile dauern, bis sie hier fertig waren.

Teubner sah dem Wagen von Severin nach, bis er am Ende die Massener Bahnhofstraße in Richtung Massener Hellweg verließ. Wenn sich keine neuen Erkenntnisse ergaben, würde der Staatsanwalt eine Obduktion veranlassen. Teubner beneidete Severin nicht um seine Arbeit. Das Obduzieren von halb verwesten Leichen stellte er sich besonders ekelhaft vor.

»Was machst du denn für ein Gesicht?«, sprach ihn ein Kollege vom KK11 in Dortmund an. Andreas Wilms hieß er, soweit Teubner sich recht erinnerte.

»Ich habe gerade mit der Halterin des Mini Cooper gesprochen, dieser Frauke Grabowski«, fuhr Wilms fort und erwähnte, dass sie das Auto als Zweitwagen tatsächlich für ihren Bruder finanziere. Sie selbst fahre einen silbernen Golf. Es sei jetzt gewiss zehn bis zwölf Wochen her, dass sie damit ihre Mutter und den Bruder das letzte Mal besucht habe.

»Hast du sie auch nach Susanne Schenk gefragt?«, fragte Teubner. »Ist doch merkwürdig, dass niemand sie vermisst hat. Hat sie keine Verwandten, Eltern, Freunde, die sich Sorgen machen?«

Wilms schüttelte den Kopf. »Sie habe sich nach dem Tod ihres Sohnes völlig in sich zurückgezogen. Frauke Grabowski habe sie höchstens ein- oder zweimal pro Jahr zu Gesicht bekommen. Sie sei erleichtert gewesen, als ihr Bruder ihr vor etwa fünf Monaten gesagt habe, Susanne Schenk sei endlich einverstanden, sich psychologisch betreuen zu lassen. Sie habe sich freiwillig in die Psychiatrie in Dortmund Aplerbeck einweisen lassen.«

Diese Aussage musste er bereits nach ihrem Selbstmord getroffen haben. Ein kluger Schachzug von David Grabowski, dachte Teubner und blickte Andreas Wilms hinterher, der von einem Kollegen der KT ins Haus gerufen wurde.

David Grabowski hatte an alles gedacht. Mit der angeblichen Einweisung seiner Lebensgefährtin konnte er erklären, warum sie so plötzlich von der Bildfläche verschwunden war. Vermutlich hatte er seiner Mutter dieselbe Geschichte aufgetischt. Wo hielt er sich nur versteckt? Er war vor Vollendung seines dritten Mordes gestört worden. In seiner Gewalt befand sich eine Geisel. Viel Zeit, seine Flucht zu überlegen, hatte er nicht.

Teubner seufzte, schlenderte langsam ums Haus und traf auf Sören Reinders, der auf der Kellertreppe saß und eine Zigarette rauchte. In Momenten wie diesen gierte es Teubner auch nach einer Kippe und er zog kurz in Erwägung, den Kollegen anzuschnorren. Allein, um diesen ekelhaften Geschmack nach Verwesung aus dem Hals zu bekommen.

Doch plötzlich stutzte er. Der Wildwuchs des Grases im Garten war mittig zu einem schmalen Weg platt getrampelt. Das hatte er bei seinem ersten Rundgang nicht so vorgefunden.

»Warst du am Gartenhaus, Sören?«

Reinders stand auf, warf den Zigarettenstummel auf den Boden, trat ihn sorgsam aus und hob die Kippe wieder auf, um sie in eine leere Zigarettenschachtel zu stopfen.

»Ich wollte hier lediglich in Ruhe eine qualmen. Mehr nicht.«

Teubner griff nach seiner Waffe.

»Willst du mich jetzt dafür erschießen, oder was?«

»Nein«, antwortete Teubner leise. »Mit der Pafferei bringst du dich schon selbst früh genug ins Grab.«

Er erklärte Reinders kurz seinen Verdacht, der mutmaßliche Täter könne sich mit seiner Geisel im Gartenhaus versteckt halten. Sören Reinders nickte stumm und zog ebenfalls seine Walther P 99. In gebeugter Haltung schlichen sie hintereinander über das verwilderte Grundstück. Die Entfernung bis zum Gartenhaus betrug etwa 50 Meter. Als sie bis auf die Hälfte herangekommen waren, schlich Reinders seitlich an dem alten Schuppen vorbei, während Teubner in gehockter Haltung verharrte. Sie wollten sicherstellen, dass sich auf der rückwärtigen Seite keine weitere Tür oder ein Fenster befand, das vom Täter als Fluchtweg genutzt werden konnte.

Teubner wartete. Er starrte auf die Laube, die einem verwitterten Bretterverschlag glich und dessen Dach lediglich mit einer Schicht Dachpappe geschützt wurde.

Reinders gab durch ein Zeichen Entwarnung. Weder Tür noch Fenster auf der Rückfront. Langsam schlich er zu Teubner zurück. Er hatte ihn fast erreicht, da wurde plötzlich die Schuppentür von innen aufgerissen und ein hagerer Mann mit ergrautem Haar trat mit einer als Schutzschild dienenden Frau im Klammergriff in den Eingang. Die Frau wirkte erschreckend blass. Ihre kastanienbraunen Haare klebten vom Angstschweiß am Kopf. Die schwarze Stoffhose war knitterig und über ihrer braunen Lederjacke baumelte das Lebkuchenherz »Ein letzter Gruß, G.« Sie schien sich nur mit Mühe auf den etwa zehn Zentimeter hohen Absätzen ihrer Pumps halten zu können. Beide blinzelten ins Tageslicht dieses düsteren Novembertages. Sie mussten in völliger Dunkelheit verharrt haben.

»Keinen Schritt weiter!«, schrie der Mann und hielt der geknebelten Frau ein langes Brotmesser an die Kehle. Die Augenlider der Frau flatterten. Sie zitterte am ganzen Leib und ihre Knie drohten einzuknicken. Tränen rollten über ihre Wangen. Sie schluchzte, schien kurz davor, durchzudrehen oder das Bewusstsein zu verlieren.

»Ich bin mir meiner aussichtslosen Lage durchaus bewusst.« David Grabowski dagegen schien sich unter Kontrolle zu haben, denn seine Stimme hatte einen normalen, fast kalten Klang. »Ich will mit Kommissarin Maike Graf sprechen. Sie soll unbewaffnet zu mir in den Schuppen kommen. Ich verspreche, ihr wird nichts geschehen, wenn man sich an meine Anweisungen hält. Im Gegenzug lasse ich Sandra Kneiphof frei.«

Mit einem Ruck zog er die Frau zurück ins Dunkel des Gartenhauses und verschloss die Tür mit einem lauten Knall. Dann hörte man, dass von innen ein Riegel vorgeschoben wurde.

✳

Der Anruf Teubners erreichte Maike, als sie damit beschäftigt war, mit Hübner das Beweismaterial aus David Grabowskis Wohnung im Kofferraum des Dienstwagens zu verstauen. In dem gleichen rasanten Tempo, wie sie in die

Lortzingstraße gerast waren, ging die Fahrt nun zurück nach Massen. Teubner und Reinders empfingen sie. Das SEK war informiert. Um auf die Sondereinheit zu warten, fehlte jedoch die Zeit. Bislang hatte sich im Inneren des Gartenhauses nichts getan. Maike legte eine schusssichere Weste an und zog ihre Jacke darüber, obwohl sie das für überflüssig empfand. Sie glaubte nicht, dass David sie attackieren würde, außerdem nutzte die Weste bei einem Schnitt in die Kehle herzlich wenig.

Bevor sie sich auf den Weg machte, wurde sie von Jochen Hübner instruiert. Der Austausch mit Sandra Kneiphof barg ein Risiko. Maike wischte die Bedenken jedoch beiseite. Sie glaubte, Grabowski gut genug zu kennen, um diese Möglichkeit auszuschließen. Schließlich übergab sie Teubner ihre Dienstwaffe und machte sich in seiner Begleitung auf den Weg zum Gartenhaus. Etwa fünf Meter vorm Eingang der Laube blieben die beiden stehen. Maike nickte Teubner zu, dann rief sie: »David? Ich bin jetzt hier. Sie können Sandra Kneiphof freilassen. Ich bin unbewaffnet und werde im Austausch zu Ihnen kommen.«

Die Tür des Schuppens wurde vorsichtig geöffnet. Grabowski hielt der blassen Frau ein Brotmesser an den Hals. Sandra Kneiphof schien am Ende ihrer Kraft zu sein. Sie war an Händen und Füßen mit einer Wäscheleine gefesselt. An ihrem Hals leuchtete eine deutliche Rötung, als habe Grabowski bereits einen Versuch unternommen, sie zu erwürgen. Vielleicht waren Maike und Teubner heute noch gerade rechtzeitig am Haus eingetroffen, um ihn bei Vollendung seines dritten Mordes zu stören und ihn zur Flucht zu treiben. Maike hoffte, dass es auch dem ungeborenen Baby im Bauch von Frau Kneiphof gutgehen möge. Der Gesamteindruck der Frau gab Grund zur Sorge.

Maike ging mit erhobenen Händen langsam auf die beiden zu. Grabowski schob sich etwas zur Seite, drückte seine Geisel dabei fest vor sich und wies mit dem Kopf auf einen Gartenstuhl, der zwischen allerlei Gartengerät in der Laube stand. Maike nickte, ging an ihm vorbei und setzte sich. Grabowski deutete auf zwei Knäuel einer Wäscheleine, die neben dem Stuhl lagen.

»Binden Sie sich damit zunächst die Füße zusammen, Maike.«

Maike wickelte ein Seil um ihre Fußfesseln und verknotete es vorn, wobei David Grabowski sie nicht aus den Augen ließ. Dabei presste er Sandra Kneiphof weiterhin das Messer an den Hals.

»Jetzt das zweite Seil um Ihren linken Arm an die linke Armlehne! Wickeln Sie das Seil mehrfach um die Lehne, vom Handgelenk bis zum Ellbogen, und das Ganze schön fest!«, befahl er.

Es war mühsam, mit einer Hand zu agieren, aber mithilfe ihres Mundes schaffte Maike es, die Leine zu verknoten. Im selben Moment riss Grabowski seine Geisel mit einem kräftigen Ruck in die Laube zurück. Seine Handlung verlief blitzschnell.

»David!«, schrie Maike. »Was tun Sie da? Die Frau ist schwanger! Sie gefährden nicht nur ihr Leben, sondern auch das ihres ungeborenen Babys!«

Sie sprang unwillkürlich auf, verlor mit den zusammengeschnürten Beinen das Gleichgewicht und fiel an den Stapelstuhl gekettet auf die Knie. Ohne dass sie hätte eingreifen können, sah sie, wie er Sandra Kneiphof mit dem Messer die Innenfläche des linken Handgelenks einschnitt. Die Frau kreischte vor Schmerz. Grabowski schubste sie mit Wucht von sich, sie taumelte und fiel der Länge nach in den Garten. Teubner war sofort über ihr. Mehr konnte Maike nicht sehen, denn im selben Moment knallte Grabowski die Laubentür zu und verriegelte sie von innen. Mit einem Mal war es stockfinster. Maike vernahm seine Schritte dicht bei ihr. Sie konnte seinen Atem hören, der erstaunlicherweise ruhig und gleichmäßig kam.

»Warum haben Sie das getan, David?«, fragte Maike leise.

Er stieß ein gepresstes Lachen aus. Glauben Sie, ich lasse dieses Miststück ungeschoren davonkommen? Sandra Kneiphof hat mit angesehen, wie mein Benny starb. Sie hat nichts unternommen. Sie hat vor Gericht gelogen. Warum soll ihr Kind ein Recht haben, zu leben? Sie hat den Tod verdient! Und ihr Balg gleich mit. Genauso wie die saubere Zahnärztin und der versoffene Anästhesist. Zumindest fühlt die Schlampe nun einen Bruchteil des Schmerzes, den Susanne gespürt hat, als sie sich das Leben nahm.«

Wieder einmal hatte Maike ihren Nachbarn falsch eingeschätzt. Und jetzt kniete sie auf dem kalten Steinboden der Gartenlaube bei diesem Monster in der Dunkelheit. Hoffentlich hatte er Sandra Kneiphof nicht lebensbedrohlich verletzt. Und hoffentlich würde sie ihr Baby nicht verlieren. Er hatte den Schnitt mit Kraft ausgeführt, das Blut war gespritzt, das hatte Maike gesehen.

»Ich werde Ihnen nun aufhelfen und Sie nach Waffen durchsuchen«, hörte sie seine Stimme dicht über ihr.

Sie spürte seine Hände auf ihren Schultern, dann fasste er ihr unter die Arme und zog sie mit einem Ruck hoch. Der Stapelstuhl, der an Maikes Arm hing, schleifte über den Boden. Grabowski tastete sich seitlich an ihr herab, ertastete eine Taschenlampe und ein Handy in ihrer Jackentasche, die er sofort konfiszierte. Dann prüfte er ihren Hosenbund, sogar unter ihren Hosenbeinen kontrollierte er sie, bevor er von ihr abließ. Sie reckte ihren rechten Arm in der Dunkelheit nach dem Plastikstuhl, der an ihrem Linken baumelte, stellte ihn hinter sich und setzte sich vorsichtig. Dann hörte sie, wie ein weiterer Stapelstuhl über den Boden scharrte und dass Grabowski sich dicht neben sie setzte. Für einen Moment schoss ihr die Idee durch den Kopf, was er in Sekundenschnelle mit dem Brotmesser anrichten konnte. Solche Gedanken sollte sie lieber ausschalten. Jetzt galt es, ihren Nachbarn zum Aufgeben zu überreden. Zunächst aber musste sie ihn in Sicherheit wiegen, herausfinden, was er vorhatte, und möglichst die Kontrolle gewinnen.

»Könnten Sie vielleicht die Taschenlampe einschalten?«

Statt einer Antwort hörte sie, wie er aufstand und in der Dunkelheit herumtastete. Kurz darauf traf der Strahl der Lampe auf einen verrosteten Rasenmäher, bevor David sie so auf den Boden legte, dass sie die Schuppentür beleuchtete.

Maike sah sich im Dämmerlicht um. Allmählich gewöhnten sich ihre Augen an das Dunkel. Eine Ecke des Schuppens war vollgestopft mit Gartengeräten, wie Spaten, Harke, Dreizack, Rasenmäher und Trimmer. Daneben Sandspielzeug, ein Dreirad und ein Schaufelbagger für Kinder. Gartenstühle stapelten sich neben Sonnenliegen, Schaumstoffauflagen und einem Sonnenschirm.

»Warum haben Sie mich herbestellt, David?«

Er blieb stumm, hielt den Blick gesenkt, während er mit dem Griff des Brotmessers spielte, dessen Klinge zwischen seinen breit gestellten Beinen zum Boden zeigte. Was bezweckte er? Suchte er nur jemanden, um sich die Schuld von der Seele zu reden? Sie sah, wie er langsam den Kopf hob.

»Zu Ihnen kommen wir später«, sagte er endlich. »Vermutlich haben Sie meine Akten, die ich gestern zu verstecken versuchte, längst gesichtet?«

Maike nickte. »Sie haben schwere Schicksalsschläge erlitten. Der Tod Ihres Sohnes, der Schlaganfall Ihrer Mutter, der Selbstmord Ihrer Lebensgefährtin. Dennoch rechtfertigt das keine Selbstjustiz und schon gar nicht Mord.«

Er zog die Schultern hoch und ließ sie gleich wieder schlaff herabsinken. »Nach dem Tod von Susanne habe ich begonnen, meine Freizeit damit zu verbringen, Familie Schönfeld, Wasmuth und Kneiphof zu beobachten. Finden Sie es gerecht, dass die Mörder meines Sohnes ein glückliches Familienleben führten, während Bennys Mutter sich in immer tiefere Depressionen stürzte und in regelmäßigen Abständen versuchte, sich umzubringen?« Er wartete Maikes Antwort nicht ab und begann zu erzählen. Dabei versank er in seiner eigenen Welt und die Kommissarin spürte, dass er nicht unterbrochen werden wollte. So lauschte sie ihm schweigend.

Wie sie bereits aus seinen Aufzeichnungen wusste, hatte er seine Taten minutiös geplant. Nachdem der erste Mord an der Zahnärztin so glatt gelaufen sei, wäre eine enorme Anspannung von ihm abgefallen. Frau Doktor Judith Heinemann-Schönfeld musste vor ihrem Tod eine Schulderklärung unterschreiben, bevor er sie erdrosselte und vor dem Denkmal im Stadtpark ablegte. Er habe öffentliche Plätze gewählt, um sicherzugehen, dass seine Taten möglichst schnell publik wurden. Mit der Ungerechtigkeit, die ihm und seiner kleinen Familie widerfahren sei, sollten seine Mordopfer an den Pranger gestellt werden. Die Gefahr, entdeckt oder gar überführt zu werden, habe er einkalkuliert. Da er jeweils nachts, zumindest immer in der Dunkelheit agierte, sei ihm das Risiko, aufzufallen, gering erschienen.

Maike erkannte ihren Nachbarn nicht wieder. Ein völlig anderer Mensch schien da neben ihr zu sitzen. Ein Mann, der sich benachteiligt fühlte, betrogen um ein glückliches Familienleben. Nach dem Tod seiner Freundin war in ihm das Feuer der Hölle ausgebrochen, das sich nur durch Mord löschen ließ. Maike sah einen vom Leben zerfressenen Geist, der nur auf Rache aus war.

Grabowski fuhr mit seiner Erzählung fort. Wie er mit dem Wagen Wasmuths, den er von der Straße abgedrängt hatte, in sein Haus nach Massen fuhr, den Rentner dort ebenfalls zwang, ein Geständnis zu unterschreiben, das ihn als Mörder Bennys ausgab. Danach betäubte und erdrosselte er den alten Mann, ritzte ihm die Pulsadern und brachte ihn zum Gericht. Danach sei er mit einem gestohlenen Rennrad, das er einige Stunden vorher an einem Verkehrsschild vor dem Amtsgericht anschloss, zurück in den Fröndenberger Wald gefahren, um sein eigenes Auto, den grünen Mini Cooper abzuholen.

»Das Töten eines Menschen, den man aus tiefster Seele hasst, ist leichter, als ich dachte.« Grabowski lehnte sich in seinem Stuhl zurück und Maike sah im Strahl der Taschenlampe sein zufriedenes Lächeln.

Sie spürte, dass ihr Nachbar kaum für vernünftige Argumente zugänglich sein würde. Je länger sie ihn reden ließ, desto mehr Zeit gewannen die Kollegen, um ein koordiniertes Eingreifen planen zu können. Wahrscheinlich war das SEK bereits vor Ort. Unauffällig versuchte sie, die Fesseln an ihren Füßen, die sie bewusst nicht zu fest gezurrt hatte, so weit zu lockern, dass sie einen Fuß nach dem anderen daraus befreien konnte. Ihr Nachbar war abgelenkt und in seinem Rachefeldzug versunken. Schon fuhr er seinen Monolog fort.

Sein drittes Opfer, die Zahnarzthelferin Sandra Kneiphof sei zu seiner Herausforderung geworden. Bereits zu

Beginn, als er sie an der Bushaltestelle vor ihrem Arbeits-platz ansprach, sei sie skeptisch gewesen. Erst als er ihr das Foto zeigte, seine geniale Fälschung, auf dem er mit ihrem Mann Peter Kneiphof abgelichtet war, sei sie mit ihm gegangen. Er sagte ihr, er wolle Peter überraschen, den er aus Schultagen kenne, und so sei Sandra zu ihm in den Mini Cooper gestiegen, um mit ihm nach Hause zu fahren. Bereits unterwegs sei ihm aufgefallen, dass er ver-folgt wurde. Ein absichtlicher Umweg habe seinen Ver-dacht bestätigt. Er sei dennoch zu seinem Haus nach Massen gefahren. Die angebaute Garage ließ sich per Fernbedie-nung öffnen und dort fuhr er mit Sandra Kneiphof hin-ein, die die Erklärung geschluckt hatte, er habe versäumt, sein Geschenk für ihren Mann mitzunehmen. Noch in der Garage habe er die Frau dann betäubt, danach in den Keller geschleift. Dummerweise hatte er zu dem Zeitpunkt bereits vergessen, dass er verfolgt worden war.

Grabowski sprang so resolut auf, dass sein Stuhl umkippte, und gestikulierte wild mit den Armen. »Dieses neugierige Luder!«, schimpfte er. »Ich beugte mich gerade über Sandra Kneiphof, die regungslos am Boden lag, und fesselte ihre Füße. Ich durfte kein Risiko eingehen. Sie sollte schließlich noch das Geständnis unterschreiben. Plötzlich hörte ich von draußen ein Geräusch. Ich sah am Keller-fenster einen Schatten. Das Schutzgitter am Kellerloch ist schon lange morsch. Es hielt dem Gewicht der Person nicht stand und krachte ineinander. Für kurze Zeit sah ich das Gesicht einer Frau, hörte ihren überraschten Aufschrei. Sandra Kneiphof war nach wie vor bewusstlos. Ich konnte also in Ruhe nachsehen, wer mir mit seiner Neugierde auf die Spur gekommen war.«

»Selma«, stellte Maike fest.

Grabowski nickte ärgerlich. »Genau!« Er setzte sich wieder und verschränkte die Arme vor der Brust. »Sie ist mir gefolgt, weil sie eifersüchtig war.« Er stieß einen gequälten Lacher aus. »Wer hätte das gedacht? Die Frau, die in mich verliebt ist, …«, er sah Maike eindringlich an, »… wie Sie ja bereits vor einigen Tagen festgestellt hatten, Frau Nachbarin, … Selma also folgt mir, als sie mich mit einer fremden Frau in meinem Wagen erkennt. Sie schleicht ums Haus, hockt sich auf das Gitter des Kellerlochs und schaut durchs Fenster.«

Als die Pflegerin Grabowski vor der bewusstlosen Sandra Kneiphof sah, wollte sie mit einer hektischen Bewegung aufspringen. Das Bodengitter protestierte mit hässlichem Knacken und löste sich aus der Verankerung. Selma stürzte samt Gitter in ein etwa eineinhalb Meter tiefes Kellerloch. Grabowski sei mit zwei Schritten am Kellerfenster gewesen. Das Quietschen des angerosteten Metallrahmens habe die Pflegerin alarmiert. Er sah in ihren Augen blanke Angst. Er selbst habe in dem Moment eine Mischung aus Enttäuschung, Trauer und unbändiger Wut gespürt. Natürlich war ihm sofort bewusst, dass Selma die richtigen Schlüsse ziehen musste und er sie nicht mit irgendeiner Ausrede abspeisen konnte. Immerhin habe Sandra Kneiphof schon ihr Lebkuchenherz mit seinem letzten Gruß um den Hals getragen.

»Was hat es mit den Lebkuchenherzen auf sich, David?«, fragte Maike, weil ihr dieser Aspekt noch nicht einleuchten wollte.

Grabowski schloss die Augen. Selbst im fahlen Licht der Taschenlampe konnte Maike erkennen, dass dies ein Versuch war, seine Tränen wegzudrücken. Er seufzte tief und sprach leise, ohne sie anzusehen. »Ich war damals nicht da

393

bei der Zahnoperation von Benny. Er hatte Angst. Panische Angst. Aber ich hatte einen lukrativen Auftrag. Eine Bilderserie für ein großes Magazin. Sehr gute Bezahlung. Ich versprach Benny ein großes Lebkuchenherz, wenn er tapfer sein würde. Mein Gott! Wenn ich doch im leisesten geahnt hätte, was in meiner Abwesenheit passieren würde! Vielleicht hätte ich das Unglück abwenden können. Zumindest aber wäre Susanne in diesem Albtraum nicht allein gewesen. Erst spät am Abend des verhängnisvollen Tages konnte ich nach Hause kommen. Als ich am nächsten Tag den Koffer auspacken wollte, lag zuoberst dieses gigantische Lebkuchenherz, das mein Junge niemals mehr zu Gesicht bekommen würde. »Ein lieber Gruß für Benny.« Das Herz existiert immer noch. Es begleitet mich. Ich bewahre es im Kofferraum meines Minis auf. Damit ich nie vergesse, dass ich meinen Jungen im Stich gelassen habe.«

Grabowski öffnete die Augen und wischte sich mit dem Handrücken darüber. Maike konnte gut verstehen, was ihren Nachbarn damals bewegt hatte. Sie räusperte sich, dann kam sie auf die Pflegerin Selma zurück.

»Wie haben Sie Selma überwältigt?«

Selma hatte sich den Knöchel beim Sturz verletzt, doch trotz höllischer Fußschmerzen habe sie probiert, in die Hocke zu kommen. Es gelang ihr nicht. Der Fuß schien gebrochen zu sein. Sie habe vor Schmerz aufgeschrien.

»Dann kramte sie plötzlich hektisch in ihrer Hosentasche«, sagte Grabowski. »Sie zog eine Karte aus ihrer Jacke und versuchte mit zitternden Fingern, eine Nummer in ihr Handy zu tippen.«

Maikes Nachbar begann leise zu lachen, als habe er einen Witz gerissen. Er fischte dabei ein kleines Papier aus seiner Jackentasche und hielt es der Kommissarin unter die Nase.

Sie erkannte ihre Visitenkarte. Selma hatte in ihrer Not versucht, Maike anzurufen.

»Ich habe ihr das Telefon weggerissen. Bevor sie schreien konnte, nahm ich Chloroform und betäubte sie. Dann zerrte ich sie durchs Fenster in den Keller, knebelte und fesselte sie. Ich muss zugeben, danach war ich mit der Situation überfordert. Ich verhängte nur noch vorsichtshalber das Kellerfenster mit einem Handtuch, dann verließ ich das Haus. Es war spät geworden. Ich musste zurück zu Mutter.«

Überhaupt sei sie der größte Risikofaktor gewesen, da er sie oft allein lassen musste. Das habe ihm leidgetan. Maike wurde bewusst, dass sie während des ersten Mordes an der Zahnärztin selbst auf Brigitte Grabowski aufgepasst hatte. An jenem Freitag vor genau einer Woche, als sie nach Hause kam, von Frau Döring abgefangen wurde und später die alte Dame auf dem Boden des Wohnzimmers vorfand, musste David zeitgleich die Zahnärztin überwältigt haben. Beim Mord an Holger Wasmuth hatte Selma bis spät in die Nacht auf ihn gewartet, als er angeblich Taxi fuhr.

»Warum machten Sie sich Sorgen um Ihre Mutter, obwohl Sie doch vorhatten, sie als Ihr viertes Opfer zu töten? Oder habe ich das in Ihren Aufzeichnungen falsch verstanden?«, fragte Maike, die seinen langen Monolog allmählich leid war, und zog dabei endlich den ersten Fuß möglichst unauffällig aus der Schlinge ihrer Fußfesseln. Grabowski lehnte sich zurück und schloss die Augen. Das Brotmesser baumelte schlaff in seiner rechten Hand. Irgendwann würde die Gelegenheit kommen, ihn anzugreifen. Die Dunkelheit raubte Maike den Sinn für die Zeit. Seit wann war sie jetzt in diesem Schuppen? Eine halbe Stunde? Länger? Das SEK hatte gewiss schon die Laube umstellt, unsichtbar im hohen Gras, das den Garten überwucherte. Einige Beamte wären auf dem Dach des Nachbarhauses postiert, einige im Obergeschoss des Hauses an den Fenstern, die zum Garten führten. Sie würden nicht ewig warten, um die Laube zu stürmen. David hatte kaum eine Chance. Besser für ihn, sich zu stellen. Aber würde es ihr gelingen, ihn zur Aufgabe zu bewegen? Seine Stimmungsschwankungen waren schwer einzuschätzen. Ob ein Versuch, ihn zur Aufgabe zu überreden, noch Sinn machte?

Grabowski saß in tiefem Schweigen versunken neben ihr und stierte sinnend vor sich hin. Als er endlich ihre Frage beantwortete, hatte sie selbst schon fast vergessen, worum es ging. »Das Ende meines Plans lag anfangs im dichten Novembernebel, war nicht ausgereift. Mit jedem Mord klarte sich die Sicht allmählich auf. Drei der Lebkuchenherzen waren fest verplant. Aber das vierte? Ich habe meinen Eltern lange Vorwürfe gemacht, dass sie mich und Susanne überredeten, Benny in der Praxis Heinemann operieren zu lassen.«

»Also war das vierte Lebkuchenherz tatsächlich für Ihre Mutter?« Maike konnte kaum glauben, dass jemand, den sie so gut zu kennen glaubte, so abgebrüht war.

Grabowski hob das Messer und stand lächelnd auf. Langsam drehte er sich zu Maike und ging vor ihr in die Hocke.

»Wer weiß?«, sagte er leise. »Vielleicht wollte ich die Polizei damit nur in die Irre führen? Sie haben doch selbst herausgefunden, wie detailliert ich meine Taten plante. Vielleicht kaufte ich das vierte Herz tatsächlich für Mutter, vielleicht für mich. Vielleicht aber auch für jemanden, der meine Pläne durchkreuzt.«

Er hob das Messer langsam. Seine Augen wirkten dunkel und böse. Maikes gefesselte Hand war eiskalt. Ihre Füße zitterten. Das Seil der Fußfesseln hing nur noch lose um ihren linken Fuß. Er hatte von ihrem Befreiungsversuch nichts bemerkt, da sie die Füße so weit wie möglich unter dem Stuhl versteckte. Grabowski hielt den Griff des Messers jetzt fest umschlungen. Die Klinge zeigte auf Maikes Brust. Er war völlig unberechenbar. Konnte sie es wagen, ihn anzugreifen? Sie hätte gerne um Hilfe geschrien – nach Jochen, nach Teubner, nach Reinders – doch kein Laut kam aus ihrem Mund. Maike befeuchtete ihre trockenen Lippen und sah, wie die Klinge des Messers im Schein der Taschenlampe blitzte. Unwillkürlich begann sie zu beten.

*

Teubner hatte das Blut am Handgelenk Sandra Kneiphofs spritzen sehen. Die Frau fiel ihm vor die Füße ins hohe Gras, war aschfahl im Gesicht. Sofort hatte er seine Finger auf die Blutung gepresst. Der Notarzt, der Selma Yildirim notversorgt hatte, war zum Glück noch vor Ort und konnte Erste Hilfe leisten. Sandra Kneiphof zitterte am ganzen Körper und stand unter Schock, aber sie lebte und es bestand laut Aussage des Notarztes auch keine Lebensgefahr. Sie wurde in Decken gehüllt, bekam eine Beruhigungsspritze und war nicht in der Lage, dem Kommissar Fragen zu beantworten. »Mein Baby«, flüsterte sie nur immer wieder und hielt sich dabei den Bauch. Soweit Teubner es in Erinnerung hatte, war sie im sechsten Monat schwanger. Als ihre Schnittwunde versorgt war, traf bereits ihr Ehemann Peter Kneiphof am Haus ein. Er würde den Krankentransport ins Katharinenhospital begleiten. Dort würde man sich um sie und das Ungeborene kümmern. Mit einem zweiten Krankenwagen wurde die Pflegerin Selma Yildirim abtransportiert. Sie war wieder bei Bewusstsein und fühlte sich den Umständen entsprechend gut. Lediglich ihr Knöchel bereitete ihr höllische Schmerzen. Eine Fraktur sei nicht auszuschließen, hatte der Notarzt angedeutet. Selma würde sofort geröntgt werden.

Im und rund um das Haus von Susanne Schenk und David Grabowski in Massen wimmelte es inzwischen von SEK-Beamten. Das Gelände war weiträumig abgesperrt. Teubner hockte sich in Sichtweite der Tür ins Gras und starrte auf die Gartenlaube. In ihrem Inneren rührte sich nichts. Hoffentlich kam Maike da heil raus. Sie war so selbstsicher gewesen, mit einer Gewissheit, dass ihr Nachbar sie niemals angreifen würde. Plötzlich dachte er an sein Versprechen, das er Maike gegeben hatte, bevor sie in die Hütte ging.

»Sieh zu, dass du keine Schramme abkriegst. Dann helfe ich dir am Wochenende mit meinem Sohn, deine neue Wohnung zu renovieren.« Die Geschichte mit Raffael hatte er ihr am Morgen beim Sichten der Akten der Praxis Heinemann erzählt. Obwohl es ungewohnt war, über einen Sohn zu reden, erfüllte ihn diese Tatsache mit gewissem Stolz. Ab jetzt hatte er Verantwortung, nicht nur für sich selbst, sondern besonders für die Zukunft seines Jungen. Teubner würde sein Versprechen halten, das gelobte er sich. Er freute sich darauf, mit Raffael gemeinsam in Maikes Wohnung zu werkeln.

»Wenn ich auch nur eine Schramme abkriege, lad ich dich und Raffael am Wochenende ins Kino ein«, hatte sie ihn grinsend zu beruhigen versucht, während Reinders ihr die schusssichere Weste anlegte. »Glaub mir, ich kenne David Grabowski seit einigen Monaten. Er wird mir nichts tun.«

Teubner wusste es besser. Mörder waren unberechenbar. Die Hemmschwelle, zu töten, sank mit jedem weiteren Mord und David Grabowski hatte schon zwei Menschen skrupellos ins Jenseits befördert. Wie hemmungslos er handelte, hatte sein Verhalten gegenüber Sandra Kneiphof gezeigt, die er vor den Augen der Polizei verletzte. Zu erfahren, dass selbst die behinderte Mutter Grabowskis auf seiner Abschussliste stand, hatte Teubner schockiert. Jochen Hübner hatte ihm diese Information ganz beiläufig gegeben. Verdammt! Der war Leiter der Mordkommission! Wieso setzte er seine Mitarbeiterin solch einer Gefahr aus? Gut, Maike war die Freundin Hübners gewesen und deshalb kannte er sie bestimmt besser als Teubner. Dennoch mochte er sich nicht ausmalen, was Grabowski mit dem Brotmesser in der Dunkelheit der Hütte alles anzustellen vermochte.

Teubner drückte sich aus der Hocke hoch und seufzte. Die Warterei war unerträglich. Was tat sich in der Hütte? Was, wenn der Irre Maike längst mit Chloroform betäubt hatte? Andererseits war die Kommissarin sein letzter Trumpf, um halbwegs heil aus der Hütte herauszukommen. Das gab Teubner Hoffnung. Dennoch blieb das mulmige Gefühl im Bauch, während er die Laube beobachtete. Kein Laut drang nach draußen. Jetzt war Maike schon fast eine Stunde da drin. Nur mit Mühe konnte der Hauptkommissar sich zurückhalten, die Tür des Gartenhauses einzutreten und diesem elenden Mistkerl die Faust in den Magen zu rammen. Damit würde er Maike natürlich eher in Gefahr bringen als helfen. Es blieb ihm nichts anderes übrig, als auf die Pläne des SEK zu warten. Teubner seufzte und starrte wie unter Hypnose auf die Laube. Erneut gierte es ihn nach einer Zigarette. Verdammt. Er war seit über zehn Jahren Nichtraucher. Höchste Zeit, dass dieser Fall ein Ende nahm.

*

Für einen langen Moment hatte sie befürchtet, er würde ihr das Brotmesser an die Kehle halten oder in die Brust rammen. Dann senkte er das Messer und Hoffnung keimte auf, er würde ihre Fesseln durchtrennen. Aber David Grabowski tat nichts dergleichen. Er saß nur in der Hocke vor ihr und starrte sie stumm an. Maike konnte in dieser Zeit nicht den Blick von der langen Klinge des Messers nehmen, das er in der Hand hielt und an dem noch das Blut von Sandra Kneiphof klebte.

Nach einer gefühlten Unendlichkeit setzte er sich wieder auf seinen Gartenstuhl und starrte ins Leere. Was jetzt? Wie lange wollte er noch warten? Sie musste jetzt die Initiative ergreifen. Ein günstigerer Moment würde vielleicht nicht mehr kommen. Maike beschloss, zunächst an seine Vernunft zu appellieren.

»Sie sollten aufgeben, David. Das kann Ihnen vor Gericht einige Jahre ersparen. Glauben Sie mir, die Gartenlaube ist umstellt. In solchen Fällen wird das SEK hinzugezogen. Wir können vermeiden, dass die Spezialeinsatzgruppe die Laube stürmt.«

Er hob den Kopf und sah sie an. Seine Augen flackerten einen Moment, als wäre er in Gedanken weit weg gewesen. Doch er hatte genau mitbekommen, was sie ihm vorschlug. Langsam schüttelte er den Kopf. Dann stand er wieder auf und ging im Dunkel auf und ab.

»Was glauben Sie, Maike, warum ich Sie herbestellt habe?« Jetzt sah er sie mit einem fast triumphierenden Blick an. »Bestimmt nicht, weil ich eine Psychotante brauche, der ich mein Herz ausschütte. Obwohl es schon guttat, Ihnen meine Beweggründe zu nennen.« Er strich sich mit einer fahrigen Geste durch sein kurzes Haar und trat dann entschlossen vor sie. »Sie werden dafür sorgen, dass ich hier herauskomme, Maike. Ich will einen vollgetankten Flucht-wagen und 100.000 Euro in nicht nummerierten Scheinen nicht höher als Fünfziger. Sie werden mich eine Weile im Auto begleiten, bis ich sicher sein kann, dass niemand die Verfolgung aufgenommen hat.«

Maike sah David Grabowski entgeistert an. Das konnte nicht sein Ernst sein! Glaubte er, die deutsche Justiz würde einen zweifachen Mörder so mir nichts, dir nichts davon-kommen lassen? Oder wollte er sich das Gefängnis ersparen und sich durch eine Polizeikugel getroffen auf den Weg zu Susanne und Benny machen? Egal, wie seine Beweggründe waren, so leicht sollte Grabowski nicht davonkommen. Er hatte eine gerechte Strafe verdient und die sollte er gefäl-ligst absitzen. Maike überlegte fieberhaft. Zunächst würde sie auf seine Forderung eingehen müssen, um ihn in Sicher-heit zu wiegen und um selbst Zeit zu gewinnen.

»Ich brauche mein Handy, um meine Kollegen zu infor-mieren. Oder soll ich durch die geschlossene Tür schreien?«, fragte sie mit einer Spur Ironie in der Stimme.

Grabowski zeigte keine Reaktion auf ihre provokante Frage. Er zog das Mobiltelefon aus seiner Hosentasche und reichte es ihr. »Keine Dummheiten, Maike!«, warnte er und hielt ihr das Messer so dicht an die Kehle, dass sie die kalte Klinge an ihrer Haut spürte. »Lassen Sie sich sofort mit jemandem verbinden, der Befehlsgewalt hat! Und schal-ten Sie den Lautsprecher an, damit ich mithören kann!«

Maike nickte. Sie übermittelte die Wünsche Grabowskis an Jochen und versicherte ihm, dass es ihr gut ginge. Er ver-sprach, sich sogleich mit dem Leiter des SEK zu besprechen, um schnellstmöglich die Forderungen erfüllen zu können. Ehe Maike ein Wort zu viel sagen konnte, riss Grabow-ski ihr das Handy bereits aus der Hand, schaltete es aus und ließ es in seiner Jackentasche verschwinden. Er wirkte angespannt. Hatte vermutlich in der letzten Nacht sowie in den Nächten davor kaum geschlafen. Für einen Moment lehnte er sich an den Stapel Gartenstühle und schloss die Augen. Die Klinge des Brotmessers in seiner Hand zeigte nach unten.

Jetzt oder nie!, schrie es in Maike. Sie sprang auf, schleifte den Plastikstuhl, der an ihrem Arm hing, mit sich, hoffte, derweil nicht über das Seil, das an ihrem linken Fuß baumelte, zu stolpern, und war mit zwei, drei Schritten an dem säuberlich an der Wand lehnenden Gartenwerkzeug. Ehe Grabowski reagieren konnte, griff sie nach dem langstieligen Dreizack. Sie konnte das Gerät nur mit der Rechten halten, dennoch fühlte sie sich gewappnet. Grabowski drehte sich zu ihr. Im selben Moment schlug sie zu. Die scharfen Zacken des Geräts trafen ihn am Hals. Mindestens eine der Zacken bohrte sich in sein Fleisch und hinterließ eine klaffende Wunde. Er schrie vor Schmerz auf, ließ das Messer fallen und taumelte zurück. Dabei stolperte er über einen kleinen Schaufelbagger, mit dem sein Sohn als Dreijähriger gespielt haben mochte, und fiel zu Boden. Maike konnte nur mit Mühe verhindern, auf ihn zu stürzen. Sie griff nach dem Stiel des Dreizacks, der ihr aus den Händen geglitten war. Im selben Moment befreite Grabowski sich von dem Eisen an seinem Hals und war im Nu wieder auf den Beinen. An seinem Hals lief Blut hinunter in den Kragen seiner Jacke. Den Schmerz schien er vergessen zu haben. Denn sofort umschlossen seine Hände wie ein Schraubstock den Stiel des Dreizacks. Der Blick, den er Maike zuwarf, war hasserfüllt.

Maike schrie: »Stürmen!«, und hoffte, die Kollegen würden die morsche Tür der Gartenlaube schnell genug aufgebrochen haben.

Grabowski ließ Maike nicht aus den Augen und bückte sich mit einer Hand nach dem Brotmesser. Dann schob er sie mit dem Stiel des Dreizacks vor sich her, als sei sie eine Schaufensterpuppe. Maike stolperte rückwärts. Sie hörte etwas schwer gegen die Laubentür krachen, die dem ersten Angriff ihrer Kollegen jedoch standhielt. Grabowski hatte sie an die hintere Wand des Schuppens geschoben. Die Taschenlampe war im Getümmel unter den Stapel Gartenstühle gerollt. Ihr fahles Licht reichte nicht bis hierher. Maike versuchte, sich gegen den enormen Druck zu stellen, den Grabowski mit dem Dreizack ausübte. Ihr Arm begann zu zittern. Erneut krachte die Tür der Laube. Holz splitterte. Erste Streifen Tageslicht traten ins Innere der Hütte. Maike drückte sich mit Macht nach vorn. David tat einen Ausfallschritt rückwärts. Die Kommissarin nutzte die Gelegenheit, ließ den Stiel des Gartengeräts los und tauchte seitlich ab. Grabowski taumelte vorwärts. Sofort holte Maike mit dem Plastikstuhl an ihrem Arm aus und schlug zu.

Grabowski stolperte auf sie zu und rammte ihr mit Wucht das Brotmesser in die Brust, wobei die Klinge brach. Dann riss er sie mit sich zu Boden. Die Laubentür splitterte und krachte aus den Angeln. Maike lehnte an der Rückwand der Laube und sah die Gestalt eines SEK-Mannes, der die Hütte bewaffnet stürmte. Weitere Beamte folgten. David Grabowski hob die Hände und ließ sich ohne Widerstand überwältigen. Die SEK-Leute führten ihn hinaus. Sören Reinders und Max Teubner liefen in die Laube, halfen Maike auf und befreiten ihren Arm vom Gartenstuhl. Sie sah an sich herunter. Außer einem bisschen Gartendreck an der Kleidung war sie unversehrt. Sie grinste Max Teubner an: »Keine Schramme, Max! Dank der schusssicheren Weste, die auch Brotmesserangriffe bestens abwehrt. Da musst du wohl am Wochenende in meiner Wohnung ackern!«

Statt einer Antwort fasste Teubner sich in gespielter Verzweiflung an die Stirn und schüttelte über ihren Humor lächelnd den Kopf. Gemeinsam mit ihren Kollegen trat Maike in den Garten und blinzelte ins Tageslicht. »Was ist mit Sandra Kneiphof? Geht es ihr gut?«

Teubner nickte langsam. »Sie hat einen schweren Schock erlitten. Aber die Messerattacke war nicht lebensbedrohlich und auch ihrem Baby scheint es gut zu gehen. Sie soll sich schonen. Ihr Mann hat eben aus dem Krankenhaus angerufen und sich nach dir erkundigt. Ich werde ihn kurz darüber informieren, dass die Sache überstanden ist.« Er drehte sich zur Seite und wählte die Handynummer Kneiphofs.

Maike sah zu Jochen Hübner, der mit dem Leiter des SEK an der hinteren Hauswand stand, und mit ihm redete. Jetzt sah er zu ihr und winkte sie zu sich. Nachdem er sich von ihrer körperlichen Unversehrtheit überzeugt hatte, drückte er sie kurz. Er erklärte ihr, David Grabowski habe die Bitte geäußert, ein letztes Mal mit ihr sprechen zu wollen. Ob sie sich dazu in der Lage fühle.

Maike nickte und ging in Begleitung von Max Teubner zu einem Einsatzwagen des SEK, wo Grabowski mit Handschellen an den Gelenken auf der Rückbank saß. Ein Notarzt hatte die Wunde am Hals bereits versorgt und mit einem großen Pflaster versehen. Maike beugte sich schweigend zu ihrem Nachbarn. Kaum zu glauben, dass sie noch gestern Abend an seinem Tisch gesessen und von seinem Teller gegessen hatte.

»Informieren Sie meine Schwester Frauke. Sie soll sich darum kümmern, dass Mutter im Bonifatius-Heim unterkommt. Ich habe mit Brigitte in den letzten Tagen darüber gesprochen. Sie steht bereits seit drei Monaten auf der Warteliste des Heims. Man sagte mir, wenn wir den Platz akut bräuchten und nichts frei sei, könnte Mutter in der dortigen Übergangspflege untergebracht werden. Sie ist damit einverstanden.«

Maike lächelte knapp. Über die Unterbringung seiner Mutter hatte er sich also Gedanken gemacht. Ob er auch einkalkuliert hatte, wie sie sich als Mutter eines Mörders fühlen mochte?

»Ich werde Ihre Schwester informieren.«

David Grabowski hielt den Kopf gesenkt, als ein Beamter des SEK die Wagentür verschloss. Ein gefallener Held, dachte Maike, als seine hagere Gestalt abtransportiert wurde.

EPILOG

Samstag, 24. November

Die Wohnung war kaum wiederzuerkennen. Ihr Vater – gelernter Fliesenleger und seit einigen Jahren in Rente – hatte ihr das Bad komplett renoviert. Teubner hatte Wort gehalten und gemeinsam mit Sohn Raffael in Wohnzimmer und Flur Laminat verlegt, während Maike ihre Wände teils verputzt, teils mit Glasfasertapete tapeziert hatte. Sogar Reinders hatte am vergangenen Wochenende die Malerrolle geschwungen und geholfen, die restlichen Möbel aufzubauen.

Die Woche über hatte Maike Urlaub gehabt. Nun war endlich alles eingeräumt, aufgeräumt und vor allem sauber. Sie blickte auf die Uhr. In einer halben Stunde würden ihre Gäste erscheinen. Heute gab sie die Einweihungsparty für ihre neue Eigentumswohnung. Das kalte Buffet stand bereit, die Käsesuppe musste sie nur noch warm machen. Genug Zeit, ein wenig zu relaxen.

Maike schlenderte ins Wohnzimmer. Durch die Balkontür konnte sie zwischen den kahlen Ästen der hohen Birke hinterm Haus bis hinüber in die Mozartstraße blicken, wo sie die hell erleuchteten Fenster des Boni-Heims sah. Zweimal hatte sie Brigitte Grabowski dort bereits besucht. Die alte Dame hatte sie mit Wehmut empfangen und ihr neues Reich gezeigt. Ein gemütlich eingerichtetes Zimmer mit krankengerechtem Bett, ihrem Lieblingssessel, Fernseher und Kleiderschrank. Die Inhaftierung ihres Sohnes und seine schrecklichen Taten konnte sie kaum verarbeiten. Auch der Schock über die Nachricht vom Tod Susanne Schenks saß tief. Unter Tränen stammelte Brigitte Grabowski von ihrer Mitschuld, die Maike ihr nicht auszureden vermochte.

Tochter Frauke fuhr fast täglich die Strecke von Köln, um die Mutter zu besuchen. Anders als David Grabowski es wünschte, wollte sie die alte Dame jedoch zu sich holen. Sie hatte sich bereits um einen Heimplatz in der Nähe ihrer Wohnung bemüht. Brigitte Grabowski würde bald ihren letzten Umzug bewältigen. Die Nachbarwohnung war bereits leer geräumt und wurde renoviert. Sie sollte so bald wie möglich vermietet werden.

Maike drehte sich vom Fenster ab, schenkte sich ein Glas Wein ein, um sich auf den bevorstehenden Abend einzustimmen, und setzte sich auf die Couch. Mit einem mulmigen Gefühl dachte sie daran, dass Jochen kommen würde. Seit dem Auszug der Mordkommission aus dem Unnaer Kommissariat hatte sie ihn nicht wiedergesehen. Ob er sie immer noch fürs KK11 in Dortmund abwerben wollte? Maike vermisste die Arbeit bei der Mordermittlung, das hatte der vergangene Fall ihr verdeutlicht. Dennoch fühlte sie sich im KK1/2 in Unna wohl.

Sie seufzte und legte die Füße vor sich auf den Glastisch. Für einen Moment schloss sie die Augen, um die Ruhe zu genießen. In wenigen Minuten ging der Trubel los. Die Hausgemeinschaft war eingeladen – ja, sogar das nervige Ehepaar Döring. Das gesamte Ermittlungsteam würde kommen. Maike freute sich auf ihre Eltern und ihren Bruder Thomas. Die Türglocke schellte und riss sie aus ihren Gedanken. Rasch stellte sie das Weinglas auf den Tisch, schlüpfte in ihre Pumps und eilte zur Sprechanlage.

Reinders war der Erste. Maike wusste das zu schätzen. Eigentlich galt dieses Wochenende Töchterchen Luisa. Glücklicherweise hatte seine Exfrau Andrea getauscht. Maike öffnete die Wohnungstür. Der lockere Spruch, der ihr auf der Zunge lag, um den Kollegen zu begrüßen, blieb ihr im Hals stecken, als sie ihn neben Jasmin Sauber die Treppe emporsteigen sah.

»Mund zu, Maike, es zieht«, flachste er und drückte ihr einen Blumenstrauß und eine Flasche Bommerlunder in die Hand. »Jasmin kennst du ja. Wir hatten keinen besonders guten Start, aber eigentlich ist sie ganz nett.« Er zwinkerte mit den Augen und schob die Kollegin, die vor Verlegenheit tiefrot im Gesicht anlief, an Maike vorbei. Dann stürmte er ins Wohnzimmer, drehte die Anlage auf und bediente sich am Buffet.

ENDE

*Weitere Titel finden Sie auf den
folgenden Seiten und im Internet:*

WWW.GMEINER-SPANNUNG.DE

Alle Bücher von Astrid Plötner:

Die Kommissare Graf und Teubner ermitteln:

1. Fall: Todesgruß
ISBN 978-3-8392-1949-2

2. Fall: Enkeltrick
ISBN 978-3-8392-2330-7

Astrid Plötner und Anke Kemper:

Köstlich killt der Weihnachtsmann
ISBN 978-3-8392-0489-4

GMEINER SPANNUNG

WWW.GMEINER-VERLAG.DE
Wir machen's spannend

Alle Bücher von Astrid Plötner:

Die Kommissare Graf und Teubner ermitteln:

1. Fall: Todesgruß
ISBN 978-3-8392-1949-2

2. Fall: Enkeltrick
ISBN 978-3-8392-2330-7

Astrid Plötner und Anke Kemper:

Köstlich killt der Weihnachtsmann
ISBN 978-3-8392-0489-4

GMEINER SPANNUNG

WWW.GMEINER-VERLAG.DE
Wir machen's spannend

Olaf Müller
Endstation Rursee
Kriminalroman
248 Seiten, 12,5 x 20,5 cm,
Paperback
ISBN 978-3-8392-0586-0

Eine tote Frau liegt in einem Aachener Pferdestall, die
Katze einer Lektorin wird entführt und ein Verle-
ger unter Druck gesetzt. Die Spuren führen Kommissar Fett nach Simmerath, Zülpich, zur RWTH
Aachen und nach Lüttich. Dort braucht Kollegin
Kalumba seine Hilfe, denn jemand erpresst die Stadt
mit einem Anschlag auf die Feiern zum 120. Geburtstag von Georges Simenon. Hängen alle Fälle
zusammen? Die Jagd nach dem skrupellosen Täter
führt die Kommissare zum Rursee. Als eine Schiffs-
katastrophe droht, greift Fett zum letzten Mittel.

GMEINER SPANNUNG

WWW.GMEINER-VERLAG.DE
Wir machen's spannend